the Monster

L.J. SHEN

the Monster

ROMAN

Traduit de l'anglais (États-Unis) par
LAURIANE CRETTENAND

Titre original :
THE MONSTER

Ce livre est publié avec l'aimable autorisation de Brower Literary Agency.

HARPERCOLLINS FRANCE
83-85, boulevard Vincent-Auriol, 75646 PARIS CEDEX 13.

www.harlequin.fr

ISBN 978-2-2804-7724-6 — ISSN 2271-0256

À tous les monstres.

À Pang et Jan : merci d'avoir déboulé dans ma vie.

« Que serait un océan sans un monstre tapi dans le noir ?
Ce serait comme un sommeil sans rêves. »

Werner Herzog

« Peut-être n'étions-nous pas faits l'un pour l'autre. Mais ce soir-là à la fête foraine, quand tu m'as montré qui tu étais, j'ai découvert qui je voulais être. »

La chose la plus importante que j'aie jamais lue était gravée dans le plastique de la porte d'une cabine de toilettes d'une fête foraine dans la banlieue de Boston.

LE DÉSIR PASSE, L'AMOUR RESTE.
LE DÉSIR EST IMPATIENT, L'AMOUR ATTEND.
LE DÉSIR BRÛLE, L'AMOUR RÉCHAUFFE.
LE DÉSIR DÉTRUIT, MAIS L'AMOUR ? L'AMOUR TUE.

Cela avait peut-être toujours été mon destin de tomber amoureuse d'un monstre.

Alors que la peur de cette bête aux crocs acérés cachée dans le placard maintenait les autres enfants éveillés, moi, j'étais impatiente de rencontrer mon monstre.

Je voulais le nourrir, l'apprivoiser, le comprendre.

Sam et moi n'avions le droit de nous aimer que dans l'obscurité.

Et une fois que notre histoire se déploya et que la vérité éclata au grand jour, c'est moi qui y mis fin.

Je m'appelle Aisling Fitzpatrick, et j'ai une confession à faire.

Sam Brennan n'est pas le seul monstre de cette histoire.

Playlist

You Are in Love with a Psycho – Kasabian

Rock & Roll Queen - The Subways

I'm Not in Love – Kelsey Lu

Good Girls Bad Boys – Falling in Reverse

Wow – Zara Larsson

Listen Up – The Gossip

The End of the World - Skeeter Davis

Prologue

Sam

9 ans

C'est la dernière fois de ta vie que tu pleures, tête de nœud.

Voilà ce que je me répétais intérieurement tandis que la femme qui m'avait donné la vie sonnait cinq fois de suite à la porte en m'agrippant par le col du T-shirt, comme si elle venait rendre à son voisin son petit con de fils qui avait couvert sa maison de papier toilette.

Mon oncle Troy ouvrit la porte de son appartement à la volée. On me poussa à l'intérieur.

— Là. Il est à vous. Vous avez gagné.

Je me jetai dans les bras de ma tante Sparrow, qui chancela en me serrant contre elle dans une étreinte protectrice.

Sparrow et Troy Brennan n'étaient pas réellement de ma famille, mais je passais beaucoup de temps avec eux – et par « beaucoup », je voulais dire « pas assez ».

Cat, alias la femme qui m'avait mis au monde, avait décidé de m'abandonner. Ça lui avait pris le soir même, alors qu'elle passait devant moi pour rejoindre sa chambre.

« Pourquoi t'es si petit ? Le gamin de Pam a ton âge, et il est immense. »

« Parce que tu ne me donnes jamais à bouffer. »

Je jetai ma manette sur le côté et lui lançai un regard noir.

« T'as quoi, dix ou onze ans, Samuel ! Fais-toi un sandwich. »

J'étais un petit garçon de neuf ans sous-alimenté. Mais elle avait raison. J'aurais dû me faire un sandwich. Et je m'en serais fait un si j'avais eu de la nourriture à portée de main. Mais nous n'avions même pas de condiments chez nous, juste de quoi se droguer et assez d'alcool pour remplir la rivière Charles.

Mais Cat s'en tapait. Elle était furax parce qu'aujourd'hui, lorsqu'elle m'avait laissé seul et sans surveillance, j'avais volé sa cocaïne pour la vendre à des petits mafieux au bout de la rue. Je m'étais servi de l'argent pour m'acheter quatre menus McDo et un pistolet Nerf.

C'était plutôt ma grand-mère Maria qui m'avait élevé. Elle habitait avec nous et elle cumulait deux jobs pour nous soutenir financièrement. Catalina était là, mais pas vraiment présente, dans le décor, comme un meuble. Nous vivions sous le même toit, mais elle déménageait dès que ses petits amis étaient assez mordus pour la laisser squatter chez eux. Elle allait dans des centres de désintox, sortait avec des hommes mariés, et elle réussissait toujours – je ne sais comment – à se faire assez de fric pour se payer des sacs et des chaussures hors de prix. À l'école, les enfants me répétaient que, selon leur papa, Cat connaissait la forme de tous les matelas du Motel 6. Même si je ne comprenais pas trop ce que ça voulait dire, je savais que ce n'était pas bien.

Une fois, j'avais entendu mon oncle Troy lui dire : « Le gamin, c'est pas comme les Hamptons, Cat. Tu ne peux pas aller le voir de temps en temps quand la météo est bonne. »

Catalina lui avait dit de fermer son clapet. C'était la pire erreur qu'elle ait jamais commise en étant défoncée.

Ce jour-là, je m'étais fait expulser de l'école. J'avais cassé la gueule de Neil DeMarco parce qu'il avait dit que ses parents divorçaient à cause de ma mère.

« Ta mère est une pute et maintenant je dois déménager dans une plus petite maison ! Je te déteste ! »

En lui refaisant le portrait, je lui avais donné une autre raison de me haïr. Une raison qu'il n'oublierait jamais, parce qu'elle avait changé son visage.

Quand Cat était venue me chercher, elle m'avait crié qu'elle me défoncerait volontiers la tête comme j'avais défoncé celle de Neil mais que je ne valais pas la peine qu'elle se casse les ongles. Elle venait tout juste de se faire manucurer. C'était à peine si je l'entendais. J'avais le crâne tout enflé à cause de la bagarre et des pensées qui me donnaient la migraine.

Mais je savais qu'elle serait trop radine pour m'emmener aux urgences, alors je ne m'étais pas plaint.

— À nous ? demanda ma tante Sparrow en regardant Catalina sans comprendre. De quoi tu parles ? Ce n'est pas le jour où on le garde.

Sparrow avait les yeux verts, les cheveux roux, le visage couvert de taches de rousseur et un corps d'épouvantail, avec la peau sur les os. Elle n'était pas aussi jolie que Catalina, mais je l'aimais bien plus.

Cat leva les yeux au ciel et donna un coup de pied dans le sac en toile contenant mes affaires, qui vint heurter les mollets de mon oncle Troy.

— Ne faites pas comme si ce n'était pas ce que vous vouliez depuis le début. Vous l'emmenez en vacances, il a sa chambre ici, et vous allez à tous ses matchs de foot. Tu lui donnerais le sein si t'en avais – ce qui n'est malheureusement pas le cas, asséna Catalina en toisant le corps de Sparrow. Vous l'avez toujours voulu, le gamin. Il complètera votre petite famille soporifique, au côté de votre gamine soporifique. C'est votre jour de chance, ce petit con est officiellement à vous.

Je déglutis péniblement et gardai les yeux rivés droit devant moi, sur l'écran plat derrière l'épaule de Sparrow. Le salon était en pagaille, ce qui n'était pas une critique. Il y avait des jouets éparpillés un peu partout, des plaids roses tout moelleux, et même une trottinette violette à paillettes. *Rebelle* passait à la télé. C'était le film préféré de Sailor. Elle devait dormir.

Elle respectait l'heure du coucher, elle. Elle avait des règles. Une routine.

Sailor était la fille de Troy et Sparrow. Elle avait deux ans et je l'aimais comme une sœur. Quand je passais la nuit là et qu'elle avait peur qu'un monstre se cache sous son matelas, elle s'extirpait de son lit de bébé pour venir dans ma chambre sur la pointe des pieds. Elle se glissait alors sous ma couette et me serrait contre elle, comme si j'étais un nounours.

« Protège-moi, Sammy. »

« Toujours, Sail. »

— Pas devant le petit, dit Troy en s'interposant entre Cat et moi.

Mon estomac gargouilla, me rappelant que je n'avais pas mangé depuis le McDo.

— Sam, tu peux nous laisser une minute ? demanda Sparrow en passant ses doigts dans mes cheveux crasseux. Je t'ai acheté le jeu Ghost of Tsushima, comme tu me l'as demandé. Va te prendre un petit casse-croûte avant de jouer, le temps qu'on finisse notre discussion.

Je pris de la viande séchée à la cuisine – Troy affirmait que les protéines m'aideraient à grandir – et m'engageai dans le couloir, mais sans aller jusqu'à ma chambre. Depuis que j'allais à l'école primaire, j'avais ma propre chambre ici. Ma grand-mère Maria disait que c'était parce que Troy et Sparrow habitaient dans un secteur où il y avait de bonnes écoles et que nous avions besoin de leur code postal pour m'y inscrire. Mais même après avoir été expulsé de ma première école, je continuais à venir là souvent.

Ma « vraie » maison se trouvait dans un quartier mal famé du Sud de Boston, avec des baskets pendues aux fils électriques, et où il fallait littéralement se battre pour survivre, même si vous n'étiez pas bagarreur de nature.

Tendant l'oreille, j'entendis Troy grogner :

— *Putain*, t'es sérieuse ?

J'adorais sa façon de dire « putain ». Le mot claqua dans l'air, comme un coup de fouet. J'en avais la chair de poule.

— Ça ne fait que trois semaines que Maria est partie et tu fais déjà de la merde.

Ma grand-mère Maria était morte dans son sommeil moins d'un mois auparavant. C'était moi qui l'avais trouvée. Cat était sortie toute la nuit pour « travailler ». J'avais tenu mamie dans mes bras et pleuré jusqu'à ne plus pouvoir ouvrir les yeux. Quand Cat était rentrée, avec son haleine imbibée de whisky et son maquillage baveux, elle m'avait dit que c'était ma faute.

Que mamie en avait marre de mes conneries et qu'elle avait décidé de se tirer.

« Tu ne peux pas lui en vouloir d'avoir cassé sa pipe, gamin. Je ferais pareil si je pouvais. »

Ce matin-là, j'avais fait mon sac et je l'avais caché sous mon lit. Je savais que Cat ne me garderait pas.

— Déjà, surveille ton langage, lança Cat. Je suis encore en deuil. J'ai perdu ma mère brutalement, tu le sais.

— Pauvre chou. Sam n'a jamais eu sa mère de toute sa vie, lui.

Troy avait beau parler calmement, sa voix faisait trembler les murs.

— On ne peut rien en faire du gamin. Il est bête comme ses pieds et aussi agressif qu'un chien errant. Ça ne sert à rien que je reste. Ce n'est qu'une question de temps avant qu'il finisse en maison de correction. C'est un monstre.

C'était le surnom qu'elle me donnait. *Monstre.*

Le Monstre a fait ci.

Le Monstre a fait ça.

— Franchement, je m'en tape de ce que vous pensez, ta petite femme parfaite et toi, reprit-elle. C'est trop de responsabilités. J'en veux plus. Je ne peux pas l'envoyer en thérapie et d'autres conneries du genre. Je roule pas sur l'or, moi.

Catalina tapa du pied, puis je l'entendis fouiller dans son sac Chanel, certainement à la recherche de ses cigarettes. Elle ne les trouverait pas. J'avais fumé la moitié du paquet dans le jardin pendant qu'elle se défonçait dans sa chambre. Le reste était dans mon sac.

— Si c'est l'argent qui pose problème…, commença Sparrow.

— Oh pitié, l'interrompit brutalement Cat. Garde ton fric, pétasse. Et j'espère que tu n'es pas assez bête pour penser que tu es meilleure que moi avec toute l'aide que t'apportent ton mari et votre harem de nounous et de tuteurs. Sam, c'est de la mauvaise graine. Je ne peux pas l'élever seule.

— Tu ne l'élèves pas seule, pesta Troy. Nous sommes en garde partagée, espèce d'imbécile.

Mon cœur explosa dans ma poitrine. Je ne savais pas que j'étais sous la garde légale de Sparrow et Troy. Cela semblait important, même si je ne comprenais pas exactement ce que ça signifiait.

— Soit vous le récupérez, soit je le dépose dans un orphelinat, conclut Cat en bâillant.

Dans un sens, j'étais soulagé. J'avais toujours su que Catalina se débarrasserait de moi à la mort de ma grand-mère. Ces dernières semaines, j'avais vécu dans la peur qu'elle mette le feu à la maison, avec moi à l'intérieur, pour toucher l'argent de l'assurance ou quelque chose dans le genre. Au moins, j'étais encore vivant.

Je savais que ma mère ne m'aimait pas. Elle ne me regardait jamais. Et quand elle le faisait, elle me disait que je lui faisais penser à *lui*.

« Même cheveux à la Edward Cullen. Même yeux gris morts. »

Lui, c'était mon père décédé, Brock Greystone. Avant de mourir, il travaillait pour Troy Brennan. Brock était faible, pathétique et sournois. Un vrai rat. Tout le monde le disait. Ma grand-mère, Cat, Troy.

Devenir comme lui était mon pire cauchemar, et c'était bien pour ça que Catalina me répétait sans cesse que je lui ressemblais.

Et puis il y avait l'oncle Troy. Je savais que c'était un sale type, mais c'était aussi un homme d'honneur.

Les petits mafieux de mon quartier disaient qu'il avait du sang sur les mains.

Qu'il menaçait, torturait et tuait des gens.

Personne n'emmerdait Troy. Personne ne lui criait dessus, ne le mettait à la porte, ou lui disait qu'il était la pire erreur de leur vie. Et il avait ce truc, comme si… comme s'il était taillé dans du marbre. Parfois, j'observais sa poitrine et j'étais surpris de la voir se soulever.

Je voulais tellement être Troy que cela me faisait mal rien que d'y penser.

Son existence semblait plus intense que celle des autres.

Chaque fois que Troy disparaissait en pleine nuit, il revenait les cheveux en bataille et le corps couvert de bleus. Il nous rapportait des donuts et faisait comme si de rien n'était alors qu'il sentait le sang et la poudre à canon. Il nous racontait des mauvaises blagues à la table du petit déjeuner et, pour que Sailor n'ait plus peur, il lui disait qu'il avait vu le monstre qui habitait dans son placard déménager.

Un jour, Sailor avait mangé un donut sur lequel du sang avait goutté en pensant que c'était un glaçage de Noël. Sparrow avait explosé comme un volcan. Elle avait pourchassé Troy dans la cuisine, armée d'un balai qu'elle agitait dans tous les sens, réussissant à le frapper deux fois sur le côté de la tête, tandis que Sail et moi riions bêtement. Quand elle avait fini par le rattraper (seulement parce qu'il l'avait bien voulu) Troy l'avait saisie par les poignets et plaquée au sol avant de l'embrasser sur la bouche – avec la langue. Puis, elle lui avait frappé le torse en riant.

Nous étions tous si heureux, ce jour-là.

Après ça, mon cœur s'était serré parce que je savais qu'ils me renverraient chez Cat plus tard dans l'après-midi. Je ne faisais pas vraiment partie de leur famille.

Ce fut mon unique moment de bonheur. Je me rejouais ce souvenir en boucle, allongé dans mon lit, chaque fois que j'entendais les ressorts du matelas de Cat grincer sous le poids d'un étranger.

— On le prend, dit froidement Sparrow. Va-t'en. On t'enverra les papiers à signer dès que notre avocat les aura rédigés.

Ma poitrine s'inonda de chaleur. Jamais je n'avais éprouvé un tel sentiment. Impossible de le réfréner. C'était si agréable. De l'espoir ? Une possibilité ? Je n'arrivais pas à mettre de mots dessus.

— Red, souffla Troy (le surnom de sa femme).

Et, d'un coup, une vague glaciale s'abattit sur moi. Il ne voulait pas m'adopter. Pourquoi le voudrait-il ? Ils avaient déjà une fille parfaite. Sailor était mignonne, drôle et *normale*. Elle ne se bagarrait pas, n'avait pas été expulsée trois fois et ne s'était pas cassé six os en faisant des trucs dangereux parce que la douleur lui rappelait qu'elle était encore vivante.

Je n'étais pas stupide. Je savais où j'allais atterrir. À la rue. On n'adoptait pas les gosses comme moi. Ils s'attiraient des ennuis.

— Non, lui dit sèchement Sparrow. Ma décision est prise.

Personne ne dit rien pendant un moment. J'étais mort de trouille. J'avais envie de secouer Cat et de lui dire que je la détestais. Que c'était elle qui aurait dû mourir à la place de mamie. Qu'elle *méritait* de mourir. Avec toutes ses drogues, ses mecs, et ses séjours en cure de désintox.

Je n'avais jamais dit à personne qu'elle me donnait du rhum pour m'endormir. Quand Troy et Sparrow nous rendaient visite par surprise, elle frottait de la poudre blanche sur mes gencives pour me ranimer. Elle jurait dans sa barbe et menaçait de me brûler vif si je ne me réveillais pas.

J'avais sept ans quand j'avais compris que j'étais un toxico.

Si elle ne me donnait pas de la poudre blanche tous les jours, je tremblais, transpirais et hurlais dans mon oreiller jusqu'à être à bout de forces et m'évanouir.

J'avais huit ans quand je me suis désintoxiqué.

Je refusais systématiquement que Cat me donne du rhum ou de la coke. Je devenais dingue dès qu'elle s'approchait de moi avec ces trucs. Un jour, je lui avais mordu le bras si fort qu'il m'était resté un bout de peau dans la bouche, salé, métallique et dur.

Elle n'avait plus jamais essayé.

— T'as de la chance que ma femme soit obstinée, siffla Troy. On prend Sam, mais il y aura des conditions – beaucoup de conditions.

— Comme c'est étonnant, railla Cat. Je t'écoute.

— Tu nous le donnes et tu signes les papiers sans négocier et sans réclamer un centime.

Cat gloussa froidement.

— D'accord.

— Tu dégages de Boston. Tu te tires loin d'ici. Et quand je dis loin, Catalina, ça signifie dans un endroit où il ne pourra plus te voir. Où le souvenir de sa bonne à rien de mère ne le consumera pas. L'idéal serait que tu ailles sur une autre planète mais, puisque nous ne pouvons pas prendre le risque que des extraterrestres te rencontrent et pensent que nous sommes tous des connards, j'exige que ce soit à deux États de distance minimum. Et si jamais tu reviens – ce que je te déconseille *fortement* – tu devras passer par moi si tu veux le revoir. Si tu l'abandonnes aujourd'hui, tu renonces à tous tes droits maternels. Si je te chope en train d'emmerder ce gamin, *mon* gamin… (Il marqua une pause dramatique.) Je te ferai subir une mort lente et douloureuse, comme celle que tu cherches depuis bientôt dix ans, et je te forcerai à te regarder dans le miroir, espèce de saloperie qui ne mérite pas de vivre.

Je ne doutais pas de sa parole.

Je savais qu'elle non plus.

— Vous ne me reverrez plus jamais, répondit Cat d'une voix grinçante. Il est pourri jusqu'à l'os, Troy. C'est pour ça que tu l'aimes. Tu te reconnais en lui. Sa noirceur t'es familière.

À cet instant, je me transformai en statue de sel. J'avais peur de me désagréger si on me touchait.

Je pourrais être comme Troy.

J'avais une noirceur en moi. De la violence. Et tout ce qui le rendait si génial.

J'avais le même appétit, le même mépris pour le monde, et un cœur qui n'était que cela – un organe, sans rien à l'intérieur.

Je pouvais changer.

Je pouvais devenir autre chose.

Je pouvais devenir quelque chose.

C'était une possibilité que je n'avais jamais envisagée auparavant.

Cat partit peu de temps après. Puis Troy et Sparrow discutèrent. J'entendis Troy se servir un verre. Ils évoquèrent leurs avocats et ce qu'ils diraient à Sailor. Sparrow suggéra de m'envoyer dans une école Montessori – je ne savais pas ce que c'était. Je me dirigeai vers ma chambre sur la pointe des pieds, trop fatigué pour réfléchir à mon avenir. Mes genoux s'entrechoquaient, et je sentis le bœuf séché remonter dans ma gorge. Je fis un arrêt aux toilettes pour vomir.

Orphelin. Une erreur. Un monstre.

Je ne sais pas combien de temps s'était écoulé avant qu'ils viennent dans ma chambre.

Je fis semblant de dormir. Je n'avais pas envie de parler. Tout ce que je voulais, c'était rester allongé là, les yeux fermés, de peur qu'ils décident que, finalement, ils ne voulaient pas de moi. Ou qu'ils me disent quelque chose que je ne voulais pas entendre.

Mon matelas se creusa quand Sparrow s'assit au bord du lit. J'avais les draps vert et blanc des Boston Celtics, une PlayStation, une télé, et un maillot de Bill Russell accroché au mur. Ma chambre était peinte en vert et remplie de photos encadrées de moi avec Troy, Sparrow et Sailor à Disney, Universal, et Hawaii.

Chez Cat, ma chambre se résumait à un lit, une commode, et une poubelle.

Pas de peinture. Pas de photos. Que dalle.

Je ne m'étais jamais demandé pourquoi.

Pourquoi les Brennan m'avaient recueilli.

Pourquoi j'étais au cœur de cet arrangement merdique.

— On sait que tu es réveillé, souffla Troy, son haleine de whisky effleurant les cheveux qui me tombaient sur les yeux, me chatouillant le nez. Tu serais bien bête de t'endormir après une telle soirée, et mon fils n'est pas bête.

J'ouvris les yeux. La large carrure de Troy remplissait presque tout l'espace de ma chambre. Sparrow posa sa main sur mon dos.

Je ne me désagrégeai pas.

Je poussai un soupir.

Je ne suis pas une statue de sel, en fin de compte.

— Tu es mon vrai papa ? demandai-je crûment, mais sans avoir le courage de le regarder. Tu as mis Cat enceinte ?

J'aurais dû poser la question bien plus tôt. C'était la seule explication logique. Je repris :

— Sinon, pourquoi est-ce que tu t'occuperais de moi ? Tu ne peux pas me laisser traîner ici juste parce que ma grand-mère récurait vos toilettes il y a longtemps. Est-ce que je suis un bâtard ?

— Tu n'es pas un bâtard, et tu n'es pas mon fils, dit Troy sans détour en regardant par la fenêtre.

La ville de Boston s'étendait devant lui. Tout ce qu'il possédait, le territoire sur lequel il régnait.

— Pas mon fils biologique, du moins.

— Je suis un Greystone, insistai-je.

— *Non*, siffla-t-il. Tu es un Brennan. Les Greystone n'ont pas le gène du cœur.

Je n'avais jamais entendu parler de ce gène. Mais il faut dire que je séchais l'école sans arrêt pour aller fumer des cigarettes devant des bars et vendre ce que j'avais volé pour payer mon prochain repas.

— Je ne suis pas parfait, dis-je en me redressant dans mon lit, le regard noir. Alors si c'est ce que vous voulez, un enfant gentil et parfait, autant me mettre tout de suite à la porte.

— Nous ne voulons pas que tu sois parfait, dit Sparrow en me frictionnant le dos plus vigoureusement. Nous voulons seulement que tu sois à nous. Tu es Samuel. Un don de Dieu. Dans la Bible, Samuel est donné à Hannah après qu'elle a passé des années à prier. Elle pensait être stérile. Sais-tu ce que ça veut dire ?

— C'est quand on ne peut pas avoir d'enfant.

Je frissonnai. Pour avoir des enfants, il fallait d'abord les faire, et je savais très bien comment les adultes s'y prenaient – j'avais surpris Catalina avec ses clients plusieurs fois – et c'était franchement dégueu.

Sparrow hocha la tête.

— Après la naissance de Sailor, les médecins m'ont dit que je ne pourrais plus concevoir. Finalement, je n'en ai pas eu besoin. Je t'ai, toi. Ton nom veut dire « Le Seigneur entend » en hébreu.

Shma-el. Dieu a entendu ma prière et a surpassé mes attentes. Tu es exquis, Samuel.

Exquis. Ha. C'était un mot que j'aurais utilisé pour décrire un tableau célèbre, ou un truc dans le genre, pas un enfant de neuf ans, ancien toxico, alcoolique en rémission, fumeur et deux fois plus petits que les garçons de son âge.

Mon enfance était un tel fiasco que mon innocence et moi ne partagions plus le même code postal. Et si Sparrow pensait que quelques repas faits maison et des caresses sur le dos allaient changer ça, elle se fourrait le doigt dans l'œil.

— Expliquez-moi ce que je fais ici. Pourquoi je ne suis pas dans un orphelinat. Je suis assez âgé maintenant, dis-je en serrant les poings et les dents. Et ne me parlez pas de la Bible. Dieu a peut-être entendu Hannah, mais c'est sûr qu'il n'en a rien à foutre de moi.

— Tu es ici parce que nous t'aimons, affirma Sparrow en même temps que Troy répondait :

— Tu es ici parce que j'ai tué ton père.

Ils se turent. Sparrow se leva d'un bond, fusillant son mari du regard, la bouche ouverte comme un poisson. Troy poursuivit :

— Il dit qu'il mérite de savoir. Il n'a pas tort, Red. La vérité, Sam, c'est que, peu de temps avant que ton père meure, il a kidnappé Sparrow avec l'intention de la tuer. Je devais sauver ma femme et je l'ai fait sans y réfléchir à deux fois. Je voulais que tu aies une figure paternelle. Un modèle. L'idée était de t'emmener voir des matchs de base-ball de temps en temps. De te guider, de te conseiller, et de te donner une jolie somme pour tes études, afin de t'aider à démarrer dans la vie. Je n'avais pas prévu de m'attacher à toi, mais c'est ce qu'il s'est passé. Très vite, je me suis rendu compte que tu n'étais pas un simple projet, confia Troy en me regardant droit dans les yeux. Tu es un membre de la famille.

— Tu as tué mon père, répétai-je.

Je savais que Brock Greystone était mort, mais Catalina et ma grand-mère m'avaient toujours dit qu'il était décédé dans un accident.

— Oui.

— Qui est au courant ?

— Toi. Moi. Cat. Sparrow. *Dieu.*

— Dieu t'a pardonné ?

Cela le fit doucement rire.

— Il t'a donné à moi.

Ce pouvait être une punition.

Aujourd'hui, Brock était mort, et Cat était partie. Les Brennan étaient ma seule chance de survie, que ça me plaise ou non.

— D'accord ? demanda Troy avec son fort accent du Sud de Boston.

Je le fixai du regard, ne sachant pas trop quoi penser ni quoi faire.

— Je vais aller chercher des donuts maintenant.

Troy se pencha pour attraper mon sac et en sortit le paquet de cigarettes de Cat. Il était presque minuit. Il allait gérer une de ses « affaires », cela ne faisait aucun doute.

— Les donuts arrangent toujours tout, dit Sparrow, entretenant le mensonge. Fais attention à toi, chéri.

Il se pencha pour l'embrasser sur le sommet de la tête.

— Toujours, Red. Et toi, dit-il en m'ébouriffant les cheveux de sa grosse main, plus de cigarettes. Cette saloperie pourrait t'envoyer six pieds sous terre plus tôt que prévu.

Ce fut à cet instant que je décidai de fumer jusqu'à m'en calciner les poumons. Pas par défi envers Troy, mais parce que mourir me paraissait une excellente idée.

Une fois Troy parti, je me tournai vers Sparrow. J'avais les nerfs à vif. Je redoutais de vomir à nouveau, cette fois sur ses genoux. Moi qui ne vomissais jamais, ne pleurais jamais.

— Il ne voulait pas de moi, dis-je.

Elle passa ses doigts dans mes cheveux pour les recoiffer.

— Non. Mais seulement parce qu'il préférait que ta mère ne t'abandonne pas.

— Pas toi ?

— Non. Ne pas avoir de mère, c'est mieux que d'avoir une mauvaise mère, et chaque jour que tu passais avec elle me fendait le cœur.

— Mamie aussi est partie.

— Elle n'est pas partie, mon chéri. Elle est morte. Elle n'a pas choisi de te laisser.

— Je m'en fous. Je déteste les femmes. Je les déteste.

— Un jour, tu trouveras une femme qui te fera changer d'avis.

Sparrow sourit pour elle-même, comme si elle savait une chose que j'ignorais. Elle avait tort.

Mamie était morte et m'avait laissé avec Cat.

Cat avait failli me tuer, plusieurs fois.

Les femmes n'étaient pas fiables. Les hommes non plus, mais au moins je pouvais leur donner un coup dans les couilles. Et les hommes ne faisaient jamais de promesses. Je n'avais pas de père ni de grand-père contre qui diriger ma colère.

— Je ne changerai jamais d'avis, marmonnai-je, luttant contre mes paupières lourdes qui exigeaient que je sombre dans l'inconscience.

Quand je me réveillai le lendemain matin, je trouvai une chaîne en or sur ma table de nuit.

Je fis tourner la médaille de saint Antoine et découvris mes initiales gravées sur l'envers.

S.A.B.

Samuel Austin Brennan.

Des années plus tard, j'appris que Troy et Sparrow avaient déposé une demande pour que mon nom soit changé de Greystone en Brennan dès l'instant où ils avaient demandé ma garde exclusive.

Je savais qui était saint Antoine. Le patron des causes perdues.

J'étais perdu, mais ils m'avaient trouvé.

À côté du pendentif se trouvaient un donut recouvert de glaçage et une tasse de chocolat chaud.

J'étais un Brennan désormais.

L'aristocratie mafieuse de Boston.

Privilégiée, respectée, et crainte plus que tout.

Une légende en puissance.

Je comptais bien me montrer à la hauteur de ce nom, quoi qu'il m'en coûte.

Jamais plus je ne serais perdu.

Mes parents avaient échoué, mais moi je triompherais.

Je renaîtrais de mes cendres et je rendrais Sparrow et Troy fiers.

Je m'élèverais.

C'était la première fois que je me sentais ainsi.

Confiant.

Aisling
17 ans

Le cœur est un monstre.

C'est pour ça qu'il est enfermé derrière nos côtes, comme en cage.

Je le savais depuis le début, depuis ma naissance, mais ce soir, je le *sentais.*

Vingt minutes après avoir pris l'autoroute pour quitter Boston, il me fallut reconnaître que j'étais perdue.

Je conduisais vitres baissées, l'air humide de l'été fouettant mes joues baignées de larmes.

Le parfum des fleurs printanières me chatouillait les narines, doux et entêtant, se mêlant à la fraîcheur de la nuit.

Elle ne sentira plus jamais les fleurs printanières.

Elle ne sourira plus en coin comme si elle détenait les secrets de l'univers.

Elle ne collera plus de robe contre ma poitrine en secouant ses épaules avec excitation et en s'exclamant : « C'est tout toi ! »

Pourquoi tu as fait ça, B. ?

Je te déteste, je te déteste, je te déteste.

Au loin, des néons clignotaient au-dessus de tentes à rayures jaunes et rouges et, au centre d'une grande roue scintillante, un panneau géant annonçait : Fête Foraine d'Aquila.

Me noyer.

J'avais besoin de me noyer.

Dans les lumières, les odeurs et les bruits, parmi des vies qui n'étaient pas la mienne.

Je bifurquai brusquement à droite et me garai au milieu des SUV, des véhicules défoncés et des voitures de sport. Puis je sortis en titubant de ma Volvo. Je portais un sweat à capuche noir, un short déchiré et des baskets. Mon short à la Daisy Duke était fait maison : j'avais découpé un vieux jean en m'assurant que la courbe de mes fesses serait visible depuis l'espace. D'habitude, ma tenue se rapprochait plus du style de Kate Middleton. Prude, correcte, très princesse. Mais ce soir, je voulais l'énerver, *elle*, parce qu'elle était morte et qu'elle m'avait abandonnée. Je voulais lui faire un doigt d'honneur pour ne pas être restée.

« Les jeunes Américaines montrent leur peau comme si les hommes ne savaient pas ce qui les attendaient sous leurs vêtements. Toi, ma chérie, tu forceras un homme à mériter chaque centimètre carré de ton corps, et tu t'habilleras de manière convenable et pudique, tu m'entends ? »

Je flânai au hasard dans la fête foraine, me laissant porter par le parfum alléchant de la barbe à papa, du pop-corn au beurre et des pommes d'amour.

Elle n'aimait pas que je mange de la malbouffe.

Elle disait que les Américains s'empiffrent jusqu'à choper le diabète.

Elle avait des tas d'idées sur les Américains, toutes à la limite de la xénophobie, et je passais la moitié de mon temps à débattre avec elle des mérites de mon pays.

Des chapiteaux abritant une petite salle de jeux et proposant des spectacles et de la restauration cernaient les attractions, faisant office de frontière. Le « ding-ding-ding » des machines, ponctué par les bruits mécaniques des manèges, résonnait dans mon ventre vide. La grande roue plantée au milieu baignait dans un océan de lumières.

Je m'achetai une barbe à papa rose et un Coca Light avant de poursuivre mon tour.

Il y avait des couples en train de s'embrasser ou de se disputer. Des groupes d'adolescents qui hurlaient et riaient. Des parents qui grondaient. Des enfants qui couraient. Je ressentais envers eux une colère folle, irrationnelle.

Parce qu'ils étaient en vie.

Parce qu'ils ne partageaient pas mon deuil.

Parce qu'ils prenaient leur santé pour acquise.

Je jetai mon reste de barbe à papa dans une poubelle et regardai autour de moi pour déterminer sur quel manège monter en premier. Un grand panneau attira mon attention : Le Spectacle des horreurs – maison hantée.

Les maisons hantées étaient mon terrain de jeu.

Après tout, je vivais dans l'une d'elles – ma demeure renfermait les secrets de sept générations de Fitzpatrick – et j'avais toujours été attirée par les fantômes et les monstres.

Je pris place dans la queue, me balançant d'un pied sur l'autre en regardant mon téléphone. Ma mère et mes frères me cherchaient.

Cillian : Où es-tu, Aisling ? Rappelle-moi tout de suite.

Hunter : Yo, sœurette. Ça va ? Tu t'es fourrée dans un sacré pétrin on dirait. Bisous de Californie.

Mère : J'ai appris ce qu'il s'était passé. C'est terrible ma chérie. Rentre pour que nous puissions en discuter, s'il te plaît. C'est horrible que tu aies vu ça.

Mère : Tu sais que cela fait monter mon angoisse quand je n'arrive pas à te joindre. Il faut que tu rentres à la maison.

Mère : Oh ! Aisling, que dois-je faire ? Tu n'as même pas fait mon infusion avant de partir. Je suis dans tous mes états !

C'était ma mère tout craché. Égocentrique, même quand c'était mon monde qui implosait. S'inquiétant toujours de son propre bien-être avant le mien.

Je glissai mon téléphone dans ma poche et tendis le cou pour regarder les wagons qui ressortaient des crocs géants d'un clown maléfique. Les gens descendaient des wagonnets sur leurs jambes tremblotantes, vibrants d'excitation.

Quand on m'installa enfin dans l'un d'eux – une nacelle brinquebalante maculée de peinture rouge censée représenter du sang – j'étais seule, bien qu'il y ait de la place pour deux.

Je savais qu'il ne pouvait rien m'arriver pendant un tour de manège.

Pourtant, ce soir, je me sentais perdue, instable, et profondément seule. Comme si on m'avait pelé la peau et que je devais porter mon tas d'os, de veines et de muscles tant bien que mal.

Je venais de perdre ma meilleure amie. La seule qui comptait.

J'attrapai le type qui gérait le manège par la manche.

— Je veux sortir.

Il me regarda lentement, de la tête aux pieds, ses yeux s'attardant une seconde de trop sur mes cuisses nues.

— Bon sang, bébé, moi aussi j'aimerais sortir avec toi. Mais il va falloir attendre la fin de mon service. J'ai besoin de cette thune, dit-il d'une voix traînante, l'air défoncé.

Je tirai sur la manche de son sweat à capuche, envoyant valser quatorze ans de leçons de bienséance en une seconde de désespoir.

— Non ! Je veux sortir du manège. Sauf si vous pouvez mettre quelqu'un dans le wagon avec moi ? demandai-je, la voix remplie d'espoir.

Il secoua le bras pour que je le lâche, sourcils froncés.

— Ma petite, c'est un manège que n'importe qui de plus d'un mètre vingt peut faire. Tu vas t'en remettre.

— Je sais. Je n'ai pas peur. C'est juste que…

— Écoute, me coupa-t-il en levant la main, si je n'appuie pas sur ce bouton rouge toutes les trois minutes, je perds mon job. Tu dégages de là ou tu serres les dents.

J'étais sur le point de répondre que tout allait bien, que j'étais ridicule, quand quelqu'un s'avança, grillant toute la queue.

— Elle va serrer les dents, monsieur Fumeur-de-Joints.

Un rideau de larmes retenues me brouilla la vue – je savais que, si je clignais des yeux pour les chasser, tout le monde me verrait pleurer. J'étais morte de honte. Obéissant, le gérant rouvrit la barrière en métal en marmonnant tête baissée un bref bonjour à l'étranger qui s'approchait.

L'inconnu se glissa dans le wagonnet, puis abaissa la barre en métal sur nos ventres et jeta sa cigarette sur le côté. Un nuage de fumée nous enveloppa tous deux.

Je m'essuyai les yeux, soufflant un « merci » mortifié. Quand je levai la tête, nos regards se croisèrent, et mes entrailles implosèrent, tel un plafond de verre percuté par une supernova.

Lui.

Je ne le connaissais pas, mais je rêvais de lui.

Je rêvais de cet homme chaque nuit depuis des années.

Depuis que j'avais commencé à lire, sous mes couvertures, des livres d'amour sur les courageux chevaliers et les princesses amoureuses.

Beau et altier, avec des yeux qui vous transperçaient l'âme.

D'une vingtaine d'années, il avait des cheveux blond foncé et ébouriffés de manière sexy. Ses yeux étaient deux lunes d'argent – le genre qui changeait de couleur selon la lumière. Sa peau brillait, comme s'il avait été plongé dans de l'or, et il était si grand que ses genoux dépassaient du wagonnet. Il portait un T-shirt noir à col en V, qui moulait son torse et ses biceps musclés, ainsi qu'un jean noir, déchiré aux genoux.

Une médaille de saint Antoine pendait à son cou au bout d'un lacet de cuir usé.

— Je... Je m'appelle Aisling, dis-je en tendant une main vers lui.

Notre wagon avança dans un soubresaut grinçant, et deux filles de mon âge sautèrent dans la voiture suivante en se racontant des ragots sur une fille de leur école qui s'appelait Emmabelle et avait apparemment couché avec la moitié de l'équipe de football avant de sucer l'autre moitié.

L'inconnu ignora ma main tendue. Je déglutis, la laissant retomber sur mes genoux.

Son regard s'attarda sur mes yeux bouffis.

— Dure soirée ?

— La pire.

Je n'eus même pas la décence de lui adresser un sourire poli.

— J'en doute fortement.

— Oh ! je te parie que ma soirée est bien pire que celle de n'importe qui à cette fête foraine.

Il haussa un sourcil, dévoilant la face diabolique de sa beauté, à laquelle peu de femmes devaient résister.

— Je te déconseille de parier avec moi.

Et pourquoi donc ?

— Je gagne toujours.

— Il y a une première fois à tout, murmurai-je, commençant à me dire qu'il était un peu trop sûr de lui à mon goût. Je parie ce que tu veux.

— Vraiment ? *Ce que je veux ?*

— Dans la mesure du raisonnable.

Je me redressai, me rappelant mes manières. *Elle* me disait toujours de me comporter correctement. Si son fantôme planait au-dessus de moi en ce moment, il n'apprécierait pas ma tenue. Le moins que je puisse faire était de ne pas perdre ma virginité avec ce bel inconnu à cause d'un pari stupide.

— J'imagine que tu es la rationnelle.

Il fit tourner son briquet entre ses longs doigts, d'avant en arrière, un mouvement que je trouvais étrangement apaisant.

— La rationnelle de… ?

— Ta fratrie.

— Comment peux-tu savoir si j'ai des frères et sœurs ?

Il me regarda avec assurance, exprimant avec ses yeux des choses qu'un étranger n'avait pas le droit de me dire. C'était comme si le monde lui appartenait, et que, puisque j'en faisais partie, je lui appartenais aussi. Soudain, je pris conscience que ce qui était en train de se passer était très étrange et certainement dangereux.

Je voulais me mettre à nu pour cet homme – et je ne parlais pas que de mes habits – alors que je n'avais jamais eu envie de le faire pour personne, et surtout pas par romantisme.

Je voulais le faire exploser comme une piñata pour mettre à jour toutes ses qualités, ses caractéristiques, ses mauvaises habitudes. Qui était-il ? Quelle était son histoire ? Pourquoi me parlait-il ?

— Tu penses que tu n'as rien de spécial, dit-il doucement.

— Les gens croient-ils qu'ils ont quelque chose de spécial ?

— Ceux qui n'ont rien de spécial le croient.

— J'imagine que, toi, tu es le perturbateur de ta fratrie.

Je coinçai mes cheveux derrière mon oreille. Il eut un sourire en coin et, simplement parce qu'il était content de lui, je sentis, jusqu'au plus profond de mon être, l'air se réchauffer.

— *Bingo.*

— Tu devais être un vrai trublion, petit.

Je penchai la tête sur le côté, comme si le voir sous un autre angle pouvait me donner une image de lui plus jeune, lorsqu'il il avait neuf ou dix ans.

— J'étais un tel emmerdeur que ma mère m'a mis à la porte quand j'avais neuf ans.

— Oh ! je suis désolée, dis-je.

— Pas moi. Je l'ai échappé belle.

— Et ton père ?

— Lui n'a pas eu cette chance.

Il sortit un paquet de cigarettes coincé dans sa manche de chemise retroussée à la Jack Nicholson dans *Vol au-dessus d'un nid de coucou*. Il couvrit sa bouche de sa paume et s'alluma une autre clope. Je remarquai que M. Fumeur-de-Joints l'avait vu mais ne bronchait pas.

— Il a été tué par balle quand j'étais gamin.

— Il le méritait ?

— Absolument.

Mon bel inconnu tira sur sa clope, la braise orange s'attisant comme cette chose dans ma cage thoracique.

— Et tes parents ? demanda-t-il.

— En vie, tous les deux.

— Mais une autre personne ne l'est plus. Sinon tu ne serais pas en larmes.

Il souffla une spirale de fumée vers le ciel. Nous regardâmes le brouillard gris s'évaporer au-dessus de nos têtes.

— J'ai perdu quelqu'un ce soir, reconnus-je.

— Qui ça ?

— Désolée, mais ça ne te regarde pas.

— Je comprends, mais juste pour info...

Il me redressa le menton de sa main tenant la cigarette.

— Tout ce qui se passe dans le Suffolk me regarde, ma belle. Et, dans l'immédiat, tu es dans l'enceinte du comté, alors réfléchis-y bien.

Une étrange sensation s'empara de mon être. Peur et désir s'affrontèrent en moi. Il était direct et agressif, un battant. Aussi improbable que cela puisse paraître, je savais que lui et moi étions brisés au même endroit, même si nous l'avions été de différentes manières.

Notre wagon se mit à bouger, traversant un rideau de vinyle noir. Un zombie géant en plastique se pencha vers nous à travers un voile de fumée verte, et son rire sinistre résonna dans mon oreille.

— *Le monstre va t'attraper.*

Il y avait des bêtes tournoyantes, des zombies hurleurs nous crachant de l'eau au visage et une famille de cadavres en train de dîner. Les yeux rouges d'un bébé nous lancèrent des lasers.

Le train fantôme monta jusqu'en haut, lentement. Tout le monde couinait d'excitation autour de nous.

— Est-ce que ça t'arrive de te sentir perdu ? murmurai-je.

L'étranger noua mes doigts et les siens sur le plastique éraflé de la banquette, entre nous. Sa main était chaude, sèche et calleuse. La mienne était froide, douce et moite. Je ne la retirai pas, même quand le danger se mit à bourdonner autour de moi, rendant l'air lourd, me privant d'oxygène.

Joue avec les monstres, mais ne t'étonne pas de perdre.

— Non. J'ai été obligé de me trouver très jeune.

— Veinard.

Il rit.

— Ce n'est pas un mot que j'emploierais pour me définir.

— Alors tu n'es pas irlandais ?

Je ne pouvais pas m'empêcher de me renseigner.

Il n'avait pas l'air irlandais – il était trop grand, trop costaud, son teint était trop mat – mais il avait cet accent du Sud qu'ont la plupart des ouvriers irlandais de Boston.

— Ça dépend de quel point de vue on se place, répondit-il. Revenons-en au sujet qui nous intéresse – le fait que tu te sentes perdue.

Je m'éclaircis la gorge, repensant à *elle*.

— Hum, oui. Je ne crois pas que je me trouverai un jour. Je n'ai pas beaucoup d'amis. D'ailleurs, je n'avais qu'une seule véritable amie, et elle est morte aujourd'hui.

— Il n'y a rien à trouver. Ce n'est pas ça, la vie. Il faut se créer. Il y a quelque chose de libérateur dans le fait de se connaître, de savoir tout ce dont tu es capable. Être toi-même sans vergogne te rend invincible.

Sa voix s'insinua en moi, s'ancrant au plus profond de mon âme. Nos doigts se resserrèrent. Notre wagon cahotait tandis que des zombies agitaient les bras vers nous, essayant de nous attraper. Les autres passagers riaient et criaient.

Il ne m'avait pas présenté ses condoléances comme tous les autres l'avaient fait.

— Et qui est-tu, *toi* ? demandai-je dans un souffle.

— Je suis un monstre.

— Non, pour de vrai, insistai-je.

— C'est vrai. Je m'épanouis dans l'obscurité. Mon travail est d'instiller la peur. Je suis le cauchemar de beaucoup de monde. Comme tous les monstres, je prends toujours ce que je veux.

On atteignit le point le plus haut. Le sommet.

— Et ce que je veux dans l'immédiat, Aisling, c'est t'embrasser.

Le wagonnet tressauta, crissa, puis bascula, tombant à une vitesse grandissante.

L'inconnu étouffa mon cri de sa bouche. Ses lèvres chaudes et salées se refermèrent sur les miennes de manière possessive. Toutes mes inhibitions, mes peurs et mon angoisse s'évaporèrent. Il sentait la cigarette, le chewing-gum à la menthe et le sexe. Il sentait *l'homme*. Je lâchai la rampe pour agripper le tissu fin de son T-shirt noir, l'attirant contre moi, me noyant dans ce que nous étions à cet instant précis. Un monstre dévorant une princesse, sans chevalier pour venir la sauver.

Il pencha la tête sur le côté et porta la paume de sa main à ma joue, posant l'autre à l'arrière de ma tête. Sa langue écarta mes lèvres, effleurant la mienne… doucement, d'abord, puis plus avidement comme je laissai le baiser s'intensifier. Nos langues s'emmêlèrent, dansèrent, se taquinèrent, se cherchèrent. Mon ventre se crispa, et mon angoisse s'envola.

Le monde semblait différent. Plus brillant. Plus grand.

Une étrange chaleur inonda mon entrejambe. Je me sentais douloureusement vide. Je serrai les cuisses et sentis une bouffée d'air frais sur mon visage.

Le tour était terminé.

Nous étions ressortis.

Il mit fin au baiser et recula. Son visage était neutre, d'un calme terrifiant.

Les filles dans le wagon derrière nous marmonnèrent « merde alors » et « c'était chaud » et « ouais, c'est sûr que c'est lui, Tiff ».

Lui qui ?

— Premier baiser, hein ?

Du pouce, il essuya une trace de salive au coin de ma bouche, un air amusé dansant dans ses yeux. Comme si j'étais un jouet. Une chose risible, remplaçable.

— Tu prendras le coup de main.

Les filles derrière nous se mirent à glousser. Honteuse, j'ouvris mentalement un ordinateur portable imaginaire et cliquai sur un site immobilier pour chercher un endroit où m'enterrer.

— Tu ne vas pas me dire ton nom ? Vraiment ?

Ma voix était rauque. Je m'éclaircis la gorge.

— Imagine, si tu étais réellement mon premier baiser, je pourrais être marquée à vie. Tu pourrais me traumatiser. Je ne serais peut-être plus jamais capable de faire confiance à un homme.

Le fumeur de joints avança le long des wagons, débloquant la barre de sécurité en métal.

— C'est fini. Tout le monde dehors.

L'inconnu écarta des cheveux de mon visage.

— Tu t'en remettras, dit-il.

— N'en sois pas si sûr.

— Ne me sous-estime pas. Je sais beaucoup de choses sur les autres. Et puis, je t'ai déjà dit qui j'étais. Le Monstre.

— C'est peut-être ton surnom…, commençai-je.

— Les surnoms sont plus révélateurs que le nom de naissance.

Il se trouvait que j'étais d'accord. Mon père appelait mon frère Cillian *mo òrga*, qui voulait dire « enfant chéri » en gaélique irlandais, et mon frère Hunter *ceann beag*, qui voulait dire « le petit ».

Il ne m'avait jamais donné de surnom.

Mon prénom signifiait « vision », « rêve ». Peut-être était-ce tout ce que j'étais aux yeux de mon père. Une chose ni réelle, ni tangible, pas importante. J'étais censée être une abstraction. Un réceptacle à exhiber.

Une petite fille jolie, guindée, convenable, qu'il n'avait pas à préparer pour assumer le grand rôle. Celui de reprendre son entreprise. De lui donner des héritiers mâles pour poursuivre son héritage. J'étais le cadeau de mon père à ma mère et j'étais exactement ce qu'on attendait de moi : je chouchoutais ma mère, accédais à tous ses caprices et comblais les moments que mon père passait en déplacement par des sorties shopping, des instants beauté, et autres activités de « filles ».

Je projetais même de faire une école de médecine pour pouvoir m'occuper d'elle physiquement une fois diplômée. Jane Fitzpatrick détestait aller chez ses médecins. Elle disait qu'ils la jugeaient et ne la comprenaient pas.

J'avais hâte d'être qualifiée pour les remplacer et cocher une autre case sur l'impossible liste de souhaits que mes parents avaient dressée pour moi.

— Je n'ai pas peur des monstres, affirmai-je en me redressant.

Satisfait de ma réponse, il me donna une pichenette sous le menton.

— Peut-être es-tu l'une d'entre nous. Tu l'as dit toi-même, tu ne sais pas qui tu es.

J'essayai de le suivre. Je n'étais pas trop fière pour m'empêcher de lui courir après et de lui demander ce qu'il voulait dire. Mais il fut plus rapide : il sortit du wagon en vitesse et, avec la grâce féroce d'un tigre, il s'éloigna.

Il s'évanouit dans la multitude de corps et de lumières qui tourbillonnaient autour de moi, disparaissant comme le faisaient les monstres.

J'étais venue ici pour me noyer.

Maintenant, je pouvais à peine respirer.

Trois heures plus tard, mon corps vibrait encore à cause de l'adrénaline et de la douleur. J'avais essayé tous les manèges. Mangé trop de bonbons. Bu de la *root-beer* sur un banc en observant les gens. Ces distractions n'atténuèrent pas ma souffrance. Je me rejouais en boucle le moment où j'avais découvert qu'elle était morte, comme si j'essayais de me punir de… quoi ? Ne pas avoir pu l'en empêcher ? Ne pas être arrivée plus tôt ?

Je n'aurais rien pu faire pour l'arrêter.

Comment ça, tu n'étais pas là ? Elle t'a demandé ton aide. Tu ne la lui as jamais donnée.

Je cherchai le Monstre toute la soirée, même quand je ne le voulais pas. Mes yeux vagabondaient, examinant les files d'attente, les couples, et la foule de gens. L'avais-je inventé ? Notre rencontre semblait si irréelle.

Quand je fis une pause-pipi dans les toilettes de la fête foraine, je remarquai des mots fraîchement gravés sur la porte. Des mots qui semblaient m'être intimement destinés.

LE DÉSIR PASSE, L'AMOUR RESTE.
LE DÉSIR EST IMPATIENT, L'AMOUR ATTEND.
LE DÉSIR BRÛLE, L'AMOUR RÉCHAUFFE.
LE DÉSIR DÉTRUIT, MAIS L'AMOUR ? L'AMOUR TUE.
S.A.B.

Quand l'horloge indiqua minuit, j'abandonnai. Je ne le retrouverais pas.

Mon téléphone n'arrêtait pas de sonner, et je savais que mes parents enverraient une unité de recherche si je ne rentrais pas.

La disparition d'une ado de dix-sept ans n'était pas très inquiétante si cela ne faisait que huit heures que vous ne l'aviez pas vue.

La disparition de l'héritière d'un empire pétrolier de dix-sept ans dont le papa était l'un des hommes les plus riches au monde était, en revanche, un vrai problème, et j'étais certaine que ma famille en ferait tout un scandale.

J'étais une Fitzpatrick, et les Fitzpatrick devaient être protégés en permanence.

Je regardai de nouveau mon téléphone.

Mère : Je suis de plus en plus inquiète. Écris-moi, s'il te plaît. Je comprends que tu sois contrariée, mais tu nous contraries tous en disparaissant comme ça ! Je n'arrive pas à dormir. Tu sais combien j'ai besoin de dormir.

Mère : Ton père va me tenir responsable de tout ce drame. J'espère que tu es contente de toi, Aisling. Me mettre ainsi dans l'embarras.

Oh ! *merde*. Du calme, Mère.

Hunter : Papa va faire une crise cardiaque, sœurette. J'dis ça, j'dis rien (bisous de Californie).

Cillian : Arrête d'être si sensible. C'était une employée.

Papa : Toutes mes condoléances, ma chérie. Rentre, s'il te plaît.

Les feuilles craquaient sous mes pieds alors que je me dirigeais vers la Volvo XC90 de maman. J'étais sur le point d'ouvrir la portière pour rentrer à vitesse grand V à la maison, à l'Avebury Court Manor, quand je l'entendis. Un craquement non causé par mes pieds. Je levai brusquement la tête dans le noir. Au bout du parking, à trois voitures de la mienne, il y avait un coin entre les arbres, à l'orée du bois longeant l'autoroute. Sombre et isolé.

— Non, non, non. Je vous en prie. Je sais que j'ai merdé, mais ça ne se reproduira plus, promis.

Quelqu'un suppliait en gémissant. Un homme.

Je plissai les yeux, me cachant entre ma voiture et une Impala, épiant les deux silhouettes sous l'épaisse masse des feuillages. L'une était debout, un pistolet à la main. L'autre était à genoux, comme pour prier un dieu sans merci. Peut-être était-ce parce que j'avais déjà vu une personne morte ce soir, mais, malgré l'adrénaline que je sentais monter, j'étais incapable d'éprouver l'hystérie que j'aurais dû ressentir.

— Mentir ne te mènera nulle part, asséna l'homme debout.

— Qu'est-ce qui vous fait croire que je…

— Tes lèvres bougent, coupa l'homme au pistolet en donnant un coup de pied à celui agenouillé, qui poussa un cri bestial. Je t'ai dit qu'il n'y aurait pas de troisième fois.

— Mais je…

— Un dernier souhait, Mason ?

Mon sang se figea.

Je connaissais cette voix et, depuis ce soir et jusqu'à la fin de ma vie, je la reconnaîtrais n'importe où.

C'était celle du Monstre.

Mon monstre.

L'homme qui m'avait donné mon premier baiser.

Le gars à genoux tremblait comme une feuille, essayant de réprimer ses larmes épouvantées. Il secoua la tête, puis finit par dire :

— Si Nikki pose la question, dites-lui que c'était une affaire de drogue. Je ne veux pas qu'elle sache la vérité. Elle a assez souffert comme ça.

— D'accord. Au revoir.

Sur ces mots, le Monstre appuya sur la gâchette du pistolet, pressé contre le front de l'homme, et tira deux balles. À en croire le bruit sourd, l'arme était équipée d'un silencieux. Je plaquai une main contre ma bouche, étouffant le cri d'horreur qui me déchirait la gorge.

Il avait tué un homme.

Il avait tué un homme à découvert.

Sans même sourciller.

Mes jambes tremblaient ; je tombai au sol, le béton m'écorchant les jambes. Je cherchai frénétiquement mes clés dans mon sweat, les genoux en sang.

Fuis, merde, fuis.

Je déverrouillai la Volvo et me glissai sur le siège conducteur, essuyant frénétiquement les larmes et la sueur sur mon visage pour y voir plus clair, me mordant la lèvre pour réprimer un cri.

Ce n'est pas en train de se passer. Ce n'est que le fruit de ton imagination.

On frappa à la vitre et je sursautai si fort que ma tête heurta le plafond de la voiture. Je me tournai : c'était le Monstre. Il avait dû me voir, ou pire… m'entendre crier. Les doigts tremblants, je démarrai la voiture, aveuglée par mes larmes. Tranquillement, il enfonça un outil dans ma portière, la déverrouillant avec une aisance terrifiante, m'empêchant de passer la marche arrière.

Il posa ses mains sur le toit de la voiture, l'air blasé et indifférent, ses biceps saillant sous ses manches.

— Tu passes une sacrée soirée, hein, petite Aisling.

Le calme mortel de sa voix ne fit qu'empirer les choses.

— Je n'ai rien vu, m'exclamai-je avec un mouvement de recul, comme s'il allait me frapper.

À ma grande surprise, il se mit à rire. De bon cœur. Ce son guttural sonnait étrangement, comme s'il n'avait pas l'habitude de rire.

— Tu crois enfin que je suis un monstre, maintenant ?

Il se pencha en avant, ses lèvres planant tout près des miennes. Mon sang se figea, et pourtant, j'eus beau essayer, j'étais incapable de reculer. *Je dois être sous le choc*, me dis-je. J'aurais dû lutter ou fuir, mais mon traître de corps avait choisi l'option numéro trois : rester bloqué.

Ce n'était pas seulement de la peur. Il y avait autre chose. Quelque chose de chaud, de mordant. Une chose que je ne voulais pas savoir sur moi-même.

« Connais-toi toi-même. »

Ce sauvage venait de mettre deux balles dans la tête d'un homme et pourtant je restai plantée là, le corps vibrant, grésillant, suppliant mentalement qu'il me touche.

— Tu vas vraiment me laisser t'embrasser ?

Il fronça les sourcils, ses lèvres remuant presque sur les miennes. J'étais ensorcelée. Sans voix. Je devais bouger.

Bouge, merde. Bouge.

Enfin, je réussis à secouer la tête.

Il tira ma lèvre inférieure entre ses dents, la suçant de façon provocante avant d'y passer sa langue.

— Tu es une belle menteuse, Aisling.

Sa voix de ténor vibra en moi.

— J'imagine que tu t'es trouvée, alors. Toi aussi, tu es un monstre.

Il m'embrassa encore, avec ses lèvres et ses dents, avant de reculer.

— Si tu racontes ce que tu as vu à qui que ce soit, je te trouverai, et je te tuerai. Maintenant, je te suggère de fuir. Loin, et vite. Je te donne une avance de deux minutes avant de me lancer à tes trousses.

Sur ce, il tourna les talons et s'éloigna d'un pas tranquille, les réverbères capturant sa silhouette, lui conférant des airs de méchant torturé, comme ceux des films noirs que l'on aime en secret, puis il se glissa dans une voiture garée à une rangée de la mienne.

Lent. Ferme. Létal.

J'écrasai la pédale, sans jamais regarder en arrière.

Je conduisis si vite que la voiture se stoppa dans un soupir à mon arrivée.

Peu après la fête foraine d'Aquila, mon frère Hunter rentra de Californie pour de bon.

Doré, bronzé, et plus blond que jamais. Il emménagea dans un appartement de luxe en ville avec une fille prénommée Sailor qui devait lui servir de baby-sitter. Je l'avais déjà rencontrée quelques fois, quand sa mère était venue cuisiner pour nous lors de grandes occasions.

Papa aimait nous gouverner d'une main de fer, et Hunter était de loin le plus difficile à dompter.

Quelques jours après que Hunter et Sailor eurent emménagé ensemble, je lui avais rendu visite. Sailor était sortie, et il était en train de prendre une de ses douches interminables – qui devaient impliquer une bonne dose de plaisir solitaire étant donné qu'il n'avait plus le droit de sortir avec qui que ce soit depuis son retour à Boston.

Je fis le tour du salon, sans doute agencé par un professionnel. Les lieux étaient trop ordonnés, trop brillants, trop modernes pour être habitables. La seule indication que quelqu'un vivait ici était une rangée de photos posées sur la cheminée. Je n'eus pas besoin de m'en approcher pour savoir que c'était Sailor qui les avait mises là et non Hunter.

Hunter n'avait jamais considéré qu'il avait une vraie famille. Mais je ne pouvais pas lui en vouloir, puisqu'il avait été envoyé loin de chez nous dès l'âge de six ans.

La curiosité ayant raison de moi, je m'approchai de la cheminée. Sur la première photo, je reconnus Sailor, une jeune femme rousse au visage enfantin et constellé de taches de rousseur, en train de serrer contre elle un homme brun, qui devait probablement être son père, ainsi que son sosie, en plus âgé – sa mère, Sparrow.

La deuxième photo montrait Sailor à une fête avec deux blondes de son âge. Elles riaient aux éclats, des lunettes fluo loufoques sur le nez.

C'étaient les sœurs Penrose. Elles étaient passées aux infos l'autre jour parce qu'elles avaient déblayé la neige devant les maisons de seniors.

La troisième…

La troisième photo montrait Sailor et le Monstre.

Mon monstre.

L'homme de la fête foraine.

Il fixait l'objectif, l'air sinistre, sérieux, tandis qu'elle le regardait comme s'il était la lune. Son point de lumière dans l'obscurité infinie.

— Ouaip'. C'est elle. Ma casse-couilles de colocataire, lança une voix derrière moi.

Je sursautai en poussant un cri de surprise, portant une main à ma poitrine, de peur que mon cœur s'échappe par mégarde.

Je me retournai et offris un sourire poli à Hunter. Nous étions alors davantage des connaissances que des frère et sœur.

— Elle est très belle.

Il haussa les épaules, avançant dans le salon simplement vêtu d'une serviette autour de la taille, les cheveux dégoulinants.

— Ça passe.

— J'imagine que ce sont ses parents, dis-je en montrant la première photo, faisant l'innocente.

Il hocha la tête.

— Et ces deux-là ? demandai-je en passant aux sœurs Penrose.

Mon cœur battait la chamade. J'avais un étrange pressentiment à propos de ces filles. De ce groupe. Je voulais en faire partie.

— Perséphone et Emmabelle. Ses meilleures amies. Elles sont sœurs. Encore un vœu qui ne se réalisera pas tant que j'aurai Sailor sur le dos.

— Comment ça ? Qu'est-ce que tu veux leur faire ?

— Je veux *me* les faire, répondit-il en levant les yeux au ciel comme si j'étais stupide.

— Et ce mec, c'est qui ? demandai-je l'air de rien en désignant le Monstre.

C'était le grand moment. J'allais enfin découvrir son nom. En revanche, je ne savais pas comment je réagirais s'il me disait que c'était le petit ami de Sailor. Comment pourrais-je annoncer à mon frère que la femme avec qui il partageait son appartement sortait avec un meurtrier ?

Mais… ce n'était pas ce qui m'embêtait le plus dans l'idée que Sailor et le Monstre soient ensemble. C'était le fait qu'il ait une petite amie. Qu'il soit passé à autre chose. C'était d'ailleurs forcément le cas. Après tout, nous n'avions partagé qu'un baiser et un tour de manège.

J'avais la nausée.

— C'est Sam Brennan, répondit Hunter en se passant les doigts dans les cheveux. Son frère. Enfin, son demi-frère, plutôt. Ses parents l'ont adopté quand il était petit. Un sacré cas, et actuellement le gangster numéro un de Boston. Tous les gangs et les familles de mafieux de la côte Est ont mis sa tête à prix. Ses chances de parvenir à un âge avancé sont inférieures à zéro.

Le Monstre était un gangster.

Peu étonnant.

Au moins, maintenant, il avait un nom, une identité, un contexte.

Les choses allaient sacrément se compliquer.

Aisling, 18 ans
Sam, 26 ans

— Pour l'amour du ciel, Aisling, que fais-tu ? Ils sont là. Dépêche-toi ! gronda ma mère, ses talons cliquetant sur le sol en marbre derrière moi.

Ses doigts délicats s'enroulèrent autour de mon poignet pour me tirer dans l'autre sens.

— Tu sais bien que je ne sais pas faire la conversation. J'ai besoin de toi pour ne pas avoir à socialiser. Surtout avec la matriarche. Elle a un *travail*. Tu sais que je ne m'entends pas avec la classe moyenne.

Je la suivis dans le hall, les nerfs en pelote.

Aujourd'hui était le jour où mes parents avaient invité la famille de Sailor à dîner. Mère voulait apprendre à connaître les Brennan. Enfin, c'était sa principale excuse. En réalité, elle voulait seulement forcer Hunter à lui rendre visite.

Malgré les réticences de Hunter face à cet arrangement, j'avais vu Sailor des tas de fois depuis qu'ils avaient emménagé ensemble. Nous étions vite devenues amies après un gala de charité où nous étions allées toutes les deux, et où elle m'avait présentée à Perséphone et Emmabelle.

Elle était drôle, vive d'esprit et loyale. Mais j'avais beau essayer, je n'arrivais pas à la faire parler de Sam. Elle était très protectrice envers lui et, chaque fois que je lui posais des questions sur sa famille, elle changeait de sujet.

Les domestiques ouvrirent la double porte. Les Brennan se tenaient de l'autre côté. Sparrow Brennan, aux cheveux mandarine et yeux vert émeraude, tenait un plat fumant à la main.

Les yeux de rapace de Sam se plantèrent dans les miens. La courbure antipathique de ses lèvres me mit en garde : je devais faire comme si on ne se connaissait pas. Nous n'étions pas surpris de nous voir. Il ne faisait aucun doute que Sam savait que sa sœur était en colocation avec mon frère.

Mais jamais il n'avait pris la peine de me contacter.

Mon père, qui ne se doutait pas que j'étais en train de m'effondrer intérieurement, fit les présentations.

— Et voici ma fille, Aisling, conclut *Athair* (« père » en gaélique) en agitant la main dans ma direction, comme si j'étais un simple objet décoratif.

Mon père, Gerald Fitzpatrick, était un homme grassouillet avec un visage couleur crevette, des yeux perçants et un triple menton.

Sam me salua d'un léger haussement de tête, m'accordant à peine un regard.

— Ravie de vous rencontrer, dis-je stoïquement.

Le Monstre m'ignora.

Mon frère Cillian, qui était grand et imposant, semblait pourtant minuscule à côté de Sam. Il lui lança :

— Ne t'avise même pas de poser les yeux sur elle, Brennan. Aisling est un morceau de choix, pas un foutu hot-dog, elle n'est pas pour toi.

— Cillian, franchement, lâcha Mère, indignée, en portant une main à ses perles, comme si elle ne partageait pas son opinion.

Sam sourit et sortit son téléphone pour regarder quelque chose, comme si nous n'existions pas pour lui.

Cillian s'avança vers Troy, le père de Sam.

— Puis-je vous proposer, à vous et votre femme, une visite de notre demeure, l'Avebury Court Manor ?

Troy Brennan le toisa. J'imaginais que notre manoir avait autant d'intérêt à ses yeux que la météo en Gambie.

— Vous pouvez, répondit Troy d'une voix traînante, mais je vais devoir refuser, car vous êtes un conn…

— Avec grand plaisir ! intervint Sparrow en donnant un coup de coude à son mari.

Sam rangea son téléphone dans sa poche, indifférent au malaise ambiant. Si la soirée était à l'image de ces présentations, elle s'annonçait longue et douloureuse.

— Aisling, accompagne-les pendant que je vais voir en cuisine s'ils ont besoin de quoi que ce soit, m'ordonna ma mère.

Je savais ce que cela voulait dire.

Tiens-leur compagnie pour que je n'aie pas à le faire. Pour que je puisse me servir un verre et me cacher un peu plus longtemps.

J'emboîtai le pas à Troy, Sparrow, Cillian et Sam, qui avait troqué son jean et son T-shirt décontractés contre un pantalon de costume gris et une chemise noire. Ses cheveux étaient coupés plus court et ses épaules étaient si larges qu'elles bloquaient la moitié du couloir.

Nous étions les seuls à ne pas nous livrer aux mondanités d'usage, même si Troy et Cillian semblaient assommés par la recette de pain au levain de Sparrow, qui impliquait de laisser la pâte « poser » au soleil, la nourrir, lui parler, et la traiter, grosso modo, comme un tamagotchi.

Nous montâmes à l'étage. Ma maison était affreuse. Sans âme et fastueuse, comme un immense hall d'hôtel impersonnel. Marbres et touches dorées brillaient de tous côtés, tandis que fontaines et rideaux spectaculaires vous agressaient la rétine partout où vos yeux se posaient. Si l'expression « nouveau riche » avait eu une vitrine, ça aurait été sans conteste Avebury Court Manor.

Cillian leur fit visiter l'aile gauche, le pavillon familial, naviguant dans les pièces en récitant l'histoire de notre famille comme si nous étions les Kennedy.

Peu à peu, Sam ralentit le pas. Au début, je ne pensais pas que c'était intentionnel, mais bientôt nous marchions au même rythme, deux mètres derrière les autres.

Il fut le premier à parler.

— T'as une mycose ou quoi ?

Je lui adressai un sourire assuré, qui ne calmait en rien mes nerfs, mais ne répondis pas. Sa seule présence me désorientait, m'excitait et m'exaltait.

— Tu es affreusement lente, poursuivit-il.

Sa voix rauque s'infiltra en moi comme un doux poison.

— Tu es affreusement rustre.

Je gardais les yeux rivés droit devant moi. Cillian s'était arrêté devant un portrait de Cormac Fitzpatrick, première génération de Fitzpatrick arrivée à Boston après la grande famine irlandaise. Troy et Sparrow semblaient prêts à sauter par la fenêtre.

— T'es-tu trouvée ? demanda-t-il.

Loin de là.

Je sentis mes joues rougir sous mon maquillage.

— J'étais dans un mauvais jour, à la fête foraine.

— Cela ne répond pas à ma question.

Cillian se tourna vers nous, sourcils froncés.

— Dépêchez-vous. Brennan, je t'ai à l'œil.

Sam sourit à mon frère, qui n'avait que quelques années de plus que lui.

— Et tu aimes ce que tu vois, Fitzpatrick ?

— Pas le moins du monde, répliqua Cillian en le fusillant du regard.

— Un petit conseil : je n'aime pas qu'on me dicte ce que je dois faire, mais pour le juste prix, je suis prêt à tout.

— Et tu en es fier ? rétorqua Cillian.

— Très. Tu feras la queue pour m'engager dès que ton papounet ne sera plus en mesure de te sortir des emmerdes dans lesquelles tu te seras fourré.

— N'y compte pas trop, marmonna Cillian.

Sam ralentit le pas. Son indifférence face aux mises en garde ne m'étonnait guère.

— Mon frère a son caractère, dis-je, sur la défensive.

— C'est juste une façon élégante de dire que c'est un connard. Sailor m'a dit que tu étais en école de médecine.

Je hochai la tête.

— Pourquoi ?

— Je veux aider les autres.

— Ce n'est pas vrai.

Nous avions officiellement perdu le reste de la troupe. Cillian était occupé à faire visiter la bibliothèque, la fierté de notre famille. Sam se glissa dans une alcôve à l'abri des regards et m'attrapa par le poignet pour m'y attirer.

Je laissai échapper un cri de surprise et plantai mes ongles dans mes paumes, marquant ma peau de croissants d'angoisse et d'excitation.

— Tu n'as rien dit.

Il me regarda comme s'il mourait d'envie de me toucher davantage. Je savais de quoi il parlait. Je n'étais pas allée voir la police. Je n'avais jamais parlé de l'homme qu'il avait tué.

— Je suis digne de confiance.

— La plupart des gens ne le sont pas, dit-il.

— Je ne suis pas la plupart des gens.

— Je commence à m'en rendre compte. Écoute-moi bien maintenant. Ton petit papa est un homme très riche et important, et moi je suis un homme ambitieux et un vrai truand. Je veux travailler avec lui, et rien ne se dressera en travers de mon chemin, surtout pas toi. Alors reste loin de moi et ne fais pas ces yeux de merlan frit qui me supplient de te baiser devant toute ta famille, comme tu es en train de le faire. Tu ne sais pas ce que tu demandes. Les hommes comme moi dévorent les filles comme toi au petit déjeuner. Et sans qu'il soit question de plaisir. Compris ?

Je comprenais. Le jeu était terminé avant même d'avoir commencé. Sam était un monstre, et j'étais une princesse coincée dans sa tour d'ivoire, destinée à être sauvée par un autre. Son ennemi, probablement.

Je hochai la tête, même si j'avais une migraine et que les larmes me chatouillaient le nez et les yeux.

— Oui. Mais…

Il haussa un sourcil, attendant la suite. Je ne savais pas quoi dire.

— Oui ? siffla-t-il.

— Un dernier baiser, murmurai-je. Je ne le dirai pas. Tu sais que je ne l'avouerai jamais.

Il sembla réfléchir, puis pencha la tête vers moi.

— Un baiser, souffla-t-il, son corps tout près le mien. Un dernier baiser, minable et stupide. Et pas la peine de revenir en demander plus.

J'entrouvris les lèvres.

Il m'offrit un baiser lascif et dévastateur. Audacieux, avide, sexy, qui créa une sensation froide et humide dans ma culotte. Il aspira ma lèvre inférieure dans sa bouche et je gémis, le mordant en réponse, ne maîtrisant plus mes pulsions. Mes mains trouvèrent ses cheveux. Sa langue caressa la mienne. Je voulais la sentir entre mes jambes, je pressai mes seins contre son torse, à la recherche de frictions.

Il rit dans ma bouche.

— Tu es féroce.

— Je sais. Désolée.

— Ne le sois pas. J'aime ça, putain.

J'aime. Sa façon de prononcer ce mot me fit recroqueviller les orteils dans mes chaussures.

Il m'attrapa par les fesses et me souleva, mes cuisses ceinturant sa jambe. Ses doigts se plantèrent dans ma chair alors qu'il me faisait aller et venir contre sa cuisse musclée, me donnant encore plus que la friction que je voulais tant. À chaque mouvement, mon clitoris s'embrasait contre le tissu de ma culotte. C'était comme s'il frottait deux brindilles pour faire un feu, mais ce feu-là était un orgasme, partant de mes orteils et remontant jusqu'à ma colonne vertébrale.

— J'ai l'impression d'être… d'être…

J'essayai d'exprimer ce que je ressentais, mais j'en étais incapable. J'avais l'impression de flotter et de m'écraser en même temps. Je tremblais. Je voulais qu'il use de son savoir-faire pour me donner encore plus de plaisir.

— Vide ? souffla-t-il dans ma bouche, sa langue se débattant avec la mienne.

— Oui. Voilà. Je me sens tellement vide.

— J'aimerais pouvoir te remplir avec ma grosse queue.

— Oh ! gémis-je alors qu'il me frictionnait contre lui, plus vite, plus fort.

Tout en moi se crispa, et mes muscles se tendirent.

— Bordel… Je vais… Enfin… Est-ce que je vais… ?

Il n'y avait rien que je détestais plus qu'être ignorante. Je savais tout ce qu'on pouvait apprendre dans les manuels et les conférences en ligne. Mais je ne connaissais pas ça. J'avais l'impression d'être une gamine. Un cliché.

Il rit quand cela arriva, quand la vague de plaisir envahit tout mon corps, me faisait trembler de la tête aux pieds.

— Je crois que oui.

Il m'embrassa plus passionnément, ses mains partout sur moi, son pouce remontant le long de ma poitrine pour aller caresser mon téton sous ma robe.

— Hmm, soupirai-je dans sa bouche. *La petite mort.*

Il arracha ses lèvres des miennes, les sourcils froncés.

— Pardon ?

— La petite mort, répétai-je. Une perte de connaissance passagère. C'est une expression française pour décrire ce moment après l'orgasme.

C'était ma gouvernante française qui me l'avait appris – avec le juron « *merde* », que je proférais à tout-va. Les yeux de Sam pétillèrent avec tant de délectation que je sentis la fierté me gonfler la poitrine. Ses sourires étaient comme des empreintes. Chacun était juste assez différent pour être complètement unique.

— Aisling Fitzpatrick, tu es une délicieuse torture.

Il brisa notre étreinte. Tout était flou, et ma culotte était très, *très* mouillée.

Je pressai mes doigts contre mes lèvres.

— Oh ! bon sang, qu'est-ce qu'on a fait ?

Il avait les lèvres enflées mais, à part cela, il avait l'air toujours aussi calme et à l'aise.

— Puisque j'imagine que c'était une question rhétorique, je vais t'épargner la réponse.

Il était déjà en train de prendre son paquet de cigarettes dans sa poche arrière.

— Tu as une petite amie ? demandai-je de but en blanc.

Il rit, une clope coincée entre les dents.

— Ne t'inquiète pas pour ça. Je n'en aurai jamais.

— Pourquoi ?

— Parce qu'aucune femme n'en vaut la peine, et encore moins la fille d'un homme que je voudrais dépouiller de tout son argent.

Il alluma sa cigarette. Ses yeux gris et sombres glissaient sur ma peau tels des glaçons.

— Tu sais, je ne le dirais à personne si on couchait ensemble.

Je ravalai ma fierté. Je ne savais pas pourquoi je le désirais autant. Je savais seulement que je le désirais. Avec lui, j'avais l'impression d'être dans un univers parallèle.

— Je viens de te dire que c'était notre dernier baiser.

— Mais pourquoi ? insistai-je.

— Parce que je veux travailler avec ton père.

— Je ne le dirai à personne.

— Tu n'en vaux pas le risque, dit-il en haussant les épaules.

— Il n'y aura aucun risque, rétorquai-je, obstinée.

Une voix en moi m'avertit : c'en était assez. C'était *elle*.

Il ne veut pas de toi, ma chérie. Tourne les talons et pars.

Je n'en fis rien.

Sam baissa les yeux vers moi, la mine grave.

— Même sans risque, tu n'en vaux pas la peine. Tu es trop jeune, trop innocente, et bien trop douce pour moi. Maintenant, rends service à ton amour-propre et va-t'en.

C'était trop tard.

Ma fierté en avait pris un coup. Je devais riposter, même si je n'étais pas équipée pour.

— Je te plains, dis-je.

Je ne le plaignais pas le moins du monde, c'était seulement une façon de ne pas perdre la face.

— Vraiment ? demanda-t-il avec un sourire en coin, se prêtant au jeu. Pourquoi ?

— Parce que tu es un marginal à peine instruit qui n'a jamais fini ses études. Il est probable que tu ne connaisses même pas tes tables de multiplication. C'est pour ça que tu fais ce que tu fais. Tu n'as pas le choix.

— Es-tu en train de me traiter d'imbécile ?

Son sourire s'élargit, ses yeux brillant de malice.

— Tu en es un, affirmai-je en redressant le menton. Mais ce n'est pas grave. Tu es canon et tu dégages cette énergie qui dit « regardez comme je suis dangereux », alors je suis persuadée que tu trouveras quelqu'un.

— N'oublie pas que je suis riche.

— Pas selon mes critères, dis-je avec un sourire narquois.

Purée, on croirait entendre ma mère. Je m'enfonçai.

— En revanche, abstiens-toi de faire la conversation. Ce n'est pas ton point fort.

— Si je me fie à la façon dont tu t'es frottée contre ma jambe comme une chienne en chaleur il y a tout juste cinq secondes, je suis certain que je saurai occuper mes conquêtes d'une autre façon.

Ses mots étaient crus, mais son sourire blasé s'évanouit dans un masque de marbre sinistre.

— Tu... tu... tu...

— Je... je... je... *quoi* ? se moqua-t-il en me tapotant le menton pour me faire fermer la bouche. J'ai *raison* ?

Avant que je puisse répondre, Sam disparut.

Et il m'ignora toute la soirée.

Quatre heures plus tard, je rampai jusqu'à ma chambre, encore dans un état d'hébétude.

Sam avait impressionné tout le monde par son humour sec, son esprit vif et son aura. Celle-là même qui promettait une mort rapide mais douloureuse si vous aviez le malheur de le contrarier.

Je tombai nez à nez avec mon manuel de mathématiques – celui que j'avais laissé ouvert sur mon bureau de style baroque parce que j'étais bloquée sur le même problème depuis une éternité.

Je pestai et tendis la main vers le livre pour le fermer.

— J'essaierai de te résoudre demain. J'ai de plus gros problèmes à gérer dans l'immédiat.

Comme mettre fin à mon obsession pour le mafieux le plus célèbre de Boston, par exemple.

Ma main s'arrêta sur la page. Je clignai des yeux. Le problème était résolu, mais ce n'était pas mon écriture.

En réalité, *tous* les problèmes de la page étaient résolus. Sans exception.

Comment avait-il… ?

« Es-tu en train de me traiter d'imbécile ? »

Oui. Mais Sam n'était pas un imbécile. À en en juger par cette simple page, il se rapprochait plutôt du génie mathématique.

En colère contre lui, contre moi-même, et contre le monde entier, je refermai violemment le manuel. Un mot voleta jusqu'au sol. Je le ramassai.

Quoi, c'était difficile ?

Il avait cité *La Revanche d'une blonde.*

Et m'avait piégée par la même occasion.

Aïe.

1

Aisling

Aujourd'hui
27 ans

J'y suis.

Cette pensée me détourna un instant de tout ce qui fourmillait dans ma tête. Le bruit, la douleur, les doutes.

Je descendis les marches du Badlands, la boîte de nuit la plus populaire de Boston.

J'avais été catégoriquement bannie de Badlands. Une fois, j'avais même été refoulée à la porte. Le videur m'avait dit : « Le patron a montré ta photo à tout le monde, ma p'tite. Il a dit qu'il virerait tous ceux qui seraient assez bêtes pour te laisser entrer. »

J'avais vingt-six ans à l'époque, mais ce petit détail ne l'avait pas fait changer d'avis. Depuis que Sam Brennan avait acheté la boîte deux ans plus tôt, s'en servant de couverture pour son trafic crapuleux, il refusait de me laisser y mettre les pieds, bien que mes frères viennent toutes les semaines.

— Je n'arrive pas à croire qu'ils n'ont pas vérifié ton identité, meuf.

Sam va péter tellement de câbles qu'il va faire sauter l'électricité de toute la ville ! me cria Emmabelle en me tapant dans la main, alors que nous nous frayions un chemin au milieu des hipsters pour avancer dans la boîte de nuit, avec son papier peint Art déco version psychédélique et ses faux animaux empaillés fluo.

Belle était ma seule complice lors de mes sorties en ville puisque nos deux autres amies – Sailor et Perséphone, la petite sœur de Belle – étaient jeunes mamans, et donc plus intéressées par les micro-siestes et l'échange de conseils d'allaitement que par des virées au bar.

Belle était également propriétaire de Madame Mayhem, un célèbre club du centre-ville, et elle aimait jauger la concurrence ; la convaincre de venir ici ce soir n'avait pas posé problème.

Le Badlands était plus sombre et plus petit que je l'avais imaginé. Et il puait la décadence. Arrivée en bas des marches, je remarquai que le club se résumait à quelques divans en velours, une petite piste de danse, et un long bar en bois foncé. Au-dessus du comptoir, des petites télés vintage étaient alignées et passaient toutes le même film en noir et blanc : *Docteur Folamour.*

« Fools Gold » des Stone Roses jouait si fort que je sentais trembler le sol sous les talons de mes cuissardes.

Des fêtards déguisés sniffaient de la coke sur le bar et, au fond de la pièce, un couple était carrément en train de baiser sur un canapé. La fille, habillée en reine de cœur, rebondissait sur les genoux du mec, sa robe couvrant leur moment cochon.

Ce club était l'incarnation de Sam. Sombre, minable, et pourtant étrangement attirant.

Je lissai mon costume. C'était Halloween. Une bonne excuse pour masquer ma véritable identité. J'avais choisi Julia Roberts dans *Pretty Woman* et mis une perruque blonde, des lunettes de soleil, un rouge à lèvres écarlate, une minijupe bleue et un petit haut blanc.

Belle avait couvert ses cheveux blonds d'une perruque noir corbeau, à la Uma Thurman dans *Pulp Fiction*. Elle tira sur sa cigarette électronique de manière théâtrale, à la recherche de sa prochaine victime.

— Et puis, c'est salaud de la part de Sam de te blacklister comme ça.

— Sam est un salaud pour beaucoup de raisons, mais ça n'a rien à voir avec le fait de me blacklister, me bannir de cette boîte sans raison valable prouve que c'est un vrai tyran, murmurai-je.

Je ne disais pas souvent du mal de Sam – ou de qui que ce soit d'autre, d'ailleurs – mais quand je le faisais, c'était auprès de Belle parce que je savais qu'elle ne me jugerait pas.

— Tu crois que c'est parce que tu es la sœur de Hunter et Cillian ? demanda-t-elle.

— Non, je crois que c'est parce que je lui rappelle tout ce qu'il veut oublier, dis-je en toute honnêteté, mais sans lui donner plus de précisions.

La fête foraine.

Ce baiser.

Notre conversation.

Sam pensait ne jamais me revoir. Je n'entrais pas dans ses plans, et ce qui ne cadrait pas avec ses projets devait disparaître. C'était pour cette raison qu'il me traitait comme il le faisait – avec indifférence et cruauté. Quand nous nous trouvions dans la même pièce, il faisait comme si je n'existais pas. Il ne tenait pas compte de ce que je disais ou faisais.

Belle et moi prîmes place au comptoir sur des tabourets hauts. Je fis signe au barman de nous servir deux gin-tonic, faisant de mon mieux pour ne pas m'effondrer et/ou pleurer.

À vingt-sept ans, je pouvais compter sur les doigts de la main le nombre de fois où j'étais allée dans un bar. J'avais été trop occupée par l'école de médecine pour me plonger dans cet univers, et maintenant j'étais en internat. C'était du moins ce que les gens pensaient. Mais ce soir, je voulais faire quelque chose d'imprudent, de dangereux, de stupide. Me rappeler que j'étais en vie.

Ce soir, je voulais pourchasser Sam Brennan, même si je savais que je n'aurais pas dû.

Parce que ce soir, comme cet *autre* soir, j'avais vu quelqu'un mourir.

Et la mort faisait ressortir mon besoin de me blottir dans l'âme d'un monstre pour me cacher du monde.

Pour ne rien arranger, je croisais Sam tout le temps.

À des dîners, à des galas de charité, à des soirées.

Il travaillait pour ma famille depuis presque dix ans maintenant.

D'une manière ou d'une autre, j'avais laissé le pire se produire. Je continuais de l'aimer de loin, comme le soleil aime la lune. Coexistant, mais à distance. Éternellement maudits, mais jamais assez proches pour être heureux.

Nous avions très peu parlé depuis ce soir-là, même si nos familles s'étaient rapprochées par le biais de Hunter et Sailor. Le voir était un mélange doux-amer d'exaltation et de chagrin.

J'avais appris à me shooter à ces deux émotions.

— Oublie Sam ce soir.

Belle suça sa paille, aspirant son gin-tonic comme si se bourrer la gueule était un sport olympique. Sous son costume, elle était la Margot Robbie de ma vie. Yeux bleus félins, cheveux blond soleil, sourcils délicatement arqués et lèvres pleines.

— Tu n'es pas sortie depuis que tu as commencé ton internat au Brigham and Women's Hospital. C'était il y a six mois. Trouve-toi un plan cul. Amuse-toi. Tu l'as mérité, doc.

— Je ne fais pas dans le plan cul, dis-je en écrasant le citron vert avec ma paille comme s'il m'avait causé du tort.

— C'est le moment de changer ça. C'est insensé qu'une apprentie gynéco, une femme qui s'occupe littéralement du vagin des autres, ne prenne pas soin pas du sien. Tu ne peux pas te languir d'un pénis qui ne veut pas de toi. La mer est pleine de poissons, comme on dit.

— Eh bien, j'espère sincèrement que tu ne feras pas une intoxication au mercure, Belle, parce que tu sembles prendre un peu trop de plaisir à goûter auxdits poissons.

Je pris une généreuse gorgée de mon verre, regrettant aussitôt ma remarque, sachant que je passais pour une prude. Belle renversa la tête en arrière et éclata de rire, loin d'être offensée.

— Oh ! Ash, t'es trop drôle. Il y a une chose que la plupart des gens ne savent pas à propos de toi. Sous sa façade bien lisse, la princesse américaine attend que le monstre la ravisse, pas qu'un prince la sauve. Tu es une vraie créature dangereuse quand tu veux.

Les verres s'enchaînèrent sur de la bonne musique. Bientôt, Belle me tira sur la piste de danse, où on se frotta l'une contre l'autre au son de The Shins, Two Door Cinema Club et Interpol.

Ma perruque blonde me collait au visage tandis que je me déchaînais sur la piste pour chasser les souvenirs de mon service à la clinique en hurlant les paroles de « Runnin' with the Devil » de Van Halen entourée d'une foule ivre et exaltée, me servant une nouvelle fois du bruit et des lumières pour noyer mon chagrin.

Mme B.

Aiguilles.

Mort.

Mère.

Désespoir.

Belle finit par se choisir une cible, comme toujours.

Emmabelle était une non-monogame autoproclamée. Bien qu'elle ne soit pas une prédatrice, elle ne cherchait pas non plus une relation sérieuse et adorait plus que tout s'offrir des coups d'un soir. Le concept de la monogamie lui était aussi étranger que le bidet ou la sauce chinoise. Elle était consciente que c'étaient des choses que d'autres personnes appréciaient, mais n'avait jamais été tenté d'essayer elle-même. Les rares fois où elle prenait un amant, homme ou femme, elle leur était farouchement dévouée et leur donnait l'impression d'être le centre du monde.

Ce qui était probablement la raison pour laquelle elle brisait autant de cœurs.

Sa victime du jour était un beau ténébreux déguisé en Zorro.

Ils se retrouvèrent au milieu de la piste, engagèrent la conversation, et je dansai seule un moment avant de battre en retraite vers le bar.

Belle reparut à mes côtés dix minutes plus tard.

— On va au Four Seasons. Il a un ami à la direction qui peut nous avoir la suite présidentielle. Il est aussi canon qu'Antonio Banderas, non ?

Belle se mordit la lèvre en zieutant sa conquête, qui récupérait leurs manteaux au vestiaire, jetant des regards inquiets en direction de mon amie pour s'assurer qu'elle n'avait pas changé d'avis et ne s'était pas enfuie.

Je m'appuyais sur le bar en souriant.

— Absolument, mais son costume est un peu pourri, non ?

— Plus pourri qu'un ripou. Heureusement pour moi, je vais passer une nuit avec lui, pas ma vie.

Belle me décocha un clin d'œil et me planta un baiser sur le front.

— Joyeux Halloween, doc. Tu ne rentres pas seule ce soir et tu m'envoies un message si tu as besoin de quoi que ce soit, d'accord ?

Elle partit sans attendre de réponse.

Je songeai à appeler un Uber pour rentrer, mais quel intérêt ? Mes frères étaient avec leurs femmes et leurs enfants respectifs, et mes parents étaient de sortie à un dîner de charité, ce qui était la raison de ma présence ici ; quand ma mère était à la maison, elle insistait pour que nous passions du temps ensemble.

Je rentrerais donc dans un immense manoir vide pour me

morfondre, plongée dans mes propres pensées, mes tristes souvenirs, et mes regrets.

Je fis signe au barman de me servir un autre gin-tonic, le vidai d'une traite, et retournai sur le dancefloor.

Dix minutes plus tard, un mec en uniforme de Ghostbuster se mit à danser près de moi, s'approchant peu à peu. Il avait l'air jeune. Plus jeune que moi et mes vingt-sept ans. Ce devait être un étudiant, blond, avec le visage rosi par le mordant du froid de Boston. On se tourna autour un moment avant qu'il me crie dans l'oreille :

— Je m'appelle Chris.

Je me penchai en avant pour lui répondre, même si je savais qu'il n'y avait aucune chance pour que Chris et moi rentrions ensemble. Pour le meilleur, ou pour le pire, je n'étais pas du genre à repartir avec un inconnu. Je n'étais pas une nonne, loin de là, et je n'étais pas assez stupide pour me réserver pour Sam, mais je n'avais couché qu'avec deux hommes dans ma vie et je connaissais leur adresse, leur nom de famille, leur numéro de téléphone et – gênant – leurs notes à la fac.

— Ash, répondis-je vaguement.

Ash pouvait être le diminutif d'Ashley ou Ashlynn.

Aisling n'était pas un prénom très courant, et tout le monde connaissait les Fitzpatrick à Boston.

— T'es sacrément canon, Ash.

Il se lécha les lèvres, me déshabillant des yeux.

Je le remerciai, mais me rhabillai mentalement en lui adressant un sourire pincé.

— Je peux te payer un verre ?

J'étais consciente que j'entrais en territoire pompette, mais j'étais encore loin d'être bourrée. Je hochai la tête.

— N'importe quoi, mais en bouteille. Je l'ouvrirai moi-même.

— Tu n'as pas de décapsuleur.

— J'ai des dents, répondis-je.

Littéralement. Figurativement.

Il haussa un sourcil, un sourire aux lèvres.

— Génial.

Chris m'apporta une bière. On continua à danser. Quand « Heads Will Roll » des Yeah Yeah Yeahs commença, il se plaça derrière moi et se mit à se frotter contre mes fesses. Il bandait et j'en avais ma claque. De tout. Surtout aujourd'hui.

Je ne verrais pas Sam ce soir. Il n'était pas là. Mon plan avait foiré et il était temps d'y couper court pour rentrer panser mes blessures à la maison, où je pourrais au moins noyer mon chagrin dans l'alcool sans risquer de me faire violer.

— C'était sympa, Chris. Merci. Passe une bonne soirée.

J'attrapai mon petit sac et me dirigeai vers l'escalier, mais Chris ne l'entendait pas de cette oreille. Il m'attrapa par le bras, me tirant vers la piste de danse bondée en me soufflant son haleine rance de vodka sur le visage.

— Pas si vite, Pretty Woman. Tu as oublié de me remercier pour la bière.

Hmm.

C'était un de ces mecs qui croyaient que payer un verre à une fille leur donnait un ticket direct pour leur culotte. Je plongeai une main dans mon sac et en tirai un billet de dix dollars tout frais que je jetai dans sa direction. Un rictus aux lèvres, je le regardai voleter entre nous, tel une plume, jusqu'au sol collant.

— Tiens. Va t'acheter ce que tu veux. Peut-être du bon sens, pour cesser de harceler sexuellement les femmes.

Je tournai de nouveau les talons. Il m'attrapa *à nouveau* par le bras. Cette fois-ci, il me tira plus fort, tout contre lui. Mon cœur se mit à battre à tout rompre quand il planta violemment ses doigts dans ma peau.

— Oh que non. J'ai une autre idée en tête.

— Alors je te suggère de la reconsidérer, parce que je ne suis pas ce genre de fille.

— C'est pour ça que tu es habillée comme une *pute* ? lança-t-il en haussant un sourcil. Arrête ton baratin, Ashley. On se désire tous les deux, et on va le faire.

Je levai les yeux et me débattis. Il resserra son étreinte autour de mon bras. J'ouvris la bouche pour le prévenir que j'allais crier, quand Chris fut soudain propulsé en arrière et soulevé comme un chiot par le col de son costume de chasseur de fantôme.

Je reculai, bousculant une autre personne sur la piste de danse, et poussai un cri de surprise.

Sam Brennan.

Le Monstre en personne était là, un cavalier noir soulevant Chris dans les airs, flanqué de deux videurs. Mon agresseur se débattait, agrippant désespérément le col de son costume pour ne pas s'étrangler.

Il est venu.

— Débarrassez-vous de lui, mais brisez-lui quelques os d'abord, ordonna sèchement Sam en lâchant Chris, qui retomba sur le sol comme un pantin désarticulé.

— Punaise, se lamenta Chris alors que les deux hommes le soulevaient pour l'emmener vers la sortie. Désolé. Je ne savais pas que c'était une VIP. Allez, Brennan. *Pitié !*

— La ferme.

— Suis-je banni de la boîte ? couina Chris.

Sam le toisa froidement.

— Quand mes hommes en auront fini avec toi, tu auras de la chance si tu ne pisses pas du sang pour le restant de tes jours. Dégagez-le.

Il désigna la porte en haut de l'escalier, et les videurs obéirent aussitôt.

Sam s'avança vers moi. Je fis un autre pas en arrière, serrant mes genoux dans un élan de peur et de désir.

J'avais été prise la main dans le sac, dans son club, habillée comme la légendaire prostituée des années 1990. *Charmant*. Il allait m'en faire voir de toutes les couleurs. Peut-être même le dire à mon père et mes frères.

Je fermai les yeux, prête à encaisser ses reproches.

— Suivez-moi, dit-il à voix basse.

— Je suis désolée ! Je…

Une seconde, *quoi* ?

Pourquoi ne me mettait-il pas à la porte avec Chris ?

Je regardai autour de moi, maudissant Belle de m'avoir abandonnée. Elle était assez cinglée pour se battre contre Sam. Et gagner.

Sam posa une main dans le bas de mon dos, me poussant vers le bar, puis dépassa deux gardes du corps qui bloquaient un étroit couloir faiblement éclairé. Tout mon corps fourmillait, en alerte.

Nous passâmes devant quatre portes, deux de chaque côté du couloir, toutes ouvertes. *Les salles de jeux*. Des espaces de paris clandestins que Sam gérait sous couvert du Badlands. Tout le monde connaissait la notoriété de cette boîte de nuit, mais seulement quelques personnes étaient au courant de la véritable raison de cette célébrité.

Apparemment, seuls les hommes les plus riches et les plus respectés de Nouvelle-Angleterre pouvaient rejoindre le petit club de Sam – et seulement s'ils étaient parrainés par un contact de confiance.

Je jetai un œil à l'intérieur des pièces – foncées, boisées et enfumées. Les hommes avaient des cigares entre les dents, buvaient du whisky hors de prix, riaient et lançaient des paris.

Sans un mot, on gravit un escalier jusqu'à une porte qui menait sans aucun doute à son bureau. Il l'ouvrit et la referma derrière nous. Puis il alla s'appuyer contre sa table de travail.

Je regardai autour de moi, clignant des yeux pour m'habituer à la lumière agressive, m'imprégnant de ces nouveaux détails de sa vie. Rien dans cette pièce ne puait l'argent ou le pouvoir. Elle ressemblait à un simple bureau de propriétaire de boîte de nuit. Sam n'était pas du genre clinquant. Il était riche et avait la tête de l'emploi, mais il ne ressentait pas le besoin de faire étalage de sa fortune.

Nous étions seuls, sans personne pour l'arrêter quand il me hacherait menue parce que j'avais désobéi à ses ordres en venant ici.

Mon cœur battait si fort que je crus que j'allais vomir.

— Voilà, je…

Je voulais lui expliquer ma présence dans la boîte de nuit, mais il leva la main pour me faire taire.

— Ce qui vous est arrivé ce soir ne reflète ni mon club ni son personnel. Je suis conscient que les choses peuvent parfois dérailler, mais le harcèlement sexuel est tout bonnement inadmissible. J'aimerais vous offrir un bon de cent dollars pour le dérangement, mademoiselle… *Roberts*.

Il me regarda de la tête aux pieds, mais son expression était dénuée de tout désir.

Je me mordis la lèvre pour empêcher ma mâchoire de se décrocher quand je compris.

Sam ne me reconnaissait pas.

Il ne savait pas qui j'étais.

Comment l'aurait-il pu ? J'avais une perruque blonde, un costume, beaucoup de maquillage *et* des lunettes.

Mon cœur bondit. Il fallait que je profite de la situation. C'était une occasion en or. D'avoir Sam sans vraiment avoir Sam.

Je savais que le monstre préféré de Boston couchait avec toute femme consentante. Pourquoi pas moi ?

Parce que c'est immoral, malhonnête et injuste, me souffla une voix avec un léger accent français, *sa* voix. *Sans compter que tu mérites un homme qui te supplie, pas l'inverse.*

Oui, elle me hantait encore. Dix ans après sa mort.

Mais Sam n'avait pas d'éthique. Pourquoi ne pas jouer selon ses règles ?

— Qui a dit que je ne cherchais pas à attirer l'attention ?

Je pris un air fier et adoptai un ton plus rauque et grave que ma voix normale.

Sam haussa un sourcil, perché sur son bureau avec nonchalance, ses bras musclés croisés sur son large torse.

— Ton langage corporel, pour commencer. Certains lisent des livres, moi je lis les gens. Tu as essayé de dégager ton bras, signal international qui signifie « putain, lâche-moi ». Je t'ai repérée sur l'écran, dit-il en désignant le moniteur sur son bureau, qui affichait des images de la boîte en noir et blanc sous tous les angles.

Je lui adressai un sourire rouge sang.

— Tu as raison. Il n'était pas mon genre. Mais cela ne veut pas dire que je ne suis pas venue chercher un peu d'action.

— Vraiment ? demanda-t-il, l'air peu intéressé.

— Oui.

Ma voix trembla à peine quand les mots que j'avais découverts dans les toilettes de la fête foraine me revinrent en tête.

Le désir passe, l'amour reste.

Le désir est impatient, l'amour attend.

Le désir brûle, l'amour réchauffe.

Le désir détruit, mais l'amour ? L'amour tue.

S.A.B.

Étais-je assez stupide pour penser que c'était lui ? Que ces mots m'avaient un jour été destinés ?

— Dans ce cas, tu ferais mieux de retourner tenter ta chance en bas.

Sa voix était comme une douche glaciale refroidissant mes avances.

— Ou peut-être qu'on pourrait se rendre service tous les deux.

Je jouai avec une mèche de cheveux décolorée en prenant garde à ne pas tirer trop fort sur la perruque pour ne pas me griller.

Le sourire de Sam se fit narquois et sceptique.

— Qui a dit que j'étais à l'affût ?

— Ton groupe sanguin.

— Tu connais mon groupe sanguin ?

— Tu as le sang *chaud*, dis-je.

— Chaud ou froid, je suis trop pour toi, ma belle.

— On va voir ça.

Son regard glissa lentement sur mon corps, comme s'il essayait de déterminer si je valais la peine qu'il ouvre sa braguette. Je frémis, consciente qu'il pouvait découvrir mon identité à tout moment.

Plus nous parlions, plus ma voix devenait instable. Perçante. Plus *aislinguienne*. Il se caressa le menton, semblant y réfléchir.

— Retourne-toi, ordonna-t-il.

J'obéis, douloureusement consciente qu'il me matait. Heureusement, j'avais de belles fesses. Quatre cours de yoga par semaine avec ma mère, malgré mon emploi du temps chargé d'interne. Mais c'était ça le problème avec l'amour non réciproque : on se jugeait toujours indigne de l'objet de son admiration.

— Soulève ta jupe pour moi.

Sa voix d'acier trancha l'air derrière moi. Je fis ce qu'il demandait, même si je savais qu'il allait découvrir une chose à laquelle il ne s'attendait pas.

Ma culotte en coton blanc, confortable et trop grande. Pratique pour une femme qui portait une blouse stérile toute la journée, mais pas du tout adaptée à mon personnage.

Je l'entendis rire. Mon cœur se serra.

— Dégage.

Je tournai la tête pour le regarder, ma jupe encore relevée, les fesses offertes.

— Je connais les hommes comme toi, dis-je sur un ton charmeur.

— Il n'y a pas d'hommes comme moi.

— Je peux te faire passer du bon temps, insistai-je.

— J'en doute.

Il pencha la tête sur le côté avec un petit rire.

— *Dehors.*

Effrontée, j'écartai ma culotte pour lui montrer mes fesses tout en me caressant. Mon excitation était audible sous mes doigts, lui faisant savoir que j'étais prête à ce qu'il me prenne.

— S'il te plaît…

Je penchai la tête sur le côté, me mordant la lèvre, écartant les cuisses pour qu'il me voie me masturber.

Il ne dit rien.

Petite victoire. Il te donne une seconde chance. Ne la gâche pas.

Je me retournai avant qu'il change d'avis et m'avançai vers lui dans mes cuissardes à talons, sachant que c'était maintenant ou jamais. Sam Brennan n'aurait pas accordé sa chance à Aisling Fitzpatrick, mais à l'inconnue que j'étais ce soir, peut-être. Quand je fus assez près pour le toucher, je tombai à genoux, levant les yeux vers lui derrière mes grosses lunettes de soleil.

— Puis-je ? demandai-je en posant ma main sur son entrejambe.

Il me regarda, une lueur espiègle dans ses yeux orageux.

— Tu as intérêt à faire ça bien, Roberts. Je baise pas les novices.

Je baissai la fermeture Eclair de son pantalon. Au cours des dix années qui s'étaient écoulées depuis la fête foraine, Sam Brennan était devenu un homme. Il avait délaissé les jeans noirs déchirés et les T-shirts informes au profit de pantalons Armani et de chemises classes, et il avait la même odeur que tous les milliardaires que je connaissais, portant un parfum qui comptait parmi les favoris de mes frères et coûtait mille dollars le pschitt. La seule chose qui lui restait du jeune Sam était la médaille de saint Antoine qui pendait à son cou et ces yeux moqueurs qui vous transperçaient l'âme.

Je baissai son caleçon de marque, mes doigts passant dans les poils tondus de son entrejambe. Sa queue jaillit. Dure comme la pierre. Épaisse, longue et terriblement grosse, avec une veine violette courant sur sa longueur.

Question pénis, celui-ci était magnifique. J'en eus l'eau à la bouche et me léchai les lèvres.

Au lieu de me mettre tout de suite au travail, je penchai délicatement la tête, gardant ma perruque en place, et pris ses bourses dans ma bouche pour les sucer doucement.

Il eut une inspiration fébrile, renversant la tête en arrière, ne s'attendant pas à ce geste. Je passai un doigt le long de sa verge, tout en caressant ses testicules et en inspirant l'odeur musquée de ses parties intimes.

— Bordel de merde, grogna-t-il. C'est pas mal joué.

Réprimant un sourire, je suçai, taquinai et léchai, m'occupant à peine de son sexe qui ne cessait de tressauter et de gonfler, réclamant mon attention. Au bout de quelques minutes, Sam attrapa ma nuque pour me diriger vers l'attraction principale – le clou du spectacle. Je poussai un cri de surprise et donnai immédiatement une tape sur sa main pour la chasser, de peur qu'il m'arrache la perruque.

Il fronça les sourcils, déconcerté.

— Tu n'aimes pas les bites ?

— Ce n'est pas ça, dis-je, essoufflée, me sentant pathétique. Désolée. C'est juste que mes cheveux, c'est la cata sous la perruque, je ne veux pas que tu les voies.

Une cata noir corbeau que tu reconnaîtrais direct.

— Tu as cru qu'on allait faire nos photos de mariage ou quoi ? demanda-t-il agacé, mais le plaisir dansait dans ses yeux gris. On s'en tape !

— Oui, tu as raison.

Petite idiote, me rabroua Mme B. dans ma tête. *Si soumise, si docile.*

— Pendant qu'on y est, pourquoi n'enlèves-tu pas les lunettes de soleil ? J'ai l'impression de me faire sucer par Stevie Wonder.

Parce que tu verrais mes yeux et que tu les reconnaîtrais aussi.

Mes iris étaient d'un bleu sans pareil. Mon père disait que seul l'océan était aussi bleu.

J'attrapai sa queue et lui fis une gorge profonde, le faisant presque rugir de plaisir.

— Jolie diversion, Roberts. Plus vite.

Je me mis à aller et venir, encore sous le choc d'avoir la queue de Sam Brennan dans ma bouche.

J'étais bien consciente que ma fascination – non, mon *obsession* – pour lui ne connaissait aucune limite. Mais elle était inoffensive. Nous étions tous les deux célibataires, majeurs, et toujours à proximité l'un de l'autre. Il avait changé ma vie, lui avait donné un sens différent, plus profond. Lui faire une bonne pipe était le moins que je puisse faire pour le remercier de m'avoir mise sur le chemin sur lequel j'étais aujourd'hui.

— Très bien, voyons de quoi ta chatte ou ton cul sont faits. Debout, Pretty Woman.

Je me relevai, sentant l'euphorie tourbillonner en moi comme une tempête. Il m'attrapa l'arrière de la tête et m'embrassa. Un baiser paresseux de mec qui a envie de baiser. Plein de langue, de dents et d'intentions. Rien à voir avec celui que nous avions partagé dans le train fantôme il y avait bien longtemps.

Sam se recula brusquement et me jeta un regard noir.

— Quoi ? demandai-je à bout de souffle, la culotte déjà trempée.

J'agrippai le col de sa chemise, frottant mes seins contre son torse sans aucune honte, déjà au bord de l'orgasme.

— Qu'est-ce qu'il y a ?

— Gingembre, siffla-t-il froidement. Et miel.

— Gingembre ? répétai-je en clignant des yeux derrière mes lunettes. Qu'est-ce que tu veux dire ?

— Je ne connais qu'une seule femme qui sent le gingembre et le miel.

C'était moi.

Moi et mon stupide shampooing français auquel Mme B. m'avait rendue accro.

Sans prévenir, Sam m'arracha les lunettes et la perruque. Mes longs cheveux noir goudron tombèrent en lourdes vagues sur mes épaules et jusqu'à mes fesses. J'ouvris grand les yeux

Je suis baisée – et pas comme je l'espérais.

Je toussai, m'étouffant avec les excuses désespérées que ma bouche refusait de cracher. Je savais qu'il ne me ferait pas de mal – pas physiquement, du moins – mais je ne doutais pas une seule seconde qu'il allait me punir.

La vengeance était le langage préféré de Sam Brennan, et il la parlait couramment.

— Fitzpatrick, grogna-t-il sauvagement.

— Sam, je…

Je secouai la tête. *Merde !*

— S'il te plaît. Juste une fois.

— Épargne-moi tes conneries. Je m'occuperai de ton cas plus tard. D'abord, je vais te donner ce que tu me supplies de te donner depuis plus de dix ans et te rappeler pourquoi *tu* (il me mordit la lèvre) *ne* (il attrapa ma culotte) *dois* (l'arracha) *pas* (enfonça deux doigts d'un coup) *jouer* (écarta ses doigts en moi, de telle sorte que je me sentis remplie et qu'un frisson de plaisir me parcourut, faisant flageoler mes genoux ; je m'approchai de lui, cambrant le dos, en demandant plus) *avec moi*.

Il montra les dents puis, tout en me doigtant sans ménagement, il m'embrassa. Avec avidité. Violence. Passion. C'était un baiser différent. Un baiser chargé d'un désir réprimé. Le genre de désir accumulé depuis des années à cause de regards dissimulés et d'une accumulation de « presque ». Je ressentis ce baiser jusqu'au plus profond de moi, dans chaque cellule de mon corps.

Nos bouches dansèrent à l'unisson, et j'avançai mon bassin vers lui pour qu'il me pénètre plus profondément, plantant mes ongles dans ses épaules musclées à travers sa chemise.

Il retira ses doigts et m'attrapa fermement les fesses pour faire passer mes jambes autour de sa taille. Il me porta jusqu'à la table de billard, me perchant sur le rebord en chêne, son sexe en érection pressé contre mon ventre. Sam plongea une main dans sa poche et en sortit un préservatif dont il arracha l'emballage avec les dents.

— Es-tu vierge, Aisling ? demanda-t-il, son index effleurant mon sexe nu maintenant que ma culotte déchirée avait été jetée sur le sol de son bureau.

Même si je savais que la question était justifiée – je n'avais jamais eu de petit ami sérieux, n'avais jamais ramené d'homme à la maison pour les fêtes ou les dîners officiels et étais certainement la personne la plus timide et renfermée qu'il connaissait – elle piqua ma fierté.

— Est-ce que ça changerait quelque chose ?

Je lui arrachai le préservatif des mains et l'enfilai sur son pénis, les doigts tremblants. J'allais offrir à cet homme la meilleure baise de sa vie. Je lui ferais passer l'envie de coucher avec d'autres femmes.

— Que dalle.

— Alors je te suggère de le découvrir par toi-même.

Je le regardai droit dans les yeux et, l'espace d'un instant, ses pupilles grises me laissèrent sans voix.

J'avais rencontré des hommes. Beaucoup d'hommes, beaux, riches, accomplis. Mais ils étaient tous pareils. Leurs grands airs, leurs bonnes manières et leurs mains douces n'étaient rien comparé à la virilité authentique que Sam dégageait sans même essayer.

Il était bestial, brut et dangereux, et il n'existait personne d'autre comme lui.

Il le savait. Je le savais.

Sam m'offrit son sourire en coin de mauvais garçon.

— Si arrogante. Si tu veux que je te prenne, je te prendrai à la Sam Brennan. Sans regrets. Sans redites. Et sans en parler à tes parents, ma p'tite.

Sur ces mots, il me retourna, plongea sa main entre mes cuisses et étala ma cyprine sur mon anus.

J'écarquillai les yeux, estomaquée. Je n'avais jamais pratiqué le sexe anal. Sam enfonça un doigt dans mon cul, tout en me pénétrant le vagin d'un puissant coup de reins.

Je me sentis remplie, tellement remplie. Un gémissement m'échappa. Mes tétons déjà durcis par le plaisir devinrent si sensibles que la seule friction de mon soutien-gorge me rapprochait de l'orgasme. Je renversai la tête en arrière et grognai.

Ne jouis pas au quatrième coup de rein. Aie au moins la décence de lui faire croire qu'il ne peut pas faire ce qu'il veut de toi.

— Pas vierge, donc.

Il se mit à bouger en moi, me tenant par la taille d'une main, jouant avec mon cul de l'autre. La friction causée par la table de billard sur laquelle il me prenait me chatouillait le clitoris. À chaque coup de reins, je me crispai un peu plus autour de lui, inclinant mon corps au bon angle pour une pénétration plus profonde, tout en glissant ma main entre nous pour pétrir ses testicules.

Les deux hommes que j'avais connus avant Sam avaient été un échauffement pour me préparer au grand événement. J'avais planifié ma vie sexuelle pour qu'il m'appartienne.

J'étais sortie avec des prodiges de Harvard, que je savais être des experts du cul, et les avais amadoués pour qu'ils m'apprennent tous leurs trucs cochons. J'avais pris des notes, passant de la néophyte timide et malhabile à une vraie nymphe au lit.

J'avais mordu, léché, taquiné et chatouillé quand il le fallait.

Sucé, poussé et serré.

Pas pour eux, pour *lui*.

Mais je n'avais pas anticipé que *lui* me donnerait tant de plaisir. C'était époustouflant.

Quand Sam glissa un autre doigt dans mon anus, je me mis à gémir plus fort, agrippant la table de billard de toutes mes forces, perdant le contrôle de mes jambes, succombant presque au plaisir. Il me prenait sans merci et, quand je sentis le premier spasme de l'orgasme monter en moi, il se retira, prit son sexe dans sa main et le plaça entre mes fesses, contre mon anus couvert de cyprine.

— Eh bien, la petite Aisling Fitzpatrick a bien grandi, elle baise comme une star du porno.

Il lâcha un rire cinglant, essayant de minimiser l'instant, de dédaigner ce qui se passait.

Lui.

Moi.

Interdit et mal et, pourtant, contre toute attente, réel.

Il s'inséra lentement en moi, précautionneusement, et même si cela faisait plus mal que je ne voulais l'admettre, j'encaissai, l'aidant à me pénétrer entièrement en reculant mes fesses jusqu'à lui.

Il y eut un silence tendu pendant lequel je pris le temps de me familiariser avec son anatomie si intriquée dans la mienne. Je sentis un frisson de plaisir parcourir son corps.

— Ta chatte a peut-être servi, mais ton cul n'a jamais été baisé. Je le sens.

Je ne dis rien parce que c'était vrai et que c'était un rappel douloureux de l'amour pathétique que je lui vouais. Il se pencha en avant, toujours en moi, et écarta mes cheveux sur mon épaule, ses lèvres trouvant mon oreille.

— Tu devais me laisser une première fois, n'est-ce pas, Aisling Fitzpatrick ? Pauvre âme romantique.

Sur ces mots, il se retira lentement puis me pénétra d'un coup. Je gémis de douleur, agrippant la table de billard plus fort, mais, après quelques coups de reins, la douleur se mua en plaisir. Surtout quand il me repositionna un peu plus haut sur la table pour que mon clito soit de nouveau titillé par la surface pelucheuse. Mes doigts jouaient encore avec son intimité, caressant le point sensible entre ses testicules et son cul.

J'avais le corps en feu, les fesses crispées, et tous mes muscles frémissaient lorsque l'orgasme s'abattit sur moi en vagues puissantes.

— Je vais jouir, m'écriai-je.

Sam grogna, donnant quelques coups de reins saccadés. Il jouit en même temps que moi.

Des points noirs vinrent troubler ma vision et tout devint flou. Je le sentis éjaculer en moi.

Je laissai le haut de mon corps s'affaler sur la table de billard, fermant les yeux, consciente que ma jupe était toujours remontée autour de ma taille. Il se retira lentement, centimètre par centimètre, et la douleur était presque insoutenable – d'autant que les centimètres étaient nombreux.

La joue encore plaquée contre la moquette verte, j'entendis Sam se déplacer dans le bureau. Lentement, je rebaissai ma jupe sur mes cuisses pour couvrir mes fesses nues.

— Relève-toi, princesse de glace. Ma table de billard vintage n'est pas faite pour dormir.

Je me retournai, montai volontairement sur la table et me penchai en arrière dans une position lascive. Si j'étais assez bonne pour me faire baiser sur la table de billard, alors j'avais le droit de m'y asseoir.

— Demande gentiment, dis-je de ma voix hautaine d'aristo – celle qu'il détestait. Et peut-être que je le ferai.

— Je ne dis jamais rien gentiment. Tu devrais le savoir maintenant. Où as-tu appris tout ça ?

Sam s'assit à son bureau en serrant sa ceinture, son air reptilien avait effacé tout indice prouvant que nous venions juste de nous envoyer en l'air. Il alluma une cigarette et souffla une spirale de fumée dans ma direction.

Je descendis de la table de billard en souriant, me penchant pour ramasser ma perruque et mes lunettes.

— À *baiser*, tu veux dire ? N'oublie pas que j'ai passé sept ans avec des gens dont le seul but dans la vie était d'étudier le corps humain. J'ai eu le temps d'explorer toutes les manières de faire crier quelqu'un de plaisir… et de douleur. Tu n'en as eu qu'un aperçu.

Je réarrangeai ma jupe et ma perruque et me contraignis à me diriger vers la porte. Pas parce que j'avais envie de partir, mais parce que je devais prétendre qu'il me restait au moins un semblant de dignité.

Tout le monde savait qu'Aisling Fitzpatrick était éperdument amoureuse de Samuel Brennan depuis le jour où ils s'étaient rencontrés. Inutile de lui accorder toute mon attention et de le couvrir de déclarations d'amour désespérées. Nous venions de partager une super partie de jambes en l'air. La balle était dans son camp.

Je prendrais tout ce qu'il était prêt à me donner.

Une simple aventure, une relation de couple, ou tout ce qui existait entre les deux, du moment qu'il voulait de moi.

Pathétique ? Peut-être. Mais je ne faisais de mal à personne. Personne d'autre que moi.

Et Sam ? Il avait beau être terrifiant, je savais qu'il ne lèverait pas la main sur moi – à moins que j'en aie expressément formulé la demande. Il était dangereux, oui, mais il ne menaçait pas ma vie. Seulement ma santé mentale.

— Je ne demandais pas à en savoir autant, ma p'tite, dit Sam en regardant ce qu'il se passait dans le club sur son écran de contrôle, les sourcils froncés et sa cigarette entre les lèvres. Tu en es où maintenant ? Tu es pédiatre, c'est ça ?

— Gynéco. Au Brigham and Women's Hospital, répondis-je en lissant ma jupe, faisant un pas de plus vers la porte.

Arrête-moi. Dis-moi de rester. Demande-moi mon numéro.

— Tu pensais vraiment pouvoir me séduire en te déguisant ?

— J'ai réussi, non ? dis-je crânement. Mais, honnêtement, je me suis habillée comme ça pour entrer dans la boîte, pas pour te séduire.

— Pourquoi voulais-tu entrer ?

Il n'avait pas quitté le moniteur des yeux.

— Parce que le Badlands est le club le plus branché de Boston.

— Tu te fiches des endroits branchés de Boston.

— Bien sûr que non, dis-je froidement.

Je me demandai s'il pensait à moi, à ce que j'aimais et n'aimais pas.

— Parfois, même les gentilles filles veulent être mauvaises.

— C'est justement pour ça que tu as été bannie de cet établissement, répondit-il, impassible.

— Ce n'est pas juste.

— Je ne suis pas là pour être juste. Tu me connais. À quel moment as-tu cru que ça m'intéressait d'être juste ?

Entre l'extorsion, le meurtre et le blanchiment d'argent, Sam n'avait pas vraiment de temps libre pour intégrer la ligue de la Justice dans le rôle du Capitaine Chic Type. Néanmoins, dire qu'il était injuste serait… eh bien, *injuste*. Après tout, il avait mis le mec qui m'avait agressée à la porte.

— Je suis bannie de ton établissement parce que tu sais que, si je m'approche trop, tu devras m'accorder de l'attention et, chaque fois que nous sommes ensemble, la magie opère, rétorquai-je avec défi.

Pars, ma chérie. Tu ne te rends pas service, dit la voix de Mme B. dans ma tête.

Sam quitta l'écran des yeux pour les lever vers moi.

— La seule magie que nous avons partagée aujourd'hui, c'est le fait que j'ai élargi ton anus de deux centimètres pour le restant de tes jours. Quoi qu'il en soit, tu m'as fait un sale coup, Fitzpatrick.

— Il faut ce qu'il faut, quand on est un monstre, dis-je en haussant les épaules. Tu le sais aussi bien que moi.

— Tu n'es pas un monstre, siffla-t-il.

— Tu ne sais pas qui je suis.

— C'était quoi ton objectif ? Tirer un coup ?

— Un ? Non. Quelques-uns ? Pourquoi pas, ça dépendra de ton attitude, répondis-je de manière évasive.

Il pouvait me repousser tant qu'il voulait, mais, quand nous étions sur cette table de billard, il m'avait lancé le même regard qu'à la fête foraine. Un regard affamé disant qu'il allait me dévorer sans rien laisser à l'homme qui viendrait après lui.

— Aisling ! aboya-t-il quand ma main trouva la poignée de la porte, prête à la tourner pour partir.

Je m'arrêtai mais ne me retournai pas, mon cœur battant à tout rompre.

— Si on baise – et c'est un *si*, pas un *quand* – c'est tout ce qu'on fera. Ce qui t'es destiné depuis ta naissance – un époux respectable, des enfants, une famille et un labrador pour compléter la photo de Noël –, je l'ai rejeté avant même que tu sois née. Ce ne sera rien de plus que de la baise. Et pour des raisons évidentes, personne ne devra avoir vent de notre arrangement.

Nous connaissions tous les deux les « raisons évidentes », mais aucun de nous n'osait les exprimer à voix haute.

Il me proposait quelque chose. C'était un début. Je savais que je devrais me démener pour obtenir le reste. Sam Brennan était un homme brisé, mais pas irrécupérable. J'y croyais de tout mon cœur malgré, et peut-être à cause de, ce que je l'avais vu faire au fil des ans.

Il avait sorti ma famille du pétrin un nombre incalculable de fois, avait aidé mon frère à ne pas perdre l'entreprise familiale et m'avait désirée à distance.

Il ne le savait peut-être pas lui-même, mais il avait un code moral, des règles et des limites bien définies.

Je ferais en sorte qu'il se voie tel que je le voyais. Alors peut-être pourrait-il voir qui j'étais réellement. Une femme digne de son attention.

Pour l'instant, j'étais prête à prendre ce qu'il voulait bien m'offrir, même si ce n'était que du sexe bestial et énervé.

Oui. Tu as officiellement perdu la boule, ma chérie.

— Qu'est-ce que tu as en tête ?

Je m'appuyai contre le chambranle de la porte avec la mollesse d'un fromage de chèvre.

Sam se frotta le menton, visiblement agacé par la situation.

— Eh bien, nous ne pouvons pas baiser chez toi puisque tu vis toujours chez tes parents – je ne comprends pas pourquoi, d'ailleurs –, et je ne laisse jamais personne venir chez moi. Alors, disons que tu peux venir me retrouver ici. Demain. Même heure.

— Pourquoi pas chez toi ? répliquai-je.

— Hein ?

Il quitta l'écran des yeux – il était déjà passé à autre chose.

— Pourquoi ne laisses-tu personne venir chez toi ?

— Parce que je déteste tout le monde, dit-il en isolant chaque syllabe, me regardant comme si la réponse était évidente et que j'étais une imbécile. Qu'est-ce que tu crois ?

— Alors personne n'est jamais venu chez toi ?

— Mes parents sont passés une fois ou deux. Sailor connaît l'adresse mais elle n'est pas autorisée à venir. Pourquoi vis-tu encore chez tes parents ?

Il jeta la bombe à mes pieds. Je haussai une épaule, feignant l'indifférence.

— Je ne vois pas l'intérêt de payer un loyer alors que je vis presque à l'hôpital.

— Ne dis pas ça alors qu'on sait très bien que tu ne ferais même pas la vaisselle si tu avais ton propre appartement. Tu es trop riche pour faire les choses toi-même, et on le sait tous les deux. Pourquoi te caches-tu encore derrière papa et maman ? répéta-t-il durement.

La vérité était complexe, surprenante et, pire que ça… irréelle. Il ne me croirait jamais. Même si je lui disais. Ce que je n'envisageais pas de faire puisque c'était trop embarrassant. J'étais une marionnette. Un pion dans le jeu de mes parents. Il n'y avait pas de quoi être fière.

Je secouai la tête.

— Cela veut-il dire que mon interdiction de venir au Badlands est levée ? demandai-je.

— Oh ! tu es encore bannie, jeune fille. Je ne veux pas te voir faire la fête avec ces tocards. Un des videurs te fera entrer par la porte de derrière quand tu arriveras demain, mais tu n'es pas autorisée à aller au bar, ni dans les salles de jeux.

— À demain, Monstre.

— Nixe, dit-il avec un bref hochement de tête.

Je rentrai chez moi en vitesse et cherchai le surnom qu'il m'avait donné sur Google, euphorique, terrifiée, ravie et joyeuse.

Nixe : être aquatique mi-humain mi-poisson qui vit dans un palais subaquatique et se mêle aux humains en prenant différentes formes physiques attrayantes (généralement une belle jeune fille).

La nixe était un monstre féminin.

Sam nous considérait toujours de la même façon.

Comme des créatures sombres et imprévisibles, rôdant à la vue de tous.

Maintenant qu'il m'avait laissée entrer, j'allais faire tomber tous ses murs pour qu'il m'appartienne enfin.

2

Sam

Dix heures après avoir pénétré Aisling Fitzpatrick jusqu'aux couilles, j'eus un appel m'informant que Catalina Greystone, alias ma chère mère, avait enfin passé l'arme à gauche (et sans faire de vagues).

— Je me suis dit que vous devriez le savoir. Étant donné qu'ils vont démolir tout le bordel la semaine prochaine. Même si la propriété vaut que dalle. Je m'suis dit, faudrait p'têt' le dire à son fils ?

À l'autre bout du fil, Mme Masterson, la voisine de Cat, grignotait quelque chose de croustillant qui me cassait les oreilles et rendait cette conversation encore plus agaçante.

Mais j'en n'ai rien à battre, fus-je tenté de répondre.

Je ne savais pas que Catalina était morte avant que Mme Masterson me le dise, et cela ne m'intéressait pas d'en savoir davantage.

Elle m'avait appelé alors que j'étais chez mon coach, en train de retourner un pneu de tracteur qui pesait presque aussi lourd que moi. Je mis le haut-parleur, jetant le téléphone sur le sol rembourré en continuant mon exercice.

— Comment avez-vous eu mon numéro ? demandai-je – sans parler du code spécial nécessaire pour me joindre.

— C'est votre papa qui me l'a donné. Troy quelque chose.

Ainsi, Troy savait que Catalina était morte. J'étais surpris qu'il ne se soit pas pointé direct chez moi avec une bouteille de champagne.

— Eh bien, je vous remercie de m'avoir prévenu, mais je ne pense pas qu'il y ait quoi que ce soit de valeur pour moi dans cette maison.

Si ce n'est mon enfance perdue et mes souvenirs liés à l'abus de drogue et d'alcool.

Après m'avoir déposé chez les Brennan avec rien d'autre qu'un sac en toile et des mauvais souvenirs, Cat avait essayé de reprendre contact, de temps à autre, au fil des ans, mais la vérité, c'était que j'aurais préféré me faire baiser par un cactus – à sec – que de lui parler.

Bon sang, j'aurais épousé le foutu cactus si ça m'avait garanti de ne plus jamais revoir sa sale tronche.

Heureusement, étant un déchet humain, Cat ne s'était pas donné trop de mal. Elle m'avait envoyé des lettres par-ci par-là et avait essayé de me téléphoner à l'occasion, surtout quand elle avait des problèmes d'argent, ce qui – *spoiler alert* – arrivait tout le temps.

Comme si j'en avais quelque chose à foutre. D'après l'adresse sur les enveloppes (qui allaient directement à la poubelle, sauf en hiver, où elles atterrissaient dans la cheminée), elle avait passé ces dix dernières années dans la banlieue d'Atlanta à sucer des demi-molles pour financer son addiction à la drogue et aux sacs à main de luxe.

Un soir où le Badlands tournait au ralenti, j'avais même cherché son adresse sur Google Maps. Je n'avais pas été surpris de découvrir qu'elle vivait dans un taudis où je n'aurais même pas rangé mes chaussures. Une petite baraque en bois toute branlante que n'importe quel loup pourrait faire s'envoler.

Si j'avais eu un désir de vengeance, j'y serais allé exactement pour ça, tout détruire. Qu'elle se retrouve à la rue. Mais je la considérais à peine comme un personnage secondaire dans mon histoire – alors de là à en faire une ennemie dont je voulais me venger…

— Vous ne demandez pas comment elle est décédée ?

La femme à l'autre bout du fil ne me lâchait pas. Mon coach, Mitchell, un homme taillé comme un roc, me tendit une serviette fraîche avec un regard inquisiteur.

Il n'avait pas l'habitude que je consacre du temps à des étrangers.

— Après c'est air bike et cordes. Soixante secondes de repos, Monstre, articula-t-il en serrant le poing, geste que je refusai d'imiter parce que je n'avais plus cinq ans.

Puis il se faufila derrière un rideau noir pour me laisser de l'intimité.

— Allô ? Vous êtes toujours là ? demanda mon interlocutrice d'une voix nasillarde.

Je ramassai le téléphone.

— Écoutez, madame Masterson, votre inquiétude maternelle me touche, mais dire que Cat et moi n'étions pas proches serait l'euphémisme du siècle. Je n'ai besoin de rien dans cette maison. Je suis un homme occupé. Je n'ai pas le temps de venir en Géorgie.

En revanche, j'avais bien l'intention de venir en Aisling ce soir, et c'était un problème. Un agréable frisson me parcourut. Qui aurait cru que la petite Nixe était capable de ça ? De tromper, de duper, d'entrer par ruse dans mon club – dans mon *froc* – et de m'offrir la baise de ma vie ?

Pas moi, c'était certain. Mais j'étais ravi de lui proposer un second round et de l'évacuer de mon système. De voir tous les trucs qu'elle avait appris en école de médecine et de marquer cette peau blanche et laiteuse avec mes ongles et mes dents. Elle était comme un cygne. Élégante et noble. Et cela rendait le fait de la baiser bien plus plaisant que mon lot habituel d'ongles pointus, de lèvres botoxées et d'implants fessiers.

Je trouvais moins excitant de plonger dans une femme qui avait vu plus de bites qu'un urologue. Qu'elle ait ou non de l'expérience, j'avais su, à sa façon de me toucher, que la princesse de glace ne se donnait pas facilement.

Elle ne pouvait pas.

Elle était désespérément obnubilée par moi.

Et putain, pour la première fois en dix ans, cette obsession me rendait fier plus qu'elle ne m'agaçait.

— C'était la drogue. Elle a fait une overdose. C'est comme ça qu'elle est morte, poursuivait Mme Masterson, ne faisant pas cas de mon indifférence. Pauvre petite. Ce sont des jeunes scouts qui l'ont trouvée. Elles étaient venues lui vendre des biscuits. Vous y croyez ? Elles ont regardé par la fenêtre, l'ont vue allongée là et ont appelé les secours. Pauvres gamines. Personne ne devrait voir ce genre de choses, surtout pas des enfants. Ils disent que ça faisait plusieurs jours qu'elle était là. Peut-être même une semaine. Personne n'est venu la voir. Son journal d'appels indique que personne ne l'a appelée non plus. C'était une femme solitaire, votre mère.

Cela ne me surprenait pas. Cat était aussi aimable qu'une porte de prison. Plus jeune, son physique la sauvait. Une fois sa beauté fanée, elle était devenue une junkie hagarde de plus, et la vie avait tendance à être dure avec ces gens-là.

— Écoutez, je sais que vous n'étiez pas vraiment comme cul et chemise, fit la vieille dame en soupirant. Mais quand même, fiston, vous devriez venir.

— Je ne suis pas…

— Purée, je sais pas comment être plus claire que ça. Il y a quelque chose à elle que vous devriez voir, me coupa-t-elle vivement. Je n'en dirais pas plus. Elle m'a dit que vous étiez riche. Ça veut dire que vous pouvez vous permettre de prendre des congés pour venir ici, jeune homme. Je sais que je suis vieille, mais je ne suis pas stupide. Je ne dis pas que vous devez venir chercher de la vaisselle de chez Walmart ou des albums de famille. Il y a des choses que vous devez voir.

Malgré moi, je commençai à la détester un peu moins.

— Comme quoi ?

— Je dirai rien.

— Vous êtes exaspérante, madame Masterson. On vous l'a déjà signalé ?

— Tout le temps, dit-elle en riant, avant d'être prise d'une toux de fumeuse. Alors, c'est un oui, petit Greystone ?

— *Brennan*, corrigeai-je en serrant les dents, fixant un point invisible sur le mur, celui que je regardais pendant mes cent tractions, cinq jours par semaine.

Fallait-il que je satisfasse ma curiosité morbide à l'égard de Cat, ou du moins ce qu'il en restait ?

La réponse était simple. Non. C'était une parfaite inconnue. Vingt-six ans s'étaient écoulés depuis la dernière fois que je l'avais vue. Et pourtant, comme une mouche sur un tas de purin, quelque chose me poussait à aller voir le bordel qu'avait été sa vie. Et puis, l'idée de savourer l'échec de Cat à accomplir l'acte humain le plus basique – survivre – ne m'était pas désagréable.

— Je serai là demain matin.

— Bon garçon.

Je raccrochai et appelai mon agent de voyage pour lui donner les détails. Je l'entendis taper sur son clavier.

— Il y a un avion qui part de l'aéroport de Boston Logan dans quelques heures. Vous feriez mieux d'attraper celui-ci : il y a une tempête annoncée pour demain, il pourrait y avoir des retards.

— Réservez, ordonnai-je.

J'allais poser un lapin à Aisling Fitzpatrick, mais ce n'était pas un problème. S'il y avait bien une chose dont j'étais certain, c'était que Nixe – *le petit monstre* – ne me repousserait jamais.

Elle serait là la semaine prochaine. Et la suivante.

À disposition pour que je l'utilise, l'abuse, la dévore.

Elle m'avait toujours appartenu.

C'était ce qui la rendait si dangereuse et la raison pour laquelle je m'étais tenu à distance toutes ces années. Le fait qu'elle soit à ma disposition. Un faux pas, et ce serait le désastre. Une femme qui n'avait pas de conditions n'était pas un concept étranger pour moi, mais généralement elles voulaient toutes *quelque chose*. Mon argent, ma position de pouvoir, le prestige d'être sous l'égide du roi des bas-fonds de Boston.

Aisling, en revanche… je n'arrivais pas à la comprendre. Elle était plus riche qu'une princesse, plutôt du genre progressiste, et ses motivations semblaient toujours étrangement sincères.

Je ne savais pas ce qu'elle cherchait, mais cela n'avait aucune importance.

Sa famille était mon plus gros client, et je n'allais pas foutre mon job en l'air pour une femme, aussi douce soit-elle.

Mitchell réapparut dans son T-shirt trop petit pour son torse musclé – j'aurais sûrement eu l'air aussi ridicule si j'avais essayé de faire entrer ma grosse bite dans un préservatif de taille normale.

— Prêt ? demanda-t-il en levant de nouveau le poing.

Je l'ignorai et saisis les cordes pour l'exercice suivant.

— Toujours.

À peine quelques heures plus tard, j'étais chez Cat, dans son salon, si tant est que ce mot s'applique au trou à rat miteux dans lequel elle avait vécu.

Mme Masterson m'avait donné la clé, après m'avoir gavé d'une tarte aux pommes douteuse et d'un thé glacé sucré qui, étrangement, avait le même goût que celui de chez Cotsco.

La maison de Cat faisait la taille de la chambre d'ami de mon appartement de Boston. La plupart de ses meubles étaient de vieux machins récupérés au coin de la rue. Le placard de la salle de bains contenait suffisamment de médocs pour réapprovisionner une pharmacie. Tous les signes d'une vie de merde étaient là : sacs en plastique pleins de trucs inutiles étalés partout, factures impayées épinglées à un panneau, canettes de bière à moitié pleines éparpillées çà et là, et un tas de capotes usagées dans la poubelle de la salle de bains.

Elle était morte en prostituée. Cela aurait dû m'attrister, mais non. Elle avait perdu le droit de recevoir ma pitié quand elle avait fait de moi un consommateur d'alcool et de cocaïne avant même que je sache me torcher le cul.

Je me retroussai les manches et me mis au travail. J'arrachai le papier peint pour voir s'il cachait quoi que ce soit d'intéressant, passai au crible les détritus dignes d'un accumulateur compulsif, et ouvris tous les placards et tiroirs de cette foutue baraque. Je la mis sens dessus dessous, arrachant même le robinet de son socle. Mais j'eus beau chercher, je ne trouvai pas cette chose qui, selon Mme Masterson, valait le déplacement.

Je savais qu'il était inutile de poser la question à cette vieille bique. Elle venait juste de me faire avaler une tarte encore à moitié congelée et de me dire que Cat voulait que je trouve moi-même.

Je pouvais toujours compter sur elle pour me compliquer la vie, même outre-tombe.

Habituellement, j'étais doué pour soutirer des informations de manière pas-si-sympa mais, même moi, j'avais mes limites, et m'en prendre à une dame de quatre-vingt-cinq ans à moitié sourde et potentiellement aveugle serait les dépasser.

Je décidai d'appeler Sparrow, que je considérai comme ma

vraie mère. Certes, elle ne m'avait pas fait sortir de son utérus, mais elle avait toujours été là pour me sortir du pétrin, quand j'étais petit. Elle m'avait nourri, défendu, et célébrait mes victoires.

Elle m'aimait plus ardemment qu'une mère, mais le mal avait été fait. Mon âme était brisée, mes yeux, ouverts, et mon cœur, gelé.

— Quoi de neuf, Sam ? demanda Sparrow à l'autre bout du fil.

Je l'imaginais presque en train d'étaler de la pâte dans la cuisine, ses cheveux roux serpentant autour de sa tête, comme ceux de Méduse, un tablier avec un slogan amusant autour de sa taille encore fine.

— Sparrow. Je suis chez Cat, en Géorgie. Elle est morte d'une overdose.

— Troy me l'a dit, répondit-elle doucement.

Je sentis qu'elle était sur le point de me présenter ses condoléances, alors j'enchaînai :

— Je crois qu'il y a quelque chose que je devrais voir ici, mais je ne sais pas où chercher.

J'étais doué pour les fouilles, mais c'étaient habituellement des armes que je trouvais, sous des matelas et dans des fissures. Les secrets de Cat, où qu'ils soient, n'étaient pas en évidence.

Ce qu'il y avait de bien avec Sparrow, c'était qu'elle pensait comme les criminels. Peut-être parce qu'elle en avait épousé un. Alors, au lieu de perdre du temps en questions inutiles, elle me dit :

— Regarde dans les tiroirs des tables de chevet ou les recoins de son placard. C'est là que les femmes cachent leurs secrets, en général.

— C'est noté. Mais je l'ai déjà fait et je n'ai rien trouvé.

— Tu as arraché les moquettes et les sols ?

— Chaque centimètre carré, répondis-je en faisant tomber les livres de l'étagère près de la fenêtre de sa chambre. D'autres idées ?

— Est-ce qu'il y a des photos accrochées au mur ?

Je regardai autour de moi, sur le point de dire non, quand j'en repérai une.

Cat avait toujours eu *une* photo au mur, où qu'elle soit.

Bizarrement, elle était accrochée dans la salle de bains. C'était une photo de Troy Brennan, mon père adoptif et l'ex de Cat. Catalina Greystone n'avait jamais tourné la page, et je ne pouvais pas lui en vouloir. Personne n'arrivait à la cheville de cet homme à la fois si aimé et si craint.

— Une seule, dis-je distraitement, sans préciser qui était sur la photo.

— Décroche-la. Ce sera derrière, affirma Sparrow avec conviction.

— C'est pour ça que je ne fais pas confiance aux femmes.

— Ce n'est pas grave. Nous ne faisons pas confiance aux hommes non plus. Oh ! et… Sam ? demanda-t-elle.

Nous y voilà.

— Mmm ?

Je fis nonchalamment tomber la photo au sol. Évidemment, elle cachait un trou carré dans le mur. Juste assez grand pour y fourrer ma main.

— Je suis désolée. Je sais que tu ne considères pas sa mort comme une perte, mais je ne trouve aucune joie dans le fait que la femme qui t'a créé soit décédée. Parce qu'au bout du compte… c'est grâce à elle que je t'ai. Et je t'aime si fort, mon fils.

Je fus parcouru d'un désagréable frisson. Sparrow n'était pas du genre sentimental, mais elle avait toujours ce genre de petits discours bisannuels qui me donnaient envie de vomir.

Je raccrochai et sortis la boîte à chaussures que Cat avait cachée dans le trou. Puis je l'ouvris.

La glace qui enrobait mon cœur craqua, juste un peu.

Des lettres.

Deux heures après avoir trouvé les lettres, j'étais encore assis sur le sol, tel Gulliver dans une maison Barbie – une Barbie junkie et prostituée –, à lire, relire, et re-relire cette correspondance, tâchant de digérer ce que je venais d'apprendre.

Apparemment, Catalina avait eu une bonne raison de faire promettre à Mme Masterson de me mettre sur cette piste.

Ma mère voulait que je connaisse l'histoire de sa vie. Du moins en partie. La question était : *pourquoi* ? Je ne comprenais toujours pas si elle cherchait de l'empathie, une vengeance, ou simplement à expliquer son attitude.

Les vingt-trois lettres étaient adressées à Gerald Fitzpatrick, alors P-DG de la compagnie pétrolière Royal Pipelines et l'homme pour lequel je travaillais actuellement.

C'était aussi – coïncidence – le père de Hunter Fitzpatrick, l'époux de ma sœur Sailor, et d'Aisling Fitzpatrick, la femme que j'avais baisée même pas vingt-quatre heures plus tôt. Je sentais encore sa douce chaleur autour de ma bite dès que j'y pensais. Je repoussai amèrement ce souvenir.

Ce que j'avais lu dans ces lettres changeait le cours de ma vie.

Mon cher Gerald,

Merci d'avoir apporté un nouvel espoir dans ma vie. De m'avoir fait voir qu'il existait autre chose que ce que j'avais après la mort de Brock.

Le mot « maîtresse » fait dépravé et licencieux, n'est-ce pas ? Il ne rend pas justice à ce que je suis pour toi, mon chéri. À ce que je ressens pour toi.

Je sais que tu ne quitteras jamais Jane pour moi. Je ne suis pas stupide. J'ai appris à vivre en étant l'autre femme. Tout

ce que je demande, c'est une part de ton cœur. Même petite. Une fraction de ce que tu lui as donné.

Pourrais-tu m'offrir un morceau de cet organe qui bat dans ta poitrine ?

Merci de m'inspirer à devenir une meilleure personne, une meilleure mère, une meilleure amoureuse.

À toi pour toujours,

Cat.

Mon très cher Gerald,

Nous attendons un enfant ! Peux-tu le croire ? Je n'en reviens pas.

Je suis si excitée. Je sais que ce n'était pas dans tes plans. Crois-moi quand je dis que ce n'était pas non plus dans les miens. Pas alors que Sam n'est encore qu'un petit garçon, un pré-ado. Écoute, Gerald, je sais que cela ne fait pas longtemps que nous sommes ensemble, et je pensais que les corvées de couches étaient derrière moi, mais je me dis que c'est un signe. J'imagine que la vie nous montre le chemin, à sa manière.

Je joins le test de grossesse. Veux-tu venir avec moi au premier rendez-vous gynéco ? Aucune obligation, mais ça me ferait très plaisir.

Au fait, si tu pouvais m'apporter des vitamines prénatales la prochaine fois qu'on se voie, ce serait super. Il faut que le bébé soit fort et en bonne santé !

À toi pour toujours,

Cat.

Cher Gerald,

Ça ne m'a pas plu aujourd'hui quand je suis venue te voir à ton bureau et que tu es passé devant moi sans rien dire. Tu en as peut-être fini avec moi, tu me l'as bien fait comprendre, mais tu n'en as pas fini avec le bébé qui grandit en moi. Je ne me débarrasserai de lui (oui, lui) à aucun prix, et encore moins pour ce que tu m'as offert pour me convaincre d'avorter.

Tu peux m'ignorer tant que tu veux. Pendant des semaines, des mois, toute la vie. Au bout du compte, ce bébé sortira de mon ventre, et il est de toi. Tu devras affronter cette réalité un jour ou l'autre.

Rappelle-moi. Tu connais mon numéro.

À toi, parfois,

Cat.

Gerald,

Je veux que tu saches que jamais je ne te pardonnerai pour ce que tu m'as fait. Ce que tu nous as fait.

Tu es un tueur. Un meurtrier. J'avais un fils. Jacob. Il était dans mon ventre. J'étais enceinte. Il donnait des coups, se tortillait et remuait de plaisir quand il entendait la voix de son grand frère.

Il était ton fils.

Je comprends que c'était une complication dans ta vie si parfaite. Mais c'était la seule chose que j'attendais avec impatience et qui me faisait tenir le coup dans mon quotidien si morose.

Je comprends également que tu es à la tête d'une entreprise pétrolière, que tu as déjà une descendance, et qu'ils se disputeront férocement ton héritage à ta mort.

MAIS C'ÉTAIT TON FILS.

C'était ton fils et tu l'as arraché cruellement à mon corps. Tu m'as frappée. Tu m'as jetée par terre. Tu l'as extirpé hors de moi. Tu m'as tabassée si fort que tu ne lui as laissé aucune chance de survie.

J'ai fait une fausse couche après cette horrible soirée d'hier. C'était ce que tu voulais, non ? T'en débarrasser par la force ? Eh bien, ça a marché.

J'ai saigné, saigné et saigné jusqu'à être obligée d'aller à l'hôpital, où ils m'ont annoncé que je l'avais perdu.

J'étais enceinte de cinq mois, Gerald. Ce qui veut dire que j'ai dû accoucher d'un enfant mort-né. Savais-tu que j'étais sobre depuis trois mois ? Depuis que j'avais appris que j'étais enceinte.

Je voulais donner à ce bébé une belle vie. Élever Jacob et Samuel ensemble, et leur offrir l'occasion d'accomplir leur potentiel. Ouvrir un nouveau chapitre.

Expier tous mes péchés.

Et maintenant, tout est fini. Je suis revenue à la case départ, plus perdue, plus paumée que jamais.

Et toi, bien sûr, tu ne réponds plus. Tu as eu ce que tu voulais. Me détruire totalement pour que je ne sois plus une menace pour toi.

À l'heure où je t'écris, j'ai déjà trouvé le sac de crack que tu as laissé à ma porte. Je sais que c'est toi qui as demandé à ce que la drogue me soit livrée. Tu m'as toujours préférée quand j'étais défoncée, même si cela voulait dire que je n'étais pas présente pour Sam.

Tu te fiches de Sam, n'est-ce pas ? Dans le pire des cas, on peut toujours lui donner un petit truc pour le soumettre, lui aussi. C'était ton idée. Le droguer pour qu'il reste tranquille. Pour qu'on puisse se parler au téléphone. Eh bien, ça n'a plus marché quand il est devenu assez grand pour se défendre, et nous savons tous deux ce que ça a donné. Il m'a mordue, presque jusqu'à l'os, la dernière fois que j'ai essayé de l'approcher.

Ne t'inquiète pas, Gerald, je la prendrai, ta drogue. Je vais tomber dans le terrier du lapin. Je vais devenir un corps inutile, une enveloppe vide, bonne pour une seule chose – te donner du plaisir.

Et une fois encore, le cycle recommence.

Drogues. Alcool. Désintox. Descente aux enfers.

Tout cela est ta faute, et si jamais ils me prennent Sam, j'espère que tu l'auras sur ta conscience.

Jamais plus à toi,

Cat.

Gerald,

Comme je l'ai dit lors de notre appel hier, je ne te lâcherai pas avant que tu me paies pour mon silence.

Tu m'as fait perdre notre fils in utero. Les médias vont savoir qui tu es vraiment et ce dont tu es capable, à moins que tu me paies.

Et non, je ne vais pas prendre tes ridicules 50 000 dollars et déménager, d'autant que nous savons tous les deux que cela voudrait dire abandonner Sam. Je ne suis pas capable de l'élever seule, et de toute façon ce n'est pas comme si Troy et Sparrow allaient me laisser partir avec lui.

300 000 dollars nous permettraient d'avoir un nouveau départ. Un centre de désintox digne de ce nom. Un appartement dans un quartier avec de bonnes écoles. Prends la bonne décision, Gerald. J'ai des amis en Californie qui pourraient m'aider. Paie, et met fin à ce cauchemar.

Avec toute ma haine,

Cat.

Gerald,

D'accord pour les 150 000.

Quand j'ai dit que les 300 000 dollars me permettraient d'emmener Sam avec moi, tu m'as ri au nez et dit que le garçon n'était pas ton problème. Mais c'est ta faute si j'ai abandonné mon fils, pas la mienne.

Tu as des projets pour lui, n'est-ce pas ? Tu l'as dit toi-même. Les jeunes brisés et influençables des quartiers pauvres font de bons hommes de main. Les riches prospèrent grâce à eux. Eh bien, détrompe-toi, parce que Troy Brennan l'a pris sous son aile et, s'il y a bien une personne à Boston qui est plus forte que toi, c'est Troy. Je sais qu'il protégera Sam, même si je crains que tu lui mettes quand même la main dessus. Tu te serviras de lui et tu le dépouilleras de tout ce qu'il a de bon, comme tu l'as fait pour moi.

Je ne sais pas jusqu'où les 150 000 dollars vont m'emmener, mais je sais que ce ne sera pas assez loin de toi.

Je ne te pardonnerai jamais.

De m'avoir fait replonger dans la drogue.

De m'avoir fait perdre Jacob.

De m'avoir forcée à abandonner Sam.

Tu es un monstre, Gerald. Et les monstres naissent pour être tués.

Tu as déchiré ma famille, et un jour tu subiras le même sort.

Samuel peut compter sur Troy désormais, et Troy est le seul homme que tu ne peux pas intimider.

Pour la dernière fois,

Cat.

Je laissai tomber la dernière lettre sur le sol, me passant les doigts dans les cheveux.

Apparemment, Cat et Gerald avaient eu une liaison. Non seulement ça, mais cette liaison avait abouti à une grossesse. Un fils à naître, du nom de Jacob. Gerald s'opposait fermement à sa naissance et, lorsqu'il avait compris que Cat comptait le garder, il avait décidé de provoquer une fausse couche en la tabassant.

Il l'avait rendue accro à la drogue et l'avait achetée pour qu'elle déménage et m'abandonne.

Il y avait des trous gros comme la Maison-Blanche dans cette histoire.

Pour commencer, la femme dans ces lettres ne ressemblait en rien à Cat. Ma mère était cynique, irascible, et à peu près aussi maternelle qu'un gode clouté. Soit elle avait donné une performance d'actrice digne d'un oscar, soit elle avait vraiment été à deux doigts de changer. Je misais sur la première option.

Je doutais que ce soit lui qui lui ait donné l'idée de me droguer. La chronologie ne cadrait pas. Il était impossible qu'ils aient été amants si longtemps.

À part ça, l'histoire semblait plausible. Les détails collaient.

Cat avait effectivement eu un instant de sobriété plusieurs mois avant de se faire la malle, suivi par quelques semaines erratiques à se gaver de drogue et à toucher le fond.

Ayant également le malheur de connaître Gerald personnellement, je savais que c'était un coureur notoire et qu'il avait envie de fourrer sa bite dans toutes les chattes qui croisaient son chemin.

Je ne le savais pas violent, mais je ne pouvais pas non plus affirmer qu'il ne l'était pas. Les preuves conjoncturelles contre lui étaient considérables, et il me paraissait capable de commettre un crime passionnel s'il avait besoin de sauver sa peau.

Jane Fitzpatrick et lui étaient le couple infernal de la haute société. Ils étaient tous deux issus de familles riches, venaient du même milieu culturel et avaient beaucoup à gagner par ce mariage. Autre point commun : ils étaient tous deux insupportables – au point de ne pas être capables de se tolérer l'un l'autre.

Au fil des ans, le vieux avait trompé sa femme un nombre incalculable de fois. Il n'était pas absurde de penser que Cat, qui préférait les bites mariées, ait réussi à se dégotter un amant au gros portefeuille en la personne de Gerald Fitzpatrick.

Autre preuve de leur authenticité, les lettres étaient toutes adressées à l'ancienne garçonnière de Gerald. Je connaissais toutes les propriétés des Fitzpatrick comme la paume de ma main, et l'adresse à laquelle Catalina avait envoyé les lettres avant qu'elles lui reviennent était la même que celle où Gerald avait eu l'habitude de recevoir ses maîtresses, avant d'offrir la propriété à Sailor et Hunter en cadeau de mariage.

Il y avait des photos avec les lettres.

Des polaroïd de Cat perchée sur les genoux de Gerald, l'embrassant sur la joue. Des photos d'eux dans des endroits exotiques. En vacances. À des anniversaires. Et un test de grossesse si vieux que les deux lignes roses étaient passées.

Non seulement tous les faits s'alignaient, mais désormais je m'en *souvenais.*

Je me souvenais de sa brève période de sobriété.

Je me souvenais du jour où Cat était rentrée en piteux état, ensanglantée et couvertes de bleus.

De sa fêlure, si pathétique, si évidente, que même moi j'avais été incapable de la détester.

Elle avait rampé jusqu'à son lit, s'était mise en boule et avait pleuré sans pouvoir s'arrêter, tremblant comme une feuille. Je m'étais senti impuissant, déchiré entre l'envie de l'aider et celle de lui reprocher d'avoir, encore une fois, oublié de me donner à manger.

Au beau milieu de la nuit, elle était venue jusqu'au chevet de ma grand-mère – elle et moi partagions une chambre qui faisait la taille d'un placard – et avait dit d'une voix rauque : « Appelle une ambulance. Il faut que j'aille à l'hôpital. Tout de suite. »

La trahison était accablante.

Gerald savait que j'étais le fils biologique de Catalina, et il faisait tout de même appel à mes services.

Selon elle, il m'avait toujours imaginé au poste que j'occupais aujourd'hui.

Il avait poussé ma mère à consommer de la drogue et de l'alcool.

L'avait mise enceinte avant de la tabasser au point qu'elle avait fait une fausse couche.

Puis il l'avait forcée à m'abandonner.

J'aurais pu avoir une vie différente.

Une vie *meilleure*.

Il m'avait privé d'une seconde chance équitable et n'avait même pas eu les couilles de me l'avouer quand nos chemins s'étaient de nouveau croisés.

Gerald Fitzpatrick m'avait volé mon avenir, ma famille, mon petit frère.

Il allait le payer.

De son sang.

De ses larmes.

De sa putain de misérable vie.

Depuis que j'étais adulte, c'était moi qui réglais les problèmes à Boston. Troy avait décidé de prendre sa retraite quand j'avais vingt-deux ans, pour se tourner vers des affaires plus lucratives et plus légales. J'avais toujours vu cette passation comme un cadeau d'anniversaire. J'avais repris l'affaire familiale, résolvant tous les conflits que les personnes riches et influentes de Boston portaient à mon attention, aussi extravagants soient-ils.

À vingt-deux ans, j'avais déjà cassé suffisamment d'os et écrasé assez de crânes pour être craint et respecté où que j'aille, à la fois par les criminels et par la loi.

Troy et Sparrow jouaient aux parents parfaits, gérant leurs restaurants et se tenant loin des ennuis, alors que mon nom s'inscrivait sur la liste des criminels les plus recherchés par le FBI. Ils savaient que j'étais différent – plus sombre et assoiffé de sang que la moyenne – et avaient depuis longtemps abandonné l'idée de me dompter.

Toute ma vie, j'avais arrangé les problèmes pour les autres.

Il était temps de m'accorder le luxe d'une destruction non calculée.

J'allais tuer tout ce que Gerald Fitzpatrick aimait et chérissait, comme il l'avait fait pour moi.

Le karma ne se perdait jamais en chemin.

Et j'allais m'assurer que le sien arrive dans les meilleurs délais.

La tombe de Catalina Greystone était noire.

Cette saloperie d'ironie avait le sens de l'humour.

Je ne savais pas comment ni pourquoi Cat avait été enterrée dans un cimetière d'Atlanta, mais j'avais le pressentiment que ma mère adoptive n'y était pas pour rien.

Sparrow était une femme pragmatique mais sentimentale. Bien qu'elle ne soit pas croyante, elle avait en elle la veine de la vertu catholique.

Elle n'avait pas dû supporter l'idée que Catalina soit incinérée puis jetée à la poubelle étant donné que personne ne viendrait réclamer ses cendres. Sparrow ne voulait pas empêcher le scénario peu probable selon lequel je pourrais un jour me rendre sur sa tombe.

Après avoir fouillé la maison, j'avais passé deux jours dans ma chambre d'hôtel à Atlanta à ignorer les appels venant de barons de la drogue et de leaders de gangs locaux, afin de fomenter ma vengeance contre Gerald. Le troisième jour, j'avais enfin quitté l'hôtel pour venir sur la tombe de Catalina. Mme Masterson avait appelé pour me dire qu'ils avaient déjà installé la pierre tombale et me demander si je voulais aller la voir avec elle. J'avais poliment décliné – j'avais eu mon quota de tartes aux pommes dégueu et de conversations sans intérêt – mais j'étais décidé à faire un arrêt au cimetière sur le chemin de l'aéroport, principalement pour m'assurer que cette enflure était six pieds sous terre et bel et bien morte.

La mousse du sol s'enfonçait sous mes mocassins alors que,

plongeant mes poings dans les poches de mon caban noir, j'avançais vers la pierre tombale – lisse, neuve et brillante, monument commémoratif de mon enfance brisée.

Je m'arrêtai devant, un sourire sinistre aux lèvres quand je remarquai que Sparrow avait omis le mot « mère » dans la courte liste de titres qu'avait eus Cat dans sa vie. J'imagine qu'elle avait été d'humeur mesquine quand elle avait passé commande.

Il faisait un froid mordant, ce qui était inhabituel pour la Géorgie. Le vent me giflait le visage. J'allumai une cigarette de mes doigts engourdis et souris en essuyant ma chaussure sur la pierre luisante, pour y laisser une trace de boue.

— Bon débarras, ma belle.

Je m'accroupis et touchai la pierre, songeant à la brièveté de la vie. Un siècle maximum, c'était trop peu pour profiter de tout ce que cette planète avait à nous offrir.

— Tu sais, Cat, j'ai souvent pensé à te tuer. Tous les mois, peut-être. Il y a quelque chose de poétique dans le fait de prendre la vie de la personne qui vous l'a donnée, dis-je, surpris de découvrir que sa disparition ne m'emplissait pas de la joie à laquelle je m'attendais. Mais j'en reviens toujours à la même chose : tuer quelqu'un, c'est prendre un risque. Tu n'as jamais valu ce risque. C'est l'histoire de ta vie, en somme, n'est-ce pas, Catalina ? Toujours reléguée au rang de personnage secondaire. Tellement d'amants, de faux amis, de fiancés, même un mari, mais aucun n'est venu sur ta tombe. Seulement une voisine de quatre-vingt-cinq ans qui trouverait Staline sympa. Adieu.

Je me levai, tirai une dernière fois sur ma cigarette, la jetai sur la pierre tombale, puis crachai sur le mégot pour l'éteindre.

Je partis sans un regard en arrière.

Tu redeviens cendres.

3

Sam

— Ne laisse pas cette histoire partir en vrille, m'avertit Troy le lendemain alors que nous étions assis dans mon bureau au Badlands, savourant un grog – chargé en whisky – au milieu du doux bruit de mes employés en train de s'activer dans le couloir pour exécuter mes ordres.

Il parcourut le journal des appels passés entre Catalina et Gerald des dizaines d'années plus tôt, journal que je venais de lui remettre. Ses doigts étaient encore bleus à cause du froid du dehors et son visage, rosi par le mordant de l'hiver.

— Où as-tu trouvé cette preuve préhistorique ?

— Je suis plein de ressources, dis-je.

— Sans déconner.

À mon retour à Boston, j'avais cherché à en savoir plus sur la liaison entre Cat et Gerald. D'après les appels qu'ils se passaient, ils avaient commencé à faire la bête à deux dos quand j'avais quatre ans et y avaient mis fin juste avant qu'elle m'abandonne, l'année de mes neuf ans.

C'était incroyable, et pourtant tout à fait logique, que le seul aveu sincère de Catalina soit quelque chose d'aussi scandaleux qu'une liaison avec l'homme qui me payait désormais trente millions de dollars par an pour faire disparaître ses problèmes – et ne jamais toucher à sa fille.

Catalina était une mine de problèmes, même après sa mort, mais Gerald était le vrai méchant de l'histoire, parce que sa drogue à lui n'était pas la cocaïne. C'était le cul, et il aurait dû avoir plus de jugeote.

— Rappelle-toi que ta sœur est mariée au fils de Gerald. Il fait partie de la famille.

Troy lissa sa veste d'une main en me regardant de manière hostile. Il était sur le qui-vive, comme un pistolet chargé.

Nous étions assis face à face, mon père adoptif et moi, reflets l'un de l'autre. Même pantalon noir Armani fait sur mesure pour notre large carrure. Même mocassins siciliens faits main. Même chemise noire – ou bleu marine, ou gris foncé, mais jamais blanche, les couleurs claires n'étant pas recommandées pour notre métier qui impliquait de faire couler des litres de sang.

Même nos manies étaient similaires. Il avait toujours un cure-dent coincé au coin de sa bouche, et je faisais de même avec la cigarette.

Mais c'était tout : Troy et moi ne partagions pas les liens du sang.

Il avait les yeux d'un bleu glacé. Les miens étaient gris, comme ceux de Brock Greystone.

Il avait les cheveux noir de jais, parsemés de gris sur les tempes et le front. Les miens étaient brun caramel.

Il avait le teint pâle. J'étais bronzé.

Il était bâti comme un joueur de rugby. J'étais bâti comme un *terrain* de rugby.

Et il était né dans l'opulence, tandis que j'avais dû m'adapter.

L'expression « mangeons les riches » m'avait toujours amusé. J'avais appris très jeune que ce sont les riches qui vous mangent. C'est pourquoi les gens les détestent autant.

Si tu ne peux pas les battre, rejoins-les.

Je ne serais plus jamais pauvre, raison pour laquelle il n'était pas sage de toucher à Aisling Fitzpatrick. Les Fitzpatrick m'enrichissaient. J'étais désormais plus fortuné que quand j'avais commencé dans le métier, en cassant les jambes de membres du Congrès et en planquant des maîtresses sur des îles exotiques.

— Cela ne va pas affecter Sailor, Hunter, Rooney et Xander, lui assurai-je, énumérant les prénoms de ma sœur, son mari et leurs enfants.

Je fis tourner mon Zippo entre mes doigts, perdant tout intérêt pour la conversation.

— Hunter va péter les plombs, dit Troy.

— Hunter est trop occupé à fonder sa petite famille pour se soucier de celui qui lui a tourné le dos quand il était en internat, répliquai-je d'un ton mauvais.

Les Fitzpatrick n'avaient rien d'une famille idéale. Ils tenaient plutôt des Lannister dans *Game of Thrones*.

— Je ne vais pas ménager les sentiments de tous les connards avec qui j'ai un jour bu une bière. Hunter s'en remettra. Gerald a mérité ma colère.

— De mon point de vue, Gerald peut subir ta colère. Mais cette affaire ne me concerne en rien, Sam.

Ses narines se dilatèrent, et je vis qu'il mesurait ses mots. Il avait souvent essayé de désamorcer les situations dans lesquelles je m'étais fourré, parce qu'il savait qu'il était fort possible – voire certain – que j'explose, littéralement. J'aimais casser des trucs et les voir se fracasser. Traitez-moi de nostalgique, mais le chaos me rappelait mon enfance. Et j'étais toujours partant pour un bain de sang.

— Je veux juste m'assurer que tu ne fasses rien de trop impulsif. Je te connais, fils. Tu as toujours eu la gâchette facile.

— Mais pas la vie facile.

Je lâchai le Zippo et tripotai la médaille de saint Antoine pendue à mon cou.

— Ce qui nous amène au sujet suivant. J'ai surpris les Russes en train de passer soixante kilos de haschich en contrebande dans une de leurs épiceries. Quoi que Vasily Mikhailov ait vendu – et ce n'était pas du pastrami – il ne m'a pas donné de pourcentage de ses recettes.

Alors je lui ai entaillé le visage. Œil pour œil, tout ça…

Peut-être que taillader le visage du patron de la Bratva n'avait pas été mon coup le plus brillant, mais le voir hurler et se tordre de douleur m'avait fait plaisir.

Troy grogna.

— Ne me lance pas sur les Russes. Tu n'avais aucune raison de revendiquer leur territoire, pour commencer. Et pour en revenir à Gerald Fitzpatrick, dit-il en faisant tourner son index dans les airs pour signifier qu'il rembobinait. Je veux que tu gardes cette information pour toi jusqu'à ce qu'on la confirme. Je sais que ça se présente mal…

— C'est irréfutable. J'ai des preuves. Des faits incontestables, m'emportai-je en frappant la pile de papiers du plat de la main.

Tout n'était pas vrai dans ce que Cat avait dit, mais ça l'était en grande partie. Assez pour justifier mon envie d'étrangler Gerald. Ce type avait tué mon frère. Ma seule famille biologique au monde. Brock était parti. Cat aussi. J'aurais pu avoir quelque chose. J'aurais pu avoir une personne dont m'occuper.

— Et pourtant, objecta Troy en tapant du poing sur le bureau, tu sais une chose qu'il pense que tu ignores. Tu as l'ascendant. Fais ce que tu as à faire, mais ne transforme pas ça en Noces Pourpres, bordel. Je te connais, Sam. Tu aimes infliger une mort lente plutôt que tuer vite. Torture-le, mais ne le finis pas complètement.

Il n'avait pas tort. Pourquoi aller dire à Gerald que je savais tout alors que je pouvais lui soutirer l'information à l'ancienne, en faisait de sa vie un enfer ?

Si la vengeance et la punition étaient des formes d'art, mon travail aurait été exposé au Louvre. Je pouvais vider l'âme de Gerald à la petite cuillère et m'en délecter, sans contrarier ma sœur et son gigolo de mari.

— Très bien, dis-je en m'affalant paresseusement sur mon fauteuil. J'imagine que je peux le torturer un peu. Mais à terme, je viserai la gorge.

— Le terme peut être dans quelques mois, et j'espère pouvoir trouver d'ici là des infos qui te feront changer d'avis.

Troy se leva et boutonna sa veste, posant sur moi un regard froid mais approbateur.

S'il détestait avoir créé un monstre, il haïssait encore plus le fait que cela lui plaise.

Je tenais ma cruauté, mes manières grossières et ma soif de sang de lui.

Et je le surpassais dans tous ces domaines.

Troy était un mafieux honorable. Il avait l'expérience de la destruction mais ne l'infligeait qu'à ceux qui lui avaient causé du tort.

Moi, j'étais corrompu jusqu'à la moelle. Rien n'était trop violent pour moi. Enfin, à part le viol, la pédophilie, la maltraitance envers les femmes et les enfants… toutes les perfidies inhumaines, en somme.

Mais tout homme adulte était une cible potentielle, et s'il me cherchait des noises, c'en était fini de lui.

Cela me donnait un certain avantage sur Troy.

— Ça va ? demanda-t-il en s'arrêtant à la porte, me regardant d'un air sérieux.

J'allumai une cigarette.

— Pourquoi ça n'irait pas ?

— Cat…

— … n'était, comme son nom l'indique, rien d'autre qu'une chatte. Je ne considère pas sa mort comme un événement digne d'être mentionné. L'horrible tarte aux pommes de sa casse-pieds de voisine m'a causé plus de désagréments que de savoir que Cat avait pourri pendant une semaine dans son appartement avant qu'on la trouve.

— OK…

Il planta ses yeux dans les miens, à la recherche d'une once d'émotion.

— Ne fais pas n'importe quoi pour te venger de Gerald, d'accord ? Rappelle-toi, l'affaire est encore à l'étude.

Inutile de mentionner que j'avais déjà creusé une tombe portant son nom dans la forêt où Troy avait tué Brock.

J'aurais pu avoir un frère.

Une personne avec qui partager une affection inconditionnelle.

— Bien sûr.

Je souris.

Bien sûr.

Aisling

J'étais en train d'étudier un dossier médical quand je sentis mon téléphone s'agiter dans la poche de ma blouse. J'ignorai la vibration contre ma cuisse, offrant un sourire tendu à ma patiente.

— Nous avons reçu les résultats, madame Martinez, et je voulais les parcourir avec vous pour discuter de ce que cela va impliquer et vous donner quelques recommandations, dis-je à la femme assise face à moi.

Elle cligna des yeux, le dos droit, ses doigts noués sur mon bureau, se préparant à la suite. Dehors, la neige formait un rideau de gros flocons. On la distinguait à peine à travers les étroites fenêtres au verre épais qui couraient le long du mur.

Je m'assis. Mon téléphone vibra de nouveau.

— Bien. Allons-y, d'accord ?

Je me mis à détailler son dossier, mes yeux brûlant d'émotion alors que je prenais connaissance de ses tests sanguins.

— Qu'avons-nous là ? Ça dit que… oh, excusez-moi. Un petit instant.

Je levai l'index et sortis mon téléphone de la poche de ma blouse, pestant intérieurement. Il valait mieux que quelqu'un soit mort. Ma famille savait qu'elle ne devait pas m'interrompre quand j'étais au travail.

J'avais trois appels manqués de Hunter.

Un de ma mère.

Et, pire, un SMS de Hunter.

Il y avait longtemps, quand nous étions encore des enfants envoyés dans des internats aux quatre coins du monde, mes frères et moi avions passé un pacte. Ayant été élevés dans la certitude que nos téléphones pouvaient être surveillés, nous ne pouvions pas nous écrire des messages aussi clairs que « Vite, il y a eu une explosion dans une de nos raffineries, c'est la faute de papa ». Nous avions donc convenu d'un code secret en cas d'urgence : *trèfle.*

Une manière de nous moquer de la croyance irlandaise selon laquelle le trèfle à quatre feuilles portait chance. Le SMS de Hunter était en majuscules.

Hunter : TRÈFLETRÈFLETRÈFLEPUTAINTRÈÈÈFLE

— Je dois répondre, désolée.

Je me levai d'un bond, quittant le bureau en trombe, filant

dans le couloir de la clinique, le téléphone collé à l'oreille. Hunter répondit aussitôt.

— Ash. Il faut que tu rentres à la maison. C'est papa.

— Il va bien ? Il est blessé ?

Je retins ma respiration, les clés de ma Prius à la main. Je me précipitais déjà dehors, laissant Mme Martinez et mes responsabilités derrière moi.

— Physiquement ? Il va bien. Pour l'instant, du moins. Impossible de savoir ce que maman va lui faire subir dans les heures qui viennent. Écoute, Ash, il y a un scandale. Quelqu'un a fait fuiter des photos et des messages de papa avec… euh…

Il se tut, et je sentis qu'il essayait de trouver les bons mots pour m'infliger le moins de peine possible.

C'était tout Hunter. D'une beauté brute et d'une douceur bouleversante.

— Crache le morceau, Hunt. Je sais que maman et papa ne sont pas Roméo et Juliette. Je vis sous leur toit depuis que je suis née, pour l'amour du ciel.

Je me glissai dans ma voiture et écrasai l'accélérateur pour rentrer à Avebury Court Manor.

— Qu'est-ce qu'il a fait ?

— C'est un scandale sexuel, lâcha-t-il. Rien de surprenant, je sais, mais cette fois-ci il y a des photos explicites sur Internet. Papa m'a appelé dès qu'elles sont apparues. Devon essaie de les faire supprimer en ce moment même.

Devon Whitehall était l'avocat de la famille et l'un des alliés les plus proches de mon père. Un aristocrate britannique au passé mystérieux. Hunter, le charmeur de la fratrie, était chargé de tout ce qui touchait aux relations publiques et aux médias chez Royal Pipelines, l'entreprise pétrolière de ma famille. C'était logique que notre père l'ait appelé en premier.

— Waouh.

Je m'efforçai de masquer la peine dans ma voix, principalement parce que ce n'était pas à moi d'être blessée. C'était notre mère qui avait été trompée. Les larmes me brûlèrent les yeux.

Merde, elle va faire une crise cardiaque.

— C'est… ironique, lâchai-je.

— Tu crois ? répliqua Hunter en pouffant.

Dix ans plus tôt, *Athair* avait rapatrié mon frère de Californie à cause d'une sex-tape qui avait atterri sur Internet. Elle avait fait le tour des réseaux et généré des gros titres très défavorables pour la famille. *Athair* s'était plié en quatre pour rattraper les choses et avait puni Hunter pour avoir causé tant de honte au clan Fitzpatrick. Dire que c'était ironique était un euphémisme.

Nous savions que notre père trompait notre mère, mais il le faisait en secret et ne laissait jamais rien fuiter. Il avait la réputation d'un père de famille irréprochable. Celui qui avait réussi à le faire tomber devait jubiler.

— Où es-tu ? Comment va maman ?

Je prenais des virages serrés et passais à l'orange dès que je pouvais, ignorant les flocons persistants qui s'abattaient sur le pare-brise alors que je filais en direction de Back Bay.

— J'arrive tout juste. Sail et les enfants sont avec moi. Cillian, Persy et Sam sont déjà là. Maman est…

Hunter marqua une pause et prit une profonde inspiration.

— Je ne sais pas comment elle va, Ash. Elle ne répond pas au téléphone. Dépêche-toi. Tu es la seule à savoir lui parler.

Je suis la seule à faire l'effort, pensai-je amèrement.

— OK, bises.

— Bises, sœurette.

Il raccrocha.

Mon genou tapa contre le volant pendant tout le trajet.

Mère. La vulnérable Jane Fitzpatrick.

Qui calmait son chagrin par des achats compulsifs, pleurait chaque fois que je décidais de sortir avec des amies au lieu de rester avec elle, et avait toujours une requête au bord des lèvres pour que je la serve d'une manière ou d'une autre.

Petite, je pensais que j'étais comme elle.

Docile, timide et élégante. Je m'étais donné du mal pour devenir ce que les gens attendaient de moi. Au fil des années, avec sa fragilité, sa silhouette anguleuse et sa beauté délicate, Jane Fitzpatrick avait attiré l'attention de nombreux admirateurs, et la jalousie des femmes. Mais, le temps passant, je me rendais compte que j'étais plus forte que ma mère, bien plus forte, et plus indépendante.

Je ressemblais physiquement à ma mère mais j'avais des traits de caractères de mon père. Mais cela m'écœurait trop pour que j'approfondisse le sujet.

Jane Fitzpatrick flirtait sans cesse avec la dépression, et mon père, bien qu'aujourd'hui à la retraite et ne s'occupant des affaires familiales que quelques heures par jour, ne faisait pas grand-chose pour l'aider.

Raison pour laquelle j'avais décidé de rester à la maison aussi longtemps que je le pourrais, c'est-à-dire jusqu'à ce que je fonde ma propre famille.

Les gens me jugeaient mal. Ils partaient du principe que je restais parce que je voulais me faire bichonner.

Personne ne se doutait qu'en fait c'était moi qui prenais soin des autres.

Pourtant, c'était bel et bien ce que je faisais. J'en étais venue à materner ma mère. Elle avait fait sa première dépression quand j'avais dix-huit ans ; à partir de là, je n'avais plus dormi que d'un œil. Je passais un temps infini à lui faire couler des bains, à la coiffer, l'encourager, et à l'emmener à ses rendez-vous médicaux.

Je l'avais aidée à surmonter ses états d'âme à trois reprises. Le fait que mon père gâche tout ce travail avec tant d'insouciance était comme un coup de couteau dans le dos.

Je me garai devant la maison dans un crissement de pneus puis ouvris les nombreuses portes avec précipitation, ignorant le crépitement de mon cœur à la vue de la Porsche de Sam garée à côté de l'Aston Martin de Cillian et de la Mercedes G-Class de Hunter.

Il ne fut pas difficile de trouver les autres. Je n'eus qu'à suivre les cris et les pleurs hystériques de ma mère jusqu'à la salle à manger. Ses hurlements résonnaient entre les hauts plafonds, rebondissant sur les statues en marbre et les portraits de famille.

Je m'arrêtai sur le seuil de la pièce. Mère et *Athair* se tenaient au centre, les jardins et les lourds rideaux bordeaux servant de toile de fond à leur engueulade infernale.

Mère était si rouge que je crus qu'elle allait exploser. Papa essayait de se confondre en excuses avant de se défendre avec ardeur dans la seconde qui suivait. Derrière eux, j'aperçus Cillian, qui avait le mauvais goût de se moquer d'eux, un bras tendrement passé autour des épaules de son épouse, Perséphone, qui tenait leur fils Astor contre elle.

Hunter, Sailor et leurs enfants étaient là aussi. Debout, à bonne distance, au cas où maman se mettrait à jeter des objets pointus – ce qui n'était pas impossible.

Cillian claqua des doigts, et deux domestiques se ruèrent dans la pièce pour prendre les enfants qui n'avaient pas besoin de voir leurs grands-parents dans cet état.

Devon, l'avocat de la famille, n'était pas dans la salle à manger. Je l'aperçus derrière les portes-fenêtres menant aux jardins, en pleine conversation téléphonique, essayant sans doute de désamorcer la situation auprès des médias. Ses pas marquaient la neige immaculée.

Et puis, il y avait Sam. Il était nonchalamment appuyé contre un mur, dans un coin de la pièce, les mains dans les poches, un petit rictus aux lèvres, incarnation d'une beauté dévastatrice et d'une destruction désinvolte.

Je redressai les épaules, sentant mes narines se dilater sous le coup de la colère.

Cela faisait une semaine que je n'avais pas vu Sam. Depuis que nous avions couché ensemble. Depuis que je m'étais convaincue que je pouvais me frayer un chemin jusqu'à son cœur.

Le lendemain, j'étais allée à son club, comme convenu, pour découvrir qu'il avait quitté l'État.

« Désolé, ma belle, mais le patron a des affaires plus importantes à gérer qu'un plan cul. Faut croire que ton ticket a déjà expiré », m'avait dit un de ses videurs en me riant au nez quand j'avais exigé d'entrer.

Mes oreilles rougissaient de honte quand je pensais à cette nuit-là. Sam n'avait même pas pris la peine de décrocher son téléphone pour me prévenir. Ou de m'envoyer un message. *N'importe quoi* pour me dire que notre planning avait changé.

Le temps s'était densifié depuis, chaque minute durant une éternité, comme s'il avançait à contre-courant. Et maintenant qu'il se trouvait devant moi, je ne pouvais même pas lui passer le savon qu'il méritait parce que nous étions en présence de ma famille.

Je détournai mon regard de Sam pour me concentrer sur mes parents.

— Personne ne t'a demandé d'être fidèle, Gerald ! s'écria Mère. Ce serait trop pour toi, n'est-ce pas, mon cher ? Mais pourquoi n'as-tu pas été plus discret ? Tu croyais vraiment que je pourrais supporter ça ? Je suis la risée de tout le monde ! Regarde ces photos. Regarde-les !

Ma mère plaqua un journal contre la poitrine de mon père.

Sur la photo, on distinguait *Athair* attrapant les seins d'une blonde plantureuse assise sur ses genoux, qui regardait l'objectif en riant. Il était évident qu'ils étaient nus tous les deux, et vraisemblablement en plein action.

— Et pour couronner le tout, elle a vingt-cinq ans ! Plus jeune que ta propre fille. Qu'est-ce que tu as dans le crâne ? Aisling, te voilà !

Mère se tourna vers moi, oubliant momentanément qu'elle était en train d'humilier mon père.

— Sois un ange et demande à ce qu'on me serve mon thé au miel et gingembre, et assure-toi que mon bain chaud sera bientôt prêt.

Tous se tournèrent vers moi, surpris qu'on me confie une tâche de majordome. Ils n'auraient pas dû. S'ils avaient regardé de plus près, ils auraient vu que j'avais toujours été une domestique dans cette maison.

— Bien sûr, maman.

Je lui adressai un sourire pincé, puis sortis de la pièce avec autant d'élégance et de nonchalance que possible. Je demandai aux bonnes de la prendre en charge en mon absence tandis que j'allai demander du thé. Je revins dans la salle à manger juste à temps pour voir ma mère jeter son alliance au visage de mon père.

Cillian avait sans doute eu sa dose de divertissement sordide pour la soirée, car il s'interposa entre eux.

— Ça suffit ! Qui a pu faire fuiter ces photos selon vous ? demanda-t-il. Ce n'est pas la femme en question, elle est aujourd'hui mariée, enceinte, et horrifiée que ces clichés aient été publiés. Hunter lui a parlé tout à l'heure. Elle affirme que quelqu'un a piraté son ancien téléphone et lui a volé les images.

— Et à en croire ses hoquets et ses pleurs hystériques, elle disait la vérité, précisa Hunter.

— Encore heureux ! Jamais je ne l'aurais fréquentée, sinon. J'ai fait attention. Je le jure.

Athair secoua la tête, le menton tremblotant.

— C'est un coup monté. Tu sais que jamais je ne te ferais de tort, ma chère Jane.

Ma mère s'écarta de lui, le dévisageant comme si elle le voyait pour la première fois. Sa beauté saisissante contrastait avec l'état pitoyable de mon père, qui avait la peau blafarde, marbrée et marquée. Gerald Fitzpatrick était un homme lourdaud aux yeux noirs perçants et aux cheveux blancs clairsemés.

Mes frères et moi ressemblions à notre mère, malgré un teint différent, Hunter étant le plus plaisant à regarder.

— Ça suffit, aboya Cillian, avant de parcourir la pièce du regard. Avez-vous une idée de la personne qui aurait pu faire ça ?

— Si on commence à compter nos ennemis, on est encore là dans un an, et on a déjà réservé des vacances aux Maldives pour l'été prochain, ironisa Hunter en consultant sa Rolex.

— Je m'en occupe, dit Sam en s'avançant au centre de la pièce pour poser une main sur l'épaule de mon père. Tirons cette affaire au clair, Gerry. Laissez-nous, s'il vous plaît, ordonna-t-il en claquant des doigts. Vous aussi, Jane.

Tout le monde quitta la pièce. Sauf ma mère. Je dus la prendre par la main et la faire sortir de force malgré ses protestations.

— Ce n'est pas juste ! Je veux savoir ce qu'ils se disent.

Elle agrippa mon bras un peu trop fort alors que je la conduisais vers la cuisine où les domestiques pourraient veiller sur elle.

— Oh ! Aisling, sois un ange et va écouter à la porte. Tu sais que je ne suis pas assez discrète, moi. Toi, tu peux passer inaperçue, j'en suis sûre.

— *Mère*, protestai-je, sentant une migraine pointer. Brennan a demandé à ce qu'ils soient seuls.

— Brennan est une brute, et un animal. Au diable ce qu'il a demandé.

Elle n'avait pas tort, et j'étais particulièrement tentée d'ignorer toute instruction venant de Sam, après ce qu'il s'était passé la semaine dernière.

Je mordis à l'hameçon.

Après avoir enroulé les doigts osseux de ma mère autour d'une tasse de thé fumante dans la cuisine, je me glissai discrètement dans la véranda adjacente pour tenter d'entendre ce que Sam et papa se disaient.

Les voix portaient facilement jusqu'à la véranda depuis la salle à manger ; des années passées à écouter mes frères et mon père en train de boire leur porto en discutant affaires et conquêtes me l'avait appris.

Je collai mon oreille contre le mur et écoutai avec attention.

— Prenons un peu de recul. Parlez-moi de vos anciennes maîtresses et de bâtards potentiels qui pourraient rôder autour de vous, à la recherche d'un gros chèque.

La voix de Sam était lisse et dure comme du marbre derrière les portes en chêne.

— Dieu du ciel, Brennan, en voilà une question. Eh bien, ces dernières années, j'ai connu Bonnie, Sheila, Christie, Ulrika, Ruthie…

— Commencez par vos premières années de mariage et avancez chronologiquement, le coupa Sam. Nous devons être exhaustifs.

— Ça pourrait prendre plusieurs jours ! protesta *Athair*.

Je sentis mon ventre se nouer. L'étendue de la trahison de mon père me faisait suffoquer. Il était si imprudent. Si égoïste…

Je sentis une pointe de douleur ; j'avais enfoncé mon ongle si profondément dans la paume de ma main qu'il s'était cassé.

J'avais toujours su que mes parents entretenaient des liaisons çà et là – mais là, c'en était trop. Je me sentais sale de partager mon ADN avec cet homme.

— Plusieurs jours, marmonna Sam avec impatience, visiblement aussi dégoûté que moi.

Comme si lui-même n'était pas connu pour ses nombreuses conquêtes.

— Charmant, ajouta-t-il. Essayons d'affiner les recherches. Pensez à quelqu'un qui pourrait chercher à se venger. Qui serait le plus susceptible de remuer la merde pour vous faire du mal ? Une femme que vous auriez mise en cloque ? Quelqu'un que vous auriez blessé personnellement ? Personne ne veut être pointé du doigt comme *la maîtresse*, mais les gens n'ont généralement aucun scrupule à compromettre les autres pour vous faire tomber. Il est possible qu'une ancienne conquête ait piraté le cloud de la dernière en date pour dénoncer ce qu'elle considère comme une trahison déloyale de votre part.

— Je ne suis pas déloyal, rugit papa, faisant vibrer les feuilles des plantes de la véranda. Je prends soin de mes maîtresses, je leur donne de l'argent, des bijoux, des voitures de luxe.

Je me sentis étourdie. Pas étonnant que ma mère soit si perturbée. Cet homme était cruel. Il traitait les femmes comme des chevaux de race. Et dire que, petite, c'était vers lui que je me tournais quand j'étais en manque de tendresse.

— Je suis sûre que vous leur donnez la sensation d'être de vraies stars, Gerry. Mais vous êtes un homme viril, et un accident est vite arrivé. Est-il possible que vous ayez des bâtards ? Peut-être des femmes qui ont avorté en secret ?

Sam appelait toujours mon père Gerry. C'était le seul à le surnommer comme ça. Sans doute parce que ça le mettait hors de lui.

— Non. Pas de bâtard. Et je ne suis pas si viril. Comme vous le savez, tous mes enfants ne sont pas de moi.

Je grimaçai, sachant pertinemment à qui il faisait référence. Pour moi, il restait mon frère chéri. Mais c'était un rappel non négligeable que maman avait, elle aussi, des liaisons extra-conjugales – et qu'elle était moins discrète que lui.

— Vous ne me donnez pas beaucoup d'éléments, gronda Sam.

Quelque chose dans sa façon de le dire, avec une frustration palpable, me fit dresser les cheveux sur la nuque.

Certes, Sam était impulsif, mais il était aussi pragmatique. Détaché et froid quand il était question de business, il était explosif quand on touchait à sa vie personnelle. Si Sparrow ou Sailor avaient des ennuis, par exemple, ou lorsque Troy et lui se disputaient.

— Faites une putain de liste, Gerry. De toutes les femmes que vous avez baisées. Si je n'ai pas toutes les informations, je ne peux pas vous être utile. Pas la peine de me payer une petite fortune pour que je serve de baby-sitter à vos deux fils adultes.

— Je vous paie aussi pour que vous restiez loin de ma fille, lui rappela mon père.

Je grimaçai, appuyant mon oreille plus fort contre le battant de la porte.

— Ouais, ricana Sam. Sacré *challenge*. Faites la liste.

Sachant que la conversation était terminée, je sortis de la véranda aussi vite que possible, me ruant vers la cuisine pour retrouver Mère et lui rapporter l'échange.

Je fonçai tête baissée dans un mur.

Pas un mur. Pire. Le torse en granit de Sam.

— Aïe, maugréai-je en reculant.

Je tournai les talons pour repartir, mais Sam, avec son instinct de tueur, m'attrapa par le revers de ma blouse bleue et me tira dans une alcôve entre la salle à manger et la véranda. Je sentis son haleine mentholée de fumeur balayer mon visage. Chaude, fraîche, et follement sexy.

— Tiens tiens, ma petite chatte préférée. On écoute aux portes, Nixe ?

Son sexisme désinvolte m'aurait choquée si je n'avais pas su que c'était une façade. J'avais vu Sam avec sa sœur et sa mère et je savais que, malgré sa vulgarité, il était capable d'adorer les femmes.

Il était inutile de démentir l'accusation, puisque nous étions sortis des pièces voisines en même temps. Je levai le menton et redressai les épaules, comme *elle* m'avait appris à le faire, son accent français me rappelant intérieurement : « *Plutôt mourir debout que vivre à genoux. Du courage, ma chérie !* »

— Je suis chez moi, Brennan. Je fais ce que je veux, y compris passer du temps dans *ma* véranda.

— Tu es beaucoup de choses, Aisling, y compris la fille pourrie gâtée des deux créatures les plus pathétiques que j'aie jamais rencontrées, mais tu n'es pas une idiote. Alors ne te comporte pas comme telle. Que faisais-tu ?

Je me vengeais du lapin qu'il m'avait posé. Mais s'il voulait que je l'admette, et que je lui dise combien cela m'avait blessée, il pouvait toujours attendre.

J'étais une fille amoureuse, pas un paillasson. Il y avait une nuance entre les deux.

— J'admirais les plantes, dis-je avec un sourire innocent.

— Conneries.

— Prouve-le.

Il me fusilla du regard.

— Bon. Super discussion, Brennan. T'as fini ?

J'écartai sa main, le toisant avec le même mépris que ma mère adressait aux domestiques.

— Pas tout à fait, répondit-il en imitant mon parler aristocratique, celui que Mère m'avait appris à utiliser quand nous étions en compagnie respectable. Je suis content d'être tombé sur toi. J'ai du nouveau sur notre situation.

— Notre *situation* ?

— Notre putain d'arrangement, siffla-t-il, exposant ses crocs brillants dans un sourire glaçant. Il est annulé. Je ne suis plus intéressé. C'était sympa. Cinq étoiles, je recommande. Malheureusement, j'ai des affaires plus urgentes à régler dans l'immédiat, et pas le temps pour un plan cul compliqué.

La rudesse de ses mots me coupa le souffle. Comment osait-il ? Comment osait-il me blesser et me rabaisser ainsi, alors que, depuis dix ans que nous nous connaissions, je n'avais jamais été injuste envers lui ?

Tout ce que je faisais, c'était chercher sa compagnie, être gentille et me donner à lui selon ses propres termes. Mais il trouvait toujours un nouveau moyen de me montrer qu'il n'était pas intéressé ; et la seule fois où il *avait été* intéressé, il mettait ça sur le compte d'une erreur de jugement.

Je lui adressai un sourire hostile, froid.

— On avait prévu des choses ensemble ? Désolée, je ne m'en souviens pas. Quoi qu'il en soit, merci de me tenir au courant d'un rendez-vous auquel je n'avais pas l'intention d'aller. À présent, tu n'as pas un truc à faire pour mon père ?

Je me tapotai le menton. Derrière son expression dure, je vis qu'il était désarmé par le cran dont je faisais preuve.

— Et que ça saute ! dis-je d'un ton chantant en tapant dans mes mains. Comme tu l'as fait remarquer tout à l'heure, mon père te paie une petite fortune, et pas pour tes capacités intellectuelles – qui, d'après moi, te font défaut. Préviens-nous quand tu auras plus d'informations sur la fuite.

Je tournai les talons et m'éloignai d'un bon pas, le laissant dans l'alcôve sans lui accorder un autre regard.

J'allai dans la cuisine, soulevai ma mère comme si elle n'était qu'une enfant et la portai dans sa chambre, où un bain chaud l'attendait. Je lui lavai les cheveux en lui disant tout ce qu'elle voulait entendre.

Qu'elle était belle, aimée et puissante. Que mon père reviendrait en rampant avec des bijoux, des sacs de luxe et des voyages. Que, si elle le voulait, elle pouvait le menacer avec des documents juridiques qui lui flanqueraient la trouille.

— Oh ! Aisling, je ne vais pas trouver le sommeil ce soir. Tu veux bien me caresser les cheveux jusqu'à ce que je m'endorme ?

Un sourire forcé aux lèvres, je m'assis au bord de son lit.

— Oui. Bien sûr.

Je passai ma main dans ses cheveux pendant des heures. Quand elle s'endormit enfin, mes doigts étaient tout engourdis. Je me retirai dans ma chambre, pris une douche rapide, me glissai sous la couette et éclatai en sanglots.

Je pleurai pour maman, pour toute la souffrance qu'elle avait endurée au cours de son mariage.

Je pleurai pour Mme Martinez, que j'avais plantée au milieu d'un rendez-vous important pour essayer d'éteindre un nouvel incendie allumé par mes parents égocentriques.

Et je pleurai pour moi-même, parce que je n'étais pas comme mes frères ou leurs femmes.

Je n'avais pas droit à mon *happy end*. Mon destin était de tomber amoureuse du monstre de mon récit, le personnage le plus susceptible d'être terrassé.

Mais surtout, je pleurai à cause de Sam.

Parce qu'il était le seul homme à pouvoir me briser le cœur.

Et qu'il choisissait de le faire. Souvent.

4

Sam

La première balle que je tirai transperça la poitrine de l'homme. Un tir direct dans le cœur.

La seconde alla se loger dans le front de son ami, qui bascula en arrière comme une quille de bowling, tombant sur son compagnon d'armes.

Peu de gens étaient aussi doués que moi pour viser.

Un vétéran m'avait dit un jour que j'aurais fait un excellent sniper. M'enrôler dans l'armée n'avait jamais été au programme. J'étais un égoïste qui aimait mener ses propres guerres et n'avait ni le temps ni la patience de se consacrer à celles des autres.

Le silence se fit, l'écho des coups de feu bourdonnant encore dans mes oreilles. L'odeur du sang et de la poudre me remplit les narines.

Je ne participais pas souvent à des guerres de gang mais, quand je le faisais, je les savourais. La violence me calmait, elle me refroidissait le sang plutôt que de le faire bouillonner.

Je sortis une cigarette et l'allumai en me dirigeant vers l'endroit où les deux hommes étaient étendus. Nous étions dans un grenier de Brookline, juste au-dessus de l'épicerie où un important trafic de drogue avait eu lieu quelques semaines plus tôt. Sur le territoire de Vasily Mikhailov, que j'avais conquis au cours des derniers mois.

À l'époque où Troy Brennan régnait sur les rues de Boston, le taux de criminalité liée aux gangs était quasi inexistant. Chacun possédait et régnait sur son petit bout de monde. Troy était un sous-chef raisonnable. Il ne souffrait pas de mégalomanie – on ne pouvait pas en dire autant de ses prédécesseurs – et cela ne le dérangeait pas de se contenter du Southie, quartier qu'il tenait d'une poigne de fer.

Moi, en revanche, j'avais des règles et des ambitions différentes, et une approche complètement opposée de la vie. « Soit vous pliez, soit je vous brise. » Il n'y avait pas de juste milieu, et je voulais tout : chaque coin et recoin de la ville et tout ce qui s'y trouvait.

Dès que j'avais été aux commandes, le sang avait coulé. Je ne m'arrêtais pas à un doigt. Je prenais la main en entier, et je bâtissais un empire sur les restes d'os et de sang.

Les Italiens furent les premiers à céder. Tout de suite. La majorité d'entre eux avait fui à New York ou Chicago après que j'eus assassiné leurs grands patrons. L'événement avait fait les gros titres sous l'appellation de « Nuit des Longs Couteaux », durant laquelle j'avais tué pas moins de dix mafieux dans leurs lits.

Les Latinos avaient suivi. Ils se contentaient désormais de travailler à la lisière des paris illégaux et du trafic de drogue.

Les Russes, en revanche, avaient résisté. Brookline appartenait à la Bratva, et je dus lui arracher le quartier par la force et en multipliant les meurtres en plein rue. C'était un combat sans fin et sans merci qui avait fait beaucoup de victimes, compté beaucoup de tentatives d'assassinats – des deux côtés – et causé de sacrées migraines.

Posant un genou à terre, je sortis un gant en latex de ma poche arrière, l'enfilai et retirai la première balle de la poitrine de l'homme. Puis je passai à ma deuxième victime. Heureusement, la balle n'était pas trop maculée de matière cérébrale, ce qui aurait été pénible à nettoyer.

J'essuyai les munitions sur les T-shirts de mes victimes et les rangeai avant de me relever avec un soupir. Puis je rejoignis mes deux hommes de main, qui gisaient lamentablement au sol.

— C'est grave ? demandai-je sèchement, sans masquer mon agacement.

— Oui, répondit Becker en se tortillant sur le sol poussiéreux du grenier et en soufflant comme un ventilateur. Je crois qu'ils m'ont touché aux poumons.

— Et je suis quasi sûr que je me suis cassé le bras, ajouta Angus à ses côtés.

Ces deux connards n'avaient même pas le bac mais ils prétendaient s'autodiagnostiquer. Je toisai froidement les loques que j'avais engagées pour faire le sale boulot.

Incroyable. Non seulement j'avais dû finir moi-même le travail et faire mordre la poussière aux deux idiots de la mafia russe qui m'avaient volé de l'argent – ou plutôt, qui n'avaient pas payé la part du marché qui m'était due – mais voilà que je devais emmener ces deux chochottes se faire soigner.

Les temps étaient durs, putain.

— Debout.

Du bout du pied, je fis rouler Becker en tirant longuement sur ma cigarette, avant de souffler des volutes de fumée par les narines, tel un dragon.

— Je te porte pas jusqu'à la voiture comme une jeune mariée. Pareil pour toi, Connard junior, crachai-je à Angus.

Ils durent boiter derrière moi, se soutenant l'un l'autre, avant de se hisser à l'arrière du fourgon. Une fois au volant, j'appelai le Dr Holmberg, le chirurgien à ma botte qui soignait mes hommes de main et moi-même.

Pour des raisons évidentes, se pointer à l'hôpital avec des blessures par balle n'était pas une option.

Le Dr Holmberg décrocha à la troisième sonnerie et, à en juger par l'acoustique, il se trouvait au fond d'un rectum.

— Allô ?

Il semblait vaseux, comme si je l'avais réveillé.

— On faisait une petite sieste, enculé ? demandai-je poliment, me dirigeant vers le quartier de South End où était son cabinet. Préparez-vous une tasse de café. J'ai du boulot pour vous.

— Sam ?

Il dégrisa d'un coup, s'éclaircissant la gorge.

— Oh ! Sam, je suis désolé. Je pensais que votre secrétaire vous avait passé le message. Je ne suis pas chez moi. Je suis en Grèce jusqu'à la semaine prochaine.

Ce qui expliquait pourquoi il dormait – il y avait un décalage horaire. Cela expliquait *aussi* pourquoi la liaison était si mauvaise. Le fait que je n'aie pas reçu son message ne me surprenait pas. Je changeais de secrétaires comme de maîtresses : souvent et en laissant une flopée de femmes en colère dans mon sillage. J'étais actuellement entre deux assistantes – et entre deux plans cul, puisque coucher avec Aisling n'était plus une possibilité. Le merdier avec les Fitzpatrick était suffisamment compliqué comme ça.

— La prochaine fois, ayez les couilles de me le dire directement, quand vous prenez des vacances non approuvées, pestai-je. Donnez-moi l'adresse de votre cousin. J'ai deux hommes blessés. J'aimerais les maintenir en vie, ils me doivent trois semaines de travail déjà payées.

Quand le Dr Holmberg n'était pas disponible, il me renvoyait vers son cousin Raul, qui était infirmier – techniquement – mais savait être discret et faisait le job. À ce stade, après leurs performances médiocres, Becker et Angus avaient de la chance que je ne les fasse pas soigner par le facteur.

— Raul n'est pas là, Sam. Il rend visite à son fils à la fac, murmura le Dr Holmberg, penaud.

— Y a-t-il quelqu'un dans votre famille qui connaît le sens du mot « travail » ?

— Oui, je sais, c'est fâcheux.

— C'est l'état de votre visage après que j'en aurai fini avec vous qui sera fâcheux, répliquai-je. Qu'est-ce qui vous a pris de quitter la ville sans prévoir de renfort médical pour moi ?

— C'est une erreur de planification de ma part. Je le sais, admit-il, faisant tout ce qu'il pouvait pour s'assurer que je ne lui briserais pas le nez dès son retour. Vous devez bien connaître quelqu'un qui travaille dans le domaine médical et qui pourrait vous aider ?

J'avais beau avoir le procureur et la police locale dans la poche – j'étais même allé au baptême du fils du shérif et à l'enterrement du père du procureur, c'est dire si j'étais en bons termes avec eux –, je n'étais pas assez stupide pour leur mettre mes crimes sous le nez et les *forcer* à me poser les questions qui fâchent. Le procureur et la police me toléraient, certes, mais je devais aussi penser au FBI ; ils m'avaient à l'œil ces derniers temps.

— Au risque de vous surprendre, Holmberg, je ne connais pas beaucoup de médecins. Ni de putain d'astronautes, d'ailleurs. Mon métier, c'est de tuer des gens, pas de les remettre sur pied.

Ce n'était pas tout à fait vrai, cela dit.

Je connaissais Aisling Fitzpatrick, et elle était médecin.

Et douée, si j'en croyais ma sœur, qui n'avait pas pour habitude de faire des compliments en l'air.

Nixe savait aussi garder des secrets. C'était un prérequis quand on était une Fitzpatrick et qu'on appartenait à l'une des familles les plus corrompues d'Amérique du Nord.

Peut-être que ça n'avait pas été la meilleure tactique de lui poser un lapin sans m'excuser, puis de lui avoir jeté ce que nous avions partagé à Halloween au visage, mettant une sacrée déculottée à sa fierté et envenimant la situation, puisque j'avais besoin d'elle à présent.

D'ordinaire, je me gardais d'embêter et d'humilier sans raison les personnes qui ne le méritaient pas.

D'ordinaire, je ne touchais pas à Aisling Fitzpatrick.

Elle faisait ressortir le pire en moi. J'étais quasiment allergique à elle. Si douce, si innocente, si conciliante. Vivant encore chez ses enfoirés de parents.

Franchement, la repousser, c'était lui rendre service. J'allais avoir la tête de son père sur un plateau en un rien de temps et, quand je lui aurais extirpé la vérité, j'exposerais à la vue de tous qui il était réellement.

Vous voyez ? Même moi, j'avais mes limites.

Elles étaient très lointaines, presque effacées, mais elles existaient, manifestement.

Et puis, il y avait cette question de serment. Même si j'étais un salaud sans vergogne, je n'étais pas sans honneur. Les Fitzpatrick me payaient grassement pour ne pas toucher à Aisling, ce qui voulait dire que je devais au moins essayer de tenir parole.

— Peut-être pourriez-vous…, commença le Dr Holmberg, mais j'avais déjà raccroché pour appeler Sailor et lui demander le numéro d'Aisling.

Ma sœur et Nixe étaient amies. La lady et l'invisible.

— Ça veut dire que tu vas enfin l'inviter à sortir ? demanda Sailor à l'autre bout de la ligne.

Je l'entendais faire la vaisselle – elle devait laver les biberons de Xander.

Je jetai un coup d'œil à l'arrière du van, où Becker se vidait de son sang – et de ses poumons, possiblement. On aurait dit que le bras d'Angus avait été cousu au reste de son corps par un bébé aveugle.

— T'as fumé ou quoi ? dis-je à ma sœur. C'est une gosse.

Une gosse à qui j'avais fait des trucs de grands.

Je ne trouvais pas que huit ans de différence d'âge soit un problème. Je couchais parfois avec des filles de vingt-cinq ans, même si je gravitais naturellement autour des femmes de mon âge. Mais Aisling n'avait pas seulement huit ans de moins que moi. Elle possédait aussi ce halo, blanc comme neige, d'un ange au sang noble.

Un ange au sang noble qui t'a sucé les couilles comme si l'avenir du pays en dépendait, avant de t'abandonner son petit cul.

— Fumé ? Si seulement ! Je ne peux rien faire tant que je donne le sein. Pas même boire un verre de vin.

Sailor soupira avec nostalgie, se rappelant le temps où elle n'avait pas un époux qui la mettait en cloque à peine l'occupant précédent mis au monde.

— Si c'est de la compassion que tu cherches, je te suggère de parler à quelqu'un qui a un cœur, marmonnai-je.

— Oh ! vraiment ? Et c'est quoi ce truc qui bat dans ta poitrine ?

— Ce ne sont pas des battements. C'est un tic-tac. Certainement une bombe.

Elle rit.

— Ne sois pas trop dur avec Ash. Tu sais que c'est une tendre. J' t'aime, ducon.

— Ciao, merdeuse.

Je raccrochai et composai le numéro que Sailor m'avait donné. Aisling répondit à la cinquième sonnerie, alors que je m'apprêtais à raccrocher et à faire demi-tour pour livrer les deux crétins en piteux état sur la pelouse impec de son manoir.

— Allô ?

Sa douce voix emplit l'habitacle, inondant la voiture comme un parfum entêtant.

— C'est Sam, sifflai-je, agacé.

— Oh !

C'était une interjection que je connaissais bien : elle la lançait dès qu'on lui disait une chose qui ne lui plaisait pas. Mais c'était la première fois que j'en étais le destinataire.

— En quoi puis-je vous aider, monsieur Brennan ?

J'étais « M. Brennan », maintenant ?

Être un salaud avait ses inconvénients, bien sûr. Je lui livrai péniblement ma requête.

— J'ai deux blessés. Comme tu t'en doutes, je ne peux pas les déposer à l'hôpital. Si je les emmène au Badlands, tu peux apporter une trousse de secours et venir les soigner ? Tu seras grassement payée.

Je détestais demander des faveurs et pouvais compter sur les doigts de la main le nombre de fois où je l'avais fait. D'ordinaire, j'avais l'ascendant sur les autres, ce quelque chose qu'ils voulaient de moi en retour, d'où le luxe de ne jamais finir mes requêtes par un point d'interrogation.

— Quel type de blessure ? demanda-t-elle avec sang-froid. Donne-moi une description physique, s'il te plaît, pas ton opinion médicale, à moins, bien sûr, que tu sois allé en école de médecine sans que je le sache.

Pour la première fois de ma vie, je recevais le traitement que la princesse de glace réservait au monde entier, au lieu de son adoration sans limites.

Je ne pouvais pas lui en vouloir – après tout, j'avais foutu sa fierté dans un mixeur à pleine puissance.

— L'un d'eux a le bras cassé. L'autre a reçu une balle dans la poitrine.

— Où ça dans la poitrine ?

— Au niveau des poumons. Retrouve-moi au club dans trente minutes.

Elle allait me demander si elle était encore bannie de la boîte de nuit, et je ne comptais pas lever l'interdiction. Rien ne pourrait l'annuler, pas même le petit Jésus.

Si cela n'avait tenu qu'à moi, Aisling Fitzpatrick n'aurait pas eu le droit d'approcher un homme jusqu'à la fin de ses jours, en dehors des membres de sa famille. Alors je vous laisse imaginer le troupeau de mecs bourrés et transpirants dans mon club. Le souvenir de ce connard qui l'avait attrapée sur la piste me faisait encore bouillonner. J'avais failli le tuer. La seule chose qui m'avait empêché de lui trancher la gorge devant tout le monde, c'était que je ne savais pas qu'il s'agissait d'Aisling sur le moment.

— Non, dit-elle platement. On fait les choses à ma façon. Attends une seconde.

Je l'entendis farfouiller. Décidément, la petite Nixe était pleine de surprises. D'abord, elle m'offrait la baise de ma vie, et voilà qu'elle me sauvait les miches, ou plutôt celles de mes hommes de main. J'étais presque triste que la possibilité que j'avais de la pilonner soit encore gâchée à cause de son père.

— Tu n'auras pas l'équipement dont j'ai besoin. Je t'envoie une adresse par message. Viens seul – juste toi et tes hommes blessés – et fais en sorte que personne ne te suive.

J'avais des questions. La plus pressante étant « Tu te fous de moi ? », mais elle me raccrocha au nez. Moins d'une minute plus tard, elle m'envoya une adresse dans le quartier de Dorchester. Je m'y rendis et fus surpris de découvrir qu'il s'agissait d'un bâtiment résidentiel. Une de ces structures victoriennes en brique rouge qu'affectionnaient les étudiants et les gangsters.

Je sortis Beavis et Butt-Head[1] du fourgon et les traînai jusqu'à l'entrée de l'immeuble avant de sonner. La porte en bois s'ouvrit toute seule – elle n'était pas fermée à clé – et à l'intérieur un panneau m'indiqua le sous-sol d'une simple flèche. L'appartement était non seulement résidentiel, mais aussi occupé. Des rires préenregistrés de série télé me parvenaient de l'intérieur, et le paillasson était humide de neige fondue.

C'est. Quoi. Ce. Bordel.

Je descendis l'escalier, traînant Becker et Angus par le col de leurs T-shirts, puis les laissai tomber sur le carrelage blanc et éclatant de propreté du sous-sol, tout en regardant autour de moi. *Putain de merde.* Je savais reconnaître une clinique clandestine, et c'en était assurément une, avec son canapé immaculé, son étagère remplie de livres médicaux, sa fausse plante et sa peinture murale mal appliquée.

Illégale. En service. Et bien cachée.

L'endroit semblait désert.

Une porte blanche s'ouvrit, et Aisling apparut, vêtue d'une de ses robes de haute couture qui la faisaient ressembler à une princesse Windsor à la sexualité refoulée. *Pas de blouse*, notai-je, alors qu'elle en portait une la dernière fois que je l'avais vue à Avebury Court Manor.

Elle était appétissante dans cette tenue que même la reine Élisabeth aurait jugée trop classique. Le rose pâle contre sa peau laiteuse me donna envie de lui arracher ses vêtements et de la dévorer à même le sol. Surtout maintenant que j'avais décidé de *ne pas* le faire.

— Qu'est-ce qu'on a là ?

Elle se dirigea droit vers Becker et Angus, m'ignorant totalement. Elle enfila une paire de gants en latex et examina Becker. Elle le

1 En référence aux personnages de la série éponyme des années 1990, *Beavis et Butt-Head*.

retourna comme s'il était un poisson qu'elle envisageait d'acheter sur le marché, se concentrant sur la blessure. Une fois encore, je remarquai que, malgré ses airs délicats, elle tenait bon. Elle n'était pas fragile physiquement, ni impressionnable.

— Je vais commencer par lui, il a besoin d'une attention médical urgente, dit-elle. Rends-toi utile pour une fois et aide-moi à l'installer sur la table, Sam.

Elle me cherchait ? Je l'aurais rembarrée si j'avais été en position de le faire, mais elle me rendait service. Ignorant le ton condescendant d'Aisling, je soulevai un Becker quasiment inconscient et la suivis dans la pièce adjacente, meublée d'une table d'opération, d'un bureau et d'une grande armoire à pharmacie.

La pièce était entièrement équipée – matériel médical, anesthésiants, pieds à perfusion, tensiomètre.

Je n'en revenais toujours pas. Les questions s'accumulaient dans mon esprit : comment cette jeune femme douce et innocente, interne en gynécologie au Brigham Hospital, connaissait-elle un tel endroit, et comment pouvait-elle y avoir accès ?

— Où sommes-nous ? demandai-je.

Je n'avais pas l'habitude qu'on me cache des choses. Surtout lorsque je pensais tout savoir sur la benjamine des Fitzpatrick.

— Dans la clinique d'un ami. Il y traite les personnes qui n'ont pas d'assurance. Ceux qui ne peuvent pas se permettre d'aller aux urgences, expliqua-t-elle d'un ton pincé en m'indiquant d'un signe de tête l'endroit où elle voulait que j'installe Becker, ce que je fis.

— Et tu l'aides ? C'est illégal, Aisling. Je ne peux pas te laisser faire ça, putain.

Ma remarque la fit pouffer.

— Je t'ai vu mettre une balle dans la tête d'un mec et tu es ici pour que je soigne tes hommes de main. Quelle hypocrisie. C'est l'hôpital qui se fout de la charité.

— On est différents, toi et moi.

— D'après toi… on n'est rien l'un pour l'autre, dit-elle en haussant les épaules.

— Je suis le bras droit de ton père. Mon job est de faire en sorte que ses gosses ne s'attirent pas d'ennuis. Je ferai tout ce qu'il faudra pour t'empêcher de finir en taule.

— Tu ne t'approches pas de moi, Brennan, et tu me laisses faire mon boulot, ou je ne t'aiderai plus jamais.

Elle s'approcha d'un évier, jeta ses gants et se frictionna les mains avec du savon avant d'en enfiler une nouvelle paire. Elle n'avait pas tort. Cet endroit pourrait m'être utile. Et il n'y avait aucune raison pour que le vieux Gerry sache que sa fille était une idiote du moment que cela jouait en ma faveur.

— Je peux voir ton ticket ? demanda-t-elle en me tournant le dos.

— Qu'est-ce que tu racontes ?

— Apparemment, tu t'es cru au spectacle. Dégage, Sam. Je travaille, là.

Masquant ma surprise (et mon enchantement de découvrir son côté autoritaire), je m'appuyai contre la porte sans me soucier d'Angus, toujours dans le hall, avec son bras pendant et ses gémissements de star de porno.

— Je crois que je vais rester pour te voir en action, si ça ne te dérange pas.

— Ça me dérange.

— Permets-moi de corriger ma déclaration – ça m'est égal que ça te dérange. Je reste.

— Je ne le soignerai pas, dit-elle d'un ton menaçant, mais elle était déjà en train de se mettre au travail, découpant verticalement le T-shirt de Becker avec une paire de ciseaux.

— Si, tu le soigneras. Ton besoin d'aider est plus puissant que ta haine envers moi.

— N'en sois pas si sûr, marmonna-t-elle.

Elle travaillait vite et avec efficacité, sans sourciller.

— Ton serment d'Hippocrate, alors.

C'était magnifique. Voir Aisling, la fille que je connaissais depuis qu'elle avait dix-sept ans, retirer une balle des poumons d'un homme de ses mains expertes alors qu'il se tordait de douleur. Je savais que la balle n'avait pas perforé le poumon, mais c'était quand même sacrément impressionnant, putain.

— Des nouvelles ? demanda-t-elle en le recousant.

— De ?

— Mon père, et tout ce cirque médiatique.

Tu veux dire celui que j'ai créé en piratant le cloud de cette pauvre femme juste pour satisfaire mes tendances sadiques ?

Cela ne m'avait satisfait qu'à moitié de voir Gerald chier dans son froc devant toute sa famille en essayant de se justifier. J'avais des projets plus grands pour me venger de lui, et j'allais les mettre à exécution. Bientôt.

— J'y travaille encore.

— Tu es un peu lent, non ?

Ses sourcils se froncèrent alors qu'elle faisait passer son aiguille dans la peau de Becker, qui avait perdu connaissance pour de bon. On aurait dit une demoiselle anglaise en train de confectionner une robe, et non un médecin en train de recoudre un gangster de série B.

— Si t'as un problème, parles-en à mon manager.

— Tu es ton propre manager, fit-elle remarquer.

— Tout à fait… (Je marquai une pause pour plus d'effet.) Et je me fous de ce que tu penses de mes services. Pas de chance, Nixe.

— Tu es si susceptible, dit-elle sur un ton désapprobateur, me traitant comme si je n'étais qu'un enfant, à la manière de Sparrow quand je piquais une crise, ado, et qu'elle ne savait pas quoi faire de mon énergie. À croire que tu as quelque chose à cacher.

— On dirait plutôt que c'est toi qui as des trucs à cacher. Parle-moi de ton ami qui tient cet endroit, dis-je en désignant la pièce.

Il était peut-être temps de remplacer le Dr Holmberg. Cette clinique semblait réglo, et bien mieux équipée.

— Hors de question. Je respecte sa vie privée.

Intéressant.

J'observai l'arrière de sa tête, ses boucles noires aux reflets bleus, noués en tresse, tombaient sur son épaule. Le contraste de ses cheveux foncés avec la douceur du reste – ses yeux, sa peau, ses traits – la rendait délicieuse et interdite, plus jeune que ses vingt-sept ans.

— Tu sais que je vais le découvrir de toute façon. Rends-toi service et donne-moi l'info tout de suite, sifflai-je, peu habitué à ce qu'on me résiste.

Une autre première pour moi, sponsorisée par l'inattendue Aisling Fitzpatrick et le cran qu'elle venait de se trouver.

Elle se retourna, un petit sourire aux lèvres.

— Essaie pour voir. Maintenant, aide-moi à ramener cet abruti à la réception et va me cherche l'idiot numéro deux. Et vite !

Elle me chassa avec un soupir.

Nixe plâtra comme elle put le bras d'Angus, puis lui indiqua comment s'occuper de sa blessure, lui parlant comme s'il était un écolier qui avait fait caca dans sa culotte pendant la récré du matin.

En la regardant, je me rappelai que mon besoin de la baiser découlait en réalité de mon désir de briser Gerald Fitzpatrick. Rien de plus. Elle était bonne, certes, et c'était une nana inoffensive qui me courait après depuis dix ans. Bien sûr que je voulais me la faire. Qui n'en aurait pas eu envie ?

Pour moi, il était seulement question de ruiner quelque chose qui était précieux pour Gerald.

Mais j'allais épargner Aisling. Ou plutôt la frustrer en ne lui donnant pas ce qu'elle voulait. Je ne savais pas quelle raison l'emportait sur l'autre ; mais j'avais de bons instincts, et ils me disaient de me tenir à distance d'Aisling Fitzpatrick.

Quand elle eut fini, elle retourna à l'évier pour se frictionner de nouveau les mains et les bras, continuant de m'ignorer avec obstination. Mes deux hommes de main m'attendaient à la réception.

— Combien je te dois ? demandai-je en tirant une liasse de billets de mon portefeuille.

— Neuf mille, plus le matériel, donc disons onze mille. En liquide.

Elle se sécha les mains avec une serviette jetable, puis la jeta dans une poubelle en faisant un panier.

Je la dévisageai, attendant la chute de la blague. Comme elle n'arrivait pas, je plissai les yeux.

— Tu te fiches de moi.

— Bon sang, Brennan. Je suis une femme de la haute. Je n'ai aucun sens de l'humour. Cela va à l'encontre de tout ce que j'ai appris à l'école catholique, dit Ash avec le plus grand sérieux. Tu crois que ça aurait été moins cher si tu les avais emmenés à l'hôpital ?

— Je crois que, si je les avais emmenés à l'hôpital, ils n'auraient pas été soignés dans le sous-sol d'une foutue fraternité.

Elle se tapota la lèvre d'un air pensif. Seuls ses yeux insondables me rappelaient que c'était moi qui étais aux commandes : ils renfermaient la promesse de toujours vouloir ce que j'avais à offrir.

— Ils sont sains et saufs. Tu aurais obtenu le même résultat à l'hôpital. Désolée, je pensais que tu aurais ce genre de somme sous la main. Voulez-vous que je vous informe de nos possibilités de règlement, monsieur Brennan ?

Espèce de petite sal…

Je m'approchai d'elle en montrant les dents et la plaquai contre le mur, l'emprisonnant entre mes bras.

— À quoi tu joues, Nixe ?

— À rien.

Elle écarquilla innocemment les yeux. Ils contenaient toutes les nuances de bleu du monde : océan, ciel, pastel, et j'en passe.

— Tu as fait appel à mes services. Je pensais que tu étais prêt à payer.

— Tu n'as pas besoin de cet argent.

J'étais tout contre elle à présent, et je le sentais à nouveau, ce léger parfum épicé et floral qui m'évoquait la nostalgie d'endroits que je n'avais pourtant jamais visités.

Je te ferais des choses que tu n'oublieras jamais.

— Toi non plus. On se voit au repas de Thanksgiving. Tu pourras me payer à ce moment-là.

Ash lissa sa robe à présent tachée du sang de Becker.

C'est vrai.

Le monde continuait de tourner, et nos familles se fréquentaient toujours, ignorant tout de ma vendetta. À part Troy, qui savait qu'il ne devait rien divulguer.

Les Fitzpatrick donnaient un dîner de Thanksgiving la semaine suivante. Je ne l'aurais manqué pour rien au monde, mais uniquement pour les mauvaises raisons – et pas pour la dinde fourrée de leur chef cuistot.

— À présent, si tu veux bien m'excuser…

Nixe se baissa pour passer sous mon bras et s'échapper, mais je la plaquai davantage contre le mur. Sans le léger tremblement de son menton, j'aurais juré qu'elle était d'un calme olympien. Mais ce frémissement la trahissait, et je sautai sur l'occasion pour lui relever le menton, la forçant à me regarder.

— Et un baiser ? soufflai-je.

Je posai ma main sur sa taille, puis la fis descendre sur la courbe de son petit cul ferme, que je saisis à pleine main.

Le renversement du pouvoir entre nous n'était pas à mon goût, il fallait lui rappeler qui était le patron. Je sentis ses cuisses trembler sous mes doigts. Elle était prête, pleine de désir, et elle frémit quand je pressai mon corps contre le sien, qui était doux, lisse, féminin, avec des courbes qu'on me payait pour ignorer.

Sa chaleur irradiait entre nos vêtements, et, réprimant un grognement, je tirai sa natte en arrière pour la forcer à nouveau à me regarder.

— Est-ce qu'un baiser serait un moyen de paiement suffisant ? murmurai-je, mes lèvres glissant le long de son cou.

Elle ne dit rien, son cœur battant contre le mien de façon erratique, en réclamant davantage.

J'écrasai ma bouche sur la sienne de manière punitive, lui reprochant mon besoin de la goûter, de céder à la tentation.

C'était un baiser brutal, destiné à l'humilier, à lui rappeler lequel d'entre nous était aux commandes.

Les lèvres d'Aisling se moulèrent immédiatement aux miennes, douces et conciliantes. Elle gémit, sa langue rendait mes attaques coup pour coup, comme si nous étions en train de baiser, ses doigts s'enroulaient autour du col de ma chemise pour m'attirer à elle. Je lui mordis la lèvre jusqu'au sang, et il me coula dans la bouche, chaud et métallique. Elle se crispa mais ne brisa pas notre étreinte.

Arrête tout, Aisling.

Montre-moi que je suis trop pour toi.

Je suçai son sang, aspirant sa lèvre entre les miennes, et elle me laissa faire, petit monstre qu'elle était.

— Tu as un goût de cendrier, dit-elle tout contre ma bouche.

Comme si elle était un serpent, ses mots coulèrent tel du venin en moi tandis qu'elle me dévorait avec avidité, refusant de céder du terrain.

— Peut-être, mais toi tu as un goût de fille facile, le parfum que j'aime le moins chez une femme.

Je lâchai un rire sinistre, pressant mes lèvres plus fort contre les siennes, l'embrassant plus fougueusement, goûtant son sang, ses larmes et son angoisse, et savourant tout cela parce que c'était *à moi.*

Si salée. Si douce, putain.

Je bandais. Je bandais si fort que je craignais de la prendre sur la table d'opération sur laquelle elle venait de soigner mes deux abrutis d'employés. J'arrachai ma bouche à la sienne, passant mon pouce sur sa pommette. Elle vacilla en avant, perdant l'équilibre. Je la laissai se heurter contre mon torse.

— Nous sommes quittes.

Je rangeai le portefeuille dans ma poche, surpris de voir que, bien que j'aie senti ses larmes dans notre étreinte, son visage était sec.

— Tu croyais qu'un baiser te dispenserait de payer les onze mille dollars que tu me dois ? Mon Dieu, fit-elle en portant une main à son collier de perles, le triturant avec exagération, comme l'aurait fait sa mère. Toutes mes excuses, monsieur Brennan. Je n'accepte pas d'être payée en faveurs sexuelles. C'est la spécialité de mon père, et je doute fortement que ce que tu as à proposer l'intéresse. J'attends toujours ton règlement pour Thanksgiving. Quel est l'intérêt que vous appliquez pour les retards de paiement, vous autres requins ? Quarante-cinq pour cent ? Cela me convient tout à fait. Je vous souhaite une bonne journée, monsieur Brennan, prenez bien soin de vous.

5

Aisling

Le lendemain matin, les onze mille dollars m'attendaient sur ma table de chevet, soigneusement empilés et surmontés d'une balle de revolver en or. Il y avait aussi un penny à côté et un mot griffonné en longs traits gras.

Tiens. Offre-toi un petit truc.

Cela aurait dû me terrifier.

Sam s'était introduit ici – dans *ma chambre* – pendant que je dormais. Il aurait pu me trancher la gorge s'il l'avait voulu. Au lieu de ressentir de la peur, je sentis un frisson brûlant me parcourir les veines lorsque j'imaginai sa silhouette imposante projetant son ombre sur mon corps endormi et ses mains, capables de me briser les os comme des brindilles, si proches de moi.

Il m'avait vue en nuisette, les cheveux étalés sur l'oreiller en satin blanc, en train de rêver de son corps massif contre moi quand il me faisait l'amour.

Je savais qu'il n'aurait envoyé personne d'autre. Non. Jamais il ne laisserait ses hommes de main m'approcher. Il avait violé mon intimité, certes, mais je savais qu'il y avait des limites entre nous. Des règles tacites qui faisaient que je me sentais malgré tout en sécurité.

Pensive, je pris la balle au creux de ma main – froide, métallique, et plus lourde que je m'y attendais.

S'était-il attardé pour me regarder ? Avait-il repensé au baiser que nous avions échangé à la clinique ? Nous nous étions dévorés l'un l'autre.

Je sentais encore son pouls sur mes lèvres.

Parfois, je me disais que Sam aussi la sentait, cette électricité folle qui crépitait entre nous chaque fois qu'on se trouvait dans la même pièce, chaque fois qu'il posait sur moi ses yeux argentés, attentifs.

Il y avait aussi des moments où il était tout proche, partageant un repas avec mon père ou une bière avec Devon, Cillian et Hunter, et ignorait mon existence, tant et si bien que, moi-même, j'oubliais que j'étais dans la pièce.

Il était un mystère, et les mystères étaient faits pour être découverts, dévoilés et résolus. J'avais enfin attiré son attention – contre son gré –, je m'y cramponnais, les doigts en sang, et j'avais bien l'intention de la garder.

J'allais me battre bec et ongles contre lui, affronter le roi de la pègre pour pouvoir l'avoir. Lui prouver que j'étais digne de son attention et de son amour.

Je fis donc la seule chose que je pouvais faire, sachant que je devrais patienter une semaine entière avant le dîner de Thanksgiving où je le reverrais.

C'était fou, dangereux, sans compter le fait que c'était illégal, et pourtant, ça ressemblait tellement à Sam que je ne pus résister à la tentation. J'allais lui montrer que j'étais bel et bien Nixe. Un monstre fourbe dissimulé sous une robe moulante.

Le soir même du jour où il avait déposé l'argent sur ma table de chevet, j'allai au Badlands, à la porte de derrière, dans la ruelle.

Là, j'empilai des billets de Monopoly – l'équivalent de onze mille dollars – et posai par-dessus le penny qu'il m'avait laissé. Puis j'arrosai le tas d'essence et y mis feu.

Je savais qu'il ne verrait jamais la différence. Qu'il penserait que c'était l'argent qu'il m'avait donné – en réalité, j'en avais fait don à une association. C'était ce que Mme B. aurait voulu.

Je regagnai ma voiture au pas de course, me cachant derrière, gardant un œil sur la porte du club, qui s'ouvrit à la volée alors que l'odeur de papier brûlé s'infiltrait à l'intérieur. Sam apparut, flanqué de ses deux abrutis. Idiot numéro un rentra en courant dans le bâtiment pour aller chercher un extincteur pendant qu'Idiot numéro deux essayait désespérément d'éteindre le feu en l'aspergeant d'eau et de neige, le bras toujours en écharpe.

Sam resta planté là, un sourire diabolique aux lèvres, regardant l'argent brûler.

Il n'avait pas besoin d'une note pour comprendre que cela voulait dire « Va te faire foutre ».

Il le savait.

Le clan Fitzpatrick avait toujours adoré Thanksgiving.

Certainement parce que nous avions beaucoup de choses pour lesquelles être reconnaissants.

Non seulement nous étions l'une des familles les plus riches du pays, mais nous avions aussi la joie d'avoir accueilli des bébés, mes neveux et nièces, tous en bonne santé et les joues roses.

Le jour de Thanksgiving, les domestiques s'affairaient autour de la longue table de la salle à manger, réarrangeant les coupes en or en forme de feuilles d'érable, les citrouilles, les flûtes à champagne et les décorations. Au centre de la table, des paniers débordaient de fruits d'automne et d'hiver, et tout était orné d'or et d'argent. Des chandelles baignaient la pièce d'une lumière chaude et accueillante, et un parfum de cannelle et de pâte sucrée émanait de la cuisine, me chatouillant les narines.

Faisant les cent pas dans ma robe orange Givenchy asymétrique – je savais que cela ferait plaisir à ma mère que je la porte, surtout qu'elle avait été pénible ces derniers temps – je m'arrêtai devant la fenêtre et regardai mon frère Cillian faire sortir sa famille de la voiture.

Il ouvrit la portière à Perséphone – Persy, pour les intimes – puis installa le petit Astor dans un porte-bébé. J'eus le souffle coupé et le cœur serré de voir mon frère s'adonner à une tâche si paternelle, si attentionnée, et de manière si naturelle malgré son caractère froid et réservé.

Dès qu'Astor fut bien sécurisé contre son torse, Cillian baissa la tête pour embrasser son fils.

Je me rendis alors compte que j'étais jalouse. Jalouse de ma bonne copine Persy, qui méritait cette vie plus que quiconque. Et pourtant, je voulais ce qu'elle avait.

Pas celui avec qui elle était, bien sûr – j'étais folle, mais pas le genre de folle qui accepte l'inceste – mais je voulais tout cela avec un homme que je ne pouvais pas avoir. *Sam.*

Me détournant de la fenêtre, je fis semblant de m'occuper, replaçant des décorations déjà parfaitement disposées au centre de la table.

Sam arriverait bientôt, et je devais rassembler toutes mes forces pour l'affronter la tête haute.

— Ash ? demanda une voix derrière moi.

Je me retournai : Persy était là, repoussant une mèche blonde derrière son oreille. Elle portait une robe de soirée romantique avec un magnifique imprimé floral, tenant un Astor bien réveillé dans les bras. Il me regarda de ses yeux bleus pétillants de bonheur, une touffe de cheveux couleur chocolat couvrant sa petite tête. Il leva ses bras potelés vers moi, et je le pris en poussant un petit cri de joie, le serrant contre ma poitrine et inspirant son parfum entêtant de bébé.

— Salut, Pers, dis-je en frottant ma joue contre les cheveux doux d'Astor, m'émerveillant une fois encore de sa ressemblance avec son père. Comment vas-tu ?

— Super. Tu avais l'air pensive à la fenêtre. J'ai esquivé les embrassades pour venir voir comment tu allais. Ta mère a l'air… préoccupée.

Elle s'assit à table, me dévisageant avec curiosité.

« Préoccupée » était euphémisme. Ma mère m'épuisait ces derniers temps, me demandant sans cesse de l'aider, pour le bain, la lecture et pour la conduire à droite et à gauche parce qu'elle ne voulait pas discuter avec son chauffeur habituel. Mais je n'étais pas d'humeur à en parler.

— Où est Cillian ?

Je fis le tour de la pièce avec Astor, qui essayait de toucher à tout.

— Avec Gerald, dans son bureau. Je n'arrive pas à croire qu'il ait fait ça à ta mère.

Persy se mordit l'intérieur de la joue. Elle avait toujours été de nature douce et gentille, et je savais qu'elle m'épargnerait les mots plus brusques que j'entendrais des bouches de Sailor et Belle.

— Moi, si.

Je posai Astor sur la moquette, le laissant explorer les alentours.

— Sailor m'a dit que Sam lui a demandé ton numéro, poursuivit Perséphone en m'observant de près, comme si cette inspection pouvait me pousser à lui donner plus d'informations.

Merde. Je savais que mes amies me soutenaient dans mes tentatives pour exister aux yeux de Sam Brennan, mais en même temps je détestais leur façon de me parler. Comme à une fillette idiote et naïve, incapable de ferrer l'homme de ses rêves.

Je me sentais vraiment pathétique. D'autant plus que Perséphone vivait une union idyllique avec mon frère, la « prise du siècle » d'après

People Magazine, et que Sailor était mariée à mon autre frère, qui la traitait comme une reine. Emmabelle, la sœur de Perséphone, était célibataire, mais c'était par choix.

J'étais le vilain petit canard. La fille maudite faisant le deuil de son amour non réciproque.

Et je ne voulais absolument pas qu'elles soient au courant du statut actuel de ma relation avec Sam, ce qui me mettait dans une position compliquée.

— Ce n'était rien, dis-je en agitant la main, suivant Astor de près pour m'assurer qu'il ne se cognait pas et ne mettait pas les doigts dans les prises. Il avait juste besoin d'aide. Un truc pour le boulot.

— Ah.

Perséphone s'affala dans sa chaise, se tapotant le menton d'un doigt, pensive.

— Mais peut-être que c'est un début ? Il ne t'a jamais contactée avant, et il aurait pu se tourner vers quelqu'un d'autre.

Perséphone était une vraie romantique : tout ce que Sam ferait – à part m'estropier avec une machette – serait à ses yeux le témoignage d'un amour inconditionnel.

Je levai les yeux au ciel.

— Tu te fais des idées, Pers.

— On a vu des couples plus étranges. Regarde ton frère et moi, dit-elle avec enthousiasme, faisant valoir son argument. Tu as juste besoin de le séduire et d'être patiente.

— Cillian t'a toujours désirée. C'est juste qu'il le cachait, comme un ado. Sam n'a pas envie d'être séduit, affirmai-je.

J'étais vraiment une hypocrite pour dire ça, puisque je jouais au chat et à la souris avec lui. Mais je ne voulais pas me porter la poisse ni tirer de conclusions hâtives. Et puis, si ça ne donnait rien – ce qui était plus que probable, mon plan étant tiré par les cheveux –, au moins je n'aurais pas à subir la pitié de mes amies.

— Si tes frères se sont laissé séduire, Sam aussi, affirma Persy avec autorité. Tu devrais te battre pour ce que tu veux.

— Mais si ce que je veux est précisément ce qui est mauvais pour moi ? demandai-je en me retournant vers elle, croisant son regard. Et si j'étais stupide de vouloir Sam Brennan ? C'est un gangster. Un meurtrier. Un patron de la mafia et le bras droit de mon père. Tellement de choses pourraient mal tourner. Si tant est qu'une histoire naisse entre nous…

— Tu viens de décrire l'amour, dit Persy en souriant. L'amour est un risque. C'est une tempête qui bouleverse ta vie ou éclaircit ton chemin. Parfois, il fait les deux en même temps. Fais ce que tu peux pour l'avoir. Le reste suivra.

Une heure et demie plus tard, la soirée battait son plein.

Nous étions tous à table pour savourer le délicieux repas préparé par notre chef.

Dinde rôtie au miel, purée de pommes de terre au beurre, pain citrouille-pécan, pommes au four et farce à la chair à saucisse.

La lueur des bougies dansait dans la pièce, illuminant les visages familiers tandis que les conversations s'animaient autour de la table.

Les nounous de Sailor et Persy étaient assises dans un coin de la pièce avec les enfants – Astor, Xander et Rooney – à bavarder et à s'occuper des petits. Sam était installé à l'opposé de la table par rapport à moi, et bien que je sente ses yeux sur moi de temps en temps, scrutateurs, provocateurs, me défiant, je mis un point d'honneur à ne converser qu'avec ma mère, Sailor, Perséphone et Emmabelle.

En temps normal, j'aurais essayé de lui parler, de lui poser des questions, de chercher une connexion. Pas maintenant, pas aujourd'hui. Je n'étais plus la fille qui lui courait après. Du moins, c'était ce que je voulais lui faire croire.

— Le concept de Thanksgiving reste un mystère pour moi, lâcha Devon avec son accent britannique traînant, installé à l'autre bout de la table, à côté de Sam.

Il coupait sa dinde en morceaux si égaux que c'en était impressionnant, et il était bien trop beau pour un homme qui n'avait pas choisi une carrière dans le mannequinat.

— Qui remerciez-vous, au juste ?

Devon possédait ce que Belle appelait une « beauté révoltante ». Il avait des boucles blondes qui tournicotaient autour de ses oreilles et sur sa nuque, ainsi que des yeux bleus et les traits d'un dieu grec.

— Euh, Dieu ? répondit Hunter en fourrant un morceau de patate douce dans sa bouche. Tu es juste aigri parce que nous avons de quoi être reconnaissants. Les grandes surfaces, le premier amendement, la bouffe juive et, bien sûr, Scarlett Johansson. De quoi pourriez-vous être reconnaissants, vous les British ?

— Le foot, la *brown sauce* et notre supériorité intellectuelle sur les Yankees, rétorqua Devon en considérant la nourriture sur la table d'un œil mauvais.

— Par foot, vous voulez dire le *soccer* ? demanda mon père, resté plutôt discret jusque-là.

— Non, par football, je veux dire football, dit Devon en se tamponnant les coins de la bouche avec élégance. Celui où on donne un coup de pied dans le ballon… pas celui où on le porte dans ses bras en courant pour percuter des joueurs au hasard comme un barbare en essayant de chiper la plus jolie fille du village concurrent.

— Continuez de critiquer le football américain, et la seule chose pour laquelle vous serez reconnaissant, cette année, à Thanksgiving, c'est de quitter ce dîner en un seul morceau, fit Troy avec un sourire glacial, faisant tourner son whisky dans son verre.

Devon changea de sujet.

— Sam, mon dernier compagnon d'armes. Partant pour un petit saut à Sin City pour jouer au blackjack ce week-end ?

— Tu fais encore ça ? demanda Sparrow, ses yeux vert jade lançant des flèches empoisonnées à son fils. C'est dangereux et imprudent. Tu es déjà sur la liste noire de trois hôtels.

Sam sourit et continua à manger, indifférent à la conversation qui s'animait autour de lui.

— Ça ne me surprend pas, dit Hunter avec un petit rire, portant son verre de bloody mary sans alcool à ses lèvres. Je peux savoir pourquoi ?

— Pour avoir gagné trop d'argent, répondit Devon en riant. Sam est le meilleur joueur de blackjack que je connaisse. Un magicien des chiffres, vraiment. Il fait les calculs en une fraction de seconde.

Je repensai à mes devoirs de maths, qu'il avait résolus à ma place quand je n'étais encore qu'une ado. Devon n'exagérait rien.

— Une façon admirable de te servir de ton talent analytique, ironisa Cillian.

— Il vaut mieux gâcher son talent que de ne pas en avoir, fit remarquer Sam.

— Ton premier talent est de te faire une place dans l'entourage de gens riches, rétorqua Cillian d'un ton calme. Ce que tu sais très bien faire depuis l'enfance.

— Enfin bref, jeux de cartes ce soir au Badlands, intervint Hunter. Juste après le dîner.

Je voulais en savoir plus sur Sam, mais ma mère tenait à tout prix à garder mon attention. Elle me servait souvent des banalités pour échapper au malaise de ses temps morts. Elle trouvait fatigant de sociabiliser, et pourtant elle organisait des événements en permanence, comptant sur moi pour divertir les invités et gérer les collectes de fonds à sa place.

— J'ai tant de chance d'avoir Aisling, dit Mère dans un soupir en se tamponnant les yeux avec sa serviette. Je ne sais pas ce que je ferais sans elle. Elle est mon roc. Pas étonnant que son travail consiste à amener la vie sur cette terre. C'est mon ange gardien.

— C'est une sainte, pour sûr, m'dame.

Emmabelle haussa un sourcil à mon intention, me jetant un regard noir. Je savais que Belle adorerait que je montre un peu plus mon côté sombre.

— Presque trop bonne pour être vraie.

— En ce moment, elle m'apporte une aide précieuse pour préparer un gala de bienfaisance, poursuivit ma mère, et je vis que mes amies avaient déjà revêtu leur expression de politesse stoïque, sachant qu'elle allait jacasser des heures sur le sujet.

Je sentis mon téléphone vibrer sous la table – il était posé sur mes genoux – et je baissai les yeux pour regarder l'écran. C'était la clinique. *Merde.*

Je me penchai, fis glisser la barre vers le cercle vert et répondis.

— Oui ?

C'était l'appel que je redoutais. Celui que je ne voulais pas recevoir. Un patient qui était en lutte depuis un moment.

— Oui. Bien sûr. Non, ça ne me dérange pas. J'arrive tout de suite. Merci.

Je raccrochai et souris aux convives, me rendant compte que l'appel avait attisé leur curiosité. Tout en faisant tourner son whisky dans son verre, Sam m'observait avec un air amusé que j'aurais voulu faire disparaître de son visage.

Il m'avait regardée toute la soirée comme s'il n'arrivait pas à décider s'il voulait me mettre dans son lit ou me tuer. Si seulement il avait pu abréger mes souffrances.

— Toutes mes excuses, mais je dois y aller. Une urgence au boulot.

Je me levai brusquement, tapotant l'épaule de ma mère. J'avais les oreilles qui chauffaient et les doigts qui tremblaient à cause de l'attention intense que tous me portaient.

— Mes compliments à notre chef. Je lui ferai envoyer des fleurs demain. Merci à tous. Passez une bonne soirée.

Sur ce, je m'éclipsai, courant jusqu'à ma Prius sans même prendre le temps d'attraper un manteau. J'allai droit à l'adresse que j'avais rentrée dans mon téléphone.

Il me fallut une heure pour arriver à l'immeuble résidentiel de Westford. Un complexe tout neuf avec court de tennis, piscine et salle de sport. Cependant, il n'y avait pas de poste de sécurité ni de vigile à la réception, ce dont je m'étais assurée à l'avance.

J'allai chez mon patient, fis ce que j'avais à faire et ressortis de là trois heures plus tard. Toutes mes réflexions sur le dîner de Thanksgiving s'étaient volatilisées. Je ne pensais qu'au travail, à mes patients, et à *elle*.

Oui, ma chérie. Ce n'est pas facile de faire ce que tu fais.

Les genoux flageolants et le souffle court, je traversai la rue pour aller à la station-service, marchant d'un pas lourd dans la neige sale et à moitié fondue. Je poussai la porte de la supérette. Je m'achetai un Coca et pris un gâteau et une boisson pour l'homme qui tenait la caisse, qui me remercia. Je ressortis dans le froid d'un mois de novembre dans le Massachusetts, posant ma tête contre le mur pour prendre une gorgée de Coca.

Parfois, je détestais ce que je faisais.

Presque tout le temps, en réalité.

Puis je me rappelais Mme B., que j'avais abandonnée, et me persuadais que j'avais ce que je méritais. Mon métier. Mes choix.

Je baissais les yeux sur la canette entre mes mains, écoutai le léger sifflement des bulles, puis je fondis en larmes sans pouvoir m'arrêter. Je me laissai glisser contre le mur, m'accroupis et enfouis mon visage dans ma robe Givenchy en satin.

— La vie est injuste, dis-je en secouant la tête et en regardant des taches noires se former sur ma robe à cause de mon mascara qui coulait. Elle est foireuse.

— Au contraire, répondit une voix cinglante.

Sam.

Avec son caban, on aurait dit un comte du XVIIIe siècle. Il était appuyé contre le mur en face de moi, une cigarette éteinte entre les lèvres. Heureusement qu'il ne faisait pas comme Zoolander, allumant une clope à une station-service.

— La foire, c'est là où tu vas manger de la barbe à papa. Rien à voir avec la vraie vie. Maintenant, dis-moi ce que tu fous à Westford au lieu d'être au Brigham Hospital, où tu aurais dû te rendre ce soir.

Il m'avait suivie.

Mais comment ?

Et surtout… *pourquoi ?*

Parce que tu as retenu son attention, et qu'il attend de voir ce que tu vas en faire. Tu as brûlé son fric devant son établissement, tu as eu un rapport anal avec lui en perruque et costume de prostituée, et tu as opéré ses hommes de main dans une clinique clandestine. Il découvre que tu es un monstre toi aussi, et il veut savoir à quel point ton âme est sombre.

J'essuyai mes larmes en vitesse, redressai le dos et me levai.

— Tu ne devrais pas être en train de jouer aux cartes avec mes frères au Badlands ? Ou est-ce que tu as renoncé à la fameuse tarte aux pommes de notre chef pour être ici ?

— Et toi, tu ne devrais pas répondre à mes foutues questions ? répliqua-t-il.

— La réponse est : ça ne te regarde pas.

Il rit et secoua la tête en détournant le regard.

— Encore cette vieille rengaine. Tout ce qui te concerne me regarde. Tu es la fille de mon patron. J'aurais dû t'avoir à l'œil et te suivre plus tôt, mais je ne l'ai pas fait. Alors nous y voilà. Arrêtons ces conneries, tu veux bien ? Je me suis renseigné et j'ai interrogé mes sources. Tu n'es pas interne au Brigham and Women's Hospital.

Merde, merde, merde.

Triple merde avec une cerise sur le dessus.

Il m'avait démasquée.

— Tu t'es renseigné sur moi, Brennan ? dis-je en affichant ce que j'espérais être un sourire taquin. Je suis flattée, mais pas surprise. Quand bien même, cela ne veut rien dire.

— Bien sûr que si. Pour commencer, cela veut dire que tu es une sale menteuse. Le pire défaut qui soit, à mes yeux. Puis je me suis dit : peut-être que ce n'est pas un si gros mensonge. Peut-être que c'est une question de prestige. La parfaite petite Aisling ne voulait peut-être pas que ses parents sachent qu'elle n'avait pas été acceptée dans l'un des hôpitaux les plus respectés du pays...

Il s'avança vers moi, les narines dilatées, la mâchoire si carrée qu'on l'aurait crue sculptée dans le marbre.

— Alors j'ai vérifié dans *tous* les hôpitaux de Boston, jusqu'au dernier. Devine quoi ?

Je n'avais pas besoin de deviner. Je savais.

— Tu n'es enregistrée nulle part en tant que médecin. Tu as refusé toutes les propositions. Là, j'ai commencé à avoir de gros soupçons. Est-ce que tu avais vraiment fini ton cursus de médecine ? demanda-t-il, faisant un autre pas en avant pour me plaquer contre le mur. Alors j'ai aussi fouillé de ce côté-là. Tu es en effet diplômée de la Harvard Medical School. Donc tu es bien médecin.

Il fit un dernier pas vers moi, et nous étions à présent si proches que son parfum, son souffle et sa menace s'infiltrèrent en moi, prenant racine, me conquérant.

— Quoi que tu fasses, tu le fais en toute discrétion. À quoi tu joues, putain, Nixe ?

Son corps était tout contre le mien, fort, imposant et menaçant.

Mes cuisses se serrèrent, l'espace entre elles vide et en manque. Je pris une profonde inspiration, essayant de réguler mon pouls. Je devais trouver ma voix.

— Tu veux vraiment savoir ?

Il me fixa, inexpressif. Évidemment qu'il voulait savoir. Sam Brennan savait tout ce qu'il y avait à savoir sur tout le monde, et j'avais piqué sa curiosité.

De mon index je lui fis signe de se pencher pour que je puisse le lui chuchoter à l'oreille. Il obéit, affichant une moue agacée. Je pressai mes lèvres contre sa peau, sentant sa queue dure contre mon ventre.

— Ça. Ne. Te. Regarde. Pas, soufflai-je.

Il recula vivement, ses yeux semblant jeter des éclairs, et soudain j'eus le sentiment que narguer cet homme avait été une très grosse bêtise et que j'allais le payer chèrement.

— Ne joue pas avec moi, Aisling. Je gagnerai. Facilement. Et sache je suis mauvais joueur et injuste, comme ta misérable vie.

Je le défiai du regard, sans rien dire. Mes dents claquaient. Tout mon corps vibrait. Mais je tins bon.

— On dirait que tu *veux* être humiliée.

Il sourit. Ce jeu commençait à lui plaire.

— Non. Je veux que tu te décides ce que tu comptes faire de moi, dis-je calmement.

— Tu me cours après avec ta jupe relevée, suppliant que je te baise, depuis que tu es gamine.

Il rit et sortit un couteau suisse de sa poche, qu'il fit courir le long de ma robe avant de l'entailler profondément au milieu, juste entre mes cuisses. La robe se déchira. Il rangea le couteau dans sa poche, puis plongea sa main dans la fente et passa son doigt le long de mes lèvres à travers ma culotte.

— Tu… tu… tu…, haletai-je.

Un mélange de rage et de désir tournoyait dans mon ventre. Je savais que rien de tout cela n'était sain ni normal, et pourtant je le désirais tant que j'avais du mal à respirer.

— Tu as déchiré ta robe haute couture ? Pas de panique. Ton papounet t'en achètera cent autres. Le plus pathétique, c'est que tu ne vas pas te refuser à moi, parce que nous savons tous les deux que je peux te baiser quand je veux, comme je veux, et autant de fois que je veux. Te plier en deux – toi, le joyau de la couronne Fitzpatrick, princesse Aisling d'Avebury Court Manor – et t'enfoncer ma bite si profond dans le cul que tu verras des étoiles.

Je me détournai de lui, fermant les yeux. Je le détestais à cet instant. Ma haine pour lui dépassait l'entendement. Mais il avait raison. Cela ne m'empêchait pas de le laisser glisser sa main dans ma culotte, là, au beau milieu de la rue, derrière une station-service crasseuse. Il plongea deux doigts en moi pour me trouver trempée et prête à l'accueillir. Ses lèvres étaient tout près des miennes quand il parla, mais je savais qu'il ne m'embrasserait pas.

Ce n'était pas des préliminaires. C'était une punition.

— Qu'est-ce que tu fais dans la vie, Nixe ?

— Va… te faire foutre, bégayai-je, sentant mes hanches onduler, cherchant son contact.

— Par toi ? Je te préviens, je me lasse de mes conquêtes après les avoir niquées une ou deux fois.

Ses doigts allaient et venaient en moi, me pénétrant profondément, tandis que son pouce caressait mon clitoris. Ma peau était brûlante. J'avais les genoux en compote. J'étais en suspens, au bord de la catastrophe, sur le point de me jeter la tête la première dans les flammes qu'il avait allumées juste pour me détruire.

Garde tes cartes pour toi, ma chérie. Tu as entendu ce qu'a dit sa maman. C'est un excellent joueur de blackjack.

— Tu testes des médicaments expérimentaux interdits ? demanda-t-il, faisant tourner son pouce plus vite sur mon clitoris.

Je secouai vivement la tête, refusant de coopérer. De sa main libre, il m'agrippa les fesses, enfonçant un doigt entre elle à travers ma robe.

Cette intrusion inattendue m'extirpa un gémissement, et je sentis un violent orgasme arriver.

— Avec moi, ces conneries de médecins sans frontières pour les pauvres sans assurance ne prennent pas, ma belle.

Il haussa un sourcil, coulant un regard vers l'immeuble derrière moi, glissant un troisième doigt en moi, qui me fit presque jouir.

— Celui ou celle qui habite dans cet immeuble ne vit pas sur des bons alimentaires. Crois-en quelqu'un qui a regardé la pauvreté dans les yeux. Je ne voudrais pas cramer ta couverture et enfoncer toutes les portes de l'immeuble pour trouver l'enfoiré à qui tu rendais visite pour lui faire avouer ton secret. Mais je le ferai si besoin. Alors pour la dernière fois, Aisling, dis-moi ce que tu fais, bordel.

Je secouai la tête, faisant mine de fermer mes lèvres à clé, et je fermai les yeux, l'orgasme s'emparant de moi, tous les poils de mon corps se hérissant. Quand Sam comprit que je ne répondrais pas, il me lâcha. Il s'écarta de moi brusquement.

Le désir et le plaisir m'avaient tellement affaiblie que je dus m'appuyer contre le mur pour garder l'équilibre.

Les yeux de Sam étaient toujours braqués sur moi, sévères et pleins de rage. Il suça l'index qui se trouvait en moi une seconde plus tôt avant de le ressortir de sa bouche avec un « pop ».

— J'étais au bord de l'orgasme, pestai-je.

— Manque de bol. Pour plus d'informations, consultez la-vie-est-injuste-et-on-le-sait.com.

— T'es sérieux ?

— Ce qui est sérieux, c'est que t'es une putain de prise de tête et que tu as besoin qu'on te fasse la leçon. Je t'arracherai la vérité, Aisling, d'une manière ou d'une autre. Mais en attendant, tu perds tous tes privilèges orgasmiques. De mes mains, en tout cas, ce qui n'est pas rien, vu que ton seul but dans la vie, c'est que je te baise.

Qu'il sache à quel point je le désirais me tuait. J'étais trop transparente, naïve, trop disposée à lui montrer à quel point il comptait pour moi depuis des années. Aujourd'hui, il s'en servait contre moi, et je ne pouvais rien y faire.

Rien, à part lui montrer que j'étais indépendante. Que je ne me résumais pas à mon amour pour lui.

— En quoi ça t'intéresse de savoir ce que je fais ? demandai-je en réajustant ma robe déchirée du mieux que je pouvais pour me protéger du froid. Tu m'as clairement fait comprendre que tu n'en avais rien à faire de moi. Tu as passé dix ans à esquiver mes avances.

Non pas que je lui en aie fait explicitement. Mais dès que je trouvais le courage de lui parler, il me rembarrait de manière spectaculaire. En vérité, j'avais trop peur de contrarier mes parents pour courir après un homme qu'ils ne voulaient pas pour moi, et Sam était trop concentré sur sa carrière pour laisser une femme comme moi interférer dans son business.

Il sortit ses clés de voiture de la poche de son manteau.

— Les choses changent, dit-il sèchement.

— En effet. Raison pour laquelle je te suggère d'arrêter de présumer que je serai toujours à ta disposition. Je ne suis plus la fille que tu as rencontrée à la fête foraine, Sam. J'ai grandi, et je refuse qu'on me traite comme un jouet.

Il se pencha vers moi avec un sourire taquin.

— On parie ?

— Comment règle-t-on le pari ? Dans ta salle de jeux au Badlands ?

Je haussai un sourcil. Je voulais lui faire savoir que je savais comment il tenait son commerce – puéril, je sais.

— Non. Tu n'as pas le droit d'entrer au Badlands, me rappela-t-il d'un ton sec.

— Mais Sailor et Persy ont le droit.

— Sailor et Persy ne passent pas leur temps à chercher les ennuis. Elles restent chez elles avec leurs bébés. Je te suggère de faire pareil.

— Je n'ai pas de bébé. Oh ! et on n'est pas au XIXe siècle.

— Tu as beau être pénible, je suis certain que tu trouveras un crétin pour te mettre en cloque.

— Et Belle ? Comment se fait-il qu'elle ait le droit d'y aller ? Elle est toujours en train de chercher des ennuis. Bien plus que moi.

— Belle est une cause perdue, et ses histoires ne me regardent pas. Si tu chopes la chtouille dans les chiottes du Badlands, ta famille va venir se plaindre.

— Tu es un salaud sexiste.

— Et pourtant tu me cours après. Qu'est-ce que ça dit de toi, Ruth Bader Ginsburg la Seconde ?

Je m'apprêtais à lui lancer une réplique cinglante, mais visiblement Sam considérait que la conversation était terminée. Il tourna les talons subitement et regagna sa voiture, garée juste derrière moi.

— Accroche-toi à tes petits secrets, Nixe. Parce que je vais prendre mon pied à les déterrer.

Il monta dans sa voiture et partit en trombe.

Me laissant avec mon désir inassouvi, les joues humides et la tête en vrac.

Je sus que quelque chose clochait dès que je me garai près de la fontaine devant la porte d'entrée. Avebury Court Manor était comme un corps. La maison avait des os, un cœur et une âme. Je reconnaissais son pouls à des kilomètres, et ce soir il y avait quelque chose de différent. D'irrégulier.

Toutes les lumières de la maison étaient allumées, et les domestiques, qui auraient dû être partis depuis longtemps, allaient et venaient au pas de course derrière les fenêtres comme des ombres chinoises. Il y avait du raffut. Les voitures de mes frères étaient encore garées devant l'entrée. Ils auraient dû être rentrés chez eux à cette heure.

Il s'était passé quelque chose.

Je sortis en vitesse de la voiture, serrant mes clés dans le poing.

Faites que maman aille bien.

J'ouvris la porte d'entrée à la volée, et Cillian et Hunter sortirent de la maison en soutenant papa, chacun d'un côté. Mon père, vert et dégoulinant de sueur, était avachi entre eux, inconscient, sa tête dodelinant comme un pendule.

— Vous l'emmenez où ? m'écriai-je.

Cillian me bouscula pour aller à sa voiture. Je les suivis, les jambes encore tremblantes après tout ce que j'avais vécu ce soir.

— Disney World, lâcha Cillian d'un air sombre. Qu'est-ce que tu crois ? À l'hôpital.

— L'hôpital ! répétai-je, la bouche sèche. Pourquoi ? Que s'est-il passé ? Où est maman ?

— Elle se terre dans sa chambre en gémissant que papa fait du cinéma, elle gère ça comme une vraie adulte, comme d'habitude, m'indiqua Hunter de sa voix enjouée malgré la colère que trahissaient ses mots. Et *Athair* ne fait que vomir depuis que tu es partie, il a la diarrhée, la bouche sèche, une éruption cutanée, du mal à respirer, et il est tombé dans les pommes deux fois depuis le dessert.

Cillian installa papa dans son Aston Martin.

— Quel est ton diagnostic, doc ?

— Eh bien, il faut que je fasse des examens, bien sûr, mais à première vue, je dirais qu'il a été empoisonné.

— Bingo, me félicita Hunter. Quand papa a fini sa tasse de café, il s'est écroulé sur la table comme un château de cartes.

J'eus le souffle coupé.

— Je viens avec vous.

— Tu rentres tout juste de l'hôpital, fit remarquer Hunter.

La chaleur et la honte me montèrent au visage, et j'enroulai mon manteau autour de moi pour empêcher mes frères de voir l'énorme déchirure à l'avant de ma robe. Eux aussi pensaient que je travaillais à l'hôpital. Parce que je leur mentais. À tous. À tous les membres de ma famille et à mes quelques amies.

— Ce n'est pas grave.

— C'est toi qui vois, dit Cillian. Hunter, laisse-la monter à l'avant. Viens, Ash. On prend la voiture. Une ambulance, c'est les gros titres assurés.

— On ne change pas les Fitzpatrick, dit Hunter en portant une main à son front en singeant un salut, s'installant à côté de papa à l'arrière de la voiture.

Je m'assis à l'avant à côté de Cillian.

— Tu es sûre que ça ne te dérange pas d'abandonner ton bébé ? me demanda Hunt en montrant le manoir d'un signe de tête.

Il voulait parler de notre mère.

— Très drôle.

— Je ne plaisante pas, répondit-il, sur la défensive. Elle est certainement en train de nous rayer de son testament parce qu'on conduit papa à l'hôpital au lieu de lui dire qu'elle est jolie – alors qu'il a seulement été empoisonné.

Hunter ne connaissait pas tous les faits. Les problèmes de Jane Fitzpatrick allaient plus loin qu'un simple égocentrisme ou une tendance lunatique.

Athair demeura inconscient pendant tout le trajet jusqu'aux urgences. À notre arrivée, je trouvai le médecin qui s'occuperait de papa, le pris à part, me présentai en tant que médecin et relatai les événements de la soirée pour lui donner une vue d'ensemble, omettant la partie empoisonnement pour éviter que l'information se retrouve dans les médias.

Mes frères et moi passâmes la nuit au chevet de papa, à dormir les uns contre les autres comme lorsque nous étions enfants. Les résultats de l'analyse d'urine et du test sanguin arrivèrent le lendemain matin.

Apparemment, mon père avait pris une dose colossale de warfarine, un anticoagulant qui se trouvait aussi être un ingrédient actif de la mort-aux-rats. Une substance qui pouvait aisément être fatale si elle était ingérée en grande quantité.

Mon père avait été empoisonné par un pro qui savait ce qu'il faisait.

Pas assez pour tuer, mais suffisamment pour faire passer un message.

Le plus étrange était que personne à la table n'avait de mobile pour tuer papa.

Personne, à part maman.

— Ce n'est pas maman, affirmai-je dans le bureau de Cillian, un peu plus tard dans la journée, regardant la neige qui tombait au-dehors et recouvrait de blanc la roseraie et les buissons taillées. Ce n'est pas elle.

— Allons, Ash ! C'est au minimum une possibilité à envisager. Leur relation n'est pas exactement au beau fixe.

Hunter me massa les épaules, encore vêtu de son costume de la veille. Nous étions venus directement de l'hôpital, dès que la secrétaire de mon père avait pris le relais.

Je me retournai pour chasser sa main.

— Non, Hunt. Elle est incapable de faire du mal à une mouche.

Ce n'était pas tout à fait vrai. La seule personne à qui maman était capable de faire du mal, c'était elle-même, et elle le faisait souvent. Mais je ne voulais pas que Hunter et Cillian connaissent cette facette de sa personnalité. Ils avaient suffisamment de pain sur la planche, entre la gestion de Royal Pipelines et leurs propres familles. Leurs épouses étaient mes meilleures amies, et je ne voulais pas monopoliser l'attention de mes frères en les empêtrant dans les problèmes internes à Avebury Court Manor.

— C'était la seule personne à cette table qui mourait d'envie que Gerald rencontre son créateur, fit remarquer Cillian en s'asseyant sur son fauteuil en cuir.

Il s'alluma un cigare, posant ses pieds sur le bureau, jambes croisées.

Mon frère était allergique à la vulnérabilité, j'avais donc appris très jeune à être d'une efficacité quasi robotique avec lui. Je ne m'autorisais pas à montrer trop d'émotion. Encore une fois, je me surpris à envier Persy et Astor. Cillian les regardait avec tant d'adoration, comme s'il était encore avide d'une chose qu'il possédait déjà.

Aurais-je un jour ce que mes amies avaient ? Le genre d'amour qui changeait les gens de l'intérieur ?

— Faisons une liste de ceux qui étaient présents ! proposai-je en claquant des doigts, me souvenant de l'angle d'attaque proposé par Sam concernant le scandale sexuel de papa. Ensuite on pourra la passer au crible et creuser.

— Très bien, Sherlock, lança Hunter en s'affalant sur le sofa près de la fenêtre. Voyons, il y avait Xander, Rooney et Astor, tous âgés de moins de trois ans…

— Astor fait ses dents. Il peut être méchant quand il fait ses dents, nota Cillian avec sarcasme.

Hunter éclata de rire et je levai les yeux au ciel.

— Rooney aussi peut être mesquine. Mais en général elle fait pipi sur la moquette quand elle veut se venger de nous. Il y avait aussi Sailor et moi, poursuivit Hunter. Aucun de nous deux n'a de dent contre papa. Et toi, Ash, tu n'as pas de mobile non plus.

— Perséphone et moi sommes hors de cause. Mon épouse ne ferait pas de mal à une mouche, même si elle essayait, et j'ai déjà obtenu tout ce que je voulais de Gerald, affirma Cillian. Il y avait aussi Emmabelle. Un être détestable, certes, mais je n'irais pas jusqu'à la traiter de meurtrière.

— Celui ou celle qui a fait ça n'essayait pas de le tuer. Seulement de lui faire peur, fis-je remarquer. Mais je suis d'accord, Emmabelle n'a aucun lien avec papa. Et Troy ? Et Sparrow ?

— D'après ce que je sais, Troy et Sparrow n'ont pas de raison d'en vouloir à *Athair*. Aucune raison de le menacer.

Hunter secoua la tête.

— Devon ? demandai-je.

Cillian réussit l'exploit de me regarder de haut alors même qu'il était assis et moi debout.

— Aucun mobile.

— Certes, mais il ne fait pas partie de la famille.

— Sam non plus, dit Cillian en tirant sur son cigare.

— Je crois qu'on devrait garder un œil sur lui aussi, dis-je en toute honnêteté, le ventre noué en me disant qu'il pouvait avoir des ennuis.

Hunter se redressa d'un bond.

— Ho, ho, ho, « garder un œil » ? Je vous rappelle que c'est mon beau-frère.

— C'est l'homme le plus corrompu au monde, dit Cillian en soufflant des ronds de fumée dans les airs. Je m'occuperai de lui. Je fouillerai. Pour voir ce qu'il mijote.

— Non, ripostai-je en me tournant vers mes frères. Je m'en occupe. Il ne me soupçonnera pas.

— *Moi*, je te soupçonne, dit Hunter en écarquillant les yeux. Sans vouloir t'offenser, sœurette, même Rooney sait que Tata Ash est *amoureeeeeuuuuse* de l'oncle Sam. Et je ne parle pas de ton amour patriote pour les États-Unis.

— Justement, c'est pour ça que c'est parfait, dis-je avec ardeur. Il ne me considérera jamais comme une menace, il ne pensera pas que je peux lui vouloir du mal.

— Je refuse qu'il t'approche, siffla Cillian.

— Pas de bol, frérot. J'ai vingt-sept ans. Tu ne peux pas me protéger toute ma vie.

— Tu veux parier ?

Hunter sourit. Je le fusillai du regard. Cillian soupira. Nous voulions tous en finir avec cette histoire.

— Très bien. Ash, tu peux te renseigner sur Sam. Rappelle-toi juste que c'est mal vu de coucher avec ta cible, lança Cillian sèchement. J'enquête du côté de Devon.

— Et je prierai pour vous, conclut Hunter en faisant un signe de croix. Parce que vous êtes des débilos qui regardez trop *Les Experts*. C'est Jane. Elle voulait se venger de papa pour avoir fourré sa bite dans le mauvais trou, et les choses lui ont échappé. Ce ne serait pas la première fois qu'elle fait quelque chose de radical et pique une crise. Vous vous rappelez quand il lui a offert la serre aux papillons après qu'elle a découvert qu'il se tapait sa sœur ? Elle a balancé la collection de Rolex de papa dans le mixeur à pleine puissance.

Nous avions une serre à papillons dans le jardin, construite par mon père en gage de son amour éternel pour Jane. Un amour qui lui avait coûté 670 000 dollars de montres de luxe vintage auxquelles il avait dû dire adieu.

— Merci pour ces jolis souvenirs qui me rappellent que je suis le rejeton de deux des personnes les plus répugnantes au monde. Bien, si c'est tout pour le moment, j'aimerais reprendre mon activité de P-DG.

Cillian écrasa son cigare, se leva et s'approcha d'un pas vif de la fenêtre près de laquelle je me tenais.

— Que le meilleur gagne, Aisling. Tu penses que c'est Sam, Hunter pense que c'est maman, et je pense que Gerald a passé trop de temps dans l'armoire à pharmacie et qu'il a fait une bourde.

Ce n'était pas un accident. J'en étais persuadée.

Parce qu'*Athair* n'aurait jamais fait une telle erreur. Il s'aimait beaucoup trop pour faire une overdose. Vivant sous le même toit que lui, je savais qu'il prenait ses médicaments avec la plus grande précaution.

Non. C'était intentionnel.

Tous les hommes présents à cette table étaient fourbes, intelligents et compétents, mais, d'après ce que je savais, seul l'un d'eux avait déjà tué et pouvait recommencer avec facilité.

Sam.

6

Sam

Gerald Fitzpatrick était une vraie loque.

Tout chez lui indiquait la dépression. Il avait perdu du poids, beaucoup – au moins vingt kilos –, avait des cernes et semblait ne pas avoir dormi ni s'être douché depuis des jours.

C'était un homme en sursis, et je savourais chaque instant où je le voyais ainsi.

— Le rachat hostile de FMK Petroleum est en bonne voie, dit Cillian, qui faisait les cent pas dans le bureau de Gerald, les mains nouées derrière le dos. Nous devons seulement régler les derniers détails.

FMK Petroleum avait acheté les gisements de pétrole sur lesquels Royal Pipelines avait des vues depuis des mois. Les Fitzpatrick étaient du genre à écraser la compétition avant qu'elle devienne une menace. Le Monopoly était leur jeu de prédilection, cela ne faisait aucun doute.

Je savais qu'il y avait des députés qui voulaient voir Gerald et ses fils brûler en enfer pour avoir fixé les règles de toute l'industrie pétrolière. Surtout les Texans. Personne ne détestait plus les Fitzpatrick que les Texans.

Ces Irlandais, ces marginaux de Nouvelle-Angleterre qui avaient la mainmise sur l'industrie.

— Samuel, vous êtes prêt ? demanda Gerald.

Je hochai la tête.

— Leur P-DG n'est pas fermé à la négociation. J'ai déterré trop de saloperies sur lui. Quand j'en aurai fini, il sera ravi de vous vendre ses parts au prix d'une adhésion chez Cotsco.

— Bon garçon, dit Gerald avec un faible sourire.

Va te faire foutre, vieux croûton.

Je ressentais un violent accès de rage chaque fois qu'il m'appelait « mon garçon ».

— Côté paperasse, nous avons fait toutes les vérifications, ajouta Devon, assis à côté de Hunter. Il ne reste plus qu'à espérer que le P-DG ait de l'influence sur les actionnaires.

On discuta business quelques minutes de plus avant que tout le monde se dise au revoir en se serrant la main et sorte de la pièce. Tout le monde, sauf Gerald et moi.

J'attendis que la porte du bureau de Gerald se referme et que la voie soit libre – aussi libre que possible. Nixe avait déjà écouté aux portes dans cette maison, et elle était tout à fait capable de recommencer. Elle était à la fois une alliée et une adversaire, selon les jours. Mais elle ne devait pas être là. Je n'avais pas vu sa Prius garée devant la maison. Il était possible qu'elle soit de service, quel que soit son métier – note à moi-même : le découvrir pour la faire chier.

Le souvenir de mes doigts en elle me hantait. Cela faisait quelques jours, et je ne pouvais même pas me soulager avec une autre, parce que chaque fois que j'allais au Badlands les nanas me paraissaient bien pâles en comparaison.

Ou disons plutôt qu'aucune d'elles n'avait éveillé quoi que ce soit dans mon pantalon.

— Oh ! Sam…

Gerald se passa une main sur le visage, épuisé.

— C'est le moment où je suis censé vous demander comment vous allez, n'est-ce pas, Gerry ?

Je m'assis en face de lui et allumai une cigarette.

— En effet. (Son menton trembla.) Et la réponse est : très mal. Je suis dans tous mes états. J'ai quitté le lit conjugal.

— Ah, on n'est plus en odeur de sainteté, dis-je sèchement, incapable de ressentir la moindre pitié pour lui.

— Je préfère ça plutôt que de partager un lit avec cette chienne. Je veux qu'elle reste loin de moi. Elle a failli me tuer, Sam, pour l'amour du ciel. Et le pire, c'est qu'elle continue de le nier. Essayer de m'empoisonner. Maudite femme.

J'ignorais jusqu'alors que tout le monde soupçonnait Jane Fitzpatrick d'avoir empoisonné Gerald, mais c'était une bonne nouvelle. Je voulais l'emmerder, jouer avec ses nerfs.

— Avez-vous dressé la liste ? demandai-je. Plus vite nous tirons cette affaire au clair, plus vite nous pourrons passer à autre chose.

Je faisais référence à la liste des maîtresses qu'il avait eues au fil des années. J'avais insisté pour qu'il avoue chacune de ses liaisons. À des fins de recherche, *bien sûr.*

— La jalousie et le besoin désespéré d'argent sont des éléments clés dans ce genre de situation, expliquai-je.

— Oui, fit Gerald en soupirant. Ça m'a pris trois nuits. Cela m'a fait prendre conscience de quelque chose, fiston. J'ai passé presque tout mon temps avec des femmes, mais pas la mienne. Quel triste constat. Ironie du sort, je refuse d'accorder la moindre attention à Jane aujourd'hui. Pas après ce qu'elle m'a fait subir.

— Donnez-moi la liste, dis-je, ignorant ses états d'âme.

Je n'étais pas d'humeur pour sa conférence TED. S'il avait besoin de dresser la liste de toutes les femmes avec qui il avait couché alors qu'il était marié pour se rendre compte que son mariage était une imposture, son QI s'élevait à la même hauteur que la température qu'il faisait dans la pièce.

À contrecœur, Gerald ouvrit le tiroir de son bureau, en me jetant un regard méfiant. Il plaqua les feuilles – *trois* pages – contre son torse comme une damoiselle protégeant sa vertu.

— Il y a des noms que vous reconnaîtrez sur la liste. J'ose espérer que tout ce que nous disons ici est confidentiel.

— Bien entendu.

J'étais un pro, certes, mais cet homme avait baisé ma mère. Puis tué mon frère dans son ventre. Puis l'avait convaincue de m'abandonner.

J'étais un professionnel, mais pas un débile.

Il fit glisser la liste sur le bureau et je m'en emparai. Je la parcourus des yeux, cherchant le nom que j'attendais de voir.

Je reconnus certaines femmes. Une présentatrice télé, une députée, l'ex-femme d'un ministre et la fille d'une légende du base-ball.

Mais je n'y vis pas le nom de Catalina Greystone.

Je l'épluchai encore. Et encore. Et en-putain-de-core.

Toujours. Rien.

Je levai les yeux, le dévisageant froidement alors que mon sang bouillonnait. La colère était une épice puissante. En excès, elle émoussait les sens. Mais je ne pouvais pas réprimer la fureur irrationnelle que je ressentais. Pourquoi n'avait-il pas inscrit son nom ici ? Ah, mais je le savais. Il devait savoir qu'elle était morte récemment et s'était dit qu'elle ne pouvait pas être à l'origine du scandale sexuel et de l'empoisonnement, puisque c'était un peu difficile de tourmenter un homme quand vous étiez six pieds sous terre.

La vérité, c'était que Catalina ne représentait plus une menace pour lui, et je n'avais aucune raison de le mettre au pied du mur sans risquer de révéler que j'étais au courant de ce qu'il avait fait. Si je voulais des aveux, j'allais devoir faire mieux.

Je repliai les fiches et me levai, un sourire aux lèvres.

— Je vais y jeter un œil.

— Prévenez-moi si vous trouvez quelque chose.

Il se frotta le front, aussi en forme qu'un animal écrasé sur le bord de la route.

— Je veux juste que ce cauchemar s'arrête. J'ai fait installer d'autres caméras autour de la maison pour être sûr d'être bien protégé. Je veux croire que ce n'est pas Jane, mais avec notre histoire…

Il secoua la tête en poussant un lourd soupir.

Je sortis de son bureau, me demandant pourquoi j'étais si déterminé à faire de la vie de Gerald un enfer. Je me foutais complètement de Cat. Bien sûr, Gerald m'avait profondément fait du tort, peut-être avait-il même tué mon demi-frère, mais avait-il réellement perturbé ma vie de manière négative ? Au contraire, je devrais remercier ma bonne étoile que Cat m'ait laissée chez les Brennan, à l'époque. Où diable aurais-je atterri si elle m'avait élevé ?

Pour la première fois, en battant le sol en marbre brillant d'Avebury Court Manor pour partir, je me demandai s'il y avait une autre raison qui expliquerait pourquoi j'aimais tant détester Gerald. Peut-être que c'était trop tentant d'avoir une excuse pour détester les Fitzpatrick et tout ce qu'ils représentaient. Ou peut-être avais-je toujours voulu entuber Cillian et Hunter – ces deux hommes-enfants à qui on servait tout sur un plateau d'argent depuis qu'ils étaient nés.

Je m'arrêtai à la porte, secouai la tête, me retournai et entrait à nouveau dans la maison. Je montai dans la chambre parentale. Jane était au lit, dormant à poings fermés bien qu'on soit en pleine journée. Et par poings fermés, je voulais dire qu'elle était totalement dans les vapes.

Je rentrai dans le dressing, sortis une épingle à nourrice de ma poche, déverrouillai la boîte à bijoux de Gerald et m'intéressai direct au gros lot. À ce que Gerald avait de plus cher au monde.

Les boutons de manchette Fitzpatrick qu'il avait hérités de son père. Ils étaient dans la famille depuis sept générations, en or, et avaient été gravés en Irlande. Ses ancêtres n'avaient eu rien d'autre que ces boutons de manchette.

Son précieux héritage. Des pièces qu'il avait refusé de donner à un musée de Boston tant il les aimait. Je les empochai, un sourire aux lèvres.

« J'ai fait installer d'autres caméras autour de la maison pour être sûr d'être bien protégé. »

Ainsi, il penserait que le traître venait de l'intérieur.

En ressortant, je trouvai Aisling en train de garer sa Prius à côté de la fontaine sous les flocons qui tombaient doucement du ciel.

Je pouvais aisément l'éviter en montant dans ma Porsche pour démarrer en trombe, mais où aurait été le plaisir dans tout cela ?

Elle sortit de sa voiture, vêtue de sa blouse, et me fit un doigt d'honneur en se dirigeant vers la maison, parvenant d'une manière ou d'une autre à rester gracieuse malgré sa démarche agacée.

— Jolie blouse. Dommage que tu ne la mettes que pour que ta famille gobe ton histoire d'hôpital.

Je pouffai. Elle se figea une fraction de seconde avant de reprendre son chemin.

Je ne connaissais peut-être pas tous les détails de son secret, mais j'en savais assez pour faire de sa vie un enfer.

Sans surprise, je m'acharnais à ne pas vouloir les choses qui ne voulaient pas de moi. C'était une évidence, étant donné mon vécu. Et Aisling voulait peut-être de moi, mais sa famille s'évertuait à nous séparer à tout prix. Même s'ils ne pourraient rien empêcher. En l'occurrence, je rejetais les choses et les gens qui se croyaient trop bien pour moi.

— Passez une bonne soirée, mademoiselle Fitzpatrick, dis-je en portant une main à un chapeau imaginaire pour la saluer.

— Va au diable, Brennan.

— Si Dieu existe, c'est assurément ce qu'Il me réserve.

— Oh ! Dieu existe, et crois-moi, quand Il mettra la main sur toi, je serais là avec du pop-corn.

— Tonton Sam ! Je peux monter sur ton dos ?

Rooney, la fille de Sailor et Hunter, même pas trois ans, ouvrit à la volée la porte d'entrée de chez Troy et Sparrow et se jeta sur moi comme un missile. Elle enroula ses bras potelés autour de ma jambe avant de me grimper dessus, jusqu'à ce que je la soulève, la coinçant sous mon bras comme si elle était un casque. J'entrai dans la maison où j'avais passé mon adolescence et embrassai Sailor, puis Sparrow, sur la joue.

— Je veux te grimper dessus.

Rooney gloussa, encore calée sous mon bras alors que j'échangeais des civilités avec ma mère et ma sœur adoptives.

— S'il te plaîîît.

— Après le dîner, Roon Loon, dis-je en ébouriffant sa crinière rousse.

Elle était le portrait craché de Sailor, qui était le portrait craché de Sparrow. Trois générations de banshees rebelles. Troy posa une main sur mon épaule, et Hunter me tendit une bière, que je pris de ma main libre.

— Tata Emmabelle dit que toutes les filles te grimpent dessus à ton travail, poursuivit Rooney sous mon biceps, levant de grands yeux vers moi.

— Tata Emmabelle ferait mieux de fermer son clapet.

Je lançai un regard noir à Sailor.

— Je croyais que j'étais la seule fille à pouvoir te grimper sur le dos.

Rooney se libéra de mon étreinte pour se planter devant moi. Je tendis la main qu'elle venait de quitter pour attraper un amuse-gueule sur la table, mais Sailor me fourra le petit Xander sous le bras pour essayer de faire une queue-de-cheval à Rooney. Il était impossible d'échapper aux enfants chez les Brennan, ces temps-ci.

— Samuel, pourrais-tu choisir entre porter une bière ou le bébé ? Ça ne fait pas bon effet quand tu tiens les deux en même temps. Poses-en un et aide-moi à faire le service.

Sparrow s'essuya les mains sur un torchon et alla à la cuisine pour vérifier la cuisson du rôti du dimanche, qu'elle était en train de préparer. Une tradition hebdomadaire.

— Oui, m'dame, dis-je en installant Xander dans sa poussette près de la porte, avant de la suivre.

J'entendis Sailor marmonner « ducon » dans mon dos.

— J'ai entendu.

— C'était l'idée ! lança-t-elle en tirant sur la queue-de-cheval de Rooney.

Je m'appuyai contre l'îlot central de la cuisine, regardant Sparrow sortir des bouteilles de cabernet de la cave à vin réfrigérée pour accompagner le rôti, puis transvaser le Yorkshire pudding bien gonflé, la purée de patates douces et les champignons au vinaigre balsamique dans d'élégants plats de service.

— Il y a quelque chose qui a changé chez toi, observa Sparrow en m'étudiant de ses yeux verts perçants.

— Quoi ?

— Tu as l'air… pensif. Mets ça sur la table, ordonna-t-elle en me fourrant le plat du Yorkshire pudding entre les mains.

Je m'exécutai. J'avais beau être un assassin, un parrain de la mafia, et un sauvage sans éthique, j'étais toujours doux comme un agneau avec ma mère adoptive.

— Je suis aussi tordu que je l'ai toujours été, dis-je d'une voix traînante quand je revins dans la cuisine.

Mais elle n'avait pas tort. J'avais beaucoup de merde sur la planche, avec de la diarrhée en entrée et du purin en dessert.

Les Russes de Brookline devenaient incontrôlables, ils essayaient à tout prix de s'affranchir de mes griffes. L'opération « À Bas Gerald » battait son plein, et son petit monstre de fille occupait malgré tout mon esprit. Je n'arrêtais pas de penser à Thanksgiving. Au mystère qui entourait Aisling.

Bien sûr, je pouvais obtenir toutes les réponses que je voulais en la faisant suivre, comme je le faisais pour plein d'autres personnes en ville, mais c'était admettre la défaite et succomber à l'idée que j'en avais quelque chose à foutre, et je n'en avais *rien* à foutre.

Merde, j'en avais quelque chose à foutre.

Enfin, à moitié.

Je n'y tenais pas suffisamment pour foutre en l'air ma relation fonctionnelle avec les Brennan, ça, c'était certain.

Sparrow me mit des choux de Bruxelles couverts de moutarde de Dijon et un plat de purée de patates douces dans les mains. Je retournai à la salle à manger pour poser le tout sur la table. Quand je revins, elle me coinça entre le réfrigérateur et l'îlot central.

— Tu es sûr que ce n'est pas à propos de Cat ?

— Absolument. Et au fait, c'est toi qui as payé sa pierre tombale ? Stupide. Un peu de cran, Spar.

— J'en ai. J'ai aussi un fils qui est tellement dans le déni de ses sentiments qu'il n'a pas les yeux en face des trous. Tu as déjà entendu parler de *selihot* ?

Elle voulut – et échoua à – mettre ses boucles folles derrière son oreille. Je tendis la main pour le faire en répondant :

— Non.

— Tous les ans, les juifs pratiquants récitent des poèmes de pénitence et des prières avant les fêtes. Les treize attributs de la miséricorde sont un thème central de ces prières. Au lieu d'aller à la confession, les juifs vont voir individuellement les gens à qui ils ont fait du tort pour leur demander pardon. Cela purifie l'âme, selon eux. J'ai le pressentiment qu'un jour tu te réveilleras et que tu te rendras compte que tu dois te racheter – et recevoir le pardon – pour tes péchés. Je crois que ce jour approche, et avoir une tombe où lui rendre visite te sera bénéfique.

— Demander le pardon de Cat ? dis-je en me caressant le menton, faisant mine d'y réfléchir. Pardon de quoi ? D'avoir été le spermatozoïde le plus rapide qui a eu le malheur de rencontrer son ovule… ou de m'être attendu à ce qu'elle remplisse son rôle de mère pendant la demi-seconde où elle m'a élevée ?

— De la détester, dit Sparrow d'une voix calme. Un fils ne peut pas haïr sa mère.

— Dans mon cas, il peut et il le fait. Enfin, ce n'est même pas de la haine. C'est de l'indifférence, ce qui est encore plus humiliant.

Elle m'attrapa la main et la serra, refusant de me laisser partir.

— Les hommes sans émotion sont les alliés du diable.

— Le diable et moi, on s'entend à merveille, contrai-je avec un rictus, amusé par cet étalage d'émotions. Autre chose ?

— Qu'est-ce qui ne t'indiffère *pas* ? demanda-t-elle.

— Rien. Rien ne compte pour moi.

— Conneries. Il y a quelque chose qui te dérange.

— Cela ne te concerne pas.

— Et ça ne te concerne pas non plus, n'est-ce pas ? Le Grand Sam Brennan se fout de tout. Il est au-dessus des émotions.

Je voyais clair dans son jeu. Elle voulait me forcer à réagir, à exprimer ce que je voulais, bla, bla, bla.

La seule chose qui me dérangeait, vaguement, était cette histoire avec Nixe, et je n'allais pas creuser plus loin.

Savoir ce qu'Aisling faisait dans la vie ne changerait rien. Plus j'en savais sur elle, plus j'avais envie d'apprendre à la connaître, et c'était inutile puisque, très bientôt, j'allais tuer son père.

— Maman ! appela Sailor de la salle à manger. Dépêche-toi, Roon Loon meurt de faim.

Sparrow partit sans rien dire – en me lançant toutefois un regard entendu.

Le dîner se déroula sans histoires. Hunter parla boulot, Troy basket-ball et football américain, et Rooney essaya de glisser des miettes sous la table pour son ami-monstre imaginaire. Ensuite, Sailor et Troy servirent le dessert pendant que je me mettais à quatre pattes pour que ma nièce me grimpe sur le dos, se servant de mes cheveux comme de rênes, son rire vibrant contre mon dos.

Trois heures plus tard, je me dirigeai vers la porte après avoir rempli mes obligations familiales de la semaine. Sparrow m'attrapa le bras au passage et m'adressa un regard qui disait « Tu vas m'entendre et tu peux rien y faire ».

— Tu te rappelles notre conversation ce soir-là ?

— Quel soir ?

— Le soir où tu as emménagé avec nous pour de bon.

Le soir où Cat avait fini par me jeter dehors.

Je me crispai malgré moi, même après toutes ces années.

— Oui. Et ?

— Je t'ai dit qu'un jour une femme te ferait changer d'avis sur toutes les femmes.

Je penchai la tête pour lui adresser une expression empreinte de pitié.

— Tu avais tort.

— Je suis sur le point d'avoir raison. Une mère a un sixième sens quand il est question de ses enfants. Je t'ai observé aujourd'hui, et… (Elle marqua une pause pour me serrer l'épaule.) Je ne sais pas comment l'expliquer, mais c'est proche. Je le sens. Mais tu luttes. Je le sais. Tu ne peux pas repousser le destin, Sam. Qui que ce soit, va à elle.

Lui tapotant la tête, je dis :

— Putain, il vaudrait mieux pour elle que je m'abstienne, parce que tout ce que je touche, je le détruis.

Sur ces mots, je déposai un baiser sur sa joue et partis avec un sourire espiègle aux lèvres.

Rien ne pourrait m'empêcher d'obtenir ce que je voulais, et ce que je voulais, c'était détruire Gerald.

Pas un monstre à mon image aux yeux de diamant.

J'habitais tout près de chez Sparrow et Troy.

Si près, en réalité, qu'après dix minutes de voiture je commençais à me demander pourquoi je n'étais pas encore rentré chez moi. Je regardai autour de moi et me rendis compte que je roulai en direction de la clinique où Aisling avait opéré mes hommes de main, environ une semaine plus tôt.

Putain de merde.

Ce n'était pas prévu, mais j'étais déjà à mi-chemin, donc c'était inutile de faire demi-tour. Et puis, cela n'avait rien à voir avec Aisling. Je n'avais pas l'habitude d'ignorer des choses sur mes clients et leurs familles, voilà tout. Si Aisling était en train de faire une bêtise, je devais l'en empêcher.

Je me garai devant le bâtiment victorien, attentif.

C'était dimanche soir, donc plutôt désert. Mais enfin, c'était une clinique clandestine, donc les horaires de visite pouvaient varier. Quand je fus certain qu'il n'y avait personne, je sortis de la voiture et entrai par effraction dans l'appartement. Forcer la porte d'entrée fut presque trop facile, et je n'eus qu'à secouer un peu celle qui se trouvait en bas de l'escalier pour l'ouvrir.

J'allai à la troisième porte – celle qui menait à la salle d'opération, où Nixe avait soigné Becker et Angus. Elle céda sans mal. Une fois dans le bureau, j'ouvris tous les tiroirs et pris note des médicaments qu'ils conservaient ici, tapant les noms à rallonge dans mon téléphone pour pouvoir mener des recherches plus approfondies une fois chez moi.

Je fouillai chaque meuble, examinai chaque coin et recoin jusqu'à trouver le jackpot.

Les dossiers des patients.

Le premier signe révélant que quelque chose clochait était qu'il n'y avait qu'un seul fichier. Jaune et très ténu. Quel genre de clinique s'occupait seulement de six à sept patients ?

Le genre de clinique qui a des critères de sélection très spécifiques.

Je me mis à parcourir les dossiers, lisant les profils, les résultats d'analyses, les recommandations de traitements.

Quelque chose ne collait pas. Les médicaments. Le nombre de patients. Le décor. Ça puait l'entourloupe, et c'était tellement louche qu'on aurait pu servir la soupe avec. Une chose était certaine – quoi qu'elle fasse, Aisling avait une bonne raison de vouloir le cacher à sa famille et ses amies.

Ce n'était pas réglo.

Ce n'était pas bien, ni innocent, ni à l'image du petit ange des Fitzpatrick. De la Mère Teresa que tout le monde connaissait et adorait.

Je remis la chemise dans le placard.

J'avais raison.

C'était un monstre.

Un terrible monstre.

Une belle et douce Nixe.

Il ne me restait plus qu'à découvrir quels étaient ses péchés.

7

Sam

Je fis un arrêt au Badlands et me glissai dans une des salles de jeux, avalant trois petits verres pour me calmer après ce que j'avais découvert à la clinique. Nixe était bel et bien médecin, mais elle ne travaillait pas à l'hôpital ni dans aucune des cliniques déclarées de la ville. Quoi qu'elle fasse, c'était secret, illégal, et n'avait rien à voir avec des personnes sans assurance santé.

Arrête de penser à Nixe. Elle est accessoire.

Au mieux un contretemps, au pire une complication.

Il fallait que je me sorte la tête du cul et que je me fasse chevaucher par quelqu'un d'autre. Il était temps que je m'offre une diversion. Un rappel qu'il existait d'autres chattes. Aussi douces et chaudes que celle d'Aisling, en moins pénibles.

Du désir refoulé.

C'était tout ce que c'était.

J'étais un homme occupé régnant sur la pègre de l'un des endroits les plus corrompus et sordides du pays. Cela faisait bien longtemps que je ne m'étais pas noyé dans une femme. Aisling avait été la dernière. La précédente était déjà si lointaine que j'avais oublié son nom, la couleur de ses cheveux et le décor.

Une bonne partie de jambes en l'air balayerait tout ça.

Je sortis de la salle de jeux pour entrer dans la boîte de nuit, ignorant les saluts et les conversations qu'on essayait d'engager avec moi. Je parcourus des yeux la foule de fêtards transpirants qui dansaient sur la piste. Je portai le verre de whisky à mes lèvres.

Les êtres humains m'atterraient.

Malgré ma réputation, je ne baisais pas tout ce qui bougeait. J'avais des passages à vide volontaires. Baiser impliquait généralement de parler, et parfois même un bon coup ne valait pas une telle punition.

Il y avait toujours les prostituées, qui n'exigeaient aucune conversation, mais je n'aimais pas fourrer ma bite là où tant d'autres étaient allées.

Je décidai immédiatement avec quelle fille je voulais passer la nuit. Elle avait les cheveux blonds décolorés, un faux bronzage, de longues jambes, et une minirobe rose tellement vulgaire que la lui enlever serait mon devoir de chrétien.

Et surtout, elle ne ressemblait en rien à Nixe.

Je claquai des doigts à l'intention des videurs en la montrant du doigt.

— Je vais prendre celle-là, dis-je avant de retourner à mon bureau.

Là, je m'affairai, parcourant les registres de paris, m'arrachant les cheveux en essayant de ne *pas* penser à Nixe.

Un coup frappé à la porte me fit lâcher l'imposant volume sur mon bureau.

— C'est ouvert.

Je me laissai tomber en arrière, m'affalant dans mon fauteuil.

La blonde ouvrit la porte avec un petit rire surexcité, la referma derrière elle et s'adossa contre le chambranle en bois usé.

— Bonjour ! Je m'appelle Dani, couina-t-elle en repoussant

sa chevelure sur son épaule. Votre videur m'a fait monter. C'est la première fois que je viens au Badlands. Sincèrement, ça fait un peu flipper mes amies, tout ça. Que vous me fassiez venir ici. On a beaucoup entendu parler de vous, bien sûr. Mais on ne savait pas que vous veniez ici, pour de vrai…

J'arrêtai de l'écouter, me concentrant sur le mouvement de ses lèvres, rapide et empressé. Rien n'allait chez elle, de ses lèvres pulpeuses certainement refaites à ses sourcils visiblement dessinés au crayon. Ses faux cils me faisaient penser à un pneu de camion éclaté, et son épais maquillage et ses cheveux secs et fourchus me tapaient sur le système. Rien n'était à sa place.

Ni bon.

Ni exquis.

Elle n'avait rien de complexe, dangereux, *exaspérant*.

Je voulais Aisling. Sa modestie. Son petit nez pointu et royal, ses lèvres bien proportionnées. Sa peau et ses dents et ses cheveux naturels. Elle ne cédait pas aux standards de beauté modernes, et c'était irrésistible. Aisling avait cet air noble d'une femme qu'on ne pouvait imaginer à quatre pattes en train de se faire prendre sauvagement par-derrière. Les hommes étaient des êtres simples, ce qui voulait dire que c'était précisément ce que j'avais envie de faire – pilonner son Altesse royale pendant qu'elle criait mon nom.

La fille face à moi continuait de jacasser. J'avais totalement décroché. Je me rendis compte, maintenant que je l'observais de près, qu'elle était jeune. Majeure, certes, mais bien plus jeune que moi.

— … prête à tout, vraiment. Genre, je sais que vous n'avez que des coups d'un soir, donc ça me va tout à…

— Quel âge as-tu ? demandai-je, interrompant son flot de paroles.

J'avais déjà besoin de deux Advil et d'une balle pour abréger mes souffrances.

Elle écarquilla les yeux, l'air paniqué.

— Quoi ?

— Ton âge, pestai-je, agacé d'avoir manifestement contracté une conscience sur le trajet entre la clinique d'Aisling et le Badlands. Dis-le-moi.

— Vingt... cinq ?

— C'est une question ?

— Non ?

— Alors pourquoi mets-tu des points d'interrogation à la fin de tes phrases, bordel ?

Sa génération dirigerait le pays un jour. Pas étonnant que j'aie un passeport suédois, juste au cas où.

Elle cligna lentement des yeux, comme si c'était un test. J'étais quasi sûr qu'elle était illettrée.

— Montre-moi ta carte d'identité.

Je tendis le bras vers elle, paume ouverte.

Elle se mit à rire, mais son cou et ses oreilles virèrent au rouge.

— C'est ridicule. Je suis majeure ! Tout le monde montre sa carte d'identité à l'entrée.

Pas de tout le monde. Aisling ne l'a pas montrée le jour d'Halloween, et maintenant ma bite veut un abonnement annuel à sa chatte.

Peu importait que le lendemain j'aie viré le connard qui l'avait laissée entrer.

— Tu as cinq secondes avant que je te bannisse, dis-je sèchement.

Elle retint son souffle.

— Du club ?

— De la *ville*, répliquai-je. Ta carte d'identité, Dani.

Elle fouilla dans son sac à main – un faux Chanel – en râlant et me flanqua son permis de conduire dans la main. J'allumai une cigarette et me radossai à mon siège en me frottant le front.

Vingt-deux.

Danielle Rondiski avait vingt-deux ans.

Quasiment un bébé par rapport à moi.

Mais assez âgée pour boire, baiser, et être ici.

Elle était brune et avait la peau blafarde quand la photo avait été prise, mais depuis elle avait intégré la Bimbo Academy pour devenir celle qui se tenait devant moi, une version gonflable de Charlotte McKinney.

Je lui lançai son permis.

— Dégage.

— Monsieur Brennan…

— *Dehors.*

— L'âge n'est qu'un nombre.

— C'est le truc le plus stupide que j'ai jamais entendu.

Je m'efforçai – en vain – de trouver la conversation piquante. La vérité, c'était que je *m'ennuyais.*

Je n'étais pas agacé. J'avais envie d'une chose sur laquelle je ne pouvais pas mettre la main, et les mots barbants sortant de sa bouche me faisaient débander.

— Si l'âge n'est qu'un nombre, la température n'est qu'un nombre aussi. Et l'argent. Et les cellules cancéreuses. Et les victimes de la guerre. Les nombres sont *tout.* Les nombres sont ce qui sépare la vie et la mort. Les nombres régissent le monde. Maintenant, dégage.

Après avoir renvoyé Dani avec mon discours à la Rain Man et accepté le fait que ma bite et moi allions nous coucher seuls ce soir, je grimpai dans ma voiture et rentrai chez moi. Mon instinct me disait que le merdier d'aujourd'hui n'était pas terminé et me conseillait de me préparer au pire.

Mon instinct ne se trompait jamais.

Aisling Fitzpatrick m'attendait à la porte de chez moi.

Une récompense – ou une punition – du karma ?

Elle était dos à la porte, assise jambes croisées, tête baissée, la lueur froide de son téléphone illuminant une partie de son visage.

Elle leva les yeux au moment où je sortais de l'ascenseur et se releva à la hâte, lissant sa robe noire classique sur ses courbes. Son manteau était plié et soigneusement drapé sur son avant-bras.

— Je devrais te tuer, dis-je en la dépassant sans ménagement, tapant le code de la porte et l'ouvrant sans entrer.

— Ça te ressemblerait assez, murmura-t-elle derrière moi. Qu'est-ce que j'ai encore *pas* fait ?

— Tu m'as empêché de conclure.

— Je ne t'ai même pas approché aujourd'hui ! protesta-t-elle d'une voix enjouée.

— Pas la peine. Le stress post-traumatique développé après t'avoir baisée m'a dégoûté du concept même de la vie. Félicitations.

— C'est pour ça que tu as dû me doigter l'autre soir, hein ? Juste pour être sûr que c'était vraiment si horrible la première fois ?

— Je t'ai doigtée pour te refuser un orgasme, pas parce que j'avais envie de toi, répondis-je sèchement.

— Tu sais vraiment parler aux femmes, toi. Pas étonnant si je faisais une fixette sur toi.

— *Faisais ?*

Je me retournai pour lui adresser un sourire mauvais, la main sur la poignée.

— Aux dernières nouvelles, tu me cours encore après comme un chiot et tu es même passée au niveau supérieur puisque tu te pointes chez moi, maintenant. Un vrai pot de colle.

— Tu te pointes chez moi en permanence, et je ne te traite pas de pot de colle.

— C'est différent. Je travaille avec ton père. Je ne peux pas t'échapper, même si j'en meurs d'envie.

J'étais vraiment en forme ce soir. Il ne me manquait que les cornes rouges et un nouveau-né ou deux à sacrifier pour achever ma transformation en Lucifer.

— Où étais-tu ?

Elle changeait de sujet, refusant de se vexer ou de quitter mon immeuble.

Je ressentais *enfin* quelque chose : l'envie de l'étrangler.

— Permets-moi de te répondre par une de tes expressions favorites : ça ne te regarde pas. Comment as-tu trouvé mon adresse ? Ne t'avise pas de dire que ce ne sont pas mes oignons, l'avertis-je.

— Google.

— Ne me mens pas.

Je me tournai face à elle, enroulant mes doigts autour de son cou délicat et serrai, juste pour lui faire peur. Sa gorge tressauta comme elle déglutissait, mais elle ne céda pas.

Je l'avais méjugée pendant des années et m'en voulais de m'être fié aux apparences. Derrière sa façade élégante bouillonnait le chaos.

— Ne pose pas des questions difficiles, rétorqua-t-elle.

— Mon adresse est introuvable.

Elle leva les yeux au ciel.

— Eh bien, Batman, je crois qu'on sait tous les deux que ce n'est pas vrai. Peux-tu enlever tes doigts de mon cou ? Je ne voudrais pas te traumatiser davantage avec ce contact peau à peau.

Seules quelques personnes savaient où j'habitais, et ni Cillian, ni Devon, ni mes hommes de main n'en faisaient partie. J'étais réservé, et cela se savait. Cela allait de pair avec le métier que j'exerçais. Les seules proches qui possédaient mon adresse étaient Troy, Sparrow et Sailor.

Sailor.

Ma traîtressœur (sœur traîtresse) avait dû discuter avec Sparrow après mon départ, faire le rapprochement, et décider spontanément de se mêler de mes affaires.

Cette partie de chat et de la souris avec Aisling était en train de devenir un jeu multijoueur qui m'échappait, et il était temps d'y mettre fin une bonne fois pour toutes.

Je pouvais lui balancer ce que j'avais appris plus tôt aujourd'hui, lui dire que j'étais entré par effraction dans la clinique, puis exiger des explications, mais ce serait inutile. Elle avait l'air désemparée, ses cheveux noirs collés à ses tempes, ses yeux luisant de larmes. Elle se mettrait sur la défensive, et je détestais les menteurs. Ils me rappelaient ma mère biologique.

Je retirai ma main de sa gorge.

— Je peux entrer ?

Elle se frotta la nuque, s'avachissant tout à coup, comme un ballon qui se dégonfle. Je compris que ma réticence à coucher avec Dani n'avait rien à voir avec son âge ou sa capacité à m'ennuyer profondément, et tout à voir avec Nixe.

Putain de merde.

— Non, répondis-je platement.

— J'ai vraiment besoin de parler à quelqu'un.

— Je te suggère de te tourner vers quelqu'un que ça intéressera.

— Je ne t'intéresse pas ? demanda-t-elle, la voix empreinte de surprise et de douleur.

Elle vivait dans une grotte ou quoi ? Est-ce que je m'intéressais à qui que ce soit ? Non. Troy, Sparrow et Sailor la grande gueule étaient les seules exceptions. Je pouvais peut-être y ajouter Rooney et Xander aussi, maintenant. Évidemment, ils avaient l'avantage de ne pas savoir parler et avaient donc moins de chances de me les briser.

— Pas même un peu. Va-t'en.

Elle s'humecta les lèvres.

— J'ai besoin d'évacuer. C'est à propos de mes parents. Tous les autres sont partiaux. Mes frères, Mère, papa… même mes meilleures amies sont mariées à mes frères, elles ne peuvent pas être lucides sur le sujet, expliqua-t-elle.

Elle n'avait pas tort.

Et puis, si elle avait des informations importantes sur Gerald, elle pourrait m'aider à le faire plier et avouer. Alors, bien que je ne ramène jamais de femme chez moi, sous aucun prétexte, je me dis qu'il était temps de faire une exception. Pour elle.

Pour la première fois depuis que j'avais emménagé seul ici, quand j'avais dix-huit ans, j'ouvris la porte et laissai entrer dans mon royaume une autre personne que Sparrow ou Troy. Même ma femme de ménage n'avait qu'une vague idée de l'endroit où je vivais. On la faisait venir dans une voiture aux vitres teintées.

— D'accord. Mais je ne vais pas te baiser, l'avertis-je.

Je pouvais toujours compter sur ma fierté pour l'emporter, et Aisling était un rappel constant que les Fitzpatrick jugeaient bon de faire affaire avec moi sans m'autoriser à sortir avec leur fille.

— Eh bien, quel soulagement.

Elle sourit poliment, son menton tremblotant comme elle s'efforçait de réprimer ses émotions.

— Et je promets de ne pas te séduire, dit-elle. On s'installe ?

Aisling s'assit sur le canapé en cuir noir, le dos droit, les mains sagement posées sur ses genoux.

— Pourrais-je avoir un café ? demanda-t-elle d'une voix tremblante.

— Tu veux un petit déjeuner anglais pour aller avec, aussi ? Non, tu ne *pourrais* pas avoir un café.

— Je crois que nous avons tous les deux besoin de nous reprendre avant d'avoir cette conversation.

— La seule partie de moi qu'il faut reprendre, c'est ma queue dans une bouche, et puisque je ne veux pas que tu l'approches, je te suggère d'aller droit au but.

On s'affronta du regard un instant. Elle ne sourcilla pas.

— Tu ne vas pas parler tant que je ne t'aurai pas servi un café, n'est-ce pas ? marmonnai-je.

Elle secoua la tête.

À contrecœur, je me dirigeai dans la cuisine pour préparer une tasse. Je me rendis compte à mi-chemin que :

1. Je ne savais pas comment fonctionnait ma machine à café, puisque je prenais toujours un Starbucks en sortant le matin et passais le reste de la journée à me maudire d'avoir consommé un café cramé qui avait un goût d'eaux usées, et…

2. C'était mon appartement, mes règles, *mon* choix de boisson.

J'attrapai un Macallan 18, en versai deux doigts dans deux verres à whisky et retournai au salon.

Mon appartement était ordonné et minimaliste. Murs en béton brut, canapé en cuir noir, hauts tabourets de bar et électroménager chromé. Aucun tableau ni meuble superflu.

Et aucune Nixe en vue.

Je fixai la table basse des yeux, sourcils froncés, observant l'énorme bocal en verre qui trônait au centre.

Une des balles que je stockais à l'intérieur roulait sur le sol. Elle buta contre un pied de la table.

Et merde.

Je lâchai les whiskys et me ruai sur le palier, où je trouvai Aisling en train d'appuyer sur le bouton de l'ascenseur comme une hystérique en lançant des regards affolés autour d'elle. Elle avait les joues mouillées et tremblait de la tête aux pieds. Je l'attrapai par le poignet et la tirai vers moi.

Que s'était-il passé ? Pourquoi avait-elle si peur ?

— Lâche-moi ! hurla-t-elle en essayant de se dégager. C'était une erreur de venir ici.

— Je suis on ne peut plus d'accord. Mais tu es ici, alors tu vas aller au bout des choses. Je sais que le clan Fitzpatrick a l'habitude qu'on fasse tout le travail à sa place, mais cette fois-ci, tu vas devoir t'y coller.

Je la jetai en travers de mon épaule et rentrai dans l'appartement, plantant mes doigts dans ses cuisses avec une possessivité qui me surprit et me dégoûta.

Elle ne t'appartient pas.

Elle est la fille de l'ennemi.

On te paie cher pour garder tes distances.

Et elle ne vaut pas ces prises de tête.

— Laisse-moi deviner, il y a une explication logique à toutes ces balles, hein ?

Elle partit d'un rire amer, et je fus ravi qu'elle ne se lance pas dans cette routine du « laisse-moi descendre ! » que les femmes affectionnaient.

— Tout à fait, dis-je sèchement, mais ça ne va pas te plaire.

— Je suis tout ouïe.

Je claquai la porte derrière nous avec mon pied et la posai sur le canapé, m'accroupissant entre ses jambes, attrapant ses mains.

— Tu es calme ?

— Ne me traite pas comme un bébé, lança-t-elle.

— Ne te comporte pas comme un bébé, rétorquai-je.

— Pourquoi gardes-tu des balles dans un bocal ? Des dizaines de balles, qui plus est.

— Pourquoi crois-tu que je ne laisse personne entrer chez moi ?

Je lui répondis par une question, ma nouvelle technique, cadeau de Deidra ou je ne sais quoi, celle que j'avais failli baiser au Badlands ce soir.

— Ce sont des preuves.

Ses dents claquaient, et elle enroula ses bras autour de son corps.

— Je récupère les balles dans les corps des gens que je tue et je les garde.

Sam, espèce d'idiot, putain. Tu fais des confidences à la femme dont tu vas massacrer le père comme un agneau sacrificiel.

Elle me dévisagea avec une expression terrifiée et… fascinée ? Bien sûr. Je ne cessais d'oublier qu'elle aussi était un monstre. Je ramassai la balle qu'elle avait fait tomber au sol, ignorant l'odeur de whisky qui imprégnait le tapis.

Je retournai la munition et tapai de l'ongle sur sa surface métallique.

— Tu vois, là ? M.V. ? Mervin Vitelli. Je grave leurs initiales pour ne pas oublier.

Elle fronça les sourcils.

— Pourquoi ne veux-tu pas oublier ?

Parce que si je me mets à oublier tous les gens que je tue, plus rien ne me distinguera de l'animal, et je deviendrai un vrai monstre.

Bientôt, il y aurait une balle gravée aux initiale G.F. Ce qui me rappelait que je devrais m'éloigner d'Aisling. Je me levai et retournai à la cuisine, avant de revenir avec la bouteille de Macallan – sans verres, cette fois-ci. Je pris une gorgée au goulot et passai la bouteille à Aisling. Je m'installai dans un fauteuil face à elle, la table basse faisant office de frontière entre nous.

Elle prit une petite gorgée et grimaça avant de me rendre la bouteille.

— Je savais que tu tuais des gens, mais c'est autre chose de voir les preuves du nombre de vies que tu as prises.

— La première est celle qui compte le plus. Après ça, on ressent toujours la même chose. Comme la deuxième ou la troisième bouchée d'un cornet de glace. Bien sûr, ça ne fait pas de mal de savoir que les gens que je tue sont des ordures.

— Je n'en suis pas si sûre, dit-elle.

Et à en juger par la façon dont son front se creusa, j'aurais juré qu'elle savait de quoi elle parlait.

— Tu es venue ici pour parler. Parle, ordonnai-je en donnant un coup de pied dans sa chaussure.

Elle observa mon appartement attentivement, ses murs bruts

et le néant dont je m'entourais. J'aimais les choses ainsi. Moins j'en avais, moins je m'attachais. C'était un appartement de luxe en grès rouge à trois millions de dollars, mais très différent d'Avebury Court Manor, qui croulait sous les tableaux, les statues, et autres signes de richesse.

Il n'y avait nulle part où se cacher ici. Il n'y avait que nous, les murs, et la vérité inavouée posée entre nous comme une bombe à retardement, attendant d'exploser.

— Ma mère veut demander le divorce.

Sa voix se brisa. Elle baissa les yeux, son cou pareil à une tige de fleur cassée.

— Je sais que ça doit te sembler ridicule, s'empressa-t-elle d'ajouter. Après tout, tout le monde sait que mes parents n'ont jamais été fidèles. Leur mariage est considéré comme bidon dans la plupart des sphères sociales de Nouvelle-Angleterre. Mais pour moi, ce n'est pas rien. Au contraire, même. Petite, je savais que j'avais la stabilité d'Avebury Court Manor. Même si maman et papa n'étaient pas un couple stable, ils restaient un couple à leur manière. Crois-le ou non, Sam, mais leur couple fonctionnait. Je sais que je ne suis plus une ado influençable, et qu'il peut arriver pire à des gens de vingt-sept ans. Certains perdent leurs parents, leur partenaire, même leurs *enfants*, mais je ne comprends pas…

Elle secoua la tête, des larmes suspendues à ses cils, s'agrippant de toutes leurs forces, refusant de tomber.

— … comment tout a pu basculer si vite. Ils vivaient une vie normale – aussi normale que la vie peut l'être pour nous – et, tout à coup, tout a volé en éclats. Les photos infamantes de papa et cette… cette *femme* qui sort de nulle part, puis l'empoisonnement. Quelqu'un est en train de détruire mon père, et *Athair* pense que c'est ma mère.

Je la dévisageai, sans un mot de réconfort. Que pouvais-je dire ?

En fait, maintenant que tu m'y fais penser, c'est moi qui suis derrière tout ça. Jane n'est qu'un dommage collatéral. Sois reconnaissante que ce ne soit pas toi que je sacrifie. Et au passage, ce n'est que la partie visible de l'iceberg, alors attache ta ceinture, ma belle, parce que je vais lui faire réhypothéquer ta maison d'enfance, à ton père, et lui pomper tout son fric.

— Tu n'as vraiment aucune piste ? demanda-t-elle en me faisant un signe de la main pour que je lui passe le whisky.

Ce que je fis, en secouant la tête.

Elle sirota le liquide brun comme si c'était du thé et me rendit la bouteille.

— C'est bizarre. Tu es plein de ressources, d'habitude. Je ne me rappelle pas la dernière fois où tu as été incapable d'aider ma famille quand elle a eu des ennuis.

Sa tentative de me piéger pour que je travaille plus dur sur l'affaire – dont j'étais l'instigateur – m'amusa.

— Patience, Nixe.

— Es-tu un homme patient, toi ?

— Je ne me fixe pas les mêmes exigences qu'à toi.

— Comme c'est commode.

— Je mène une vie commode, dis-je en la saluant avec la bouteille avant de prendre une gorgée de whisky. Vois les choses du bon côté. Deux maisons. Deux parents. Deux sapins de Noël. Deux séries de cadeaux, etc.

— Je ne suis pas une gamine.

La rage dansait dans ses yeux. Je haussai un sourcil.

— Tu te comportes comme telle quand il est question de tes parents.

— Que ferais-tu à ma place ?

Elle planta ses yeux dans les miens, cinglante tout à coup.

Je me mettrais à genoux et j'ouvrirais grand la bouche.

— Laisse-les régler ça entre eux. Ils sont grands, et tu n'es pas le parent. Tu es l'enfant.

Peut-être parce que j'étais plus attentif à Aisling ces derniers temps, surtout pendant le dîner de Thankgiving, j'avais remarqué que sa mère lui demandait de lui servir à boire, de l'accompagner aux toilettes, de l'aider à remonter sa fermeture Eclair. Jane traitait Aisling comme une bonne. Je ne me rappelais pas quand cette dynamique avait commencé, et je me demandais même si j'avais choisi de l'ignorer depuis le début ou bien si je refusais que cette nouvelle donnée altère la vision que j'avais d'Aisling – une gosse pourrie gâtée.

— Je suis un peu le parent de ma mère, avoua-t-elle. Elle se repose sur moi... mentalement.

— Pour utiliser le terme technique : ça craint.

— Peut-être, mais c'est la vérité. Ma vie n'est pas aussi... parfaite qu'elle en a l'air.

Plissant le nez, elle tendit la main pour prendre une des balles dans le bocal, qu'elle fit rouler entre ses doigts, examinant les initiales. Elle la remit en place. En sortit une autre. Je résistai à l'envie de la réprimander, de lui dire que j'allais devoir effacer ses empreintes sur chaque balle, une par une, au cas où quelqu'un les trouverait un jour. Je voyais qu'elle était au bord des larmes et je voulais à tout prix éviter qu'elle se transforme en pleureuse.

J'avais grandi avec Sparrow et Sailor, deux femmes peu enclines au mélodrame. D'ailleurs, je ne me rappelais pas les avoir déjà vues craquer. J'étais certain qu'une larme ou deux avaient été versées aux enterrements et autres, mais elles s'étaient toujours comportées avec la force tranquille des femmes qui connaissaient la pègre de fond en comble et y régnaient en déesses incontestées.

D'habitude, quand j'entendais les femmes soupirer, c'était au lit, et de manière jouissive.

— Trop triste, putain. Tu es jeune, belle, et tu as assez d'argent pour acheter le bonheur. Tes parents sont sur le point de divorcer et ils se détestent. Et alors ? Bienvenue au XXIe siècle. Tu rejoins officiellement cinquante pour cent des gens aux États-Unis.

J'étais vraiment une source inépuisable de joie, n'est-ce pas ? Mais je ne pouvais rien faire pour l'aider. Je n'allais pas changer mes plans pour épargner ses sentiments.

Nixe me dévisagea, la mine grave, mais étonnamment elle ne semblait pas sur le point de s'effondrer.

— Ma vie n'est pas aussi heureuse que tu le penses, insista-t-elle d'une voix basse mais échauffée. Déjà, petite, je n'ai jamais eu d'exemple d'un amour véritable. D'une relation saine entre un homme et une femme. Toi, au moins, tu avais Sparrow et Troy. Mon enfance était un flot incessant de disputes, de projectiles lancés à travers la pièce, puis mes parents disparaissaient pendant des mois en Europe, ensemble ou séparément, me laissant avec les nounous.

Je la jaugeai, le regard vide, lui montrant qu'elle ne m'inspirait pas assez de pitié pour que je sorte les mouchoirs.

— Puis j'ai perdu quelqu'un à qui je tenais beaucoup quand j'avais dix-sept ans, de manière assez… brutale.

Sa gorge tressauta comme elle avalait sa salive, et elle regarda autour d'elle, soudain mal à l'aise. Je ne demandai pas de qui il s'agissait.

La règle numéro un était de ne pas s'attacher. Cela obscurcissait votre jugement.

— Quoi d'autre ? demandai-je en bâillant, regardant ostensiblement ma montre.

— Ma première fois…

Elle hésita, se mordit la lèvre. Elle avait piqué ma curiosité, et je me surpris à me redresser.

— J'ai perdu ma virginité avec un de mes professeurs.

— Quel âge avait-il ?

— Quarante et un ans.

— Et toi ?

— Dix-neuf.

— C'est…

— Dégoûtant ?

Elle eut un sourire triste, les larmes remplissant de nouveau ses yeux. Je m'apprêtais à dire que c'était chaud comme la braise, mais bien sûr je ne pouvais plus maintenant.

— Oui, je sais. Et tu veux savoir le plus répugnant ?

— Je pensais déjà le savoir. Il avait quarante et un ans.

Elle afficha un sourire las.

— J'ai découvert, trois semaines après avoir commencé à coucher avec lui, qu'il était marié et avait un enfant. Il ne portait pas d'alliance et vivait seul dans une résidence sur le campus. Il avait l'air jeune, élégant, et il traînait si souvent avec des étudiants…

Elle mordilla la peau autour de son ongle, tirant dessus nerveusement.

— Je voulais perdre ma virginité avec quelqu'un qui avait de l'expérience, et je savais qu'il en avait. On a continué à se fréquenter. Jusqu'à ce qu'il se volatilise du jour au lendemain. Il a arrêté de répondre à mes appels. Il est juste parti. Il n'est même pas allé au bout de l'année universitaire. J'avais besoin de comprendre pour tourner la page, alors je l'ai retrouvé. Et j'ai découvert pourquoi il était parti. À cause de moi. Parce que sa femme, qui enseignait dans une autre université à deux États de là, l'avait appris et l'avait ramené à la maison par la peau des fesses. Quand j'ai trouvé son adresse, j'ai fait l'erreur d'y aller et de frapper à sa porte.

Mauvaise idée. Mais j'avais du vécu, et Aisling vivait dans une bulle protectrice. Évidemment qu'elle voulait des réponses, passer à autre chose, et toutes ces idioties.

— Elle a ouvert la porte et m'a jeté au visage le téléphone dont il se servait pour m'appeler. Elle s'est mise à me hurler dessus devant tout le voisinage, me traitant de pute, de briseuse de ménage, de salope pourrie gâtée. Elle a dit que ma mère était une traînée, que toute l'Amérique savait que l'un d'entre nous n'était pas un Fitzpatrick, puis elle a promis de répéter ce que j'avais fait à tous les hôpitaux de Boston. C'était humiliant. D'autant que je ne savais même pas qu'il était marié.

— C'est pour ça que tu n'as jamais essayé de bosser dans un hôpital d'ici ? demandai-je.

Elle se mordit la lèvre et arracha de plus en plus de peau de son ongle.

— Entre autres. Peut-être. Je ne sais pas. Ce n'est pas que pour ça, en tout cas. Depuis, je limite encore plus mes interactions avec les hommes.

— Bien. On est tous des queutards, lançai-je.

Le silence retomba. Je voulais qu'elle parte. Elle ne me dirait rien sur la relation de ses parents, sur Gerald. C'était inutile.

— Dis-moi quelque chose de personnel, dit-elle en posant sa joue sur son épaule. Juste un truc, Sam. Ça me remontera le moral. S'il te plaît.

— Aisling, il est temps pour toi de partir.

— Pourquoi ?

— Parce que ça ne va nulle part. On a baisé. C'était une erreur. C'est le moment pour toi de passer à autre chose. Je ne sais pas à quoi tu t'attends, mais je peux te dire que ça n'arrivera pas. Je n'ai ni âme, ni cœur, ni conscience. On s'est bien amusés, certes, mais les femmes sont toutes les mêmes pour moi. Je ne te choisirai jamais entre toutes les autres. Si tu penses que la vie avec Gerry est un cauchemar pour ta mère, imagine ton père dans ce qu'il a de plus détestable et continue. C'est moi.

Ce fut à ce moment que cela arriva.

Elle pleura enfin devant moi.

Ce n'était qu'une seule larme. Qui roula sur sa joue, tomba de son menton comme d'une falaise et atterrit sur son genou.

— Bon sang, Aisling, pestai-je en détournant le regard, me sentant… *ému.*

Ce n'était pas un gros sentiment, juste un petit malaise, mais je ne voulais pas la voir pleurer.

Une fois.

Ce serait la seule et unique fois que je céderais face à cette femme exaspérante.

Je me levai, saisissant la bouteille de whisky par son col pour en avaler une grande gorgée, et me mis à faire les cent pas.

— Quand j'étais petit, avant que Troy et Sparrow me recueillent, à l'époque où je vivais avec Cat et ma grand-mère, on avait un tableau dans notre maison. Juste un. C'était un tableau tout naze. Un vieux machin aux couleurs passées représentant un chalet sur un lac – très bateau et pas très bon. Enfin bref, le tableau était en face du lit de la chambre parentale. Il avait tendance à tomber de son clou chaque fois que la porte claquait ou que quelqu'un respirait dans la maison. Cat était la seule personne à avoir la clé de la chambre, mais elle ne savait pas que j'avais appris à crocheter les serrures.

Je m'arrêtai. Pris une autre gorgée. Me rendis compte que j'étais à moitié bourré et posai la bouteille sur la table basse, remarquant que Nixe tripotait d'autres balles dans le bocal, soufflant les initiales qui y étaient gravées du bout des lèvres. Comme si elle faisait le deuil de ces gens.

— Quand j'étais petit, Cat me punissait en m'affamant. Pour ce faire, elle transformait le dessous de son lit en garde-manger de fortune. C'était là qu'elle stockait toute la bouffe. Condiments, chips, bretzels, plats tout préparés. Ma grand-mère n'avait plus assez de forces pour s'opposer à elle. Comme tu le sais, j'étais un petit merdeux, donc j'étais puni en permanence. Cela me rendit famélique et très petit pour mon âge.

Elle pinça les lèvres ; elle était de nouveau au bord des larmes. Ça me donnait l'impression d'être Bambi, putain. Je n'avais besoin de la pitié de personne. Je m'empressai de poursuivre.

— À un moment donné, je me suis dit que je n'avais qu'à forcer la porte pour me prendre un ramen ou un paquet de chips ou autre. Et c'est ce que j'ai fait. Souvent. Mais Cat avait tendance à rentrer au mauvais moment. Quand je n'avais pas le temps de m'enfuir de sa chambre, j'étais obligé de me cacher sous le lit, enfoui sous la bouffe.

Je souris au mur en béton brut face à moi, sentant Aisling avide d'en savoir plus, les yeux rivés sur mon profil.

— Cat se prostituait, et bien souvent, quand elle rentrait, elle n'était pas seule. J'ai arrêté de compter après la quatrième fois où j'ai dû me faufiler sous son lit, où je sentais les ressorts du matelas me rentrer dans le dos alors qu'un type la baisait au-dessus de moi.

Aisling détourna les yeux en soupirant, comme si ma douleur s'insinuait dans son corps.

— Non, lâcha-t-elle d'une voix rauque.

— Si.

Je changeai de direction, avançant vers elle.

— Je sentais le poids des péchés de ma mère, au sens figuré et littéral. Ils la baisaient sur mon dos. Encore et encore et encore. Pendant que je frissonnai, étourdi par la faim, tous les muscles du corps crispés pour ne pas faire de mouvement brusque et révéler ma présence. Mon souvenir d'enfance le plus net est ce foutu tableau. Chaque fois que la tête de lit heurtait le mur opposé, il tombait, tout droit, de telle sorte que le chalet et le lac me rendaient toujours mon regard, comme s'ils m'avaient pris la main dans le sac. Nous avions une relation, ce tableau et moi. J'avais l'impression qu'il me narguait. Il me rappelait que ma vie était merdique et, chaque fois que je le regardais, je sentais les entailles bleues et violettes sur mon dos, causées par les ressorts rouillés du lit qui me mordaient la peau.

— Tu n'as pas de tableaux, dit-elle en parcourant lentement la pièce du regard.

Je tapai le cul de mon paquet de clopes contre mon biceps et une cigarette en sortit. Je la saisis entre mes dents.

— Non.

— Ma maison doit réveiller des traumatismes chez toi.

Je ris, allumant la cigarette. Je m'affalai sur le canapé à côté d'elle, en faisant attention à ne pas la toucher, puis je soufflai un ruban de fumée vers le plafond.

— Je n'ai pas de traumatismes.

— Tout le monde en a, argua-t-elle.

— Pas moi. Je laisse moisir la haine et la transforme en ambition. J'accepte mes faiblesses et ne m'y dérobe pas.

Elle posa sa tête sur mon épaule et sa main sur mon cœur. Je me figeai.

C'était nouveau.

Et inattendu.

Pourtant, je ne bougeai pas. C'était agréable, de sentir sa main sur moi. Ça semblait juste.

— C'est pour ça que tu détestes les femmes ? murmura-t-elle. Pour ce que Cat t'a fait subir ?

— Je ne les déteste pas. C'est juste que je ne veux pas avoir à trop les fréquenter.

— Eh bien, moi, je veux te fréquenter.

Elle leva la tête vers moi pour me regarder avec ses grands yeux, battant des cils. Nos regards se croisèrent. Le bourdonnement lourd de nos battements de cœur emplissait l'air. Je m'écartai d'elle, pressant mon pouce sur sa lèvre.

— Non.

Je me levai, un sourire cruel aux lèvres.

— Bien. Tu as dit ce que tu avais sur le cœur, et tu as même eu droit à un petit bonus avec mon histoire larmoyante. Maintenant dégage, Nixe. Et ne reviens pas.

— Mais je…, commença-t-elle, mais je me détournai en tirant sur ma clope.

Dans la baie vitrée, je la vis se lever, pleine de dignité. Elle se dirigea vers la sortie, la tête haute, le dos droit. Dès qu'elle eut refermé la porte derrière elle, je poussai un soupir et laissai tomber la cigarette dans la bouteille de whisky à moitié vide.

Me ruant dans la salle de bains, je baissai mon pantalon en agitant les jambes, ouvrit le robinet de la douche et entrai dans la cabine avant même que l'eau passe du froid au chaud.

Je m'appuyai contre le carrelage mural, laissant l'eau me marteler la peau – je portais encore ma chemise – et me branlai.

— Putain, sifflai-je. Putain. Putain. Putain.

Sa simple présence dans l'appartement me faisait bander.

Je jouis, jouis et jouis encore dans mon poing, et je me demandai quand je m'étais masturbé pour la dernière fois.

Probablement quand j'avais seize ans.

Non, peut-être quinze.

Va te faire foutre, Aisling.

Je posai mon front contre le carrelage, grognant sous les aiguilles brûlantes de l'eau qui me fouettait le visage et les cheveux. Je n'étais pas son sauveur, j'étais son monstre. Ces visites nocturnes, ma surveillance de ses activités, et qu'elle vienne me trouver… tout cela devait cesser.

Avant que je lui fasse ce que j'avais fait à ce tableau.

Parce que je ne lui avais pas raconté toute l'histoire.

Des années après avoir déménagé, j'étais retourné dans cet

appartement. J'avais grassement payé le propriétaire pour pouvoir y faire un tour. J'avais trouvé le tableau. Les nouveaux locataires ne s'en étaient pas débarrassés. Je l'avais volé, brûlé, et j'avais jeté les cendres dans la rivière.

Je ne savais pas conserver les choses.

Je savais seulement les briser.

Il était temps de briser Aisling une bonne fois pour toutes et de m'assurer qu'elle ne viendrait plus jamais me trouver.

Aisling

Cesse de choisir ce qui ne te choisit pas, ma chérie, lança la voix de Mme B. dans ma tête alors que je sortais en trombe de l'immeuble de Sam, les jambes flageolantes, le vent froid me fouettant les joues.

J'inspirai profondément par la bouche, mais rien ne suffirait à remplir mes poumons.

Sam, Sam, Sam.

Le brisé, le marqué, l'abîmé, l'imparfait. Modelé par les mains d'une mère abusive, d'un père adoptif truand, et du fantôme d'un père biologique qui avait essayé de tuer sa mère adoptive.

Je m'emmitouflai dans mon manteau et courus jusqu'à l'Aston Martin qui m'attendait au coin de la rue, me glissant sur le siège passager. À peine assise, j'attrapai la thermos et pris une grande gorgée de café.

— Alors ? demanda Cillian assis au volant, l'air sceptique.

Selon lui, Sam n'avait rien à voir dans cette affaire avec *Athair*. Hunter était de son avis. Je savais que Cillian m'observait, essayant de déterminer si j'avais couché avec Sam. Il était à l'affût du moindre signe révélateur. Lèvres enflées. Joues roses.

Mon frère me pensait incapable de résister à Sam.

Je secouai la tête.

— Je n'ai rien découvert, et il n'a rien dit d'incriminant.

— Évidemment que tu n'as rien découvert. Parce que Sam a mieux à faire de son temps que de faire chier *Athair* sans raison.

— C'était la seule personne à cette table capable d'empoisonner un des convives.

— Ce n'était qu'un fâcheux accident. Ne te tracasse pas, Ash. Sam est innocent – dans l'affaire qui nous occupe, du moins. De manière générale, il est certainement responsable d'un crime sur deux dans le Massachusetts depuis 1998. Affaire classée.

Comme je ne disais rien, il grogna, se laissant tomber contre l'appuie-tête, les yeux fermés.

— Dis-moi que tu vas laisser tomber. J'ai suffisamment de pain sur la planche. Je n'ai pas besoin d'éteindre un autre incendie.

— D'accord, lâchai-je. Je n'enquêterai plus sur lui.

— Promis ?

— Promis.

C'était stupide. Puéril, même, mais les mauvaises habitudes avaient la vie dure, et je me surpris à croiser les doigts comme une gamine entre les plis de ma robe sur mes genoux.

C'était loin d'être terminé.

Sam se jouait peut-être de moi, mais maintenant, moi aussi, je me jouais de lui.

Je découvrirais la vérité sur ce qu'il s'était passé avec mes parents.

Coûte que coûte.

8

Aisling

Une semaine s'était écoulée depuis que j'avais rendu visite à Sam chez lui.

Une semaine de silence radio de sa part, et mes frères faisaient de leur mieux pour rétablir un semblant de normalité au sein de notre famille.

Ils passaient plusieurs fois par semaine après le travail pour voir comment allait papa, persuadés que son empoisonnement était un accident ou le fait de maman.

Je jouais le jeu, couvrant maman d'attention, la surveillant avec vigilance pour m'assurer qu'elle n'essaierait pas de se faire de mal, mais la vérité, c'était que quelque chose avait basculé en moi. Je commençais à changer, sans savoir ni comment ni pourquoi, et ces dernières semaines n'y étaient pas étrangères.

En apparence, je vivais exactement comme avant. Un soir, j'étais même allée dans un nouveau restaurant indien en vue du centre-ville avec Persy, Belle et Sailor. J'avais même gloussé quand Sailor avait regardé son téléphone avec les sourcils froncés, avant de nous montrer une photo de Cillian en poussant un soupir las.

— C'est sa version d'une *dick pic*[1].

— Mais ce n'est pas une bite, avait répondu Persy sans comprendre.

— Non, c'est un gland, avait murmuré Belle en arrachant un bout de naan pour le tremper dans la sauce menthe-mangue.

Persy avait rouspété parce qu'on traitait son mari de gland, mais nous savions toutes qu'il en était un – avec tout le monde sauf elle.

Mère continuait de se plaindre que mon père avait été affreux avec elle, et pourtant, chaque fois qu'elle s'aventurait hors de son antre et qu'il essayait de lui parler, elle faisait demi-tour en vitesse, laissant dans son sillage un flot d'accusations larmoyantes.

Papa dormait toujours dans une chambre d'amis. Il errait dans la maison tel un fantôme, les cheveux ébouriffés, pas rasé, l'esprit hanté par le désastre de son mariage.

Et pour couronner le tout, il avait commencé à recevoir des messages anonymes le menaçant de vider ses comptes en banque secrets en Suisse – des comptes dont personne n'avait connaissance, selon lui.

Les premiers jours après l'arrivée des messages intempestifs, il avait mis un point d'honneur à se doucher, s'habiller, et à aller dans son bureau. Il laissait la porte entrouverte et restait assis là, muet, immobile, à l'affût d'un grincement venant de la chambre parentale.

Une fois qu'il avait pris conscience que Mère n'avait aucune envie de discuter avec lui, il avait repris son état végétatif, quittant à peine sa propre chambre.

Et c'était là toute la différence entre cette fois-ci et les précédentes. D'ordinaire, mes parents se livraient à un genre de tango, une danse difficile à suivre et dont ils étaient les seuls à connaître les pas.

Mon père merdait, ma mère se fâchait, et il la reconquérait. Il l'attirait dans une alcôve, l'emmenait dans la serre aux papillons,

1 Photo de sexe.

lui murmurant des mots doux à l'oreille. Il lui faisait la cour. Lui redonnait l'impression d'être désirable. La couvrait de cadeaux et de compliments. Lui envoyait des regards de braise à la table du dîner. La regardait céder peu à peu jusqu'à ce qu'elle capitule et le reprenne. Puis il l'emmenait en voyage en amoureux, lui faisait des promesses dont ils savaient tous les deux qu'il ne les tiendrait pas et recollaient leur relation, même s'il manquait des morceaux et qu'elle sonnait creux.

Seulement, cette fois-ci, ça n'avait pas fonctionné. Papa avait été empoisonné, et il accusait sa femme. Mes frères la suspectaient aussi. Mère devait estimer qu'elle en avait assez et avait coupé les ponts. Elle refusait de voir Cillian et Hunter quand ils venaient nous rendre visite.

Ce qui m'obligeait à gérer une situation absurde lors de son gala de charité annuel.

— Aisling, peux-tu être un ange et demander à tes frères de saluer M. Arlington ? Il a fait un don très important à notre œuvre de bienfaisance ce soir, et je sais qu'il cherche à avoir l'attention de Cillian depuis longtemps. Il a besoin de conseils sur sa nouvelle société offshore, dit Mère en me donnant un coup de coude.

Nous étions dans la salle de bal du Bellmoor, un hôtel du West End. La salle étincelait, dans son style néoclassique, avec ses chandeliers en or ouvragés, ses tons crème, et son escalier à la rambarde dorée très instagrammable.

Les invités allaient et venaient en buvant du champagne et en riant bruyamment, à la recherche de leur table, les hommes en smokings, les femmes en robes de bal. Jane Fitzpatrick donnait toujours des soirées somptueuses, des bals de débutantes aux galas de charité, et celui-ci ne faisait pas exception, même si elle savait que ses invités ne s'étaient pas encore remis du dernier scandale impliquant son mari.

Ma mère était administratrice de la Bipolar Aid Alliance, une organisation caritative pour laquelle elle organisait souvent des événements. Elle portait une robe grise respectable, ses cheveux relevés en chignon. Nous n'avions jamais évoqué pourquoi elle avait choisi de consacrer toute son attention et ses ressources à cette cause en particulier, mais je savais que c'était révélateur.

J'avais fini par comprendre que ma mère ne se comportait jamais de façon hasardeuse. C'était une femme réfléchie, un trait de caractère dont Cillian et moi avions tous les deux hérité.

— D'accord, mais tu sais, il va bien falloir que tu leur parles un jour, lui dis-je en triturant mes gants en velours.

Elle leva le menton, examinant ses doigts manucurés.

— J'en doute. C'est à mon banquier qu'il va bien falloir que je parle un jour, pour régler les dispositions du divorce. Et à mon paysagiste – les rosiers ont besoin d'être taillés. Oh ! et certainement à mon coiffeur. Mais à mes fils ? Ils n'ont rien à m'apporter. Si je veux voir mes petits-enfants, je peux appeler directement leurs épouses. Je préfère, même, puisque au moins, Sailor et Perséphone me traitent en égale et ne pensent pas que j'ai empoisonné mon époux, elles.

— En parlant de ton époux, dis-je en lissant ma robe bleu nuit, est-ce que tu comptes lui adresser la parole à nouveau ? Ou est-ce que tu vas passer ta vie à l'éviter ?

— Ton père et moi semblons avoir atteint le point de non-retour, après avoir flirté avec le désastre pendant des dizaines d'années. Il est devenu parano et injustement méfiant. Ce qui est fort mal venu, puisque c'est lui qui fait les gros titres tous les deux mois à cause d'une nouvelle liaison. J'ai peine à le dire, Aisling chérie, mais on est peut-être arrivés au bout de la route. Je ne nous vois pas revenir de cette crise.

— Eh bien, je te suggère de lui parler avant de lui servir les papiers du divorce, dis-je, crispée.

— Il ne me croira pas.

— Essaie, pour voir.

— Va donc transmettre à tes frères ce que je t'ai demandé, ordonna Mère comme si j'étais une ado, me chassant d'un geste de la main.

Je n'étais pas stupide. Je savais que les gens me traitaient comme si j'étais plus jeune que mon âge parce que je les laissais faire. Parce que j'étais gentille, timide, docile.

Je secouai la tête et me dirigeai d'un pas agacé vers mes frères, qui étaient occupés à fumer des cigares et critiquer le nouveau régime fiscal avec un groupe d'hommes d'affaires.

On voyait bien qu'ils n'avaient pas envie d'être là. Ils emmenaient leurs femmes à tous les événements qui en valaient la peine ; s'ils laissaient Sailor et Perséphone à la maison, cela voulait dire qu'ils voulaient leur éviter cet ennui et prévoyaient de rentrer tôt.

Ils étaient, en revanche, bien présents pour soutenir notre mère. J'aurais aimé qu'elle s'en rende compte. Nous faisions tous ce que nous pouvions pour lui venir en aide, même quand elle se comportait comme une enfant.

Je m'arrêtai près de Cillian et Hunter, un sourire poli aux lèvres.

— Je peux vous parler un instant ?

— Si tu *peux* ? Je te paierais cher pour me faire sortir d'ici. Et encore plus si tu acceptes de me tirer une balle dans la tête, murmura Hunter en s'écartant du cercle de raseurs.

Cillian, qui avait plus de finesse, me jeta un sourire en coin, mais ne bougea pas, un essaim d'hommes tournoyant autour de lui.

— Que se passe-t-il ? demanda Hunter en sirotant sa bouteille d'eau – il ne buvait presque plus d'alcool et, quand il le faisait, il se limitait à un verre. La soirée bat son plein et la boîte à dons est remplie à craquer. Ne me dis pas que la vieille chouette a encore trouvé une raison de râler. Laisse-moi deviner, les fleurs ne sont pas assez fraîches, ou quelqu'un a oublié de la complimenter sur sa robe – qui, au passage, lui donne des airs de Placoplatre.

Je lui marchai sur le pied, le faisant grimacer et attraper ses orteils.

— Elle a demandé si Cillian et toi pouviez vous présenter à M. Arlington, là-bas.

Discrètement, je désignai un vieil homme dodu assis à une table de l'autre côté de la salle, en train d'apprécier un cocktail de crevettes bien plus que n'importe qui devrait apprécier un cocktail de crevettes, vu que c'était infâme.

— Il a fait un don conséquent et aimerait vous poser quelques questions. Rapport à une société offshore, je crois.

— Quand est-ce que j'ai signé pour que Mère me prostitue comme si j'étais une escort-girl ? lâcha Cillian de sa voix monocorde, s'écartant de la foule qui gravitait autour de lui.

Je lui jetai un regard noir.

— Il faut que vous allégiez un peu ma charge de travail. C'est moi qu'elle dirige vingt-quatre heures sur vingt-quatre, sept jours sur sept.

— Parce que tu le permets, fit remarquer sèchement Cillian.

— En parlant de gros chèques, dit Hunter. Le diable en personne vient d'entrer dans la salle de bal, et il est venu avec un sacré rencard.

Je tournai la tête vers l'entrée, suivant le mouvement général, juste à temps pour voir Sam Brennan pénétrer dans la pièce avec une brune toute en jambes. Les deux portiers s'inclinèrent. Sam portait un smoking parfaitement ajusté, et la femme avait une robe échancrée en satin vert qui faisait ressortir ses yeux, jusqu'à l'autre bout de la pièce.

Il était évident que c'était un top model.

Et j'étais évidemment – *follement* – jalouse.

— Le sosie de notre sœur, rien que ça, marmonna Hunter en

serrant si fort sa bouteille dans son poing que l'eau déborda sur ses mains et dégoulina sur ses pieds.

Les yeux rivés sur Sam, Cillian ne dit rien.

Un homme que je ne connaissais pas vint se planter entre nous et désigna le nouvel arrivant avec sa flûte de champagne.

— Il paraît qu'il a tué sa première victime à l'âge de treize ans. Guidé par son père adoptif, Troy Brennan. Je travaillais au bureau du procureur, à l'époque. J'ai lu le rapport d'autopsie. Les dégâts qu'il avait infligés étaient terrifiants. On n'a jamais retrouvé la balle qu'il a utilisée, vous savez.

C'était parce que Sam les gardait toutes.

— C'est mon beau-frère, cracha Hunter entre ses dents serrées. Alors à moins que vous ne vouliez connaître le même sort que ce pauvre macchabée, je vous suggère de déguerpir.

L'homme se recroquevilla sur lui-même en grimaçant.

— Oh… Je l'ignorais. Toutes mes excuses.

Je ne quittais pas Sam et son rencard des yeux. Pas même une seconde. Je tenais mon verre contre ma poitrine, les regardant évoluer ensemble, bras dessus bras dessous, la main de la femme sur l'avant-bras de Sam. Comme s'il sentait mon attention braquée sur lui, Sam se tourna brusquement vers nous et avança dans notre direction. J'avais la gorge nouée, et une chaleur me remua le ventre.

Il m'avait souvent tourmentée et provoquée au fil des années, notamment ces dernières semaines, mais jamais il ne m'avait jeté d'autres femmes au visage.

C'était la surenchère. Une nouvelle étape dans notre petit jeu tordu.

Il savait que je serais là.

Que j'aiderais maman à organiser ce gala.

C'était une provocation directe.

Destinée à me faire réagir.

Pour me montrer qu'il n'en avait rien à foutre.

Sam et la femme s'arrêtèrent devant nous.

— J'ai vu le député Weismann sortir à l'instant, dit-il en agitant son pouce par-dessus son épaule, parlant à mes frères. Votre mère a dû faire jouer ses relations pour le faire venir ici après le scandale de la femme de ménage sans papiers.

— Je sais que tu as les manières d'une couche remplie, mais en société il est d'usage de présenter ta compagne à tes amis, ce qui est précisément ce que tu vas faire maintenant, dit Cillian d'un ton glacial.

Il n'y avait pas une once d'approbation dans ses pupilles quand il les posa sur la jeune femme. Mon frère n'avait d'yeux que pour son épouse, il était indifférent à toutes les créatures sublimes qui se jetaient à ses pieds. Mais je vis qu'il était troublé par la ressemblance manifeste entre cette inconnue et moi.

Bon sang, même elle, elle le sentait. On se dévisagea avec curiosité, comme dans un miroir déformant.

— Tu deviens susceptible, Kill, dit Sam, l'air amusé. Ce n'est qu'une femme. Elles représentent cinquante pour cent de la population mondiale, aux dernières nouvelles. Perséphone échoue-t-elle dans son devoir conjugal ?

L'intéressée se balança d'un pied sur l'autre, mal à l'aise, et n'appréciant manifestement pas qu'on parle d'elle comme d'un morceau de viande. Je la plaignis. Elle n'était qu'un pion, et elle méritait plus que ce que Sam lui réservait.

— Voici Becca, dit-il en la montrant sans la regarder, comme un vendeur présentant une voiture tape-à-l'œil. Becca, je te présente Cillian, le P-DG de Royal Pipelines, et Hunter, mon beau-frère et directeur des relations publiques de l'entreprise. Et voici Aisling…

Il me désigna d'un signe désinvolte du menton, comme on le ferait pour le chien de la famille. Tous les yeux se posèrent sur moi.

— C'est leur petite sœur, au métier indéterminé, poursuivit-il.

Je suis certain que c'est très intéressant, mais je n'ai jamais eu assez de curiosité pour le découvrir.

— Aisling est médecin, dit sèchement Cillian.

— Et je suis Marie-Antoinette, rétorqua Sam en faisant la courbette. Vous voulez de la brioche ?

— Première fois que tu parles de ma sœur, et c'est pour la traiter comme de la merde, gronda Hunter. Je me rappelle maintenant pourquoi aucun d'entre nous ne voulait que tu l'approches.

J'agitai la main en l'air en m'efforçant de garder un air imperturbable.

— Coucou, je suis là ! Pas la peine de me défendre. Et puis, je crois qu'il est temps d'user de ton droit de garder le silence, Brennan. Rien de ce qui sort de ta bouche ne vaut la peine d'être entendu, de toute façon.

Je montrai les dents, la rage bouillonnant dans mes veines.

Il posa sur moi ses yeux gris, qui pétillaient de plaisir. Je ne l'avais pas vu aussi heureux depuis Halloween. Depuis le moment scabreux que nous avions partagé.

— Toute la famille Fitzpatrick a ses coquelicots ou quoi ? Il paraît que les femmes qui vivent ensemble ont leurs règles en même temps.

— Tu as perdu le privilège de faire des blagues sur le sang vu ton palmarès, Sam, dis-je d'un air de défi.

Il éclata de rire.

— Touché, Nixe.

Hunter lâcha sa bouteille d'eau. Cillian s'étrangla sur son whisky. Tout s'arrêta, mon cœur compris.

— *Nixe ?* répétèrent mes deux frères à l'unisson.

Je souris froidement, curieuse de voir comment il allait s'en tirer. Becca passa ses bras autour de Sam comme une pieuvre, comprenant qu'elle avait débarqué dans une situation qui la dépassait.

— Oh ! raconte-leur comment j'ai hérité de ce surnom, Sam. C'est une super histoire.

La fête foraine.

Le baiser.

Les confidences.

Tu es un monstre et je suis un monstre. Nous sommes tous les deux des démons, cherchant notre prochain morceau de viande.

Une balle de platine pourrait tuer une nixe, mais non, tu m'as donné de l'or. Tu me veux vivante, Brennan. Tu veux que je puisse me défendre.

Becca agrippa le bras de Sam plus fort, comme s'il s'agissait d'une bouée de sauvetage ; visiblement elle ignorait que le métier de Sam consistait à noyer les gens. Elle n'avait pas dit un mot depuis qu'elle était entrée dans la salle de bal, et je savais que ce n'était pas une coïncidence. Il avait dû lui dire de la boucler.

La malice luisait dans les yeux argent de Sam.

— Tu es sûre que tu veux que je leur dise ?

— Ce n'est pas le moment d'être galant, répliqua Cillian. Aisling et toi n'avez jamais échangé plus d'une phrase, et pourtant tu as un petit surnom pour elle ? Il va falloir me donner une explication, puisque je te paie cher pour ne pas toucher à ma sœur.

Une boule se forma dans ma gorge. Si j'ouvrais la bouche, ce serait pour hurler.

Comment mes frères osaient-ils intervenir dans ma vie amoureuse ? Comment osaient-ils m'imposer qui je pouvais et ne pouvais pas fréquenter ?

Le pire, c'était que Cillian n'avait manifestement aucun problème à exprimer cet ordre devant moi.

J'étais Aisling. La douce, l'angélique Aisling. Le médecin. Celle qui prenait soin des autres. La fille bien.

Becca eut l'air atrocement gênée, comme si elle commençait à comprendre la situation. Elle fit un pas de côté, que Sam ne remarqua même pas.

Il se tourna vers Hunter et Cillian, l'air sérieux.

— C'était la première fois que je voyais votre sœur. À dîner quand Sailor et Hunter ont emménagé ensemble.

Oh-oh. Il mentait déjà. Ce n'était pas notre première rencontre.

— Je me suis excusé pour aller aux toilettes juste au moment où Aisling en sortait, reprit-il. Sa robe était rentrée dans sa culotte, elle avait les fesses et les cuisses à l'air. Je lui ai dit qu'il fallait qu'elle remette sa robe comme il fallait. Elle a poussé un cri horrifié et a dit : « Oh non, mes knickers ! » Elle m'a expliqué que c'était comme ça qu'on disait « culotte » en Angleterre. Depuis, je l'appelle Nixe, parce que c'est une andouille qui ne sait pas s'habiller correctement. N'est-ce pas, Nixe ?

Il me décocha un clin d'œil et me donna une chiquenaude sur le nez comme un grand frère.

J'étais à deux doigts de l'explosion nucléaire.

Frustrée.

Humiliée.

Furieuse.

Sam me fixa du regard, me défiant de le contredire.

— Depuis quand vous êtes ensemble, Becca et toi ? demanda Hunter, que l'histoire de Sam n'avait pas amusé.

— Depuis que j'ai changé d'avis sur le mariage.

— Tu as changé d'avis sur le mariage ? railla Cillian, le regard dégoulinant de scepticisme. Fascinant. Je me souviens très bien du discours d'une heure que tu m'as fait sur les avantages du célibat peu avant que j'épouse Perséphone. Dois-je te facturer ce temps que tu m'as fait perdre ?

— Les gens changent, dit Sam, les yeux réduits à des fentes. Tu devrais le savoir mieux que personne.

— *Les gens*, oui. Pas les monstres.

— Alors Becca est la bonne ? demanda Hunter, provocateur, et j'eus soudain une furieuse envie de vomir.

Parce que Sam était exactement le genre de psychopathe qui épouserait quelqu'un d'autre juste pour me contrarier. Il était bien capable de penser qu'il pouvait être heureux avec un sosie de moi et oublier l'originale.

Sam baissait les yeux vers Becca et la serra contre lui.

— J'espère, murmura-t-il en l'embrassant chastement sur la bouche. Elle a tout ce que je recherche chez une femme. Elle est belle, cultivée et honnête. En bonus : sa famille n'est pas complètement dysfonctionnelle.

La jalousie laissa place à la colère, et je tournai le dos à Sam et Becca pour regarder mes frères.

— Bref, j'ai passé le message dont maman m'avait chargée. Faites-en ce que vous voulez. Bonne soirée.

Sur ce, je partis en trombe. J'entendis vaguement mes frères traiter Sam de crétin dans mon dos, ce que me fit me sentir encore plus mal. Comme si j'étais une petite chose à protéger. Une fillette bête et naïve incapable de se défendre face au grand méchant loup.

Je n'avais jamais eu l'impression de faire partie de leur groupe, de toute façon. Cillian, Hunter et Sam formaient un groupe, dont Perséphone et Sailor faisaient désormais partie parce qu'elles étaient liées à mes frères. Emmabelle et moi étions toujours évincées, rattachées mais pas admises dans leur petite société secrète.

Je passai le reste de la soirée à jouer la fille parfaite. J'écoutai des blagues à deux balles, ris, portai une main à ma poitrine quand c'était approprié au fil d'histoires interminables, pris la pose avec des donateurs, et présentai même ma mère avant qu'elle monte sur scène pour son discours.

Personne n'osa demander où était Gerald Fitzpatrick. Pas un seul convive. Tout le monde supposait que mes parents traversaient une crise, comme toujours, et la plupart des invités n'en firent pas cas. Jane et Gerald Fitzpatrick fonctionnaient ainsi, voilà tout.

Un beau bijou, un voyage, et ils se réconcilieraient.

Je me retins toute la soirée de jeter des regards en direction de Sam et Becca, malgré la tentation qui me consumait.

Cela ne lui ressemblait pas de rester plus de dix minutes à un gala de bienfaisance.

Cela lui ressemblait encore moins de venir avec une fille au bras.

Il était évident que c'était pour me torturer, et je refusais de lui accorder ce plaisir.

Enfin, à minuit, je dis à ma mère que je rentrais.

— Je commence tôt demain. Je t'appelle dans la matinée. C'était une très belle soirée.

Je déposai un baiser sur sa joue pâle et me dirigeai vers le vestiaire pour récupérer ma veste Armani, mon ticket froissé à la main. Quand j'arrivai devant le comptoir en chêne, il était désert.

La porte derrière était fermée.

Merde.

Je regardai autour de moi, à la recherche d'un employé disponible pour m'aider. Je n'en trouvai aucun. Je n'allais pas poireauter là, à la merci de Sam et Becca. Je fis le tour du comptoir et ouvrit la porte du vestiaire à la volée. J'entrai.

Et m'arrêtai net.

— Oh mon Dieu ! s'écria quelqu'un.

Le cri sortait de la bouche de Becca. C'était la première fois que j'entendais sa voix. Aigüe et nasillarde. Je clignai des yeux pour me remettre du choc, encaissant la scène que j'avais sous les yeux.

Becca était affalée sur une montagne de manteaux et de vestes, sa robe relevée sur ses cuisses – comme la mienne ce soir d'Halloween maudit – et Sam était debout tout près d'elle, une main posée sur sa braguette. Je sentis les larmes monter, et je me forçai à ravaler la bile qui me brûlait la gorge.

Tu as vingt-sept ans. Ne t'avise pas de pleurer.

— Eh bien. Vous êtes vraiment l'incarnation de la vulgarité, n'est-ce pas, monsieur Brennan.

Je pinçai les lèvres, les yeux rivés sur Sam, prenant garde à ne pas prononcer le nom de Becca. J'avais beau la détester par association, ce n'était pas sa faute.

— Tu sais, Samuel, c'est ce qui différencie les nouveaux riches des vrais aristocrates. L'impartialité face aux contrefaçons. Tu ne pouvais pas mettre la main sur la vraie, alors tu as décidé de te contenter d'une réplique.

Je souris mielleusement.

J'étais en colère, triste, et toutes les émotions qui s'agitaient en moi me rendaient fiévreuse.

J'ouvris mon sac à main et en sortis un préservatif – j'en avais toujours un à portée de main pour Belle quand elle était à court et décidait de finir la soirée avec quelqu'un – et le jetai sur le sol à proximité de Sam.

— Tu lui as dit que tu détestais les femmes ? Que tu ne voulais pas d'enfants ? Que tu te détestais ? A-t-elle vu ton appartement ? A-t-elle vu en toi ? Tous tes petits secrets ?

Je souriais toujours, mais j'avais l'impression que mon cœur baignait dans son propre sang. Il ne me restait plus que quelques précieuses secondes avant que mes larmes ne se mettent à couler. Becca était bouche bée, l'air à la fois fascinée et horrifiée.

Je haussai les épaules.

— J'imagine que non. Petit conseil d'amie, dis-je en me tournant vers elle. Fuis, et vite. Sam n'est qu'une source d'ennuis, et pas du genre domptable. Il se servira de toi, te manipulera, et te jettera. C'est la seule chose qu'il sait faire. Parce que c'est ce qu'on lui a fait.

Je tournai les talons et repartis en courant vers la salle de bal, à la recherche d'un endroit où pleurer tranquillement. Un endroit où je pourrais craquer et me laisser aller. Je me dirigeai droit vers les balcons. Je voyais à travers les vitres qu'ils étaient tous déserts. Personne n'était assez fou pour aller dehors à la veille de Noël à Boston. Pas de son plein gré, en tout cas. J'ouvris la porte à la volée et courus jusqu'à la balustrade en pierre, que j'agrippai en haletant, l'air froid coulant dans mes poumons comme de l'eau glaciale.

Prise de haut-le-cœur, je poussai un grognement féroce qui résonna dans tout mon corps.

Je l'aimais, je le détestais, je le haïssais, je le désirais.

Une chose était certaine : j'étais à deux doigts de baisser les bras.

Il voulait que je lâche prise, que je lui tourne le dos, que j'oublie, que je le quitte comme toutes les autres femmes de sa vie. Toutes les autres à part Sparrow. Et j'étais tout près de lui donner exactement ce qu'il voulait.

J'appuyai ma tête sur la rampe, pressant mon front contre la pierre froide, m'efforçant de réguler ma respiration, les yeux fermés.

Respire, ma chérie. Ce n'est qu'un homme. Et un mauvais, par-dessus le marché, dit *sa* voix.

Je ne sais pas combien de temps je restai ainsi, mais quand je finis par me retourner pour partir, il était là.

Il bloquait la porte, seul, ses larges épaules masquant la foule à mon regard.

— T'as fini ? demanda-t-il d'une voix monotone, comme s'il s'ennuyait.

Je ne répondis pas. Je devais me rappeler que cet homme s'apprêtait à coucher avec une autre femme à peine quelques instants plus tôt. Peut-être même l'avait-il fait.

— Pousse-toi, dis-je calmement. Je veux partir.

— Tu es une vraie *drama queen*, tu le sais, Nixe ?

Il ignora complètement ma demande, avançant lentement vers moi. Il s'arrêta quand nous fûmes proches, trop proches, et passa tendrement une mèche de cheveux derrière mon oreille.

— J'ai l'habitude des femmes un peu plus brutes de décoffrage. Sparrow. Sailor. Même Cat. Elles ont une force masculine. Elles refusent de se laisser marcher sur les pieds et ne pleurent jamais.

— Pleurer ne te rend pas faible, dis-je en reniflant, puis je me détournai de lui. Cela veut juste dire que tu acceptes tes émotions.

Il haussa un sourcil.

— Je n'ai pas dit que tu étais faible. Mais tu es une petite chose complexe, et je ne sais jamais si j'ai droit à ta version casse-couilles ou à la version docile qui suit sa maman comme un bébé.

— Merci pour l'analyse psy. Tu as bien profité de ton *rendez-vous* ? demandai-je dans la langue de Molière.

Il pencha la tête sur le côté, me dévisageant avec curiosité.

— Pourquoi tu parles en français, de temps en temps ?

Je haussai les épaules.

— Ma gouvernante était française. Ça m'est resté.

— Tu avais une gouvernante, dit-il.

Ce n'était pas une question. Plutôt un moyen d'intégrer cette information, pour la ranger quelque part dans sa tête.

— Eh bien, il se trouve que je n'ai pas profité de Becca du tout parce que tu lui as fichu la trouille. C'est la deuxième partie de jambes en l'air que tu me coûtes, Nixe.

— Nixe… pour « knickers », c'est ça ? demandai-je, sentant la colère se réveiller dans mes veines.

Il sourit, visiblement d'excellente humeur, ce qui ne fit qu'accroître ma haine envers lui.

Il plaça une autre mèche de cheveux derrière mon oreille.

— J'ai dû réagir au quart de tour.

— Je ferais mieux d'y aller.

Je me dirigeai vers la salle de bal, mais il me bloqua le passage.

— Non.

— Sam, ta copine t'attend.

— Elle est partie. Je lui ai appelé un Uber.

— Tu l'as quand même amenée ici. C'est ça le problème.

Je fis un pas en arrière, évitant son contact à tout prix.

— Tu l'as exhibée à ton bras. Embrassée dans le vestiaire.

— Je ne l'ai pas embrassée, grogna-t-il, sa bouche se tordant de dégoût.

— Mais quand je suis entrée vous étiez…

— J'ai sauté cette partie-là, dit-il. La partie bisous. Je voulais que tu aies le tableau d'ensemble.

— Eh bien, dis-je avec un sourire triste. Je l'ai eu. Mission accomplie. Je sais à présent que tu es prêt à tout pour me repousser. On a une terrifiante capacité à se rendre dingues. Je crois que j'en ai enfin fini avec toi.

Je ne disais pas nécessairement vrai, mais ma fierté blessée refusait de me laisser céder à ce que mon cœur désirait.

Il avança, sa chaleur irradiant jusqu'à mon corps. Je reculai vers la rambarde.

— Pourquoi ai-je le sentiment que tu te fiches de moi, Aisling ? demanda-t-il.

Doucement. Calmement. *Dangereusement.*

Je déglutis, reculant pour la énième fois.

— Qui a dit que ce n'était pas le cas ?

— Tes yeux de biche qui me supplient de ne pas te dévorer. Mais je commence à comprendre que tu es plus complexe que ce que je pensais initialement.

— Tu n'avais pas grande estime de moi au départ, donc ça ne veut pas dire grand-chose.

Je reculai encore. Il avança. Terrible tango.

— J'ai regardé ton dossier fiscal. Tu ne touches pas de salaire. Quoi que tu fasses, soit c'est bénévole, soit c'est payé au black.

Comme ta famille a des audits tous les ans, je doute que tu sois assez stupide pour jouer avec l'argent.

— Quoi ? m'exclamai-je, scandalisée. Comment oses-tu…

— Facilement. Voilà comment. Maintenant, à toi de répondre à une question. Que fais-tu dans cette clinique, Nixe ?

Je sentis mon dos heurter la balustrade, la pierre me rentrant dans la colonne vertébrale.

Je perdis l'équilibre et basculai en arrière, agitant les bras de panique. Le haut de mon corps passa par-dessus la rampe, mais Sam me rattrapa par la taille et je me retrouvai suspendue dans les airs, à six étages du sol et d'une mort certaine.

Une fine pellicule de glace recouvrait la rampe, la rendant encore plus glissante.

Mon cœur bondit, battant à tout rompre.

— Remonte-moi ! criai-je, essayant désespérément de m'agripper à son costume. Vite !

Il esquiva mes mains, me plaquant à plat contre la rampe sans me laisser le toucher.

— Je ne crois pas, ma belle. D'abord, tu me dois quelques explications. Tu vas commencer par me dire ce que tu faisais devant chez moi il y a une semaine. Parce qu'avec le recul je me dis que tu n'es pas venue juste parce que tu avais besoin d'une épaule pour pleurer.

— Si ! m'écriai-je. Je…

— Tu as pris une de mes balles, siffla-t-il en relâchant la pression sur mon ventre.

Mon corps oscillait entre la vie et la mort, tenant en équilibre entre ses doigts qui voletaient autour de ma taille.

Il l'a fait exprès.

Cette prise de conscience me fit l'effet d'une gifle.

Il m'avait acculée, forcée à reculer, et il avait obtenu ce qu'il voulait.

Que je sois à sa merci. Et voilà qu'il me menaçait de me tuer si je ne lui disais pas la vérité.

Le pire, c'était qu'il pourrait s'en sortir impunément. Cela passerait pour un accident. J'avais bu quelques verres, et Sam pourrait s'échapper sans être vu.

— Lâche-moi ! pestai-je.

— Tu es sûre de toi ?

Je l'entendis rire. Je ne voyais rien d'autre que le ciel de velours noir au-dessus de moi, les étoiles brillant comme de la poussière de fée, observant le déroulement de ma soirée.

— Pourquoi as-tu pris la balle, Nixe ?

— Sam, je t'en prie…

— Réponds-moi.

— J'ai peur, murmurai-je d'une petite voix.

— Dis-moi la vérité et tu n'auras aucune raison d'avoir peur.

— Parce que je savais que c'était celle de l'homme que tu as tué à la fête foraine ! hurlai-je. Mon obsession pour toi a commencé juste après cette foutue soirée. J'ai regardé les infos pour voir qui y avait été tué, devinant à raison que son corps avait été trouvé. J'ai découvert son nom – Mason Kipling – et appris qu'il faisait de la traite d'êtres humains et qu'il était recherché par le FBI. J'ai assemblé les pièces du puzzle. Compris que tu avais une dent contre lui. Quand j'ai vu la balle M.K., ça a été plus fort que moi. Je l'ai prise. T'es content ?

Il ne dit rien pendant quelques secondes. J'avais peur qu'il finisse par se lasser de me retenir et qu'il me lâche. Un frisson me parcourut de la tête aux pieds. Mes larmes coulaient sur mon front et dégringolaient dans le vide, atterrissant plusieurs étages en dessous. Probablement dans la piscine vide de l'hôtel.

— Maintenant, dis-moi pourquoi tu es venue chez moi.

Sa voix était tel un fouet courant sur mon corps, de soie et de cuir, promettant douleur et plaisir.

— Non.

— Dis-moi ce que tu fais à la clinique.

— *Non.*

— Aisling…

Il commença à relâcher la pression et je retins mon souffle, me disant qu'il ne pouvait pas me laisser mourir – il ne le *ferait* pas. Pas parce qu'il avait une conscience, mais parce que je comptais pour lui.

C'était pour cette raison qu'il ne pouvait pas coucher avec d'autres femmes – et ce n'était pas faute d'essayer.

C'était pour cette raison qu'on ne cessait de revenir l'un vers l'autre, encore et encore, attirés tels des aimants.

Quoi que nous ayons, c'était tordu, toxique et destructeur, mais c'était là, et c'était à nous.

On ne pouvait pas y échapper, et il était trop tard pour faire comme s'il ne s'était rien passé. Mais en même temps, on ne savait ni l'un ni l'autre comment gérer la suite.

— Tu vas tomber, murmura-t-il, son souffle chaud me caressant la gorge, me donnant la chair de poule.

Instinctivement, j'enroulai mes jambes autour de sa taille, comme si mon corps voulait l'avaler tout rond.

Ma bouche trouva son oreille.

— Toi aussi. Je t'emmènerai dans ma chute, Monstre.

— Je n'ai pas peur de tomber, Nixe.

Il fit glisser ses dents contre mon cou, puis me mordilla la peau sensible le long de la clavicule.

— Si. C'est pour ça que tu me tortures. C'est pour ça que tu es là.

Soudain, sa bouche fut sur la mienne, chaude, avide et affamée, et il recula en chancelant, nous éloignant de la balustrade sans cesser de sonder violemment ma bouche avec sa langue. Je lui rendis le baiser avec ardeur, son parfum s'insinuant en moi. Un mélange de cigarettes, d'homme et de vêtements haut de gamme. Aucune trace de Becca dans son système. J'avais la bouche pleine de son baiser et, plus échauffée et fébrile que jamais, je murmurai :

— La prochaine fois que tu me fais un coup à la Becca, je te coupe les couilles.

— J'aimerais bien voir ça.

Il planta ses doigts dans mes fesses sans ménagement et je gémis, me frottant désespérément contre son sexe en érection.

— Putain, grogna-t-il. Pourquoi suis-je incapable de rester loin de toi ?

Je lui léchai le cou et il m'agrippa les cheveux pour me tirer la tête en arrière, couvrant mon décolleté de baisers enivrants.

— Il faudra que tu arrêtes de fumer. Tu pues, dis-je par provocation.

— Personne ne s'est jamais plaint.

— Elles avaient toutes peur de toi.

Je suçai la peau de son cou pendant qu'il me torturait le bout des seins. Je voulais lui laisser un suçon. Pour qu'il pense à moi le lendemain matin. Et les suivants.

Car qui savait quand on se reverrait ? Dans une semaine ? Deux semaines ? Un *mois* ? Pour ce que j'en savais, Sam pouvait mourir demain dans une rixe. Ce soir, ce pouvait être la dernière fois que je le touchais, le sentais.

C'est vrai pour toute personne que l'on aime, mais c'était surtout le cas pour Sam, ce qui le rendait encore plus précieux à mes yeux. J'étais toujours à deux doigts de le perdre, et parfois, la nuit, quand je songeais à tous les dangers qu'il encourait, j'avais du mal à respirer.

— Personne ne veut te mettre face à toi-même, parce qu'ils savent que tu n'aimeras pas ce que tu vois. Tout le monde a peur de ton courroux, expliquai-je.

— Et *toi* ?

Il releva la tête de mes seins pour me dévisager avec intensité.

Nous étions dissimulés par un mur à côté de la porte en verre, mais je savais qu'il fallait qu'on arrête avant que quelqu'un nous voie.

— Est-ce que tu as peur de moi ?

— Je n'ai jamais eu peur de toi.

Je passai mon pouce le long de sa mâchoire, sentant le rouge me monter aux joues.

— Ni quand j'avais dix-sept ans, ni aujourd'hui. À mes yeux, tu seras toujours magnifiquement incompris. Et peut-être que je suis stupide de tenir à toi, Sam. Je le suis certainement, même, mais je veux que tu arrêtes de fumer parce que je veux que tu vives vieux et en bonne santé. Même si je ne peux pas t'avoir.

Ses yeux se plissèrent, et quelque chose passa entre nous. Je frissonnai malgré moi entre ses bras, comme s'il avait réussi à m'insuffler quelque chose d'un simple regard.

— Aisling, je…, commença Sam, quand tout à coup, un cri perçant retentit dans la salle de bal.

Puis il y eut un brouhaha, un bruit de verre cassé et des pleurs hystériques.

— Appelez les secours !

— On a besoin d'une ambulance !

— Mon Dieu, que se passe-t-il ?

Je me figeai dans les bras de Sam. Puis on se précipita à l'intérieur.

Je m'arrêtai net quand je compris ce qui avait causé tout ce raffut.

Au milieu de la salle de bal se trouvait mon père, en pyjama et robe de chambre. Il ressemblait à un sans-abri avec ses cheveux en bataille et ses yeux injectés de sang. Il tenait ma mère à la gorge et la secouait, l'air ivre, devant un public épars constitué de l'équipe de ménage, de serveuses, et des quelques invités qui n'étaient pas encore partis.

— Les boutons de manchette de ma famille ! hurlait-il. Où

sont-ils, Jane ? Dis-le-moi. Je sais que c'est toi qui les as volés. Toi qui as envoyé ces lettres de menace.

Ma mère s'évanouit dans les bras de mon père au moment où mes frères s'interposaient.

Sam

Cillian écarta Gerald de Jane à son corps défendant tandis que Hunter soulevait sa mère inconsciente, fendant la foule pour aller la mettre à l'abri des regards.

Le Clark Kent anglais, alias Devon Whitehall, surgit de nulle part et alla droit vers les portes de la salle pour ordonner à la sécurité de les fermer. Puis il exigea que tous les membres du personnel lui remettent leurs téléphones afin qu'il supprime toute image sensible susceptible de fuiter.

Aisling tremblait comme une feuille à côté de moi.

Gerald s'était enfin rendu compte que les boutons de manchette que j'avais subtilisés avaient disparu, et il accusait sa femme.

Sa santé mentale s'était volatilisée, tout comme son bon sens.

Les cheveux fous. Le pyjama et la robe de chambre. La perte de poids radicale. L'ivresse.

En public.

Il avait dû demander à son chauffeur de l'amener ici en marmonnant de manière incohérente pendant tout le trajet. Jane allait certainement virer ce pauvre fou.

Il était sur l'autoroute du néant.

Tout se passait comme prévu.

À un moment donné, Aisling me délaissa pour suivre Cillian, qui poussait Gerald hors de la salle de bal sous les cris de surprise et les commérages.

Elle avait le visage tendu, les yeux luisants d'inquiétude.

Soudain, je fus saisi d'un sentiment qui m'était totalement étranger. Ne l'ayant jamais ressenti, je fus incapable de déterminer ce que c'était. Un mélange de nausée, d'angoisse, et de colère.

Avais-je été empoisonné ?

Étrange, parce que cela m'était égal de voir Cillian et Hunter faire dans leur froc. J'étais tout aussi indifférent à Becca, certainement dans son Uber en train de retourner là d'où elle venait en me maudissant de l'avoir abandonnée dès qu'Aisling avait fait irruption dans le vestiaire.

De la *culpabilité*.

Voilà ce qui coulait dans mes veines tel du poison.

Après tout ce temps, après tous les péchés que j'avais commis, la culpabilité avait enfin réussi à s'infiltrer en moi.

C'était nouveau.

Et déprimant.

En même temps, je savais que faire marche arrière n'était pas une option. Pas maintenant. Gerald avait gâché ma vie. Il fallait qu'il paie.

Il avait tué mon frère.

Chassé ma mère.

Puis m'avait fait faire tout le sale boulot – les coups de pression, son trafic illégal – tout en me filant des gros bonus pour que je ne touche pas à sa petite princesse.

— Ramène-nous à la maison.

Une main se posa sur mon épaule. Quand je me retournai pour dire que je n'étais pas un putain de chauffeur Uber, je fus surpris de me trouver nez à nez avec Troy et Sparrow, main dans la main.

— Je ne savais pas que vous étiez là.

— On est arrivés il y a dix minutes après un dîner avec des amis, juste pour déposer un chèque. On est restés pour le divertissement.

Notre taxi est parti, expliqua Troy en jetant un regard indifférent à la scène apocalyptique qui se déroulait devant nous.

Sparrow déposa des baisers mouillés sur mes deux joues, y laissant des traces de rouge à lèvres. Puis elle s'arrêta, suspendue dans les airs à quelques centimètres de ma bouche, sentant Aisling sur moi. Un petit sourire entendu étira ses lèvres.

— Pas de pelotage sur la banquette arrière, dis-je en sortant mes clés de voiture de ma poche, que je fis tourner dans ma main.

— Je ne peux rien te promettre, dit Troy, pince-sans-rire.

— Moi si, contrai-je. Je te pousserai de la voiture en marche sur l'autoroute.

J'étais sérieux ; je détestais les démonstrations publiques d'affection.

— Mais j'épargnerai ta femme.

— Alors, quand est-ce que tu vas arrêter ta vendetta sanguinaire ? demanda Troy une fois qu'on fut tous installés dans la voiture.

Je levai les yeux dans le rétroviseur pour guetter la réaction de Sparrow. Elle se contentait de m'observer avec attention, sans rien dire.

Était-elle au courant ? Évidemment. Cet enfoiré partageait tout avec elle, y compris l'odeur et la fréquence de ses pets, et tous ses secrets. Et les miens.

— J'arrêterai quand il avouera.

— Cela n'arrivera peut-être jamais, lâcha Troy.

— Alors je n'arrêterai peut-être jamais.

— Comptes-tu le tuer ?

J'ouvris la bouche pour dire oui mais m'arrêtai en pensant à Aisling.

Son amour inexplicable pour ses minables de parents me tapait sur le système. Développer des sentiments pour des personnes juste parce qu'elles vous avaient donné leur ADN de merde était un concept que je ne comprendrais jamais. Je me contentai d'un impétueux : « Je ne sais pas. »

— C'est une première.

— Hein ?

— Pour toi, gros malin. De ne pas savoir. Tu as toujours été comme ça, dit Troy en se laissant aller contre son siège en se frottant le menton, l'air amusé. Tu as toujours pris ce que tu voulais, même si tu devais tout détruire au passage.

— C'est ce qu'on appelle en vouloir. Ce n'est pas une mauvaise chose, dis-je en me garant devant chez eux avant de couper le moteur.

— Cela dépend sous quel angle tu le considères, intervint Sparrow. C'est peut-être une très mauvaise chose pour toi.

— Épargne-moi tes charades, Dr. Seuss, dis-je en me retournant vers elle avec un regard noir. Si tu as quelque chose à dire, dis-le, et fais vite. Ça fait trois jours que cette soirée ne m'intéresse plus.

— Ce que ta mère veut dire, et que tu es trop buté pour comprendre, gronda Troy lentement, son ton m'avertissant de ne pas faire l'insolent avec sa femme, c'est que ce que tu veux pourrait ne pas vouloir de toi finalement, si tu trucides tout sur ton passage pour y parvenir.

— Sais-tu ce que tu veux ? demanda Sparrow en se penchant en avant, son visage touchant presque le mien, ses yeux brillant d'un vert sombre et intense.

— Oui, sifflai-je en soutenant son regard. Je veux que tous les deux, vous *dégagiez*.

— Non, Sam. Tu *crois* que tu veux te venger. Mais ce que tu veux… (Elle marqua une pause, secouant la tête.) Ce que tu veux *vraiment*, c'est tout autre chose.

— Même si je voulais ce que tu crois que je veux, l'obtenir gâcherait tout. Je suis un monstre, grognai-je, sentant la chaîne invisible de ma détermination se tendre, prête à casser, libérant toute la colère qui bouillonnait en moi.

Sparrow posa sa main sur ma joue et m'adressa un sourire triste.

— Si un monstre peut être fait, il peut être défait. Bonne nuit, mon chéri.

Elle m'embrassa sur le nez et sortit de la voiture.

Troy la suivit.

Pendant quelques secondes, il n'y eut plus que moi, la voiture et le silence, ponctué par la sirène d'une ambulance dans le lointain.

Puis j'éclatai de rire.

Un vrai rire, qui venait du cœur.

Un rire qui gronda dans tout mon corps.

— Je ne veux pas Aisling, bande d'idiots.

Je remis le contact.

— Mais je l'aurai.

Il était temps de prendre ce qu'Aisling m'avait offert si ouvertement.

D'abord, je prendrais ce dont je me privais depuis si longtemps. Une princesse américaine.

C'était la meilleure manière de détruire son père.

9

Aisling

— Il est parti ! s'écria Mère en débarquant dans ma chambre.

On aurait dit un démon tout droit sorti d'un film d'horreur – une seconde avant qu'il sorte d'un étang.

— Ses affaires ne sont plus là. Ses costumes. Ses vêtements. Ses ordinateurs. Sa mallette. La seule chose qu'il a laissée, c'est son alliance, le salaud !

Je me redressai sur mon lit et me frottai les yeux pour chasser le sommeil. Le monde devint un peu moins flou. Nous étions jeudi – soit quelques jours après le gala de bienfaisance. Papa n'était pas rentré à la maison depuis. Il logeait chez Cillian et Perséphone en attendant que les choses se calment. C'était du moins ce que nous pensions jusqu'à trois secondes plus tôt.

— Mère, je…

— Ce n'est pas moi ! hurla-t-elle en tapant son poing contre sa poitrine. Tu me crois, n'est-ce pas ? Ce n'était pas moi. Je le jure. Ni l'empoisonnement. Ni les boutons de manchette. Franchement, Aisling, nous savons toutes les deux à quel point ces boutons de manchette l'obsédaient. Jamais je n'aurais fait une chose pareille !

— Je te crois, dis-je, et j'étais sincère.

Je me levai, encore étourdie, et m'approchai d'elle. Je posai une main sur son épaule et la frictionnai doucement.

— Mais je vais avoir besoin d'un peu de temps pour éclaircir toute cette affaire. D'accord ?

— Il faut que tu m'aides, Aisling. Il le faut.

Elle tomba à genoux et me serra contre elle. Je la regardai, à la fois incrédule et agacée. Je ne l'avais jamais vue aussi désespérée. J'avais la sensation depuis quelque temps, et surtout depuis la disparition des boutons de manchette, que le ou la coupable voulait blesser mon père en particulier, et non mes parents en tant que couple. Mais dans son ambition à détruire la vie de mon père, cette personne avait terrorisé ma mère, qui était plus que fragile et devait déjà combattre ses propres démons.

À peine quelques semaines plus tôt, j'avais trouvé de nouvelles coupures sur ses avant-bras.

— Relève-toi, maman.

Je lui tapotai la tête maladroitement en regardant autour de moi pour être sûre que nous n'avions pas de témoins. Elle se plia en deux et s'effondra au sol.

— Je ne peux pas, se lamenta-t-elle. Oh ! Aisling, c'est un vrai cauchemar. Il me faut quelque chose pour calmer mes nerfs.

Elle m'agrippa les orteils, et je sentis ses larmes me mouiller les pieds. Mon ventre se noua. J'avais envie de fuir.

— Je ne te prescrirai rien, maman. Je ne suis pas psychiatre. Tu as besoin d'un professionnel. Et puis, tu devrais adopter des mécanismes de défense. Tout le monde connaît des coups durs. La vie, c'est se montrer à la hauteur de la situation, quelle qu'elle soit. Vois la vie comme un jardin. Tu ne choisis pas l'endroit où tu es plantée, mais tu peux choisir de t'épanouir ou de dépérir.

— Oh ! mais Ash, c'est dur de s'épanouir dans la tempête.

J'ai juste besoin d'un petit remontant. J'ai une liste de choses qui pourraient m'aider. Là.

Elle fouilla dans la poche de sa chemise de nuit et en sortit un papier froissé, qu'elle me tendit.

Je parcourus la liste, et mon sang se glaça.

— Ça fait beaucoup de médicaments. Certains sont forts. Zoloft. Prozac... tu ne peux pas les mélanger, et tu ne dois surtout pas boire d'alcool si tu prends une de ces pilules.

Puis quelque chose me frappa. J'en eus la nausée. Il était tout à fait possible qu'elle ait *déjà* pris ces substances. Parce que tous ces machins étaient prescrits à la plupart de ses amies femmes au foyer souffrant d'ennui et qui passaient leur temps à s'échanger des petites pilules, comme un hobby. Si ma mère les réclamait, c'était peut-être parce qu'elle en voulait plus.

— Tu n'en as pas déjà pris, si ?

Elle renifla mais ne dit rien. Je fis un pas en arrière, secouant le pied pour qu'elle le lâche.

— Pour l'amour du ciel, Mère !

— Trouve-moi les médicaments et tire cette affaire au clair, veux-tu.

Jane se jeta sur la moquette, pathétique, y essuyant sa morve.

L'espace d'un instant, je me pardonnai.

Je me pardonnai d'être si faible quand il était question de Sam Brennan, d'être allée dans les écoles que mes parents avaient choisies pour moi, et de ne m'être jamais vraiment affirmée. Auprès de mes amies, de mes frères, de ma famille.

Il était évident que mon modèle à la maison n'était pas exactement Marie Curie. En mon for intérieur, je me demandai qui j'aurais été si j'avais été élevée par quelqu'un d'autre. Par une femme forte. Une femme comme Sparrow, qui était d'une franchise terrible et faisait toujours connaître ses opinions sur tout.

Je chassai ces pensées en sentant la colère flamber en moi. Je n'avais pas le temps pour ça.

Je me ruai vers le placard et enfilai la blouse dont je n'avais pas besoin, pour un travail qui était un mensonge destiné à combler mes parents.

Pour la première fois, je me demandai comment ce serait de vivre dans mon propre appartement. Où je pourrais avoir de précieuses heures de sommeil entre mes services sans devoir faire couler des bains pour ma mère ou l'écouter se plaindre de mon père. Où elle ne menacerait pas de se trancher les veines pour se venger parce que je ne lui accordais pas assez d'attention.

Je boutonnai mon caban par-dessus ma blouse.

— Je dois aller au travail. Va prendre une douche et te brosser les cheveux. Peut-être faire un tour ou voir des amies. Il faut que tu prennes soin de toi, maman. Je ne vivrai pas ici pour toujours.

— Personne ne te l'a demandé, me lança-t-elle en faisant la moue. Pars, vas-y. Pars quand j'ai besoin de toi. Mais ne viens pas pleurer sur ma tombe quand je serai morte.

Encore cette vieille rengaine.

Fais ci et fais ça et ça sinon je me tue.

Elle a besoin d'aide, ma chérie, et peut-être que ce n'est pas toi qui peux la lui apporter.

— J'appelle ton psychiatre dès que j'arrive au boulot, lui dis-je.

Elle ne voulait jamais s'y rendre. Parce qu'il ne lui prescrivait jamais les médicaments qu'elle voulait.

— Tu peux être sacrément méchante, tu le sais ? dit-elle en regardant le plafond avec un air hébété. Comme ton père.

— Je ne suis pas méchante, dis-je dans un soupir en attrapant mon sac à dos. Mais je suis fatiguée.

Elle dit autre chose, mais je ne l'entendis pas. Je partis avant qu'elle puisse me convaincre de rester. De m'occuper d'elle. De m'oublier pour elle.

Sur la route de la clinique, j'appelai l'une de nos domestiques les plus fiables et lui demandai de garder un œil sur ma mère, sachant que ce n'était qu'un soutien de façade pour apaiser ma propre conscience.

Sam avait raison. Une femme de vingt-sept ans ne devrait pas vivre chez ses parents si elle avait les moyens de se payer un appartement.

Il était temps de voler de mes propres ailes.

Même si – et surtout parce que – Jane Fitzpatrick voulait me les couper.

Ce fut une journée calme à la clinique. Faite de consultations, de paperasse et de recherches. Aucune décision majeure ne fut prise, ce qui était une bonne nouvelle.

Je revis Mme Martinez pour un contrôle et acceptai un nouveau patient, un homme de soixante ans si fragile que Doyle dut le porter jusqu'à l'intérieur.

Quand il fut l'heure de fermer, le Dr Doyle – un soixantenaire qui ressemblait étrangement à Pierce Brosnan – me tapa sur l'épaule.

— Vous savez, Aisling, vous êtes un jeune médecin brillant. Vous devriez trouver un internat pour l'année prochaine. Dites à votre futur employeur que vous avez pris une année sabbatique pour passer du temps avec votre famille, ou voyager. Cette clinique n'est pas un endroit pour un médecin aussi prometteur que vous.

Je fermai le dossier de Mme Martinez après avoir pris quelques notes vagues. Je ne pouvais pas consigner d'informations trop spécifiques au cas où cet endroit serait découvert. Je rangeai le dossier dans le meuble de classement.

— J'aime travailler ici. Nous en avons déjà parlé, Greg. Vous savez pourquoi je fais ça. C'est ma vocation.

— Et je comprends que votre vécu vous a menée jusqu'ici. Je ne peux pas m'empêcher de me sentir coupable, ajouta-t-il en s'appuyant contre le mur, les bras croisés. Un tel talent ne devrait pas être gâché dans une clinique clandestine. Vous êtes diplômée d'Harvard, Fitzpatrick. Le haut du panier.

— Depuis quand pensez-vous cela ? demandai-je en fronçant les sourcils.

— Longtemps, marmonna-t-il.

Je déglutis, mal à l'aise. Je détestais le changement, et si j'arrêtais de travailler ici, ce serait un sacré changement.

— Je vous en prie, ne vous embarrassez pas d'une culpabilité qui n'a pas lieu d'être. Vous êtes bien trop pragmatique pour ça.

Je me levai et lui tapotai la joue avec un sourire aux lèvres, puis je me dirigeai vers les toilettes. Du coin de l'œil, je vis le Dr Doyle regarder sa montre.

— On en parlera un autre jour, dit-il.

— D'accord, mais si vous croyez pouvoir vous débarrasser de moi si facilement, vous vous fourrez le doigt dans l'œil, Greg, dis-je en chantonnant. Vous fermerez ?

Il fallait que j'aille voir comment allait ma mère. Comme d'habitude, elle me boudait après ce qui s'était passé le matin et n'avait répondu à aucun de mes appels.

— En réalité, je dois y aller. Un patient vient de me bipper. Ça ne vous dérange pas de fermer avant de partir ? me cria-t-il.

— Pas du tout ! répondis-je à travers la porte des sanitaires. Allez-y. Ça fait un bail que je n'ai pas fait la fermeture.

Cinq minutes plus tard, j'étais en train de nettoyer l'équipement médical et de verrouiller les armoires, quand on frappa à la porte.

Qu'est-ce que…

Pour des raisons évidentes, nous n'acceptions pas les patients sans rendez-vous.

Fronçant les sourcils, j'allai regarder par le judas.

Merde.

Je retirai ma blouse et réarrangeai ma longue queue-de-cheval.

Mais je n'ouvris pas la porte. Je retins ma respiration, immobile.

Va-t'en. S'il te plaît. Tu es trop et pas assez à la fois.

— Trop tard, Nixe. Je sais que tu es là. Ta voiture est garée devant.

Double merde. Je ne pouvais m'en prendre qu'à moi-même pour mon manque de discrétion.

Pourtant, je ne fis pas un geste. Je regardai par le judas : Sam s'appuya d'un bras contre la porte, souriant.

— On peut faire ça à la manière douce ou à la dure, qui implique que j'enfonce des portes, fouille des tiroirs, et fasse des choses très dangereuses.

— Va au diable.

— Peux pas. Satan a demandé une ordonnance restrictive contre moi. Ouvre la porte.

— Je te déteste, ronchonnai-je en posant mon front contre la porte, les yeux fermés.

— Non, c'est faux.

— Je devrais.

— Sans déconner, Sherlock. Ouvre.

À contrecœur, je fis ce qu'il demandait.

On se dévisagea. Le palier entre nous était comme un océan que ni l'un ni l'autre ne voulait traverser. Mon cœur battait la chamade.

Il avait recommencé. Il était venu me voir. Me trouver.

— Tu tues des gens, dit-il doucement.

Je retins mon souffle, chancelante. Il avança, entrant dans la clinique sans prendre la peine de fermer la porte derrière lui.

— J'ai enfin compris. C'était là, sous mes yeux, depuis le début.

Tu tues des gens. Voilà ton métier. Le meurtre par compassion. *L'euthanasie.*

Mon dos heurta le mur opposé et je fermai les yeux comme une enfant. Si je faisais comme s'il n'était pas là, peut-être qu'il disparaîtrait ? Mais non. Sa voix rôdait autour de moi, épaississant l'air, le rendant trop chaud pour qu'on le respire.

— C'est pour ça que tu te limites à une poignée de patients. C'est pour ça que c'est une activité clandestine. C'est pour ça que tu as tous ces médicaments ici. C'est pour ça que tu les traites à domicile. C'est logique. Tu n'es pas ici pour soigner les gens, tu es ici pour les tuer. La seule question est : *Pourquoi ?* Pourquoi toi, la douce, l'aimante Aisling Fitzpatrick, fais-tu cela ? Tes frères m'ont toujours dit que tu voulais être gynécologue ou pédiatre. Quelque chose qui concernait les bébés, ont-ils dit. L'opposé de ce que tu as fini par faire.

Mes yeux s'ouvrirent et je croisai son regard. Des images de ma mère se lamentant, étendue sur la moquette de ma chambre ce matin, me revinrent en mémoire. Je ne voulais pas être elle. Malheureuse, faible, et cachant au reste du monde qui elle était vraiment. Je me redressai en prenant une profonde inspiration.

Mais les vieilles habitudes avaient la vie dure…

— Tu ne peux pas le prouver.

— Je n'ai pas besoin de le prouver. Tu vas me dire la vérité.

— Alors que tu me caches tant de choses ? crachai-je, m'étranglant sur ma propre amertume. Bien essayé. Qu'est-ce que tu fais là, Sam ?

Sa mâchoire tiqua, mais il ne dit rien.

— J'ai du mal à croire que mon travail soit si important pour toi, repris-je. Que je guérisse ou que je tue des gens, cela ne change rien pour toi. Tu ne me dois rien, et ce n'est pas ton job de me surveiller. D'ailleurs, c'est tout l'opposé – tu ne dois pas m'approcher. Alors pourquoi es-tu là ?

Il prit mon visage au creux de sa paume de main rêche, m'inclinant la tête pour que nos lèvres soient alignées.

— Je sais pas, Aisling, putain. J'ignore ce qui ne cesse de me ramener à toi, mais manifestement c'est plus fort que moi, et cela ne semble pas te déranger, alors autant évacuer tout ça en baisant.

La suite fut telle une morsure de serpent : rapide et violente.

Je l'embrassai fougueusement, prenant ce que je voulais plutôt que de l'attendre, cette fois-ci. C'était comme si nous nous attaquions l'un à l'autre. Sam attrapa ma lèvre inférieure entre ses dents et me tira tout contre lui, jusqu'à ce qu'il n'y ait plus aucun espace entre nous. Puis il me souleva et me porta jusqu'à la salle d'examen, dont il ouvrit la porte avec le pied et où il m'allongea sur la table, m'embrassant tandis que j'enlevai mes baskets et déboutonnai sa chemise.

Il n'y avait rien de romantique ni de réfléchi dans ce que nous faisions. Seulement le besoin d'être physiquement connectés le plus vite possible. Je me répétais que ce n'était pas grave. Que personne ne s'était jamais trouvé sur cette table d'auscultation de toute façon. Elle était là pour les apparences. Au cas où cet endroit serait découvert et que le Dr Doyle et moi aurions besoin de fournir une explication plausible à la police. Soigner clandestinement des gens qui n'avaient pas d'assurance n'était pas aussi dommageable que ce que nous essayions de cacher.

La langue de Sam passa de mes lèvres à mon menton, puis descendit dans mon cou, avant de tracer un chemin entre mes seins. Il en prit un dans sa bouche à travers mon T-shirt et me baissa le pantalon en grognant, faisant tourner sa langue autour de mon téton dressé.

— *Bordel*, marmonna-t-il en aspirant mon sein entre ses lèvres.

Je frissonnai. Étrangement, le fait qu'il y ait encore entre nous le tissu de mon haut et ma brassière rendait l'acte encore plus sale, plus érotique. Je passai mes doigts dans ses cheveux – son corps, dur et imposant, pressé tout contre moi – alors qu'il passait à mon autre sein.

Quand je me retrouvai assise sur la table d'examen, sans pantalon ni culotte, Sam m'allongea brutalement, m'écartant les cuisses d'une main.

— J'espère sincèrement que tu ne comptes pas me demander d'arrêter.

Je secouai la tête.

— Ne t'arrête pas.

— Tu sais, quand j'étais petit, je ne jouais jamais aux jeux d'enfants. Je suis passé du biberon aux armes sans passer par la case petites voitures et puzzles.

Ses lèvres enflées par nos baisers, ses doigts sur mes hanches pour me plaquer contre la table métallique, il me sourit.

J'avais compris où il voulait en venir.

— Tu veux jouer au docteur ?

Je n'en aurais pas mis ma main à couper, mais j'aurais juré qu'il rougissait.

— Allons-y. Écarte les jambes pour moi, Nixe.

Ses doigts effleurèrent l'intérieur de ma cuisse, remontant jusqu'en haut. J'attrapai son poignet, secouant la tête avec un sourire moqueur.

— Pas sans gants, doc. Premier tiroir sur ta gauche.

Il marqua une pause, puis son visage se fendit d'un sourire terrible. Terrible, parce que c'était le premier sourire *sincère*, exalté et optimiste que je voyais sur le visage de Sam depuis dix ans que je le connaissais – n'était-ce pas affreux ?

Sam revint avec une paire de gants en latex enserrant ses larges mains. Je hochai la tête, satisfaite.

— C'est tout nouveau pour moi, feignit-il de s'excuser, son

sourire redevenant diabolique. Excusez-moi par avance pendant que je vous fais ce frottis, mademoiselle Fitzpatrick.

— Appelez-moi Nixe, je vous en prie.

— Désolé, je ne traite pas les fans des Knicks, plaisanta-t-il.

Je me mordis la lèvre, me retenant de rire. Peu d'hommes devaient savoir ce qu'était un frottis, et encore moins comment en faire un. Je laissai ma queue-de-cheval tomber par-dessus le rebord de la table d'examen, clignant des yeux d'un air innocent.

— Mon nom n'a rien à voir avec l'équipe de basket-ball. Je le tiens d'un monstre très séduisant. Cela vous met plus à l'aise ?

— Tout à fait.

À ma grande surprise, Sam sembla savoir ce qu'il faisait. Il s'installa entre mes jambes et me les ouvrit si largement que je sentis une délicieuse douleur.

— Vous pourriez ressentir une gêne, dit-il en enfonçant deux doigts en moi.

Mon vagin se contracta autour aussitôt, et je laissai échapper un gémissement, faisant onduler mes hanches pour aller contre sa main.

— Mademoiselle Fitzpatrick, me réprimanda-t-il. Un peu de tenue, je vous prie.

— D-désolée, bredouillai-je.

J'ouvris les yeux alors qu'il retirait sa main, pour la remettre en moi ; trois doigts cette fois, qu'il replia pour toucher mon point G, m'écartant toujours largement de son autre main.

— Oh ! m'écriai-je.

— Je n'arrive toujours pas à trouver le bon angle. Je ferais mieux de réessayer.

Il me pénétra de nouveau, me baisant avec ses doigts, encore et encore. Je restai allongée sur le dos, mouillée et excitée comme jamais auparavant, scandant son nom dans mon souffle – cela m'était égal qu'il sache à quel point j'étais folle de lui.

— Où as-tu appris à faire ça ? On dirait que tu sais ce que tu fais, dis-je en soulevant mes hanches.

Chaque fois, il m'immobilisait le bassin, sa façon de me dire de me tenir à carreau pendant qu'il me doigtait.

— J'ai été accepté en prépa de médecine après le lycée.

J'éclatai de rire, mais quand je relevai la tête, il avait l'air parfaitement sérieux.

— Tu ne plaisantes pas.

Mon sourire s'évanouit, et je sentis la sensation irrésistible d'un orgasme poindre en moi. Il n'avait même pas touché mon clitoris, alors que j'avais toujours besoin de cette stimulation pour jouir. *Tiens, tiens.*

— Pas du tout, répondit-il avec un rictus nonchalant en continuant de me baiser avec sa main.

— Tu envisageais de devenir médecin ?

— Oh que non. J'avais parié avec un ami que je pourrais être admis en médecine. Je n'avais même pas révisé. Mais j'ai lu un bouquin de gynécologie dans le train un jour, quand j'allais à New York pour un trafic d'armes, et j'ai retenu l'essentiel.

J'avais un million de questions à lui poser, mais elles devraient attendre : mon orgasme déferlait, faisant trembler tout mon être. Je criai et agrippai les rebords de la table d'examen.

— Il faut toujours que tu en fasses des caisses, maugréa Sam.

Au lieu de me grimper dessus comme je m'y attendais, il m'attrapa par les chevilles pour me tirer vers lui, jusqu'à ce que mes fesses soient au bord de la table.

— Désolé, mademoiselle Fitzpatrick, mais je n'ai pas trouvé ce que je cherchais. C'est n'est peut-être pas très orthodoxe, mais je crois savoir comment aller au bout de cet examen.

Le désir et la satisfaction m'avaient rendue toute molle. J'étais même incapable de lever la tête pour voir ce qu'il faisait ; il s'accroupit entre mes cuisses, sa langue trouvant mon clitoris et tournant autour, lente, taquine, le titillant délicieusement. J'agrippai ses cheveux et gémis si fort que je remerciai ma bonne étoile que le docteur Doyle ne soit pas dans son appartement juste au-dessus, car on devait m'entendre dans toutes les villes voisines.

— *Merde*, haletai-je.

— J'adore quand tu dis ça, murmura-t-il entre mes jambes.

Je sentais l'humidité couvrir l'intérieur de mes cuisses et son visage alors qu'il me dévorait.

Il. Me. Dévorait.

Mes yeux roulèrent dans leurs orbites. Mon plaisir était si intense, si vif, que ma respiration n'était plus qu'un râle. J'étais sur le point d'avoir un deuxième orgasme, violent, et je ne pus m'empêcher de soulever le bassin pour aller contre son visage.

— S'il te plaît. Ohhhhh.

J'arrêtai de respirer, chaque muscle de mon corps se crispant alors qu'un plaisir intense me parcourait. J'atteignis le point culminant de *la petite mort* au moment où je le sentis pénétrer en moi d'un seul coup de reins.

J'étais trempée, chaude, et prête à l'accueillir.

Je le vis se pencher en avant, entre mes jambes, alors que j'étais pleine de lui. Il ferma les yeux et siffla, le plaisir trop intense pour nous deux, et il se mit à bouger en moi.

— Tu as trouvé ce que tu voulais ? demandai-je.

— Et plus encore.

À ses mouvements, si sûrs, si punitifs, mais aussi indolents, je sus qu'il avait l'habitude d'obtenir ce qu'il voulait dans la vie, mais aussi au lit.

— Je n'arrive pas à croire que je suis encore en train de te baiser, dit-il.

Il secoua la tête, sourcils froncés.

Mon cœur battait à tout rompre.

— Crois-le. Je doute que tu sois désormais capable de baiser avec qui que ce soit d'autre.

— Tais-toi.

— Tu sais que c'est vrai. C'est pour ça que tu n'as pas pu conclure avec cette femme au bal, celle qui me ressemblait comme deux gouttes d'eau. Tu sais ce que tu veux, Sam. C'est juste que tu ne veux pas le prendre parce que cela te ferait perdre le gros chèque de mon papa.

— Je m'en tape de ton papa.

Il me pilonna plus intensément que quiconque avant lui.

— Alors quoi ? Ne me dis pas que tu t'es réellement convaincu d'être mauvais pour moi. Tu n'as pas de conscience, et je suis capable de prendre mes propres décisions.

— *Tais. Toi.*

— Fais-moi taire.

Je lui tirai la langue. L'espace d'une seconde, il se figea et resta immobile entre mes jambes, toujours en moi. Puis d'un geste vif, il retira ses gants en latex, les roula en boule, et les fourra dans ma bouche, qui se remplit du goût amer du latex et celui, original, de moi-même.

— Là. C'est mieux.

Il se remit à bouger en moi.

— Jamais je n'ai baisé une créature aussi énervante.

— *Votefrre*, marmonnai-je tant bien que mal.

— Non, ma belle, c'est toi que je suis en train de me faire.

Il y était presque. Je le sentais. À la façon dont ses doigts se plantaient dans mes cuisses pour les écarter. À son expression moins réservée et plus surprise, comme si lui non plus n'arrivait pas à croire que ce soit si bon.

— Tu prends la pilule ? demanda-t-il sans s'arrêter.

J'essayai de répondre malgré les gants dans ma bouche, mais ma voix était étouffée, et il ne comprit pas quand je dis que oui, je la prenais depuis l'âge de quinze ans.

— Oublie, dit-il. Même si tu ne la prends pas, tu prendras la pilule du lendemain. C'est clair ?

Le plaisir et l'enjouement que je ressentais quelques secondes plus tôt se transformèrent de nouveau en colère. Il jouit en moi, immobilisant mes jambes alors que son visage se crispait. Je crachai les gants sur le sol, hurlant de rage, me redressant d'un coup. Je le repoussai, lui donnant un coup de pied pour faire bonne mesure. Il bougea à peine – juste assez pour que je puisse me lever – rangeant déjà son sexe.

— Dégage, dis-je en montrant la porte. Tout de suite. Et ne reviens pas.

Il me regarda, amusé, se rhabillant lentement, boutonnant son pantalon, sortant une cigarette de son paquet.

— Écoute, Nixe. Je t'ai entendue quand tu as dit que tu prenais la pilule. Seulement, j'aime bien te voir t'énerver.

— Félicitations, tu as réussi. Tu crois que tu as le droit de dire à une femme ce qu'elle doit faire de son corps ?

Il haussa les épaules.

— Ça dépend de la femme.

— *Dehors !* hurlai-je.

Il alluma sa cigarette. Une autre chose qui me dérangeait. Il savait que je détestais ça. Je gagnai la porte en tapant des pieds et l'ouvris en grand.

— Dehors !

— Sinon quoi ? demanda-t-il en souriant. Tu appelles la police pour qu'ils viennent me chercher dans ta clinique de la mort, Nixe ?

— Sinon je dis à mes frères que tu as baisé leur petite sœur deux fois, alors qu'ils te donnent… quoi, un million de bonus pour m'éviter ?

Je clignai lentement des yeux, un sourire mielleux aux lèvres.

Sam pouffa, s'approchant de la porte avec une nonchalance destinée à me rendre folle.

— Ne m'approche plus, crachai-je.

— Ce ne sera pas un problème.

Et sur ce, il disparut.

Me laissant là, loque à moitié nue maculée de nos vérités et de nos mensonges et de toutes les choses dont on ne pouvait pas parler.

Mon cœur à moitié brisé entre ses mains ensanglantées.

10

Sam

Quelques jours s'étaient écoulés depuis que j'avais baisé Aisling dans sa clinique de la mort.

J'étais malade comme un chien et ne montrais aucun signe d'amélioration.

J'avais de la fièvre, je vomissais tout ce que j'ingérais et j'arrivais à peine à sortir de mon lit pour aller chercher les repas qu'on livrait à ma porte.

C'était la première fois que j'étais vraiment malade depuis l'âge de neuf ans. Je ne m'étais jamais offert le luxe d'être faible et dépendant. D'ailleurs, je n'avais pas manqué un seul jour d'école et n'avais jamais posé un jour de congé depuis que j'avais emménagé avec les Brennan. J'avais toujours fait de mon mieux pour être digne de leur admiration, mi-homme mi-dieu. Indestructible et plus résistant que l'acier.

C'était pourquoi je ne laissais jamais entrer mes parents adoptifs. Pas totalement, en tout cas. Ni dans mon appartement, ni dans mon domaine, ni dans mon intimité.

Mon coin du monde était à moi et à moi seul – pour panser mes blessures, être imparfait, incertain, à l'écart.

J'étais content de leur rendre visite, de les traiter comme ma famille, avant de me retirer dans les ténèbres. Moins ils en savaient sur moi, mieux c'était. Vivre avec eux quand j'étais ado m'avait donné l'impression de retenir ma respiration sous l'eau. Même si, quand j'avais emménagé avec eux, j'avais fait comme si j'allais reprendre mes vieilles habitudes et leur en faire baver, je m'étais efforcé de ne pas merder.

J'étais l'homme de main le plus intelligent, le plus rapide, et le plus impitoyable que Troy ait jamais eu, j'offrais des bijoux à Sparrow pour Noël et je protégeais Sailor farouchement depuis toujours.

Et voilà que *cela* arrivait.

Une baise et demie avec Aisling Fitzpatrick. C'était tout ce qu'il me fallait pour me faire sortir des rails. Des rails ? J'étais bien loin de la gare à ce stade.

Pour une petite chose docile, elle savait laisser un souvenir impérissable. Mais putain, sa douceur brute, impossible, m'appelait comme un phare dans la nuit.

La toucher avait été une erreur. Une erreur qui allait me coûter plus que je ne le voulais. Quatre jours s'étaient écoulés depuis que j'avais couché avec elle, et je n'arrivais toujours pas à regarder ses frères en face. J'avais négligé toutes mes responsabilités envers les Fitzpatrick. Bien sûr, j'allais encore au Badlands, et j'avais même trouvé le temps de trancher la gorge d'un membre de la mafia russe qui avait essayé de me prendre par surprise après un rendez-vous d'affaires en ville.

Ça chauffait entre les Russes et moi, et j'avais été forcé de recruter davantage d'hommes de main. Certains étaient des retraités avec qui Troy travaillait autrefois. Il fallait que je protège Brookline – et moi-même. Ce n'était pas le moment de jouer au papa et à la maman avec le petit docteur. Pas quand elle pouvait devenir une cible.

Au bout de cinq jours à me sentir comme un sac à merde, j'avouai la défaite. Appeler Aisling pour qu'elle m'apporte une assistance médicale, c'était comme Johnny Depp appelant Amber Heard pour lui demander d'être son témoin de moralité. Il était temps pour moi de me traîner jusqu'à l'hôpital le plus proche pour recevoir l'aide médicale dont j'avais manifestement besoin.

À contrecœur, je pris une douche, enfilai une paire de baskets et me dirigeai vers l'entrée, prenant mes clés au passage. J'ouvris la porte.

Aisling se tenait de l'autre côté, des sacs en papier marron remplis à ras bord de courses dans les bras.

Je voulus lui claquer la porte au nez, mais elle fut rapide – ou peut-être que j'étais sacrément lent – et glissa son pied entre le battant et le chambranle. Elle poussa un cri, me forçant à rouvrir la porte en jurant.

— Elle s'appelait Mme Blanchet, dit-elle.

Je la dévisageai sans rien dire. Il allait falloir qu'elle développe pour que je comprenne ce qu'elle racontait. Elle laissa tomber les sacs de courses, boîtes de conserve et légumes roulant sur le sol, et elle passa ses bras autour de son ventre.

— Ma gouvernante. Elle s'appelait Mme Blanchet. Elle est morte quand j'avais dix-sept ans. Le même soir où je t'ai rencontré, à la fête foraine. J'y suis allée après l'avoir trouvée. Elle avait un cancer des poumons. Elle a lutté pendant trois ans. Elle a passé les derniers mois dans un centre de soins palliatifs, avant de décider qu'elle voulait mourir chez elle, et pas dans un lieu étranger entourée de gens qu'elle ne connaissait pas. Elle est donc retournée dans son appartement du West End. Elle était malade, Sam. Tellement malade. Elle ne pouvait plus manger, respirer, ni rire sans souffrir. Elle s'est mise à faire pipi au lit la nuit après s'être brisé la hanche une nuit où elle s'était réveillée pour aller aux toilettes et qu'elle était tombée dans le couloir. Mais c'était une femme fière et elle refusait de porter une couche. Quelque chose a changé après cette fracture. Dès que je lui rendais visite – plus en tant qu'élève, seulement pour lui tenir compagnie, puisqu'elle n'avait personne d'autre aux États-Unis –, elle me demandait de l'aider à mettre fin à sa vie.

Il y eut une pause. Le silence s'étira. À contrecœur, j'attrapai sa robe dans mon poing et la tirai à l'intérieur, fermant la porte derrière nous. Mon loft était le seul appartement de l'étage, mais je ne voulais pas prendre le risque que quiconque entende ce qu'elle avait à dire. Les courses restèrent à l'extérieur. Aisling se tordit les doigts, les yeux rivés sur ses pieds, déterminée à aller au bout de sa confession.

— J'ai dit non. Évidemment que j'ai dit non ! C'était ce qu'il fallait faire. Toute ma vie, j'avais rêvé de devenir médecin pour pouvoir aider les gens à vivre, pas pour les tuer. Mais chaque fois que je quittais son appartement après avoir vu son être s'affaiblir, je me sentais encore plus coupable de refuser. Cela me déchirait. De me dire que je lui refusais cette chose qu'elle voulait tant. Qu'elle désirait de tout son cœur. L'aider à faire disparaître la souffrance. Et j'ai commencé à me demander… n'était-ce pas méprisant de ma part de prendre la décision de la laisser vivre dans la souffrance ?

— Tu n'étais qu'une gosse, dis-je.

Mais elle et moi savions que c'étaient des conneries.

La vie se fiche de votre âge, de votre compte en banque, ou des circonstances. La vie s'impose. J'avais treize ans quand j'avais pris la succession de Troy. J'avais explosé des crânes, mis des balles dans des têtes, torturé, tué, manipulé et kidnappé des gens. Parce que la vie s'était imposée et que, pour survivre, j'avais dû m'adapter.

— Elle m'a suppliée, encore et encore. Elle m'échappait, je le sentais.

Aisling était plantée là, près de la porte, les larmes roulant sur ses joues.

Je ne fis rien pour la consoler. Ce n'était pas ce dont elle avait besoin à cet instant, même une raclure retardée des émotions comme moi pouvait le voir. Elle devait se soulager de cette confession.

— La femme que j'admirais depuis que j'avais quatre ans, la femme que mes parents avaient fait venir de Paris pour faire de moi une dame, cette femme pleine d'esprit, irrévérencieuse, d'un chic et d'une élégance naturels, *et* grosse fumeuse, ajouta-t-elle en me lançant un regard lourd de sens, était devenue l'ombre d'elle-même. Je ne savais pas quoi faire. Jusqu'à ce que Mme Blanchet prenne la décision pour moi. On s'est disputées. Elle m'a dit d'arrêter de venir. De ne plus lui rendre visite. Elle a dit qu'elle ne répondrait pas quand je viendrais. C'était trois jours avant que je te rencontre.

Sa gorge frémit comme elle déglutissait, et elle se passa les doigts dans les cheveux, fébrile, en prenant une inspiration.

— Je ne l'ai pas écoutée. J'aurais peut-être dû, mais je ne l'ai pas fait. Je ne pouvais pas ne pas aller la voir. Alors j'y suis allée. J'ai frappé à la porte, sonné. Personne n'a répondu. Je suis allé chez un voisin du rez-de-chaussée qui avait un double de sa clé. Un vieux monsieur avec qui elle prenait le thé avant de devenir trop malade. Il m'a donné la clé. J'ai ouvert son appartement. Je l'ai trouvée dans la baignoire...

Elle détourna le regard, puis baissa les yeux au sol, avant de les fermer.

— Elle avait utilisé le peu d'énergie qui lui restait pour s'ouvrir les veines. Elle baignait dans une rivière de sang. C'est pour ça qu'elle s'était disputée avec moi. C'est pour ça qu'elle ne voulait plus que je vienne. Elle était décidée à se suicider. Et elle l'a fait de manière si solitaire, si douloureuse.

— Nixe, dis-je d'une voix rocailleuse.

Soudain, j'oubliai que j'étais malade. J'oubliai l'existence de manière générale. Sa peine prit toute la place, et le reste cessa d'exister.

Elle secoua la tête.

— C'est pour ça que j'étais dans cet état à la fête foraine. Après l'avoir trouvée, j'ai appelé mes parents et les secours. J'ai fait une déposition puis je suis rentrée chez moi, j'ai enfilé une tenue sexy, et j'ai pris la route jusqu'à ce que je voie les lumières de la fête foraine.

C'était là que je lui avais volé son premier baiser, parce qu'elle était trop douce pour que je laisse passer ma chance.

Là qu'elle m'avait vu prendre une vie.

Aisling avait vu deux morts en moins de douze heures, après avoir vécu une vie trop protégée. Cela avait dû être un sacré choc.

— J'ai vu ce que tu avais fait à cet homme ce soir-là… (Son menton tremblait.) Et il s'est passé quelque chose d'étrange en moi. Je savais que tu t'en remettrais, que tu ne laisserais pas la culpabilité te consumer. Tu avais l'air jeune, en bonne santé, intelligent. J'étais certaine que tu dormais bien la nuit. Que tu mangeais bien. Ça n'avait pas l'air de t'affecter de prendre des vies.

Elle leva la tête vers moi pour confirmation, les yeux baignés de larmes. Je hochai la tête.

— J'assume qui je suis. Je n'ai aucun souci pour dormir ou manger.

Sauf quand je te touche… là, je deviens un putain d'abruti faiblard et fiévreux incapable de manger sans dégueuler.

Elle hocha la tête.

— C'est ce que je pensais. Mais il faut que tu comprennes. Je suis allée dans une école catholique pour filles. L'euthanasie allait à l'encontre de toutes mes convictions.

— Et pourtant, tu la pratiques. Pourquoi ?

— D'une manière ou d'une autre, ce soir-là, tu as concrétisé pour moi la possibilité de prendre une vie. Même si nos situations sont complètement différentes. La seule culpabilité que je ressentais était celle de ne pas avoir aidé Mme Blanchet quand elle avait besoin de moi. Parce qu'elle était condamnée, et que j'étais bien trop égoïste pour me charger d'une telle tâche. J'ai fini par me sentir mal de toute façon. Bien plus mal que si je l'avais aidée. Cette journée a changé ma vie. Notre rencontre était le fruit du destin. Tu m'as fait prendre conscience de ce que je devais faire. De la raison de ma présence sur cette terre. Puis cela m'a fait réfléchir à mes autres relations. Au monde qui m'entourait. Tu veux savoir ce que j'ai appris ?

Elle renifla.

Je comprenais. Tout. Pourquoi elle faisait ce qu'elle faisait. Comment elle était devenue qui elle était. Une nixe. Une beauté extraordinaire cachant un monstre enchanteur.

Mais je n'étais pas d'accord avec elle. Elle n'était pas sur cette terre pour tuer.

— Quoi donc ? demandai-je doucement.

— Ce que j'ai appris, c'est que parfois on fait des choses atroces pour les gens qu'on aime. Je le fais pour ma mère. Pour mon père. Même pour moi, parfois.

Je ne répondis pas. Elle avança vers moi, le brouillard funeste qui l'enveloppait s'évapora.

— J'ai rencontré le Dr Doyle pendant ma deuxième année de médecine. Par hasard, si tu peux le croire. Il vit dans l'appartement au-dessus. À l'époque, il le louait à des étudiants. Je suis allée à une crémaillère là-bas et je ne comprenais pas pourquoi le sous-sol était cadenassé de la sorte. Il n'y avait pas moins de trois verrous sur la porte. Le type qui habitait là a dit que le Dr Doyle se servait du sous-sol et que des gens allaient et venaient, mais qu'il n'avait jamais posé de questions parce que, franchement, le loyer était trop bas pour se montrer intrusif. Et puis, c'était un étudiant en médecine – rarement chez lui de toute façon. Ma curiosité a pris le dessus, et j'ai décidé de lever le voile sur cette situation. J'ai pris un rendez-vous avec le

Dr Doyle. Suis allée à son cabinet. Le vrai, dans les beaux quartiers, où il travaillait en tant que dermatologue. Il avait plein de photos de sa femme, mais quand je lui ai posé des questions sur elle, il a dit qu'elle était morte deux ans plus tôt. Elle avait fait un AVC qui lui avait causé de sévères handicaps et de graves séquelles cérébrales. Et par séquelles, je veux dire qu'elle ne pouvait même plus manger ni contrôler sa vessie. Je l'ai interrogé sur sa mort. Je savais que c'était déplacé, mais je l'ai fait. J'avais un pressentiment…

— Il l'a tuée, dis-je en la regardant droit dans les yeux.

Nixe hocha la tête et s'éloigna en direction de la cuisine, où elle ouvrit les placards et sortit une planche à découper avant de retourner à la porte pour récupérer les courses.

— Je savais que je devais le mettre en confiance pour qu'il avoue, alors je lui ai raconté mon histoire avec Mme Blanchet. Ce n'était pas facile de le convaincre, mais enfin, il a accepté de me prendre sous son aile. Dès que j'ai eu mon diplôme, je me suis mise à travailler avec lui à plein temps. Jusque-là, j'avais étudié son travail. Ce qu'il faisait en dehors des heures de bureau. Il tenait à aider ceux qui ne peuvent pas trouver d'aide ailleurs. Nous ne sommes pas de mauvaises personnes, Sam.

Elle prit des carottes, du céleri, des cuisses de poulet et du bouillon, et s'affaira à couper les légumes et la viande, qu'elle jeta dans un fait-tout pour préparer ce qui devait être une soupe de nouilles au poulet.

— *Euthanasie* veut dire « mort douce » en grec. C'est laisser partir la vie paisiblement, avec dignité, selon tes propres termes. Mais en réalité, c'est mettre fin à une atroce souffrance. Nous avons cependant des règles de base auxquelles nous nous conformons, le Dr Doyle et moi, raison pour laquelle nous avons si peu de patients. Ce que nous faisons, c'est fournir un service pour les Mmes Blanchet de ce monde. Un soulagement médical et médicamenteux pour ceux qui ne veulent pas vivre dans un centre de soins palliatifs et préfèrent passer le temps qu'il leur reste chez eux, entourés de leurs proches.

— Quelles sont vos règles de base ? demandai-je en m'accoudant à l'îlot central entre nous, intrigué.

J'avais rencontré beaucoup de tueurs dans ma vie, mais ils étaient tous comme moi. Corrompus et sans âme. Égoïstes et cruels. Ils le faisaient tous pour satisfaire leur soif de sang. Pas pour des raisons altruistes. Même ceux qui avaient une éthique la violaient souvent. Ce qu'Aisling faisait n'avait rien à voir avec mon métier.

— Pour commencer, sans rentrer dans les détails de bioéthique, nous ne pratiquons que l'euthanasie volontaire. Ce qui veut dire que si nous n'avons pas le consentement plénier du patient pour une raison ou pour une autre, même s'ils sont dans le coma, nous n'acceptons pas le patient. Ensuite, nous ne prenons que des patients en fin de vie. Je parle cancer en phase terminale, personnes qui n'ont plus que quelques semaines à vivre. Et même là, on ne les débranche pas, pour ainsi dire.

Elle mit la marmite sur le feu, augmentant la chaleur, perdue dans ses explications.

— Nous ne procédons pas à l'acte de prendre la vie. Non. Nous faisons ce qui s'appelle de la sédation palliative. En gros, quand le moment arrive, nous maintenons le patient en vie mais sous sédatifs, jusqu'à ce qu'il parte naturellement. C'est légal dans de nombreux pays, dont les Pays-Bas et la France. Ce n'est même pas considéré comme de l'euthanasie. Pas vraiment. Mais pour ces gens – mes patients – cela fait une grosse différence.

— Et tu ne le fais qu'à domicile, dis-je.

— Oui.

Elle couvrit le potage et ouvrit un paquet de nouilles aux œufs.

— Nous leur permettons d'être entourés de leurs amis et leur famille.

— Alors pourquoi la clinique ?

— Comme je l'ai dit, nous essayons de prolonger leur vie autant que possible par la médication et la consultation.

— À Thanksgiving…

Je n'allai pas plus loin.

— Oui. Et à Halloween aussi.

— Bon sang, Ash.

Je posai mon front sur le comptoir, savourant sa fraîcheur.

Elle soupira.

— Tu es vraiment mon ange de la mort, Sam. Chaque fois que je fais ça, nous partageons un moment ensemble. Mais ce sont les seules fois où je l'ai fait. Promis.

— Tout ça pourrait t'attirer de sacrées emmerdes, tu sais ?

Je relevai la tête pour la regarder fixement. Bien sûr qu'elle le savait. Aisling n'était pas stupide.

Elle releva le menton, ignorant ma question.

— Cillian et Hunter m'ont dit qu'ils n'arrivaient pas à te joindre depuis quelques jours. J'ai vite compris que tu étais malade et trop fier pour demander de l'aide, alors je suis venue m'occuper de toi.

— Écoute-moi, dis-je en frappant le comptoir en marbre du plat de la main, perdant patience. Tu peux aller en prison. C'est de l'homicide volontaire. C'est intentionnel, putain. Il faut que tu arrêtes.

— Je sais que tu es habitué à ce qu'on t'obéisse, qu'on fasse ce que tu veux…

Nixe posa son sac à main sur le comptoir et en sortit un thermomètre, qu'elle vint me mettre sous la langue.

— Mais tu ne peux pas me dire ce que je dois faire, Monstre.

Je la fusillai du regard comme si elle avait chié dans mon lit, attendant que le thermomètre bipe. Quand il bipa, je le recrachai dans sa main et sifflai :

— Cette conversation n'est pas terminée.

— Je t'en prie, ne fais pas comme si ça t'intéressait. On est trop vieux et trop désabusés pour ça. Tiens, prends ça, m'ordonna-t-elle en me tendant des médicaments qu'elle avait sortis de son sac.

— Je sais pas, doc, dis-je, sceptique. Tu n'es pas connue pour guérir tes patients.

Elle haussa les épaules, sur le point de retirer sa main tendue. J'attrapai les pilules, les fourrai dans ma bouche et les avalai sans eau.

— La soupe sera prête dans trois quarts d'heure. Et si tu t'allongeais pour me parler du mal dont tu souffres ?

Je ne pouvais pas la mettre dehors. J'étais à peine capable de ramper jusqu'à la porte. Et puis, j'en avais assez de la repousser. Elle avait enfin réussi à se faire une place dans ma vie. Je faisais la distinction entre Gerald et elle. Entre ses frères et elle. Nixe était enfin une personne à part entière à mes yeux.

Et quelle personne.

Sublime, intelligente, compatissante. Pire – elle était folle amoureuse de moi. Elle n'avait pas besoin de le dire. Cela irradiait par tous les pores de sa peau soyeuse.

Je ne la méritais pas.

Je pouvais l'avoir si je voulais.

Je titubai jusqu'au canapé et m'y laissai tomber. Nixe s'assit en équilibre au bord à côté de moi et me regarda, dans l'expectative, comme Rooney attendant son histoire du soir.

Je passai mes doigts dans mes cheveux trempés.

— Par où commencer ?

— Par le début, ça me semble pas mal.

Friponne.

— Je suis né un jour d'août torride …

— Bon, peut-être pas du tout début. Pourquoi pas du milieu ? Non. Troisième chapitre. Après l'introduction, mais avant que l'histoire devienne croustillante et tourmentée.

Je la regardai avec une nouvelle tendresse que je n'étais même pas certain d'être capable de ressentir, et je ris.

— Ma vie a été un merdier assez flou jusqu'à mes neuf ans, après quoi il n'a plus été question que des Brennan. J'avais un rôle à assumer, et je l'ai fait. Je gagne plus aujourd'hui que Troy à l'époque. Je possède plus d'entreprises, plus de propriétés, et je contrôle plus de quartiers de Boston qu'il en a jamais eu sous sa coupe.

— Mais tu fais aussi plus de dégâts que Troy, dit-elle en passant ses doigts dans mes cheveux pour les recoiffer, un sourire aux lèvres. Tu tues plus de gens. Tu prends des coups. Le taux de criminalité a augmenté. Et tout le monde sait que la Bratva est une bombe à retardement. Je l'ai lu dans les journaux.

— Le lire dans les journaux ne veut pas dire que c'est vrai, fis-je remarquer.

— Et le FBI ? Cillian dit qu'ils en ont après toi.

— Ils ne m'attraperont jamais.

Elle soupira.

— Derniers mots célèbres.

— Tu pourras me citer, Nixe.

Elle sourit et plongea la main dans le bocal de balles d'un air mélancolique, y replaçant celle qu'elle m'avait volée.

— Merci, dis-je d'une voix rauque, fermant les yeux.

— Avec plaisir, mon monstre adoré.

Malgré mes efforts pour rester éveillé, je m'assoupis. Cela me rappela l'un des premiers Noëls que j'avais passés avec les Brennan. Résister à l'épuisement était comme nager à contre-courant, mais il se passait quelque chose de bien, et qui savait quand je ressentirais cette joie enivrante et insaisissable ?

Aisling avait dû dormir tout à côté de moi, car je sentis sa chaleur à mon réveil. Son parfum de gingembre, de miel, et celui de ma propre chute.

Je bâillai, m'étirant sur le canapé.

— Fais-moi un café, grommelai-je.

Mais il n'y eut pas de réponse.

Il y avait un bol de bouillon de poule à côté de moi, une bouteille d'eau – ouverte – et des comprimés.

Aisling était partie.

Le lendemain, je retrouvai Barbara McAllister dans la banlieue de Boston.

C'était une femme qui ressemblait à une clocharde, pas dans le sens hipster « cette chemise m'a coûté trois cents dollars », mais dans le sens « donnez-moi un sandwich ». Sous les cheveux décolorés, le visage ridé et l'autobronzant mal appliqué, on devinait qu'elle avait autrefois été une belle femme.

Barbara était le coup de grâce dont j'avais besoin pour mettre Gerald à genoux. La pièce manquante de l'opération « À bas Gerald ». Elle détenait des secrets qu'il voulait que personne ne découvre et, pour une coquette somme, elle était prête à les diffuser.

— Je dois être certaine que ça en vaut la peine. Je ne le ferai qu'au juste prix. Je peux vous emprunter une cigarette ? demanda Barbara quand je la retrouvai dans un petit café.

Elle portait une minirobe noire et un trench bas de gamme, et le « juste prix » semblait être pour elle vingt balles et un menu chez McDo. Je lui tendis mon paquet de cigarettes sans un mot, gardant une expression neutre.

Je persévérais dans mon projet contre Gerald Fitzpatrick, mais cela ne m'enchantait plus autant qu'avant. À présent, faire du mal à Aisling – ce qui était inévitable – ne me semblait plus nécessaire. Ce n'était pas que je me ramollissais. Seulement, c'était inutile d'être si cruel envers une femme aussi douce qu'elle.

Si douce qu'elle tient une clinique clandestine et te court après.

Barbara alluma une cigarette, expira avec un sourire satisfait, puis demanda d'un air sceptique :

— Comment savez-vous que je décrocherai un contrat pour un livre ? Les femmes avec qui Gerald Fitzpatrick a couché ne manquent pas.

— C'est vrai, mais vous êtes la seule à avoir vécu dans l'un de ses appartements. Vous n'étiez pas un simple coup d'un soir, vous étiez sa maîtresse. Il vous a emmenée en voyage, offert des bijoux hors de prix. Et je parie que ce n'est que la partie visible de l'iceberg.

Je lui adressai un sourire en coin, tendant la perche pour qu'elle en dise plus.

Elle sourit – elle avait les dents d'une blancheur surprenante pour une fumeuse – et hocha la tête avec enthousiasme.

— Oh ! ça oui. Samuel, mon garçon, Ger m'adorait. Bien sûr, j'y mettais du mien. Il y avait des orgies. Parfois, il nous prenait à trois à la fois. J'ai toujours trouvé ça étrange qu'il soit si remonté quand son fils Hunter a fait pareil. Après tout, Gerald était le roi de l'orgie à l'époque.

Ma mâchoire se crispa. Je n'avais pas besoin d'entendre parler des faits d'armes de mon beau-frère avant qu'il épouse ma petite sœur.

— Quoi d'autre ? demandai-je.

— Il y avait de la drogue à ces fêtes. Plein de drogue.

Barbara se frotta le menton. Je trouvais intéressant que Gerald m'ait menti quand je l'avais questionné sur elle, bien qu'il l'ait mise sur sa liste. Certains détails qu'il m'avait donnés différaient de ce que j'avais trouvé en menant mes propres recherches. Adresses, lieux où ils se retrouvaient, âge. Rien ne collait, alors j'avais décidé de creuser. J'étais content de l'avoir fait.

Elle s'éclaircit la gorge.

— Il y a aussi eu quelques avortements. Gerald n'aimait pas mettre de préservatif, mais il ne voulait pas non plus de bâtards. Il était inflexible sur le sujet, comme vous pouvez l'imaginer. Moi-même, je savais que je ne devais pas tenter le diable. J'étais sous pilule. Je n'avais pas l'ambition de tomber enceinte d'un fils de milliardaire. Trop dangereux. Avec le recul, peut-être que j'aurais dû. Peut-être que je m'en serais mieux sortie... Regardez où j'en suis aujourd'hui.

Elle observa le petit café poussiéreux au papier peint décollé. Elle habitait une petite ville désertée. Il était clair qu'elle ne roulait pas sur l'or.

— Mais j'étais au courant de tout ce qui se passait en coulisses. C'était un monstre, Samuel. Un vrai monstre. Vous en avez déjà rencontré ?

Elle tira goulûment sur la cigarette, ignorant les regards que lui lançait la barista que cela semblait importuner, bien qu'elle ne vienne pas nous voir pour lui demander de l'éteindre.

— Oui, avouai-je. J'ai déjà rencontré des monstres. À de multiples reprises, en réalité. Voici comment nous allons procéder, Barbara. Je décroche le contrat pour un livre-révélations, vous fournissez les infos. Mais quoi qu'il se passe, vous devez vous souvenir d'une chose : vous ne m'avez jamais rencontré, ne m'avez jamais vu, n'avez jamais entendu parler de moi. C'est clair ?

Elle hocha la tête, finissant sa cigarette et prenant une gorgée du café vicié que je lui avais payé.

— Absolument. Puis-je avoir une autre cigarette ?

— Bien sûr, ma belle. Prenez tout le paquet, dis-je en riant.

Je me levai et lui jetai le paquet sur les genoux avant de disparaître dans le blizzard blanc.

11

Aisling

Lorsque je rentrai chez moi, je compris que quelque chose n'allait pas. C'est l'odeur qui me parvint en premier.

Puis je remarquai les taches un peu partout.

Des taches de vomi sur les tapis, le sol, les murs.

Je laissai tomber mon sac à dos dans l'entrée et suivis les traces jusqu'à l'escalier. Cela ne ressemblait pas aux domestiques de ne pas nettoyer ce genre de salissures.

À moins qu'ils veuillent que je les voie.

C'était un appel à l'aide, je le savais. Et pas seulement de la part de ma mère.

Bon sang, qu'avait-elle encore fait ?

J'atteignis l'étage, accélérant le pas. Comme je m'y attendais, l'odeur provenait de la chambre parentale, celle de ma mère. Cela faisait un moment qu'*Athair* était parti et, même si je faisais de mon mieux pour garder un œil sur elle, je savais que maman partait en vrille.

Je m'arrêtai devant la porte et posai la main sur la poignée, prenant une profonde inspiration.

— Mère ?

Pas de réponse. J'ouvris la porte. Des souvenirs de Mme B. me revenant à l'esprit, vifs, crus.

Sang.

Baignoire.

Poignets.

Désespoir.

Je parcourus la pièce des yeux. Elle était vide.

— Mère ? répétai-je, confuse.

Prudemment, je me dirigeai vers la salle de bains attenante, la gorge nouée. Je m'attendais au pire. Ma mère, en train de rejouer la scène dans l'appartement de Mme B., mettant enfin ses menaces de suicide à exécution. Je savais que ma mère s'automutilait. Paradoxalement cela me rassurait, parce que les gens qui s'automutilaient présentaient moins de risques de faire des tentatives de suicide « réussies ».

Jane Fitzpatrick ne s'entaillait pas nécessairement. Parfois elle se faisait des bleus, pour attirer l'attention. Mais elle le faisait sur des parties de son corps cachées par les vêtements, exclusivement pour mes yeux et ceux de papa. Hunter et Cillian n'en savaient rien. Ils n'étaient pas ses pions dans ce chantage émotionnel.

Je la trouvai allongée au sol près de la coiffeuse, face contre terre.

— Mère ! m'écriai-je en m'élançant dans la salle de bains.

Je tombai à genoux et la retournai par l'épaule. Elle gisait, inconsciente, dans une flaque de vomi. On distinguait sur le sol des pilules à moitié dissoutes, comme de petites étoiles, avec leur contenu épais et poudreux.

Bon sang.

Je la saisis par les cheveux et enfonçai mes doigts dans sa gorge pour la forcer à vomir encore. Elle reprit aussitôt vie, gémissant d'abord faiblement parce que je lui faisais mal, avant de rejeter davantage de pilules. Davantage de tout.

— Il te faut un lavage d'estomac, maugréai-je.

De ma main libre, j'appelai une ambulance tout en continuant de la soutenir.

— Qu'est-ce que tu as fait ?

Mais je savais parfaitement ce qu'elle avait fait, et surtout *pourquoi*.

L'ambulance arriva quatre minutes plus tard. Je la suivis avec ma voiture. J'essayai d'appeler Hunter et Cillian à maintes reprises, mais tombai directement sur leurs répondeurs.

Je ne comprenais pas pourquoi. C'était le soir. Ils auraient dû être chez eux, en famille. Je finis par leur envoyer à tous les deux notre code d'urgence.

Trèfle.

Puis, comme il n'y avait pas de réponse :

Trèfle, trèfle, trèfle ! Répondez !

J'aurais préféré que mes belles-sœurs ne sachent pas à quel point ma famille était détraquée, surtout maintenant que papa avait déménagé et que mes parents prenaient le chemin du divorce. À contrecœur, j'appelai Persy.

Perséphone et moi avions toujours eu ce lien tacite, unissant deux fleurs timides et romantiques forcées de s'épanouir dans la jungle qu'était la famille Fitzpatrick.

— Allô ? répondit Persy d'une voix somnolente.

— Salut, dis-je gaiement, avant de me sentir stupide d'adopter un ton si joyeux. C'est Ash. J'essaie de joindre Cillian, mais il ne répond pas. Tu sais où il est ?

— Salut, Ash. Est-ce que tout va bien ? demanda-t-elle, avant d'enregistrer que j'avais posé une question et de répondre : Kill est au Badlands avec Sam, Devon et Hunter. Il y a un genre de soirée poker. Je n'ai pas retenu les détails. Je peux t'aider ?

Mon sang crépitait dans mes veines alors que je serrais le volant entre mes mains, si fort que mes doigts étaient blancs. Mes frères *m'ignoraient*. Ils m'avaient laissé la charge de m'occuper de notre mère pendant qu'ils allaient jouer aux cartes avec Sam Brennan.

Une colère nouvelle bouillonna en moi. Comment Cillian et Hunter pouvaient-ils tolérer que la douce, la timide Aisling prenne soin de Mère et *Athair* pendant qu'ils s'éclataient et profitaient de la vie ?

Je me garai devant l'hôpital et poussai maman dans les couloirs des urgences, guidée par son médecin désigné, à qui je donnai le plus d'informations possible. Quels médicaments elle avait pu prendre, en quelle quantité, combien elle en avait régurgités.

Ils lui firent passer des tests en vitesse et lui firent un lavage d'estomac, déjà presque vide grâce à moi, puis la mirent sous perfusion.

Deux heures après avoir été admise, elle était consciente.

— Ne le dis pas à ton père. Il pensera que j'ai fait ça par rapport à lui, et il n'a pas besoin de gonfler son ego, gémit-elle en tendant la main vers la télécommande, posée à côté de son lit d'hôpital. Tu crois qu'ils ont Netflix ici ? Oh ! ça ne pouvait pas tomber plus mal. J'ai un soin du visage demain.

Je la fixai du regard, mon corps tout entier vibrant de rage.

— Tu es une imbécile.

Les mots quittèrent ma bouche avant que je puisse les retenir, mais je fus incapable de ressentir le moindre remords une fois qu'ils furent prononcés.

— Je te demande pardon ?

Elle avait reculé brusquement la tête pour me faire les gros yeux.

Je me levai pour aller à la fenêtre, d'où j'observai les arbres couverts de neige et les routes gelées.

— Tu m'as entendue. Tu es une imbécile. Et égoïste, qui plus est. Tu refuses de te faire aider alors que tu en as besoin, et tu abuses de médicaments pour te venger de… qui, au juste ? La seule personne à qui tu fais du mal, c'est toi. Maintenant, laisse-moi te dire ce qu'il va se passer…

Je me retournai pour la fusiller à mon tour du regard. Je sentais ce nouveau courage fourmiller en moi, me poussant à agir.

— Je vais te laisser ici toute seule, rentrer à la maison, et jeter tous tes médicaments. Tous. Tu n'auras même plus un Advil pour tes migraines matinales. Puis je vais te prendre rendez-vous chez un psy. Si tu n'y vas pas, je déménage.

— Aisling ! s'écria ma mère. Comment oses-tu ! Jamais je ne…

— Assez ! hurlai-je. Je ne veux rien entendre. J'en ai marre de te materner à longueur de journée. De te tenir la main. D'être le parent de notre relation. Tu sais, j'ai grandi en vous voyant, papa et toi, envoyer Cillian et Hunter dans des internats en Europe et je tremblais à l'idée de subir le même sort. Vous dire au revoir, à papa et toi, me terrifiait plus que tout. Aujourd'hui, je suis *jalouse* de mes frères, parce que vous leur avez fait le plus beau des cadeaux. Ils ont grandi en vous connaissant à peine, et en vous aimant très peu. Ils ne sont pas attachés à vous comme je le suis. Ils peuvent vivre leur vie et faire ce qu'ils veulent, puisqu'ils ne sont pas encombrés d'un amour pour deux personnes incapables d'aimer qui que ce soit d'autre qu'eux-mêmes. Mais maintenant, c'est terminé !

Je sortis en trombe, percutant un médecin qui entrait dans la chambre. Il m'interpella, voulant savoir ce qui n'allait pas, mais je l'ignorai, me sentant très petite et très affligée tout à coup.

Le chemin du retour fut flou. Je fus même surprise d'arriver à destination, puisque les larmes que je retenais altéraient ma vision.

J'entrai en furie dans la salle de bains de ma mère, ouvris tous les placards et déversai leur contenu dans un sac-poubelle pris dans le cellier.

Toutes les substances auxquelles elle pouvait se shooter devaient disparaître. Je fourrai tout sans distinction dans le sac, sans me poser de questions. Crèmes solaires, Vaseline, pansements, antalgiques, sirops pour la toux. Quand je fus certaine qu'il n'y avait plus aucun médicament dans la maison, je ressortis et flanquai le sac-poubelle dans le coffre de ma Prius, avant de filer en trombe au Badlands.

Je m'efforçai de ne pas penser à la dernière fois où j'avais vu Sam.

Je lui avais crié que je ne voulais plus jamais le voir, puis j'étais allée frapper à sa porte. On ne pouvait pas dire que j'avais été cohérente, mais j'étais inquiète. Quand j'avais entendu de Cillian, Hunter et papa que Sam était introuvable, je m'étais dit qu'il devait se terrer dans son appartement, et pour une bonne raison. En toute honnêteté, j'avais peur qu'il se soit fait tirer dessus et qu'il soit trop fier pour demander de l'aide.

Je l'avais trouvé malade et tremblant, l'avais soigné, puis lui avais donné l'espace dont il avait besoin.

C'était il y a trois jours.

Il ne m'avait pas remerciée.

Même si je n'avais aucune raison de m'attendre à ce qu'il le fasse. On parlait de Sam, un monstre notoire.

J'avais beau savoir qu'il ne me livrerait pas à la police enveloppée d'un ruban de satin rouge, je redoutais ce qu'il ferait de sa découverte – à savoir ce que je faisais de mon diplôme de médecine. Pourquoi lui avais-je raconté mon histoire sur Mme B. ?

Parce que tu es amoureuse de lui, ma chérie, et quand tu aimes quelqu'un, tu veux qu'il apprenne à te connaître pour qu'il puisse tomber amoureux de toi en retour.

Eh bien, Sam devait se sentir bien mieux, puisqu'il faisait la fête avec mes égoïstes de frères ce soir.

Je me garai devant le Badlands, sortis le sac-poubelle du coffre et fis le tour du bâtiment jusqu'à la porte de derrière, qui menait au bureau de Sam.

Je savais qu'il ne valait mieux pas que je frappe à la porte. C'est pourquoi je sortis la pince à épiler que j'avais apportée pour forcer la serrure. C'était une serrure simple, et j'avais de l'expérience en la matière. J'étais entrée par effraction dans la chambre de mes frères suffisamment de fois, plus jeune. Je m'ennuyais et me sentais souvent seule dans notre manoir immense et menaçant.

Parfois, j'avais pour seule compagnie les affaires de mes frères. Les jouets et gadgets trouvés sous leurs lits. Je faisais même comme si les femmes en couverture de *Penthouse* et *Playboy* – trouvés sous le lit de Hunter – étaient mes amies.

La porte s'ouvrit avec un petit clic. J'entrai. Le bureau de Sam était vide, plongé dans le noir. J'ouvris la porte et me dirigeai vers l'étage inférieur, la musique parvenant du club faisant trembler le sol.

Mais ce n'était pas le club qui m'intéressait. Je filai directement vers les salles de jeux. Quand j'atteignis le couloir donnant sur les quatre salles, je jetai un coup d'œil dans chacune. Ce ne fut pas difficile de trouver mes frères. Ils étaient dans la dernière – la plus bruyante et la plus agitée, pleine à craquer d'hommes en smokings en train de fumer des cigares cubains et de boire du vieux whisky, amassés autour de tables de craps et des roulettes.

Cillian était dans un coin de la pièce, en pleine conversation avec Devon, et Hunter, à la roulette avec Sam.

Le Monstre avait l'air pimpant, avec sa cigarette au coin de la bouche, aboyant des ordres à ses employés. Plus aucune trace de son état précédent, fiévreux et en sueur.

J'entrai d'un pas décidé, le sac-poubelle jeté sur l'épaule comme si j'étais le Père Noël, puis m'arrêtai au centre de la pièce et vidai le contenu du sac sur la roulette, un rictus aux lèvres.

Tous poussèrent une exclamation de surprise.

Tous, sauf Sam.

Hunter fut le premier à reprendre ses esprits.

— Bordel de cul, sœurette. C'est ce qu'on appelle faire une entrée remarquée.

Il poussa un sifflement, tendant la main vers la roulette pour prendre un paquet de pastilles à la menthe que j'avais embarqué par erreur, et en fourra deux dans sa bouche.

— Tu as de la coke ? Je ne me drogue plus, mais si tu as un petit business à côté, je serais ravi de t'apporter ma contribution financière.

— Aisling, dit Cillian de son ton glacial. Que fais-tu là, à part t'humilier ?

— Bonne question, répondis-je, mielleuse. Eh bien, j'ai commencé ma journée à 6 heures du matin, j'ai travaillé sans relâche, et je suis rentrée à la maison pour trouver *notre* mère évanouie dans son propre vomi ; j'ai fourré mes doigts dans sa gorge et je l'ai emmenée à l'hôpital pour m'assurer qu'elle ne ferait pas une overdose de vitamines ou je ne sais quoi d'autre qu'elle s'est fourré dans le ventre. Sur ce, j'ai essayé d'appeler mes chers frères, mais ils étaient trop occupés à jouer aux cartes pour répondre au téléphone. Vous n'avez même pas répondu à notre code d'urgence, alors que c'était la première fois de ma vie que je l'utilisais, ce qui aurait peut-être dû vous alarmer. Notre mère va bien, au passage. Mais pas moi. Je suis épuisée, j'ai besoin d'une douche, et j'en ai marre de tenir cette famille à bout de bras à moi toute seule.

La pièce était devenue très silencieuse, et je n'étais plus consciente que de la présence de Sam, Cillian et Hunter. Je ne voyais personne d'autre.

Sam claqua des doigts et aboya :

— Tout le monde dehors. Histoire de famille. Phil, Jonathon, Archie, dit-il en se tournant vers ses croupiers, prenez la salle trois et offrez un verre à tout le monde. Hors menu millésimé.

Sam s'assit sur un des fauteuils vintage et s'alluma une autre cigarette en nous observant. Je tournai la tête vers lui. J'avais envie de me défouler sur toutes les personnes de ma connaissance, et il venait en premier sur la liste.

— Waouh. Ça veut dire que tu ne vas pas me mettre à la porte de ton club ? dis-je, agressive.

— Si tu te pointes demain, je le ferai, répliqua-t-il en s'affalant dans son fauteuil, un rictus aux lèvres. Dans l'immédiat, j'ai bien l'impression que tu gâches ta propre soirée toute seule comme une grande. Nul besoin que j'intervienne.

— T'es un vrai connard.

— Tu pourrais changer de disque.

— Suffit, tous les deux. Reprends du début, Ash, ordonna Cillian comme les dernières personnes quittaient la pièce. Que s'est-il passé ? Depuis quand Mère prend-elle ce genre de médicaments ?

— Depuis toujours, répondis-je, exaspérée. Elle s'automutile, aussi.

Mes frères pâlirent.

— Je parie que vous ne le saviez pas non plus, hein ? Il y a beaucoup de choses que vous ne savez pas. Elle le fait surtout pour attirer l'attention, pour nous forcer, papa et moi, à rester sur le qui-vive quand elle pense qu'on ne prête pas assez attention à elle. Je ne peux pas tout faire toute seule. Notre famille se désagrège.

— Je..., commença Cillian, mais j'étais tellement en colère que je lui coupai la parole – c'était la première fois que je rembarrais mon frère aîné.

— Vous n'avez même pas répondu au téléphone quand je vous ai appelés ! Vous m'avez ignorée.

— Nous ne t'avons pas ignorée, affirma Cillian calmement. Nous avions posé nos téléphones, et n'avons pas vu tes messages.

— Même si vous ne m'avez pas ignorée ce soir, vous m'avez ignorée toute votre vie, me laissant m'occuper seule de notre mère !

— Sœurette, dit Hunter doucement, m'attrapant la main par-dessus la table. On ne se doutait pas que c'était si grave. Ce n'est pas comme si on avait délibérément ignoré la situation. Tu étais notre angle mort.

— Oui, confirma Cillian, s'appuyant contre le mur, l'air sérieux. Mère et *Athair* ont toujours semblé perturbés, mais tu dois te rappeler que nous n'avons jamais vraiment vécu sous leur toit. Pas depuis notre petite enfance, en tout cas. On pensait que c'était sous contrôle. Que tu avais choisi de rester à la maison parce que ça t'avantageait toi, pas l'inverse.

— Rester à la maison est un cauchemar !

Je me laissai tomber sur un tabouret, enfouissant mon visage entre mes mains. Cela me faisait horreur que Sam assiste à ce cirque.

— Maman est une vraie manipulatrice. Je prépare son bain, lui sers de chauffeur, et je fais l'intermédiaire entre papa et elle. Je suis sa bonne, en gros, et je n'ai plus envie d'assumer ça.

— Tu n'y es pas obligée, assura Cillian. On va trouver une solution. Je vais aller à l'hôpital ce soir et passer la nuit avec Mère. Hunter, tu prendras le relais demain. Aisling a besoin d'espace pour le moment.

Hunter hocha la tête.

— Ne t'inquiète pas, sœurette, on gère. Tu n'as plus à le faire toute seule.

J'essayai de réguler ma respiration. Je sentais les yeux de Sam sur moi. Il resta étrangement silencieux pendant toute la conversation. D'ordinaire, quand il se désintéressait d'une situation, il s'en retirait.

Alors pourquoi est-il resté ?

— J'ai juste besoin de m'aérer l'esprit, dis-je doucement. Elle a fait une overdose pour se venger de moi. J'ai peur que lui donner ce qu'elle veut, à savoir plus d'attention, aille à l'encontre de l'objectif de la forcer à se faire aider.

En même temps, déménager et la sevrer brutalement n'était pas une chose que je voulais avoir sur la conscience. Elle avait besoin de moi, elle en était venue à dépendre de moi, et partir maintenant aurait été cruel.

— Tu as raison, confirma Hunter. Reste loin d'elle pour le moment. Nous lui ferons savoir que ça ne peut pas continuer comme ça, maintenant que nous sommes au courant.

— Je ramène Aisling à la maison, dit Sam d'une voix neutre en se levant.

— Non, merci. Je suis garée devant.

— Je n'arrive pas à croire que je dise ça, mais Sam a raison, intervint Hunter en m'adressant un regard d'excuses. Tu n'es pas en état de conduire. On récupérera ta voiture demain matin. Tu es boostée à l'adrénaline. Essaie de te reposer ce soir. On s'occupera de ce merdier demain.

— Ça oui, c'est un beau merdier. Je crois que c'est le bon moment pour demander une augmentation. Les Windsor se font moins remarquer que vous, dit Devon d'un ton sarcastique en sortant de l'ombre.

J'avais oublié qu'il était là, ce qui paraissait pourtant impossible tant il était canon.

— Vas-y, Aisling. Mais bas les pattes, Brennan, aboya Cillian à l'intention de Sam. Rappelle-toi que tes chèques dépendent de certaines conditions.

— Tout comme ton cou, *Fitzpatrick*.

Sam me tendit la main pour m'aider à me lever et nous sortîmes, laissant mes frères derrière nous. Il posa sa paume dans le bas de mon dos pour me guider vers l'escalier menant à son bureau.

— Comment te sens-tu ? demanda-t-il d'une voix tendue.

Cela devait le hérisser de faire semblant de s'intéresser à moi, et pourtant son inquiétude me fit plaisir, même si elle n'était pas sincère.

— Ça va. Juste fatiguée. Surstimulée.

— Viens chez moi. J'ai une chambre en plus et zéro parent taré vivant sous mon toit.

— Et j'ai deux frères qui me tueraient s'ils découvraient que j'ai passé la nuit avec toi.

Je soupirai. L'invitation était tentante.

Sam n'entrerait pas en conflit avec mon père et mes frères juste pour être avec moi. Cela faisait longtemps que je m'étais faite à cette idée. Il était inutile d'accepter son offre, qui créerait davantage de tension entre lui et les hommes de ma famille.

— Cela me faciliterait la vie si tu étais morte. La proposition tient toujours.

— Charmant, mais non merci. Je ne vais pas là où je ne suis pas la bienvenue.

— Depuis quand ? demanda-t-il avec le plus grand sérieux.

Je me sentis rougir.

— Depuis *toujours*. Pour ton information, tu es la seule personne à faire ressortir ma folie.

— Les sales types ont tendance à avoir cet effet sur les gentilles filles. Je ne pensais pas que ça allait si mal chez toi.

Il donna un coup de pied dans la porte pour l'ouvrir, et nous sortîmes dans le froid hivernal de Boston. Tout était recouvert d'une fine couche de glace, du sol aux étendues vitrées des gratte-ciel. Des décorations de Noël rouge, blanc et or, suspendues aux réverbères, scintillaient autour de nous. Sam posa sa main sur ma nuque de manière possessive, me conduisant vers sa Porsche comme si j'étais sa prisonnière.

— Ça n'a pas toujours été comme ça, m'entendis-je dire. Il y a eu des hauts et des bas. Être le pilier de la famille était supportable quand l'édifice n'était pas aussi branlant. Mais ces dernières semaines ont été horribles. Depuis que les médias ont eu vent de la stupide liaison de papa, les choses se sont détériorées. Puis il y a eu l'empoisonnement et les lettres de menace. Les boutons de manchette ont été la cerise sur le gâteau de bouse.

Sam déverrouilla sa voiture et m'aida à monter. Le trajet jusque chez moi se fit dans le calme.

La première partie, du moins.

Une fois dans le quartier aisé de Back Bay, une Bentley argentée se rapprocha de nous. Sam l'observa dans le rétroviseur. La Bentley accéléra et percuta notre pare-chocs.

— Merde, marmonna Sam. Détache-toi, baisse-toi, et couvre-toi la tête des deux mains, Nixe.

Mon sang se glaça dans mes veines.

— Quoi ? P-Pourquoi ?

— Fais-le.

— Mais…

Sam n'attendit pas que je finisse ma phrase. Il tourna brusquement à gauche, traversant un carrefour sans s'arrêter au stop pour couper par la pelouse parfaite d'un jardin avant de foncer dans une ruelle. La première balle transperça la vitre arrière et vint se coincer dans la ventilation.

— Putain de merde, siffla Sam sans pour autant perdre son sang-froid.

Il m'attrapa brutalement par la nuque pour me baisser plus bas, se penchant vers moi pour me mettre en sécurité. La voiture dérapa – la neige avait rendu la route glissante, ce qui ne jouait pas en notre faveur.

— Au sol, Nixe.

— Sam, criai-je, terrifiée, ne te penche pas comme ça ! Ils vont te tirer dessus !

— Je préfère qu'ils tirent sur moi plutôt que sur toi.

Une autre balle transperça la lunette arrière, qui explosa et s'écroula d'un bloc. Sam se coucha sur moi, couvrant mon corps de son torse, tout en continuant de conduire par je ne sais quel miracle.

— Qu'est-ce que tu fais ! gémis-je. Tu vas te faire tuer. Fonce !

Il écrasa l'accélérateur. La voiture faisait tant de boucan qu'on aurait dit un avion en train de décoller. Puis, sans prévenir, il braqua, fit demi-tour, avant d'accélérer de nouveau. Ayant toujours la tête baissée, je ne savais pas si nous avions semé nos poursuivants.

— Ça va ? demanda-t-il.

— Oui.

Je me risquai à le regarder du coin de l'œil, et je vis qu'il saignait au bras. Il s'était pris une balle pendant qu'il cherchait à me protéger. Il s'était pris une balle *pour moi*.

— Tu saignes, dis-je.

Il grogna mais ne dit rien.

— Est-ce qu'on est tirés d'affaire ?

Il ne répondit pas. Il se concentrait sur le choix de la route à emprunter. Rentrer chez lui n'était pas envisageable. Il n'était pas question qu'il conduise ses ennemis jusqu'à son palier.

— Qui est-ce ? demandai-je, toujours pliée en deux sur le siège passager, mes genoux tapant contre mon menton. Mes dents claquaient.

Je n'avais jamais eu aussi peur de toute ma vie. Le genre de peur qui vous pénètre jusqu'à l'os et se fraie un chemin dans votre âme.

— La Bratva. Les Russes.

— Ils règnent sur Brookline, murmurai-je.

Je le savais. Tout le monde le savait. Mes parents m'avaient interdit d'aller dans ce quartier de peur que je me fasse kidnapper pour une demande de rançon.

— Plus maintenant, souffla Sam.

— Ils essaient de te tuer parce que tu as pris leur territoire ?

— Je l'ai conquis, à la régulière. S'ils te trouvent dans ma voiture, ils vont se faire le plaisir de soutirer de l'argent à ton père. Mais ils vont te violer et te torturer d'abord. C'est pourquoi tu dois rester cachée et me laisser gérer.

J'entendis un autre coup de feu. Je fermai les yeux, gardant la tête baissée, comme il me l'avait demandé. Sam braqua encore brusquement. Il ouvrit le vide-poche au-dessus de ma tête, le battant me heurtant le crâne. Il en sortit un pistolet, arrêta la voiture, puis fit demi-tour pour foncer en direction de la Bentley. Il enleva la sécurité de son arme, un sourire perfide aux lèvres, la détermination vibrant dans ses yeux.

Il veut voir qui déviera le premier.

Je voulais lui déchiqueter le visage.

Le bourdonnement provenant de la Bentley devint plus sonore, et je sus que nous étions tout près. Sam tendit le bras par la fenêtre ouverte et tira deux coups.

Le temps et l'espace flottèrent au-dessus de nos têtes, en suspens.

J'entendis un cri. Un gémissement. Puis des bruits de pas sur le béton mouillé, le crissement de la neige sous des chaussures. Quelqu'un fuyait. En larmes.

— Tu peux te relever, murmura Sam d'un ton glacial.

Engourdie, je me réinstallai sur mon siège, m'attachai et passai une main tremblante dans mes cheveux noirs.

Sam ralentit. Il suivait un homme. Une silhouette décharnée, de dos, avec des cheveux blonds en bataille et qui boitait notablement. Il portait un pantalon de survêtement ample et un sweat à capuche assorti, qui brillaient dans le noir. Sam pointa le pistolet sur sa tête sans trembler.

— Tu vas lui tirer dessus ? murmurai-je.

— Seuls les lâches tirent dans le dos, Nixe. Je vais lui tirer dans la figure. Respectueusement, bien sûr.

J'ignorais s'il était sarcastique ou volontairement rustre. Quoi qu'il en soit, ce n'était pas une chose à dire à une dame. Mais c'était l'essence même de Sam Brennan. Il prendrait une balle pour moi sans y réfléchir à deux fois, mais disait des atrocités à longueur de temps en ma présence.

L'homme trébucha sur un pavé irrégulier du trottoir et voulut accélérer le pas quand il entendit notre voiture à côté de lui. C'était inutile. Sam l'avait déjà rattrapé. Le Monstre jouait avec sa nourriture.

Les épaules de l'homme tremblèrent, et il renifla bruyamment.

— S'il te plaît, plaidai-je en posant une main sur le bras de Sam – celui qui ne tenait pas l'arme. N'aggrave pas les choses.

M'ignorant, il dépassa l'homme et se gara devant lui, lui bloquant le passage.

Notre victime s'arrêta. Je me penchai en avant pour l'observer attentivement. Sam avait dû tuer son compagnon d'armes.

L'homme n'était pas du tout un homme.

C'était un *garçon*.

De quatorze ans. Quinze, tout au plus.

Dégingandé, longiligne, les yeux écarquillés, le visage pâle parsemé d'acné.

Mon cœur bondit et se serra dans ma poitrine. Il était mineur. Peut-être même un gamin innocent. Il avait dû naître au sein de la Bratva et y être initié. Il était difficile de penser qu'il ait pu choisir cette vie.

Sam sortit de la voiture. Son corps me bloquait la vue et me protégeait. Il avait pointé son pistolet sur la tête du garçon. Celui-ci tomba à genoux, les deux bras en l'air. Il ne semblait pas se rendre compte qu'il y avait une autre personne dans la voiture.

— Je vous en p-p-prie, hoqueta-t-il en pleurant sans retenue, si fort que cela me déchira le cœur. Je ne voulais pas. Je les ai suppliés. Il était… J'étais… Je veux dire, mon père m'a menacé d'une arme. Je ne pouvais pas dire non. Je ne pouvais pas. Vous savez comment sont les pères comme lui. Vous savez. Vous avez le même. Vous êtes un Brennan.

Il avala de grandes goulées d'air, sanglotant, son visage tellement tordu par l'angoisse qu'il était difficile de distinguer ses traits.

— Tu as merdé. C'est le moment de payer, asséna Sam.

— Non ! m'écriai-je.

Je bondis hors de la voiture, prête à tout pour sauver ce garçon.

Je m'élançai vers Sam sans réfléchir, essayant de le plaquer au sol. Mais il était bien plus grand et plus lourd que moi. J'eus l'impression de foncer dans un mur en béton la tête la première. L'impact m'envoya valser en arrière, mais Sam enroula son bras libre autour de ma taille pour me mettre derrière lui, comme si le garçon représentait une menace pour moi.

— Je t'en prie, Sam, s'il te plaît.

Je passai mes bras autour de son torse et je sentis ses muscles se crisper sous mes doigts à travers sa chemise. Un grognement à peine audible lui échappa. Je pris ça comme un signe.

— S'il te plaît, ce n'est qu'un garçon. Jeune et paumé. Comme tu l'étais. Si tu ne le fais pas pour toi, fais-le pour moi. Pour ce que j'ai fait pour tes hommes de main. Pour… pour… pour le bouillon de nouilles au poulet !

Je retins mon souffle, dans l'attente d'un autre rejet cinglant et de la douleur qui l'accompagnerait. À ma grande surprise, je sentis seulement un frisson me parcourir. J'eus la chair de poule. Sans savoir pourquoi, je sentis que ce moment était crucial pour nous deux, mais de deux manières complètement différentes.

— Tu as de la chance que je veuille éviter la prise de tête inévitable si je te fais sauter la cervelle devant elle.

Sam montra les dents, mais il baissa son arme.

Je poussai un soupir de soulagement, nauséeuse.

La gorge me brûlait. J'avais dû crier au meurtre dans la voiture pendant la course-poursuite.

— Mais je te renvoie chez toi avec un message et un souvenir. Le message est le suivant : dis à Vasily que j'aurai sa tête sur un plateau s'il essaie encore de s'approcher de moi. La dernière fois, je lui ai entaillé le visage. La prochaine fois, je le décapite.

L'adolescent hocha la tête, presque violemment.

— Et le s-s-souvenir ?

Il regarda Sam d'un œil, fermant l'autre paupière avec appréhension. Sam lui adressa un sourire en coin.

— C'est pour que tu te souviennes de moi. Un adieu. Un rappel. Un avertissement. Es-tu gaucher ou droitier ?

Le gamin n'essaya pas de supplier. Il pencha la tête avec obéissance.

— Droitier.

Sam tira, la balle écorchant le bras droit du jeune, déchiquetant son système nerveux.

— Voilà. Avec ça, tu ne pourras plus viser correctement de toute ta vie et tu choisiras un autre métier. Au cas où tu pensais finir le job de ton papa…

Sam ricana.

Une flaque de sang se forma autour du jeune homme, mais il ne tenta pas de compresser sa blessure avec sa main.

— Merci d'avoir épargné ma vie, monsieur.

Sam me hissa sur son épaule et me porta jusqu'à la voiture. Son sang coulait le long de son bras, contre ma cuisse, et je frémis d'un désir inattendu.

Je me sentais protégée et voulais le protéger, et ça, c'était franchement tordu.

— N'interviens jamais plus dans mes affaires, Aisling, et ne montre jamais, *jamais* ton visage quand nous croisons mes ennemis.

Il baissa mon pantalon et ma culotte sur mes cuisses, l'air frais de la nuit me mordant la peau. Puis il planta ses dents dans ma fesse, fort.

— Ce sont tes ennemis, pas les miens.

Je fis onduler mes hanches contre son épaule malgré moi – j'en voulais plus. Il ouvrit la portière passager, me jeta à l'intérieur et m'attacha, comme une enfant.

— Ils vont penser que tu es ma faiblesse.

Je croisai les bras.

— Ils auraient tort.

— Très malin, Einstein, répliqua-t-il. Mais personne ne m'a jamais vu avec une femme. Ils vont tirer des conclusions hâtives.

— C'est pour ça que tu refusais d'épouser Becca ? le défiai-je. Parce que tu voulais lui sauver la vie ?

— C'est qui, Becca ?

Il fit le tour de la voiture pour s'installer au volant puis mit le contact.

— Sérieusement ? dis-je en sentant un rire hystérique me monter dans la gorge. Becca est la femme avec qui tu es venu au gala de bienfaisance.

On quitta Back Bay et la ville. Les gratte-ciel de Boston disparurent, laissant place à la forêt. C'était logique que Sam souhaite faire profil bas ce soir, mais qu'est-ce que cela impliquait ? Où m'emmenait-il ? Allions-nous passer la nuit ensemble ?

— Je croyais qu'elle s'appelait Bella, dit-il.

— Eh non.

— Quoi qu'il en soit, oui, une des raisons pour lesquelles je ne me marierai jamais est que je ne veux pas voir mourir une femme innocente par ma faute.

— Sparrow n'est pas morte, fis-je remarquer.

— Troy ne faisait que régler des problèmes. Un mec bien faisant des trucs moches. Je suis un sous-chef de la mafia. Un vrai monstre. Je trempe dans toutes sortes de choses et j'ai assez de sang sur les mains pour remplir une piscine olympique.

— Où est-ce que tu m'emmènes ? demandai-je, lasse que Sam me rappelle sans cesse qu'il fuyait l'engagement.

Il ne voulait pas de compagne, pas de famille, pas d'enfants ; s'il m'avait protégée, m'avait sauvé la vie ce soir, c'était pour coller à sa nouvelle éthique et non parce qu'il nourrissait une quelconque affection pour moi.

Sam tapa un paquet de cigarettes contre sa cuisse pour en faire sortir une, qu'il coinça au coin de ses lèvres.

— Au cabanon de la famille Brennan. Cela te fera un sursis agréable loin de ta famille.

— Oui, dis-je en tournant la tête vers la fenêtre. Je me sens déjà bien plus détendue.

Avec un petit rire, Sam alluma sa cigarette, ignorant une fois encore mon aversion pour cette addiction malsaine.

— Tu m'as sauvé la vie ce soir, dis-je d'une voix rauque.

Je me préparai à la déception que je ressentirais lorsqu'il me rembarrerait. Je savais qu'il le ferait. Sam Brennan ne s'autorisait jamais à ressentir quoi que ce soit. Surtout pour les femmes.

Il garda les yeux rivés sur la route.

— Pourquoi ? demandai-je.

— Parce que tu es la fille de mon patron ?

— Tu n'en as rien à faire de mon père, dis-je.

— Certes. Mais je tiens à son argent. Je suis bien parti pour devenir l'un des hommes les plus riches de Boston. Te protéger est dans mon meilleur intérêt.

— Alors ça n'avait rien à voir avec moi, marmonnai-je.

Pourquoi est-ce que je m'infligeais ça ? *Pourquoi ?*

— Rien du tout, Nixe. Je ferais la même chose pour Hunter. Pour Cillian. Même pour ta cinglée de mère. Tu n'es qu'une cliente pour moi, ma belle. Avec qui je prends du plaisir de temps en temps.

Je ne prononçai pas un mot de plus de tout le trajet.

J'avais appris tout ce que je voulais savoir.

Sam était peut-être un bon sous-chef, mais c'était un agent immobilier de pacotille.

« Cabanon » était un euphémisme. C'était plutôt un ranch, comme celui que possédait mon frère Cillian. En plein milieu de la forêt.

L'endroit était si isolé qu'il n'y avait même pas d'allée pour la voiture. Sur les derniers kilomètres, la Porsche progressa péniblement sur le gravier et la neige fondue pour atteindre la porte d'entrée.

Sam sortit de la voiture et m'ouvrit la portière. Je le suivis à l'intérieur du chalet tandis qu'il allumait les lumières. Il alluma le chauffage et inspecta le salon et la cuisine ouverte pour s'assurer qu'il n'y avait pas eu d'effraction.

Il faisait un froid de canard. Je commençai par m'occuper de sa blessure au bras. Je retirai la balle et recousus la plaie. Puis j'enroulai mes bras autour de mon ventre, prenant conscience tout à coup que c'était le milieu de la nuit – il était 2 ou 3 heures du matin – et que je n'avais pris ni déjeuner, ni dîner, ni douche. La dernière chose que j'avais avalée était une barre de céréales Nature Valley pendant la matinée, et on sait qu'elles ont tendance à s'effriter et qu'on finit par n'en manger que trente pour cent. Mon estomac gargouilla, exigeant d'être nourri, indifférent à la mort certaine à laquelle je venais d'échapper.

— Je vais regarder ce qu'il y a dans le frigo, dit Sam, et j'eus une bouffée de chaleur en comprenant qu'il avait dû entendre mon ventre crier famine.

En l'occurrence, il n'y avait absolument rien dans le frigo.

Le chauffage mettait trop longtemps à démarrer, il était possible qu'il ne fonctionne plus – selon Sam, cela faisait des années que personne n'était venu ici –, donc en termes de séjour relaxant, je mettrais une seule étoile et un avis acerbe sur Yelp.

— Tu vas devoir te contenter d'une boîte de conserve, dit Sam. Haricots frits.

— Je ne sais pas préparer ça.

Sam se tourna vers moi. J'étais à l'autre bout de la pièce, les yeux baissés. J'avais honte de ma vie privilégiée.

— Tu ne sais pas réchauffer une boîte de haricots ?

— J'imagine qu'il faut les sortir de la boîte.

— Tu m'as fait du bouillon de poule, me rappela-t-il.

Je hochai la tête.

— C'est Mme B. qui m'a appris. C'est la seule chose que je sais cuisiner, parce que c'était la seule chose qu'elle arrivait à avaler quand elle était malade. Je ne sais même pas faire une omelette.

Sam ouvrit la boîte de conserve en grognant et renversa dans une casserole le bloc de haricots. C'était aussi appétissant que du purin frais et ça avait la même odeur. Malgré tout, je restai près de lui pendant qu'il préparait le repas, principalement pour profiter de la chaleur de la cuisinière. Je mangeai directement dans la casserole. C'était dégoûtant, mais je ne voulais pas me plaindre. Les boîtes de conserve avaient dû être un luxe pour lui avant que les Brennan l'adoptent officiellement. Je n'avais pas le droit de m'apitoyer sur mon sort. Ce devait être la première fois que je mangeais de la nourriture en boîte. D'habitude, je consommais des plats faits maison, préparés par notre chef à domicile, qui cuisinait des produits frais, avec des légumes et fruits de saison et des herbes.

Bien sûr, je n'en dis pas un mot à Sam. Déjà qu'il me traitait de princesse, inutile de lui donner davantage de munition.

Je mis la casserole dans l'évier pour la laver. Sam était assis à table, en face de moi, l'air amusé. Je crois que cela lui procurait une certaine joie de me voir accomplir des tâches domestiques. Jusqu'à ce soir, il ne se doutait pas que j'étais la bonne de ma mère. J'ouvris le robinet : l'eau était glaciale.

— Je crois qu'il faut se rendre à l'évidence : la chaudière ne marche vraiment pas.

— Toutes mes excuses. Il y a un Waldorf Astoria de l'autre côté de la rue, si tu veux, railla-t-il.

— Très drôle. Merci de m'avoir ramenée « à la maison », au fait. J'apprécie, dis-je avec sarcasme en essuyant la casserole avant de la remettre dans le placard.

Il y avait encore des haricots collés à l'intérieur. Disons que c'était ma petite revanche. Je me raccrochais à chaque petite victoire.

— Arrête de faire ta peste.

Sa voix avait pris un ton plus tranchant.

— Pourquoi ? C'est exactement ce que tu attends de moi. Avoue-le. Tu as une très mauvaise opinion de mes parents et de moi. Et même si je ne pense pas que tu détestes mes frères, tu es loin de les respecter.

Plutôt que de me répondre, Sam se leva, attrapa quelques plaids sur le canapé et se dirigea vers une des chambres d'un pas lourd.

— La chambre principale est la première porte sur la droite. N'essaie pas de venir me séduire au beau milieu de la nuit. Je t'ai évacuée de mon système quand je t'ai baisée, et je n'ai pas besoin de recommencer.

Je le regardai s'éloigner. Son culot me sciait. Il claqua la porte derrière lui, et je me demandai pourquoi il m'avait laissé la chambre parentale au lieu d'une chambre d'amis.

Parce que, ma chérie, même s'il fait comme s'il ne t'appréciait pas, je crois qu'il t'aime beaucoup.

C'était la première fois que Mme B. et moi n'étions pas d'accord.

Je secouai la tête et récupérai mon sac à main avant d'aller dans la chambre, où je me glissai sous les couvertures. Mais elles étaient glaciales et je ne parvins pas à me réchauffer.

Je me tournai et me retournai pendant une heure. Je fixai longuement le plafond à motifs, me demandant comment ils l'avaient décoré.

Le sommeil ne vint pas, même quand je tentai de le provoquer, quand je le *suppliai* de venir. L'adrénaline pulsait dans mes veines tel du poison alors que je repensais à la soirée.

L'incident avec la Bratva.

Sam qui me sauvait la vie.

Sa façon de me repousser avant même que je m'offre à lui, mais de me préparer à manger et de me laisser la grande chambre.

Était-il mon protecteur ou mon adversaire ?

J'en avais assez de devoir trier ses signaux contradictoires comme si c'étaient des bonbons d'Halloween, classant ce qu'il faisait par devoir, par rôle ou par goût.

Quelles que soient les raisons pour lesquelles il me traitait ainsi, j'avais l'intention de rester loin de lui désormais.

J'en avais marre de lui courir après. Même s'il m'avait traitée de manière glaciale chaque fois qu'il voulait coucher avec moi, il y avait toujours eu un courant électrique entre nous. J'étais celle qui était en demande, et il était le prix que je convoitais. Il s'en amusait, me malmenait et jouait avec moi dès qu'il avait quelques minutes à tuer mais immanquablement, au bout d'un certain temps, il finissait par ignorer mon existence.

Cela faisait dix ans que ce cycle se répétait, et il avait atteint son paroxysme au cours des dernières semaines.

Et j'étais sûre et certaine que je pourrais rester son joujou pendant encore dix ans si je le laissais faire.

Mais je n'étais plus une ado. J'avais des aspirations. Des rêves. Des objectifs.

Il était temps de couper les ponts. Pas seulement avec Sam, mais avec tous ceux qui partaient du principe que je satisferais systématiquement tous leurs besoins et tous leurs caprices.

Une heure après m'être couchée, j'entendis la porte de la chambre s'ouvrir en craquant. Je roulai sur le matelas pour me tourner vers la porte.

Sam se tenait sur le palier. Il était encore en costume et avait les cheveux en bataille, comme s'il y avait passé sa main un millier de fois.

— D'accord. Je te baise une dernière fois.

Je roulai sur le dos en soupirant, puis je murmurai au plafond :

— Roméo, oh Roméo, pourquoi es-tu Roméo ?

Il ricana et entra dans la chambre, prenant mon sarcasme pour une invitation.

Et pourquoi l'interpréterait-il autrement ? Jamais je ne lui avais refusé quoi que ce soit. Ni quand il avait prévu de coucher avec une autre le soir où je m'étais pointée chez lui. Ni au gala de charité auquel il avait amené une fille qui me ressemblait étrangement.

Et avec qui il avait aussi eu l'intention de coucher.

— Ce sera la dernière fois, Fitzpatrick. Des adieux. Ce n'est pas pour rien que tes frères me paient plus cher pour ne pas m'approcher de toi. Tu en as eu un aperçu ce soir. Je ferais de ta vie un enfer, et un enfer bien court, qui plus est.

— Flash info, Sam : c'est déjà ce que tu fais.

Il s'approcha encore mais resta assez loin pour que je me rende compte qu'en dépit de tout ce qui le caractérisait – qui il était, ce qu'il faisait, son inhumanité générale – il attendait une invitation explicite. Il ne voulait pas me sauter dessus. Il voulait que je saute avec lui de mon plein gré, avec ardeur et passion.

On ne bougea ni l'un ni l'autre.

Je ne l'invitai pas dans mon lit.

Il ne quitta pas la pièce.

À l'image de la tempête de neige qui faisait rage à l'extérieur, mes pensées tourbillonnaient dans ma tête, et je plantai mes talons dans le matelas, refusant de céder à l'envie de sentir son corps sur le mien, sa peau contre la mienne, son souffle doux et chaud courir sur ma chair. Sa chaleur était irrésistible à plus d'un titre.

— Alors ? lança-t-il avec impatience. Je vais rester planté là longtemps ?

Sans prévenir, je repoussai les couvertures et sortis de la chambre en trombe, lui passant devant sans m'arrêter. Il pivota, l'air perplexe, et me suivit dans le salon.

Je me précipitai dans l'entrée, enfilai mes baskets et fis mes lacets.

— Qu'est-ce que tu fous ? grogna-t-il.

— J'en ai marre, Sam. Marre de toi. Marre de nous. Marre de jouer au chat et à la souris. Je ne peux supporter ces sautes d'humeur que jusqu'à un certain point avant que ça devienne répétitif et toxique. Tu me veux ? Il va falloir que tu m'attrapes. Je vais courir, et tu vas devoir me rattraper. Sinon, tu loupes ta chance. Qu'est-ce que tu en dis ?

Il me dévisagea comme si j'étais folle.

Il n'aurait pas tort : il faisait nuit, nous étions au beau milieu de la forêt, en pleine tempête de neige, sans réseau, sans chauffage, sans rien à manger.

Je pris mon téléphone et glissai mes bras dans les manches

rembourrées de mon manteau. Sam resta planté là, immobile, les yeux braqués sur moi.

— Tu ne vas pas errer dans les bois, dit-il sèchement.

— Tu ne peux pas me dire ce que je dois faire, Brennan. Tu es mon *domestique*, lâchai-je.

Il me faisait souffrir, et je voulais lui rendre la pareille.

C'était une excuse que je me donnais, en tout cas, mais je ne me sentais pas mieux pour autant.

Ce devait être épuisant d'être lui. De toujours guetter les faiblesses des autres pour appuyer là où ça faisait mal, et de ne jamais s'autoriser à se dévoiler.

Le mot « domestique » sembla le faire réagir. Il me sauta dessus si vite que ses mouvements m'apparurent flous. Il me plaqua au sol, dos au parquet, ses deux bras m'encadrant la tête, son corps tout contre le mien. Je tentai de lui donner un coup dans l'entrejambe, mais il l'évita sans mal.

— Je ne crois pas, Nixe. Tu ne peux pas me traiter de domestique et t'en sortir impunément.

J'écarquillai les yeux mais fus surprise de ne ressentir aucune peur. Je savais qu'il ne me ferait pas de mal. Pas physiquement, du moins. Après tout, il l'avait dit lui-même – son royaume était en jeu. Son destin était lié à celui de ma famille. Il en avait toujours été ainsi.

Cela m'épatait que j'aie pu croire un jour qu'il tiendrait tête à mon père et à mes frères. Qu'il insisterait pour être avec moi. Il avait beau détester ma famille, il avait besoin d'elle. Pour acquérir plus d'argent, plus de pouvoir. Nous étions sa porte d'entrée vers le gratin de Boston, et il refusait qu'elle lui claque au nez à cause de moi.

Si les hommes de ma famille le payaient pour qu'il ne me touche pas et qu'ils découvraient ce qu'il faisait en secret, cela sonnerait le glas de leur relation professionnelle.

Et Sam et Cillian seraient capables de s'entretuer.

Je me tortillai, essayant de le repousser.

— Tu ne peux pas me faire plus de mal que tu m'en as déjà fait, espèce d'idiot. Je ne pourrais jamais te blesser comme tu m'as blessée, malheureusement, mais je peux au moins arrêter de t'aimer.

— N'en sois pas si sûre.

Il porta la main à sa ranger et en sortit une petite dague. Il enroula mes doigts autour du manche, puis dirigea ma main vers sa gorge.

— Tu veux me faire mal ? Vas-y. Tu dois savoir où se trouve la carotide, doc.

Je fis glisser la lame contre son cou, jusqu'à l'artère palpitante qui m'appelait, d'un bleu pâle sous sa peau mate si lisse. J'avais les mains qui tremblaient et les dents qui claquaient.

Il planta ses yeux dans les miens.

— Maintenant, sois un monstre digne de ce nom et tue-moi, Nixe.

J'essayai d'enfoncer la lame dans sa peau, de la percer, de l'entailler, de faire ne serait-ce qu'une coupure superficielle, mais j'en étais incapable. Je me mordis la lèvre, en lutte, haletante, me forçant à y arriver, à le faire saigner.

Je tremblais de tout mon corps.

L'arme tomba au sol dans un bruit sourd.

— Je ne peux pas ! hurlai-je. Je ne peux pas te faire de mal, même si je te déteste. Et je te déteste. Parce que je t'aime. Je t'aime et tu me traites comme de la merde. Qu'est-ce que tu veux que je te dise ? Que je suis jalouse de tes rêves parce qu'ils t'accaparent, la nuit ? Eh bien, je le suis. Je ne peux pas respirer, manger, ou cligner des yeux sans penser à toi, Sam Brennan. Tu as conquis chaque centimètre carré de mon être avant même de me toucher. Et depuis que tu m'as touchée, c'est encore pire. Bien pire. Je t'ai toujours aimé, Monstre, mais plus j'apprends à te connaître, plus j'aimerais ne pas t'aimer.

Le dire à voix haute, ouvertement, me donna l'impression de

muer, de perdre une peau morte. Même si je savais que je me mettais dans une position de faiblesse, j'étais heureuse de le faire.

Si ma confession touchait quelque chose en lui, Sam n'en montra rien.

Au lieu de cela, il m'immobilisa les deux bras d'une seule main tout en baissant son pantalon, avant de m'écarter les jambes et de baisser le mien.

— Me violer ? C'est la seule chose que tu ne m'as pas encore faite, lui crachai-je au visage, furieuse.

L'avoir était une torture car cela me rappelait qu'il ne m'appartiendrait jamais.

Il suspendit son mouvement.

— Tu crois que je vais te violer ?

Il plissa les yeux, l'air moqueur.

— Tu le feras, si tu me pénètres, dis-je d'une voix égale, parce que je ne veux pas que tu me touches.

— Alors c'était quoi cette déclaration d'amour, là, putain ?

— C'était une confession, pas une invitation, gros débile. Je ne te fais pas confiance. Je ne sais pas ce que tu veux de moi. Je ne sais même pas quel rôle tu joues dans ma vie. Mon père est je ne sais où. Ma mère est une junkie suicidaire. Mes frères m'ont laissé tout ce merdier sur les bras. Et ma seule certitude est que l'homme que j'aime depuis plus de dix ans ne m'aime pas en retour mais qu'il veut bien jouer avec moi dès que ça l'amuse. J'en ai assez. (Je secouai la tête.) Lâche-moi. Je ne veux plus de tout ça.

On se défia du regard. Il savait que cette fois-ci serait différente de toutes les autres. Parce que les autres fois, j'avais essayé de prendre les choses à la légère, de le taquiner tout en m'approchant peu à peu de lui.

Mais là, je voulais partir.

— Tu es sérieuse, dit-il d'une voix rauque.

Je hochai la tête.

Il se redressa, me libérant, et je reculai vers le mur à la hâte, avant de remonter mon pantalon.

La vérité de ma déclaration me frappa de plein fouet.

C'était fini. Je ne me plierais plus à ses jeux. Je ne lui donnerais plus ce qu'il voulait, quand il le voulait. Je ne prierais plus pour qu'il se réveille un jour et se rende compte qu'il tenait à moi autant que je tenais à lui.

Il se leva et me regarda, l'air renfrogné, comme si je venais de le gifler. Peut-être avait-il cette impression. Je doutais qu'un homme comme Sam ait l'habitude d'entendre le mot « non ».

— C'est fini ? demanda-t-il, la mine grave.

Le ton glacial de sa voix me fit frissonner.

— Oui, répondis-je en relaçant mes chaussures en vitesse. Laisse-moi tranquille. Ne te pointe plus à ma clinique et n'essaie plus de m'embrasser quand on se voit aux réunions de famille.

— Pourquoi ? Parce que je ne *t'aime* pas en retour ?

Il laissa le mot « aime » dégouliner de sa bouche comme si c'était une insulte. Je m'humectai les lèvres. L'aurore pointait dehors, au-delà des pins, et la pièce commençait à se teinter de roses pâles et de bleus. Les ombres jouaient sur son visage, le rendant encore plus beau.

— Non. Je peux encaisser que tu ne m'aimes pas en retour. Mais je n'accepte pas l'indifférence, l'humiliation et l'instabilité. Je ne suis pas ton jouet. Ni la petite ado qui t'a regardé avec des étoiles dans les yeux à la fête foraine. Cette époque est révolue. Je mérite respect et considération, et tu sais quoi ? J'ai changé d'avis.

Je fronçai les sourcils, puis éclatai de rire. Un rire rauque, perçant, et cela m'était égal de passer pour une folle.

— Je ne veux plus coucher avec toi parce que tu ne m'aimes pas en retour. Est-ce mal ? Immature ? Antiféministe ? Je veux de l'amour. Je veux la totale. Donc si tu ne comptes pas me le donner, je te suggère de me foutre la paix, sinon je dis à ma famille que tu as plongé ta main dans le pot de miel, que tu as goûté à la sucrerie interdite et que tu es revenu te servir plusieurs fois.

— Je t'ai dit que je ne me rangerais jamais.

— Alors cela veut dire que tu dois me laisser partir.

Il hocha la tête une fois, puis il se dirigea vers la porte et l'ouvrit. Un air frais pénétra dans la maison, me mordant la peau.

— L'amour n'est pas un prix que je suis prêt à payer pour baiser, aussi étroite et aristocratique soit la chatte. Au revoir, Aisling.

Il me laissait partir.

Peut-être étais-je galvanisée par mon propre discours, ou peut-être que l'adrénaline pulsait encore dans mon sang ; quoi qu'il en soit, je pris mon courage à deux mains, me levai, attrapai mon sac à main et m'enfuis.

Il ne se lança pas à ma poursuite. Je savais qu'il ne le ferait pas.

Les hommes comme Sam ne le font jamais.

Je suivis les traces de pneus de la Porsche pour sortir de la forêt, agrippant mon téléphone de toutes mes forces. Je glissai plusieurs fois, j'avais les mains et les genoux trempés de neige fondue. Quand j'atteignis enfin la route, j'appelai un Uber puis continuai d'avancer. L'espoir stupide et désespéré que Sam vienne me trouver s'amenuisait à chacun de mes pas.

Je ne sentais plus mes orteils, j'avais les mains gelées. Je couvais manifestement quelque chose.

J'avais joué avec le monstre sous mon lit, et il avait laissé les traces de sa colère sur ma peau.

C'était ma faute.

Mais cela ne voulait pas dire que je devais continuer à le supporter.

C'était comme si mon amour pour lui avait fini par s'éteindre après avoir longtemps vacillé. Un amour qui avait commencé sous la forme d'un brasier solaire quand j'avais dix-sept ans – immense, chaud et impossible à étouffer. Mais le temps passant, le comportement de Sam l'avait douché, jusqu'à ce qu'il s'éteigne.

Je me glissai à l'arrière du véhicule Uber en songeant à cette soirée à la fête foraine.

Au message griffonné sur la porte des toilettes.

Peut-être ne m'était-il pas destiné.

Peut-être était-il destiné à quelqu'un qui connaîtrait une fin heureuse.

12

Sam

Quelques jours après qu'Aisling avait fui le chalet dans les bois, Troy entra dans mon bureau l'air de rien, jetant un journal devant moi.

— Échec et mat.

J'étais devant des feuilles de calcul Excel, essayant de me concentrer sur une tâche simple : trouver un moyen d'aider un client à blanchir ses millions. D'habitude, j'y arrivais les yeux fermés, les mains attachées, et la bite occupée. Transférer les sommes d'ici à là. Augmenter les dépenses. Falsifier des relevés bancaires. Brouiller la piste de l'argent était une forme d'art que j'avais perfectionnée très jeune. Cela faisait de moi la coqueluche de certains milieux d'affaires. Pour se faire une place dans le cœur d'un homme riche, rien de mieux que de l'aider à entuber le fisc.

Ces derniers jours, cependant, je planais tellement que j'avais peur de m'envoler. Mes pensées étaient en boucle, enrayées sur une seule et même chose.

J'avais sauvé Aisling.

J'avais mis ma vie en péril pour la mettre hors de danger.

Et qu'avait fait cette garce ? Elle m'avait repoussé.

Je jetai un coup d'œil au journal que Troy avait jeté sur mon bureau. Le gros titre en encre noire bon marché bavait.

Gaulé ! La maîtresse de Gerald Fitzpatrick sort un livre-révélation explosif !

Le témoignage de Barbara McAllister pourrait changer la donne pour Royal Pipelines. L'action en Bourse de l'entreprise a drastiquement chuté depuis hier.

Cela n'adoucit pas mon humeur de chien, même si je savais que, selon toute probabilité, Gerald était à deux doigts de se jeter par la fenêtre du gratte-ciel dans lequel il se terrait.

Troy se laissa tomber dans le fauteuil en face de moi, se mettant à l'aise, un cure-dents entre les lèvres.

— C'est le moment de le mettre K-O vite fait bien fait, Sam. Je ne vais pas rester là les bras croisés à te regarder détruire une famille juste parce que ça te fait bander de saigner Gerald. N'oublie pas que le mariage et le bonheur de ta sœur sont aussi en jeu. Tu pousses ce complexe de Dieu un peu trop loin.

Je lâchai mon stylo et m'adossai à mon fauteuil.

— Mon don divin de dispenser la douleur n'a rien de compliqué. Je ne fais que donner à Gerald ce qu'il mérite. Il…

— Oui, je sais, dit Troy en levant la main pour me couper la parole. Il a tué ton frère. Il a forcé ta mère à t'abandonner. Personne n'a proposé de l'adouber. Mais bordel, tu es là, vivant et en pleine forme, au grand dam de la Bratva. Ce qui veut dire que les dommages que Gerald t'a infligés n'ont pas eu raison de toi. Alors pourquoi tu n'en finis pas, pourquoi tu ne lui donnes pas le coup de grâce pour dire que vous êtes quittes une bonne fois pour toutes et passer à autre chose ?

Parce que cela me forcerait à affronter mon autre *problème Fitzpatrick.*

Le problème lancinant que j'essaie d'oublier depuis des semaines.

Sa fille.

Aisling se tenait à distance depuis qu'elle avait fui le chalet au beau milieu de la nuit comme un personnage secondaire débile de film d'horreur, celui qui se fait tuer en premier, dix minutes après le début du film.

Je savais qu'elle avait survécu à notre petite confrontation parce que j'étais passé devant sa clinique le lendemain après-midi, juste pour m'assurer qu'elle n'avait pas été découpée à la hache par un tueur dans les bois.

Sa Prius était garée devant la porte. Elle était sauve, si ce n'était saine.

Et elle en avait fini avec moi.

— Je veux qu'il avoue, insistai-je.

— Et je veux baiser ma femme dix heures par jour. Devine quoi ? On n'obtiendra ni l'un ni l'autre ce qu'on veut, rétorqua Troy. Qu'est-ce qui te fait croire que Gerald va venir te voir de son plein gré pour te dire qu'il a baisé ta mère puis qu'il t'a baisé, toi ?

Troy se leva, crachant son cure-dents sur le sol.

— Grandis un peu, Sam. Ton histoire ne tient pas debout et franchement, plus le temps passe, plus je me dis qu'il y a autre chose derrière tout ça. Tu n'en as jamais rien eu à foutre de Cat et, certes, elle t'a abandonné, mais elle a essayé de te contacter et tu l'as rabrouée sans ciller. Ce n'est pas la première fois que tu te fais avoir par un client. Tu es un pragmatique. Tu acceptes les choses sans sourciller. Tu montres là un aspect de ta personnalité que je ne connais pas et que je n'ai pas envie de découvrir. Émotif, bordélique, et surtout défaillant, stratégiquement. Tu risques de faire de graves erreurs si tu ne fais pas attention. Je le vois. Joue franc jeu avec Gerald, ou laisse tomber. C'est le dernier tour que tu lui joues. Ta sœur est mariée à son fils et, maintenant que Hunter et Cillian s'occupent de leur mère et prêtent davantage attention à la famille, ils vont être sur ta piste en un rien de temps. Compris ?

— Tu as fini ? demandai-je, me tenant parfaitement immobile dans mon fauteuil, réprimant tout sentiment que pouvait m'inspirer la colère foudroyante de Troy.

C'était une première. Nous nous étions déjà disputés, bien sûr, mais au bout du compte, nous étions toujours sur la même longueur d'onde. Pas cette fois-ci.

— Si c'est le cas, tu sais où est la porte. Je suis désolé que l'élève ait dépassé le maître, mais parfois c'est comme ça, mon vieux.

Il me dévisagea avec incrédulité. Malgré moi, je sentis mon ventre s'agiter et se retourner, comme s'il se pliait à la façon d'un origami, en tout petit carré.

Il m'offrit un grognement pour seule réponse et partit, laissant derrière lui le léger parfum de son eau de Cologne et une sacrée une de journal.

Je me reconcentrai sur le tableau Excel, remarquant un déplacement professionnel aux Maldives dont je pourrais profiter pour gonfler les dépenses au maximum. Un trou facile de huit cent mille dollars dans le budget pour se débarrasser du fisc.

Je fis les modifications nécessaires.

Gerald paierait pour ce qu'il avait fait.

Même si cela devait me coûter ma relation avec mon père adoptif.

Après avoir travaillé jusqu'au petit matin, je repassai par les salles de jeux pour voir si nous faisions de bons bénéfices, avant de fermer mon bureau.

La nuit virait du noir au bleu quand je finis par regagner ma Porsche (fraîchement réparée). Je déverrouillai les portières et posai ma main sur la poignée quand le canon froid d'un pistolet se planta entre mes omoplates.

La voix qui s'éleva était facilement reconnaissable.

Je l'aurais reconnue n'importe où. Cela faisait dix ans que je l'écoutais pleurnicher.

— Gaulé, p'tit.

Gerald.

— Monte dans la bagnole. Tout doux. Je vais prendre le siège passager, indiqua-t-il, sa voix et l'arme frémissant sous le coup de l'adrénaline et de la peur.

J'agitai les mains dans tous les sens avec un sourire en coin.

— Savez-vous seulement vous servir d'une arme, Gerry ?

— Ne m'appelle pas Gerry, dit-il en enfonçant le canon dans ma peau. Je m'appelle Gerald. Tu es la seule personne à m'appeler Gerry, et je déteste ça. Je te laissais faire seulement parce que je pensais que c'était une marque d'affection.

— Vous aviez tort, dis-je, impassible.

— Sans déconner. Monte. Tout de suite. Pas d'entourloupe ou je te tue, Brennan. Tu m'as tout pris. Ma famille, mon entreprise, ma fierté.

Je demeurai impassible. Primo, parce que je savais qu'il n'avait pas les couilles de tirer, et secundo, parce que même s'il tirait, ce qui était peu probable, il manquerait sa cible. Il n'avait pas la main ferme, et je n'avais besoin que d'une toute petite erreur pour arracher le flingue de ses doigts moites.

Tertio, et c'était le plus important, cela ne me faisait ni chaud ni froid de mourir. Je n'avais jamais trop aimé la vie, de toute façon. J'appréciais peu de choses, et l'une était la fille de Gerald qui ne voulait plus entendre parler de moi. C'était ma faute, bien sûr, parce que je l'avais repoussée, certain que jamais sa famille ne la laisserait s'afficher en société avec un domestique.

— Posez le flingue, Gerald. Je nous conduis à votre appartement, mais pas parce que vous me menacez avec une arme. Je peux vous la prendre des mains les yeux fermés et les bras attachés dans le dos. Je viens de mon plein gré pour écouter ce que vous avez à dire et découvrir ce que vous savez, dis-je d'un ton enjoué.

Il était grand temps d'avoir une conversation sérieuse avec lui.

— C-c-conneries ! balbutia-t-il. Tu feras ce que je dis parce que je…

Cela ne m'intéressait pas de le laisser finir cette phrase. Je me tournai brusquement, donnant un coup de coude dans le pistolet, qui s'envola dans les airs avant de glisser sur la route. Gerald poussa un cri de surprise et se mit à quatre pattes pour rattraper le flingue. J'étais plus grand, plus fin, et plus rapide. Je m'avançai tranquillement vers lui tandis qu'il se penchait pour récupérer l'arme et lui marchai sur la main – brisant quelques petits os au passage, sans doute – au moment où ses doigts s'enroulaient sur la crosse.

— Vous ne savez vraiment pas obéir aux ordres, vous, les connards de riches.

— Tu feras ce que je te dis, bordel ! pesta-t-il en se tortillant dans tous les sens.

Je l'attrapai par le col de sa chemise et le traînai jusqu'à ma voiture alors qu'il se débattait et jurait. J'empochai le pistolet après avoir vérifié s'il était armé (surprise : il ne l'était pas). Je jetai Gerald dans la voiture et claquai la portière avant de m'installer au volant et de démarrer.

— On va où ? grommelai-je.

— Au penthouse. Celui où Hunter et Sailor vivaient avant d'emménager dans leur maison.

Je hochai la tête. Il tremblait comme une feuille. Incroyable. J'avais fait vivre un enfer à sa fille, et elle s'était toujours débattue bec et ongles. Mais ce type ne pouvait pas rester assis tranquillement sans avoir envie de se pisser dessus. Je ne savais pas d'où Aisling tirait sa force, mais elle ne lui venait pas de ses parents.

Une fois à destination, Gerald poussa la porte et commença sa diarrhée verbale, et je mis mon index en travers de mes lèvres avant de faire le tour du salon pour vérifier s'il y avait des micros. Pour autant que je sache, ce n'était pas le cas. Je m'assis à la table de salle à manger en lui adressant un sourire sardonique.

— Vous pouvez reprendre votre crise de nerfs maintenant, Gerry.

Gerald se dressa de toute sa hauteur, l'air fier, essayant de paraître plus courageux qu'il ne l'était. Il faisait moins pitoyable qu'avant, physiquement, mais je savais que derrière cette façade se cachait un homme qui méritait une mort lente et douloureuse.

— Tu t'es fait choper, Sam Brennan. Je t'ai tendu un piège, et tu es tombé dedans, fanfaronna-t-il, toujours debout, pour une raison qui m'échappait.

— Vous l'avez déjà dit, dis-je en bâillant. Vous voulez bien développer ?

Gerald se pencha en avant, posant ses mains sur la table.

— Quand tu m'as demandé de te donner une liste de toutes les femmes avec qui j'ai couché, je me suis méfié. Ça me semblait exagéré. Et quand le temps a passé et que tu tardais à régler mon problème, j'ai eu encore plus de soupçons. Tu n'avais jamais échoué dans aucune des missions que je t'avais confiées, et soudain tu n'avais pas la moindre piste. Je ne comprenais pas pourquoi tu me laissais me noyer. Et puis il y a eu l'empoisonnement. Et les boutons de manchette…

— Bon sang, Gerry, j'étais là quand tout cela est arrivé. Venez-en au fait. J'ai pas que ça à foutre.

Je regardai autour de moi, me demandant s'il avait du café.

Il se redressa.

— C'est Aisling qui m'a forcé. Elle a dit à sa mère et moi ce que nous devions faire, pour être sûrs.

— Vous a forcé à *quoi* ? demandai-je, perdant patience.

Entendre son nom me donna la nausée. C'était scandaleux. Je ne pouvais pas avoir la nausée. Je n'étais pas une putain de demoiselle en détresse.

— À poser un micro. Un mouchard. Un piège. Vois-tu, Aisling a dit que le seul moyen de te duper était de te battre à ton propre jeu. Ensemble, nous avons trouvé une femme de mon passé – Barbara McAllister, en l'occurrence – et nous lui avons demandé de nous aider. Nous savions que, si tu la contactais, cela voulait dire que tu en avais après moi et pas après ceux qui me voulaient du mal.

Je le dévisageai, interdit.

Aisling m'avait manipulé.

Et avec succès.

Elle était amoureuse de moi, certes, mais pas au point d'être aveuglée par mes actes.

Plus encore qu'envers ses sentiments pour moi, elle était loyale envers sa famille et, bordel, elle me manqua encore plus à cause de cela.

— Le journal…, commençai-je.

Gerald secoua la tête et alla chercher sur la table basse ce qui ressemblait au journal du jour, qu'il me jeta. Je le pris entre mes mains et lus le gros titre.

Possible licenciement de Clayborn après les élections : que prévoit Keaton pour la Maison-Blanche ?

Enfoiré.

— Le titre était un faux.

Je laissai les mots rouler sur ma langue et je détestai le goût qu'ils avaient.

Gerald se laissa tomber à côté de moi en se frottant le visage avec lassitude, puis il tendit la main vers le whisky au centre de la table et nous servit deux verres. Je sortis un paquet de cigarettes et en allumai une, me mettant à l'aise. Ça allait durer un moment, ces conneries.

Il poussa un verre dans ma direction, les doigts encore tremblants, et répondit :

— Tout à fait. Je n'ai pas cru Aisling quand elle a avancé que tu étais certainement un agent double, alors j'ai voulu te rendre visite au Badlands. Chaque fois, j'ai fait demi-tour, manquant de cran. Mais chaque fois, j'ai remarqué ce même journal roulé devant l'entrée, alors je me suis dit que c'était ton média de prédilection. Falsifier la une n'a pas été trop compliqué.

Puis Troy l'avait ramassé à l'entrée de service en venant me voir et me l'avait montré.

Bordel, Nixe, t'es sacrément futée.

— Barbara McAllister est une amie de la fac. Elle n'est pas du tout celle que tu croyais. Elle a joué la comédie pour m'aider. Sa sœur habite dans un quartier pourri. J'ai ajouté son nom sur le bail, sachant que tu la trouverais, que tu verrais dans quelle soi-disant misère elle vivait et que tu ferais pression sur elle parce que c'était une proie facile, poursuivit Gerald. Aisling a dit que si je te donnais des informations qui ne correspondaient pas à ce que tu découvrirais, cela t'alerterait et tu mordrais à l'hameçon. Elle avait raison.

— C'est Ash qui a décidé de faire tout ça, ou vous ?

C'était visiblement une opération élaborée, et Gerald n'était bon qu'à gérer l'entreprise que son père lui avait léguée. Et encore, il avait fait les choses à moitié. Cillian était un bien meilleur P-DG que lui-même l'avait jamais été, et je savais qu'il nourrissait du ressentiment envers son fils en secret.

— C'est Aisling, bénie soit-elle. C'est bien ma fille, celle-là. Subtile et rusée. Tellement intelligente.

Et tellement canon.

Mais je doutais qu'il apprécie cette opinion.

Gerald sirota son whisky, se détendant visiblement.

— Aisling savait que tu remarquerais tout de suite le code postal de Barbara. On voulait être sûrs que tu l'approcherais, alors on a fait en sorte que son adresse mène à un parc de caravanes. Tu as mordu à l'hameçon. Quand tu as appelé Barbara, Aisling et moi l'avions préparée en amont, lui dictant ce qu'elle devait dire, comment elle devait se comporter. On ne pouvait pas prendre le risque de faire sauter sa couverture. Elle a fait du bon boulot, non ? Et à la fin de la journée, tu appelais déjà des maisons d'édition et des agents pour la mettre en relation avec des personnes susceptibles d'être intéressées par son histoire sur le scabreux Gerald Fitzpatrick. Le nouveau Jeffrey Epstein, c'est ça ? Le magnat tombé en disgrâce parce qu'il en voulait trop.

Ils avaient vu juste, impossible de le nier. J'avais fait le jeu d'Ash et, même quand nous nous étions vus, même quand j'avais été en elle, quand elle avait crié mon nom, quand elle m'avait dit qu'elle m'aimait, quand elle s'était offerte à moi sur un plateau, elle complotait contre moi.

Elle avait essayé de déterrer la vérité.

Elle avait activement participé à notre petite partie d'échecs mentale.

— Nous avons reçu trois offres de trois maisons d'édition différentes, dis-je sèchement.

Je voulais comprendre comment ils avaient réussi à mener à bien la dernière partie de leur plan. C'était ce qui rendait la une du journal logique. Barbara m'avait informé qu'elle avait accepté une des offres. Qu'elle allait écrire le livre. L'idée était de pousser

Gerald à me supplier d'intervenir. J'aurais à mon tour son aveu, je bousculerais un peu Barbara, la paierais pour qu'elle la boucle, et tout serait annulé.

Puis, selon ce que me raconterait Gerald sur ce qui s'était passé entre Cat et lui, je comptais le faire saigner. Pas beaucoup. Juste assez pour satisfaire ma nature carnivore.

— Tu n'as reçu d'offre de personne, répondit Gerald en secouant la tête. Tes appels aux éditeurs ont tous atterri sur le téléphone d'Emmabelle Penrose.

Je sentis la colère laisser place au dégoût. Je m'étais fait avoir non seulement par Ash, mais aussi par cette Barbie sans cervelle.

Comme s'il lisait dans mes pensées, Gerald hocha la tête.

— Aisling avait peur que tu reconnaisses sa voix. Elle a fait rediriger tes appels sur le téléphone d'Emmabelle chaque fois que tu faisais une demande. Et une fois que le soi-disant contrat entre Barbara et la maison d'édition a été signé, tu étais hors circuit. Tu as seulement vu le contrat. Tu n'as pas parlé aux gens à qui Barbara a dit avoir parlé.

C'était vrai. Dès que Barbara McAllister avait été mise en relation avec un soi-disant agent littéraire – Emmabelle, certainement – je m'étais effacé et j'avais géré mes propres affaires, certain que tout allait se dérouler sans accroc.

— Comment Ash a-t-elle redirigé les appels sur le téléphone de Belle ? demandai-je, curieux.

Tout semblait trop parfait pour qu'ils n'aient pas eu d'aide.

Gerald m'adressa un sourire qui me noua les entrailles.

Non.

— Si, répondit Gerald, et je pris conscience que j'avais prononcé le mot à voix haute. Elle a demandé à l'homme qui sait comment être Sam Brennan mieux que Sam Brennan – Troy Brennan.

Pour la première fois depuis longtemps, je n'avais rien à dire.

Rien d'autre que : « Putain où est Aisling ? » Pourquoi n'était-ce pas elle qui me faisait face ? La réponse était évidente. Elle ne voulait plus entendre parler de moi. Chaque fois que nous étions seuls, je trouvais un moyen de la mettre dans mon lit avant de la repousser et de dire que cela n'arriverait plus jamais.

Pathétique, putain.

Et je ne parlais pas d'elle.

— Si cela peut te rassurer, ton père adoptif ne se doutait pas que tout cela te concernait. Jamais il ne te trahirait de la sorte. Aisling lui a dit qu'elle avait besoin que certains numéros soient redirigés sur celui de Belle, arguant que quelqu'un essayait de s'en prendre au club de Belle – le Madame Mayhem, dont elle est propriétaire – et d'écrire un bouquin pour dénoncer ses responsables et ses activités, expliqua Gerald en prenant une autre gorgée généreuse de whisky.

Je tirai sur ma cigarette. Je n'avais pas touché à mon verre.

À travers les rideaux, les tons orange et roses du lever de soleil hivernal coloraient le ciel. Je tapotai ma cigarette contre le coin de ma bouche, pensif.

— C'était béton, finis-je par dire.

— Oui, dit Gerald. Aisling a fait tout le travail préparatoire. Quand Troy a demandé pourquoi elle ne te demandait pas à toi de gérer les maisons d'édition, elle a expliqué que, puisqu'elle en pinçait pour toi, elle voulait limiter vos échanges au minimum.

Elle s'était même servie de ses faiblesses à son avantage.

— Nos échanges sont fréquents, dis-je durement, puérilement, accablé par le besoin de l'entuber en retour. Si on peut appeler ça comme ça. Alors, où est cette Barbara maintenant ?

Je savais où elle serait bientôt.

Six pieds sous terre.

Non, je ne le pensais pas. Je ne tuerais pas Barbara. Certes, elle le méritait pour m'avoir dupé. Mais il était évident qu'Aisling Fitzpatrick me pourchasserait sans relâche, sachant que j'avais un sacré mobile. Les poules n'avaient pas de dents, mais j'avais enfin trouvé quelqu'un qui me tenait pour responsable de mes actes.

Ce n'était ni la police, ni le shérif, ni le FBI, ni le maire, même s'ils avaient tous essayé.

C'était une petite Irlandaise insolente aux yeux bleus comme des campanules qui voulait me donner tout ce qu'elle avait, jusqu'à ce que je lui fasse clairement comprendre que je n'en valais pas la peine.

— C'est une très bonne question.

Gerald sourit, l'air suffisant et tellement tête à claques que je fus surpris qu'il ne s'en prenne pas une.

Il frappa dans ses mains et, tout à coup, Barbara apparut dans le couloir. Elle n'avait plus rien d'une stripteaseuse au rabais. Les cheveux coiffés en arrière, elle portait un costume Prada en velours noir et un sac à main Chanel.

Non, elle n'avait certainement pas besoin de coupons alimentaires ou de paquets de cigarettes entamés.

Elle m'adressa un sourire confus avec un petit hochement de tête.

— Je voulais être présente pour vous dire en personne que j'étais désolée. Je ne voulais pas vous compliquer la vie, monsieur Brennan, mais Gerald est un vieil ami et, quand il m'a dit qu'il avait des ennuis, je ne pouvais tout simplement pas lui tourner le dos. Vous devez comprendre.

Non, je ne comprenais pas.

Parce que je n'avais pas de vrais amis. Seulement des connaissances avec qui je faisais affaire et sociabilisais – pour m'assurer qu'ils ne feraient pas foirer nos affaires mutuelles.

— Bien joué, madame.

Elle sourit et fila après avoir dit au revoir, nous laissant, Gerald et moi, face à face. Je pris une autre cigarette, attendant qu'il me pose la question qui lui brûlait les lèvres.

Il posa ses coudes sur ses genoux, l'air brisé, flétri, faible, mais encore furieux, quelque part, et demanda calmement :

— Maintenant, à toi de me dire… pourquoi ? Pourquoi m'as-tu fait subir tout ça ? Pourquoi m'avoir pris tout ce qui me tenait à cœur ? Qu'ai-je bien pu te faire, Brennan ? Jusqu'à il y a deux mois, j'aurais dit que tu étais l'un de mes associés les plus proches. *Sincèrement.*

Sincèrement mon cul. S'il avait été si ouvert avec moi, il ne m'aurait pas interdit de proposer un café à sa fille.

Même si ce n'était pas ce que je voulais.

Même si ça n'avait rien à voir avec ces conneries.

— J'ai trouvé les lettres, dis-je en mettant ma cendre dans le cendrier posé sur la table. Les lettres de Catalina. En novembre. La vieille chouette a enfin claqué, et sa voisine m'a invité à trier ses merdes pour voir s'il y avait des affaires de valeur. Spoiler : il n'y en avait pas. Mais elle avait gardé les lettres qu'elle vous avait écrites. Que vous lui avez renvoyées. Et vos photos ensemble…

Je pris une profonde inspiration.

— *Et* le test de grossesse. Je sais tout ce que vous lui avez fait, et à moi. Je sais que vous l'avez forcée à m'abandonner. Que vous avez tué l'enfant qu'elle portait. Mon frère. Je sais tout. *Tout. Tout.*

Je le répétai, pour qu'il comprenne que j'étais sérieux.

Gerald me dévisagea longuement. Quand il finit par ouvrir la bouche, aucun mot n'en sortit.

Mais un rire.

Un gloussement, même.

Il s'en donna à cœur joie, se tapant la cuisse en s'efforçant de reprendre son souffle, essuyant une larme au coin de son œil en secouant la tête.

— Tu as cru à ces conneries ? haleta-t-il. Sérieusement, fiston ?

— Il y avait des photos, Gerald. Des tonnes de photos. De vous et Cat, ensemble. Au passage, vous feriez mieux de perdre l'habitude de documenter toutes les fois où vous vous envoyez en l'air avec une autre femme que la vôtre.

Les photos étaient authentiques. Elles étaient réelles. Et compromettantes. Je savais reconnaître une image retouchée, et elles ne l'étaient pas.

Alors pourquoi me sentais-je si bête dans l'immédiat ?

— Oui, j'ai bel et bien eu une liaison avec Cat, je ne vais pas le nier. Bon sang, Sam, tu n'étais qu'un enfant, à peine en âge de te torcher tout seul. Je ne te connaissais pas. Et Cat était une femme magnifique, dans la fleur de l'âge. Et puis, elle avait besoin d'argent, et je la payais pour sa… hum… compagnie.

Il détourna le regard en se frottant l'arrière de la tête.

Il n'y avait pas de manière polie de faire remarquer à quelqu'un que sa mère était une pute. Je ne pouvais pas le lui reprocher. Il soupira, avant de poursuivre :

— J'ai eu une liaison avec elle, oui, mais tout le reste était inventé de toutes pièces. Catalina n'a jamais été enceinte de moi, et je n'ai jamais levé la main sur elle. Je n'ai pas causé de fausse couche. Quand on a commencé à se fréquenter, elle m'a dit qu'elle s'était fait ligaturer les trompes. Je lui ai demandé de me montrer une certification médicale – je savais que Jane m'arracherait la tête si je mettais une de mes maîtresses enceinte –, et Cat me l'a montrée le jour même. Et j'ai revérifié directement auprès de son gynéco.

— Alors qu'est-ce que c'était que ce test de grossesse, putain ?

— J'imagine qu'elle l'a pris à une de ses amies. Catalina avait beaucoup d'amies dans… hum… dans sa filière. Des femmes entretenues qui couchaient avec des hommes riches. Nous subvenions à leurs besoins, mais leur motivation principale était de tomber enceinte de nous, bien sûr. Pour se lier à nous à vie.

Je n'avais pas pris cela en considération.

— Alors vous voulez dire qu'elle n'a jamais été enceinte de vous ? demandai-je lentement, m'efforçant de garder mon sang-froid.

Il finit son verre de whisky d'un trait.

— Tout à fait.

— C'est bien beau, mais je me rappelle nettement avoir vu Cat rentrer un soir au moment de la fausse couche présumée, désorientée et couverte de bleus. Je me rappelle l'avoir vue se glisser dans son lit et s'y rouler en boule, en pleurs. Je me rappelle qu'elle a été emmenée en urgence à l'hôpital. Comment expliquez-vous ça ?

Gerald me considéra de ses yeux globuleux, noirs d'encre, ses lèvres se tordant de dégoût.

— Est-ce que le nom de Donnie te dit quelque chose ?

Je secouai la tête lentement.

— Grand, musclé, du genre mannequin pour sous-vêtements. C'était le petit ami de Cat à l'époque. Le type qu'elle baisait sans laisser de facture sur la table de chevet en partant. Un mec canon, certes, mais il n'a jamais accepté sa profession. Il la brutalisait de temps en temps, quand il sentait sur elle l'homme qu'elle avait vu avant de le retrouver. En l'occurrence, l'homme qu'elle avait vu avant lui ce soir-là, c'était moi. Je le sais, parce que j'ai retrouvé ta mère aux urgences et que j'ai payé son hospitalisation. Je lui ai dit de porter plainte. Elle ne voulait pas. J'ai encore le reçu de l'hôpital, et je peux te montrer que, de toutes les blessures listées, aucune ne concerne son utérus ou ses organes génitaux.

Soudain, j'eus une affreuse migraine. Parce que, au fond de ma mémoire brumeuse, je me souvenais de Donnie. Un grand gigolo blond. Je me rappelais que je le surnommais Monsieur Patate dans ma tête parce qu'il avait le QI d'une capote usagée. C'était lui qui m'avait donné ma première cigarette.

— Eh, sale gosse, apporte-moi le paquet de Marlboro, tu veux ?

J'obéis, surtout parce que j'étais trop distrait pour lui dire d'aller se faire voir.

— *Tiens, petit, prends-en une. Je vais te montrer comment on fait.*

— *Je ne fume pas.*

— *Oh ! tu vas t'y mettre, mon pote. Avec ta vie de merde, ce n'est qu'une question de temps.*

— Expliquez-moi les lettres.

Je me tournai vers Gerald, la gorge nouée par la douleur cuisante de savoir que je m'étais fait avoir. Pas par Aisling, qui avait au moins l'avantage d'être intelligente et maligne, mais par Cat, à qui je n'aurais pas même confié un Snickers.

Les pièces du puzzle s'assemblaient enfin.

— C'est simple, Sam.

Gerald se servit un autre whisky, l'air plus détendu qu'il ne l'était depuis des semaines. Je savais qu'il me disait la vérité, et cela me tuait.

— Quelque temps après s'être fait tabasser par Donnie, Cat s'est rendu compte que sa profession était trop dangereuse. Elle m'a demandé de l'argent. Beaucoup d'argent. En échange de son silence. J'ai refusé, et c'est là que le chantage a commencé. Chacune de ses lettres faisait partie d'une tentative d'extorsion. Elle a menacé de dévoiler notre liaison, de répandre des mensonges odieux, de faire en sorte que Jane soit au courant de notre relation charnelle. Elle voulait quitter la ville, mais elle n'a jamais voulu partir avec toi, Sam. Tu ne rentrais pas dans ses plans. Ça ne l'a jamais effleurée. À un moment donné, j'ai pris conscience qu'elle ne valait pas le savon que Jane allait me passer. J'étais prêt à lui donner de l'argent. Je n'arrêtais pas de lui demander comment elle pouvait t'abandonner. J'ai essayé de la convaincre de t'emmener avec elle – les enfants ont besoin de leur mère. Je te jure, Sam, elle ne voulait pas. J'ai fini par lui donner ses cent cinquante mille dollars pour qu'elle se taise et me laisse tranquille. Je me souviens du jour où elle est partie. Elle était si heureuse, et tu sais quoi, fiston ? Moi aussi. Elle m'avait tout coûté. Je ne vais pas te mentir, Sam, j'étais soulagé de la voir partir. Cela aurait dû être un jour heureux pour toi aussi.

J'arrachai le papier enveloppant mon paquet de cigarette. J'avais l'impression d'être redevenu un ado.

— Vous ne m'avez jamais parlé de votre histoire avec ma mère, dis-je froidement.

— Non. Pas parce que je lui avais fait une crasse, mais parce que je ne voulais pas que tu penses que je te voyais comme le rejeton de cette profiteuse. Je ne voulais pas que cela ternisse notre relation professionnelle. Et puis, je ne t'ai jamais considéré comme le fils de Cat. Tu es un vrai Brennan. Et Brennan, c'est le meilleur nom qu'on puisse porter à Boston, après Fitzpatrick. Tu as eu une enfance heureuse une fois qu'elle t'a abandonnée. Tu ne devrais pas penser à elle. Pas une seule seconde.

— Ce n'est pas à elle que je pense, sifflai-je. Je pense au fait que *vous* m'avez berné.

— Je ne te connaissais pas, insista Gerald. Tu n'étais qu'un gamin. Pourtant, je me sentais responsable de toi, quelque part. Après le départ de Cat, je me suis renseigné sur toi. J'ai découvert que Sparrow t'avais envoyé dans cette école Montessori huppée. Je demandais à mon chauffeur de passer devant de temps en temps pour essayer de t'apercevoir pendant la récréation. Parfois, je te voyais. Tu étais assis au centre d'un cercle, et tous les garçons t'admiraient, captivés. Tu es devenu fort, important, et imbattable. J'étais satisfait de la tournure des événements. Content de ma décision d'avoir donné ce qu'elle voulait à cette garce pour qu'elle t'abandonne. Tu t'en es bien tiré.

— Si bien que, plus tard, vous m'avez engagé comme domestique.

— Non, comme homme de confiance, rétorqua Gérald. En tant qu'homme d'affaires avisé dont je voulais l'expertise et que j'étais prêt à payer une coquette somme. Je dois reconnaître que je n'ai pas été surpris de te trouver à ma porte. J'ai monté le plan entre Sailor et Hunter[1] avec Troy ; j'avais toujours eu pour projet de consolider nos liens avec les Brennan. Vous étiez une famille trop importante à Boston pour que je n'essaie pas de m'associer à vous d'une manière ou d'une autre. Mais je t'ai engagé parce que tu es le meilleur dans ce que tu fais, point barre.

Le silence retomba. Je savais qu'il y avait encore des choses à dire, sans savoir lesquelles. Je croyais Gerald, et cela aurait dû suffire. Ces informations auraient dû m'apporter du soulagement ou de la satisfaction.

Gerald poursuivit avec prudence, faisant tourner son whisky dans son verre.

— Mais j'ai la sensation que cela n'a pas grand-chose à voir avec Catalina et moi. Tu cherchais une raison de faire de moi ton ennemi. Sinon, tu serais venu me voir directement quand tu as découvert ces lettres. Que se passe-t-il, Sam ?

Il venait de mettre le doigt sur le problème.

J'avais créé tout ce bordel.

Troy avait raison.

Je l'avais voulu, j'en avais eu besoin, je l'avais fabriqué le lendemain du soir où j'avais couché avec Aisling pour me distraire de la dure réalité.

Aisling ne pouvait pas m'appartenir.

Elle était trop innocente, trop précieuse, trop noble pour un homme comme moi.

Je ne pouvais pas l'avoir, et pas seulement parce que sa famille me payait pour ça – je me contrefichais de cet argent. Mais aussi parce que je ne pouvais pas lui donner ce qu'elle voulait. La monogamie,

1 Voir *The Hunter*, de L.J. Shen, premier tome des « Boston Belles ».

un mariage, une famille, des enfants. Et surtout, je savais qu'être avec elle mettrait sa vie en danger.

Elle met déjà sa vie en danger. Avec son travail. Elle pourrait finir en taule demain, ce qui veut dire que tu as joué les Christ sauveur pour rien.

La vérité me frappa de plein fouet.

Je voulais Aisling Fitzpatrick.

Il n'y avait plus de diversions possibles.

Plus d'excuses.

Plus de raisons de me tenir éloigné.

Surtout maintenant que Gerald et moi nous tenions mutuellement à la gorge.

Il était temps de marchander.

— Vous m'avez privé de ma mère, Gerald, et je vous ai privé de votre santé mentale pendant des semaines. Je pense qu'il est grand temps de passer un marché.

Je me rassis contre mon dossier, le transperçant d'un regard.

— Ne retourne pas la situation contre moi, Brennan. Tu as été pris la main dans le sac, à te mêler de mes affaires et à détruire mes relations avec mes proches. Je sais que Jane et moi avons beaucoup de problèmes à résoudre, notre mariage est loin d'être parfait, mais je tiens à ma femme. Je l'aime à ma façon, et ton incursion dans nos affaires privées ne me plaît pas du tout.

— La vérité, c'est que j'ai des dossiers sur vous, Gerry, et je compte bien m'en servir si je n'obtiens pas ce que je veux. Les lettres sont authentiques. Le test de grossesse est réel. Toutes ces choses auxquelles vous avez échappé avec Cat sont aujourd'hui en ma possession. Et comparée à moi, ma mère biologique est un vrai chaton.

Il soupira et se frotta le visage avec lassitude.

— Que veux-tu ?

— Votre fille, répondis-je simplement.

Il éclata de rire. Un rire métallique et éraillé, cette fois-ci. Son corps tout entier rejetait cette idée. Comme une greffe ratée.

— Tu n'auras plus aucune chance avec ma fille après ce que tu nous as fait. C'est la trahison ultime. Elle tient profondément à sa mère, et à ses yeux tu es responsable de la destruction de sa famille. D'ailleurs, je la retrouve pour le petit déjeuner dans… (Il tourna le poignet pour consulter sa Rolex.) … environ deux heures pour lui parler de cette petite conversation. Je ne peux pas te donner ce qui ne m'appartient pas.

— Je m'occupe de la partie persuasion, dis-je sèchement. Donnez-lui simplement votre bénédiction.

— Ma *bénédiction* ? lança-t-il en écarquillant les yeux. Tu as voulu me gâcher la vie !

— Vous avez d'abord gâché la mienne, dis-je avec un geste impatient, avant de me lever en prenant mes affaires.

— Je te paie un sacré bonus pour que tu ne touches pas à Aisling !

Il se leva d'un bond en pointant son doigt sur moi.

Je haussai les épaules.

— Ne vous en faites pas pour mon compte en banque. Je survivrai.

— Ce n'est pas pour ton compte en banque que je m'en fais. Mais pour ma fille.

Il marqua une pause, et une lueur intéressée passa sur son visage.

— On parle de quel genre de compte, d'ailleurs ?

— Un compte à neuf chiffres. Votre fille ne manquera de rien.

— Tu ne l'approcheras pas ! s'écria-t-il. Aisling est belle, intelligente, délicate, et bien élevée. Elle…

— Est aussi célibataire parce qu'elle désire le seul homme qui lui est interdit, le coupai-je en le bousculant pour aller à la salle de bains, où je sortis son pistolet de ma poche et effaçai mes empreintes avec une serviette. Vous ne vous rendez pas service en vous mêlant de sa vie amoureuse. Elle sait ce qu'elle veut.

— Et toi ? demanda-t-il en me regardant dans le miroir. Sais-tu ce que tu veux ?

Oui.

Je voulais Aisling.

Je le regardai droit dans les yeux dans notre reflet.

— Vous allez lui dire qu'elle a votre bénédiction pour sortir avec moi. Pour être avec moi. Pour *m'épouser*, dis-je. Compris ?

Il semblait prêt à me frapper. Cela me surprit et m'enchanta de savoir que Gerald tenait autant à sa fille.

— Elle est la chair de ma chair, siffla-t-il.

— Évitez de me le rappeler, dis-je en feignant un haut-le-cœur. Écoutez, je n'ai pas besoin de votre argent sale. Je vais lui faire la cour, lui témoigner mes sentiments et la toucher – notamment d'une manière à laquelle vous ne voulez pas penser –, et j'aimerais le faire au grand jour. Elle mérite des dîners, des restaurants, des voyages. Des choses que je ne peux pas lui offrir en secret. Soit vous acceptez, soit je vous écrase. À vous de voir.

— J'ai des conditions, moi aussi.

Je posai son arme à côté du lavabo avant de me retourner, croisant les bras sur ma poitrine.

— Je vous écoute.

— Je vais bientôt rentrer à Avebury Court Manor pour rapporter à Jane et Aisling tout ce dont nous avons parlé. Tous les faits. Tu ne nieras pas ce qui s'est passé. Tu vas assumer d'avoir saboté nos vies. De m'avoir empoisonné. D'avoir publié ces affreuses photos.

Cela me semblait honnête.

— Tu vas aussi me rendre mes boutons de manchette. Mon héritage de famille.

Je hochai la tête.

— C'est tout ?

— Non. Une dernière chose. Si tu lui fais du mal…

Il ne finit pas la phrase, secouant la tête pour se débarrasser des images ignobles qui lui venaient en tête.

— Je ne ferai pas de mal à votre fille.

— Je regrette déjà ce marché.

Je sortis de la salle de bains, puis de l'appartement.

Il n'y avait plus qu'un seul petit problème à régler.

Faire en sorte qu'Aisling cesse de me haïr.

13

Aisling

— Tu crois qu'il va bien ? Doit-on appeler la police ?

Ma mère déchiqueta son croissant en minuscules morceaux sur son assiette à fleurs, lacérant la pauvre viennoiserie.

— Est-ce que ça va, ma coiffure ?

J'étais assise en face d'elle à table. Je fixais mon porridge d'un regard noir, comme s'il m'avait fait du tort. Je ne voulais pas qu'*Athair* affronte Sam tout seul, mais il avait insisté, et puisqu'il était la victime principale de son plan pervers – que j'avais suivi de près sans en parler à personne – j'avais fini par céder.

Et puis, que pouvais-je dire de plus à Sam ?

Je lui avais avoué mon amour, lui avais donné mon corps, lui avait offert mon âme, l'avais poursuivi encore et encore.

Il fallait que je me cramponne au peu de fierté qui me restait et que je passe à autre chose.

— Papa ira bien, dis-je sans grande conviction en prenant une gorgée de mon jus d'orange fraîchement pressé, plein de pulpe. Et tu es très bien coiffée.

— Et s'il le tuait ? s'exclama maman en se frappant la poitrine du plat de la main. Ne te méprends pas, j'apprécie tout ce que tu as fait pour nous, mais peut-être que c'était à la police de gérer la situation.

— Samuel Brennan aurait massacré papa s'il s'était pointé à son club avec des policiers, et nous le savons toutes les deux.

Ma mère tripota nerveusement son collier Swarovski en poussant une sorte de gémissement. Soudain, la porte derrière moi s'ouvrit à la volée. Je n'eus pas besoin de me retourner pour savoir qui c'était ; mon père entra, d'un pas lourd et hésitant. C'était la première fois qu'il voyait ma mère depuis des semaines.

Après avoir eu l'idée de piéger Sam grâce à Barbara et mis notre plan en exécution, j'avais réussi à pousser mes parents à se parler au téléphone, mais pas à se voir en personne. Ils se méfiaient encore l'un de l'autre, bien que j'aie clairement établi que Sam était le seul à blâmer dans cette histoire.

— Bonjour, Jane.

Mon père s'arrêta pour observer ma mère.

Ils avaient tous les deux perdu tant de poids et de vitalité qu'ils étaient presque devenus les fantômes d'eux-mêmes.

Cela me frappa alors. Que l'amour était comme une femme au bal masqué. Il pouvait revêtir beaucoup de visages. Mes parents se trompaient l'un l'autre. Ils se mentaient, se poignardaient dans le dos, ils n'arrivaient pas à communiquer. Pourtant, ils ne supportaient pas d'être l'un sans l'autre.

Ils s'aimaient à leur façon, et peut-être l'amour n'était-il pas une chose merveilleuse, après tout. La vie ne l'était pas toujours non plus.

Mère se leva. Ils se dévisagèrent, aucun ne voulant dire un mot pour ruiner ce moment précieux, fragile.

— Tu as l'air en forme, finit par dire papa.

— Menteur, dit Mère en rougissant, pressant sa main contre sa joue. Je suis affreuse. Et toi aussi.

— Et je me sens affreusement mal. Tu es allée à l'hôpital.

— En effet.

— Tu m'as manqué, dit-il.

Elle désigna la table chargée de viennoiseries, de porridge et de fruits frais.

— Veux-tu te joindre à nous pour le petit déjeuner ?

— Avec plaisir.

Il s'installa à sa place habituelle, empilant des viennoiseries dans une assiette.

Je ne lui demandai pas comment s'était passée sa confrontation avec Sam. Son appétit me dit tout ce que j'avais besoin de savoir. Mes pires craintes à propos de mon monstre personnel s'étaient révélées vraies.

Il avait failli détruire ma famille. *Failli*, parce que j'avais refusé de le laisser faire.

Mais il en avait eu l'intention.

Je pris une autre gorgée de jus d'orange, scrutant mon père.

Il finit par tourner la tête vers moi et posa son couteau à beurre plein de confiture sur le bord de son assiette.

— Tu avais raison, Aisling. C'était lui. Les boutons de manchette. Le poison. Les photos. Barbara, bien entendu.

J'avais si mal au cœur que j'eus l'impression qu'il me l'avait arraché de la poitrine, brisant quelques côtes au passage.

Pourquoi, Sam, pourquoi ?

— Pourquoi ? demanda timidement ma mère, faisant écho à mes pensées.

Papa se tourna vers elle.

— Je te le dirai bientôt, ma douce, quand Aisling sera partie travailler. Je te dirai la vérité. Rien que la vérité. Je le jure. Mais d'abord, je veux te dire quelque chose, ajouta papa en se tournant de nouveau vers moi.

Je souris, faisant de mon mieux pour paraître calme, attendant la suite.

— J'ai eu tort de vous forcer à vous tenir à distance l'un de l'autre, Sam et toi. Je pensais te rendre service. Pour être honnête, je le pense encore. Tes frères et moi savions que tu avais un faible pour lui depuis toujours, et nous voulions quelqu'un de mieux pour toi. Tu mérites le meilleur. Mais si ce que tu veux n'est pas le meilleur, si ton cœur désire Sam…

Il prit une profonde respiration, comme s'il s'apprêtait à arracher un pansement d'un coup sec.

— Tu as ma permission d'être avec lui, ma puce. Je ne t'en empêcherai pas, et je ne paierai plus Sam pour qu'il ne s'approche pas de toi. Tu es libre de faire ce que tu veux. Et franchement, ce n'est que justice, puisque tu es visiblement la plus intelligente de la famille.

J'attendis de ressentir toutes les émotions que je pensais associer à ce discours.

Soulagement, bonheur, joie.

Mais je ne sentis sur ma langue que le goût amer de l'ironie.

Parce que cette bénédiction arrivait trop tard.

Sam ne serait jamais à moi. Il l'avait parfaitement fait comprendre. Même s'il était ouvert à une quelconque relation, il ne m'offrirait pas son amour, et je ne renoncerais pas à ce que j'avais demandé – c'était tout ou rien.

Et puis, quelle femme serait assez idiote pour se mettre avec un homme qui avait tenté de détruire sa famille ?

Je me levai et m'excusai pour accorder à mes parents le tête-à-tête dont ils avaient besoin.

— C'est très gentil de ta part, *Athair*, et j'apprécie que tu reconnaisses tes erreurs, mais je crains que cela n'ait plus d'importance. Je n'approcherai pas Sam, mort ou vivant. Passez une bonne journée, conclus-je en faisant une révérence, comme Mme B. me l'avait appris.

Puis j'attrapai mon manteau et me jetai dans le froid glacial de l'hiver.

Dans les bras solitaires du chagrin d'amour.

Ce soir-là, quand je rentrai chez moi, Sailor, Belle et Persy m'attendaient dans ma chambre. Elles portaient des pyjamas de Noël, et la pièce empestait à cause de tous les plats à emporter étalés sur le lit.

Merde. Noël était dans quelques jours à peine. Comment avais-je pu l'oublier ?

Comme nous n'avions pas prévu de nous voir, ces retrouvailles spontanées me surprirent. Mais après une longue journée de travail, je ne pouvais pas leur en vouloir de me fournir cette distraction bien méritée.

— Salut ?

Je posai mon sac à dos et les regardai toutes les trois, blotties sur mon lit comme des enfants, en train de regarder *La vie est belle* en se goinfrant de pop-corn couvert de sirop d'érable.

— Salut ! On t'a apporté du vietnamien, dit Persy.

Elle joua du tambour sur les boîtes en carton avec des baguettes.

— Et de la bonne humeur, ajouta Sailor en agitant une bouteille de gin.

J'éclatai de rire.

— Et des sous-entendus cochons, murmura Belle, la bouche pleine de pop-corn. Mais d'abord, va prendre une douche et rejoins-nous pour cette célébration pré-Noël. Que ces pouffes n'aient pas enchaîné leurs maris aux berceaux des mioches pour rien.

Elle me lança un pyjama assorti aux leurs, portant une inscription rouge sur fond vert : « 69 % gentille ».

Je filai à la salle de bains pour prendre une douche rapide et brûlante. Quand je sortis, elles étaient en train d'installer toute la nourriture comme pour un pique-nique, assiettes et couverts compris. Belle ouvrit une bouteille de champagne, laissant celle de gin de côté. Je fronçai les sourcils.

— On fête quelque chose ? Tu as enfin vendu le Madame Mayhem ?

Récemment, Belle avait parlé de vendre sa boîte de nuit – qui n'avait rien à voir avec celle de Sam – pour faire un tour du monde introspectif. Voyager. Voir le monde. Goûter à tout. Elle allait toujours à contre-courant, faisait toujours les choses à sa façon, de manière indépendante. Elle secoua la tête.

— Cela n'a rien à voir avec moi.

— Que se passe-t-il ?

J'observai mes amies. J'avais l'impression d'être tombée dans une embuscade et, après la matinée que j'avais passée – après avoir abandonné une bonne fois pour toutes mon rêve d'être avec Sam –, je n'étais pas d'humeur à ce qu'on me fasse la leçon.

Belle soupira, jetant sa chevelure blonde par-dessus son épaule.

— J'aurais dû être plus observatrice, voilà ce qu'il se passe. Je suis désolée. Cette semaine, ça a enfin fait tilt. Le soir d'Halloween, au Badlands, quand je t'ai laissée seule. Puis Sam qui demande ton numéro à Sailor. À Thanksgiving quand vous avez disparu tous les deux à peu près au même moment…

— Écoute, Aisling, on est au courant, dit Sailor d'un air solennel.

Nous n'avions pas vraiment disparu en même temps. Sam m'avait suivie sans que je le sache. Je clignai des yeux, m'attendant au pire. Que savaient-elles exactement ? J'avais toujours pris garde à cacher ce qui se passait avec Sam. Je savais qu'il était impossible que notre relation se concrétise, et je ne voulais pas avoir l'air pathétique. Pas plus que d'habitude, en tout cas.

— Tu as une liaison avec lui, dit Sailor. Avec mon frère. Sam. Le mafieux. L'homme le plus impitoyable de Boston. J'aurais dû le savoir. Il a toujours refusé de parler de toi, mais récemment il devient susceptible dès qu'on prononce ton prénom.

Susceptible ? J'eus envie de rire. Certainement pas. Il n'en avait rien à faire de moi. Il me l'avait clairement fait comprendre.

— Non, répondis-je, soulagée qu'elles n'en sachent pas davantage. Je n'ai pas de liaison avec Sam Brennan.

— Assieds-toi, dit Persy en tapotant la moquette à côté d'elle. Et ce n'est pas la peine de nous mentir. Ce n'est rien. Dieu sait que j'ai couru après Cillian au début de notre relation, dit-elle avec un soupir mélancolique.

— Ce n'est pas la même chose fit remarquer Belle. Cillian t'a harcelée puis t'a forcée à l'épouser. La graine de l'envie était déjà plantée. Tu l'as aidée à s'épanouir, mais il était consentant tout du long. On ne va pas prendre des gants, Ash, ajouta-t-elle à mon intention en me servant une assiette de nouilles. On s'inquiète pour toi. Sam Brennan est du genre indomptable.

— On a quelque chose à te dire, dit Sailor en se mordant la lèvre, les yeux baissés sur son assiette.

Je me laissai tomber sur le sol à côté de Persy, mes yeux passant de l'une à l'autre. Mon ventre se nouait de plus en plus, comme pour me préparer à ce qui s'annonçait.

— On aurait peut-être dû te le dire il y a longtemps, ajouta Persy.

Oh ! merde. Je ne supporterais pas d'autres mauvaises nouvelles ou révélations aujourd'hui. J'avais déjà la gorge serrée, prête à dégobiller.

— Qu'y a-t-il ? demandai-je.

Sailor s'éclaircit la gorge.

— Le soir où on t'a rencontrée, tu te rappelles qu'on a fait le pacte de se marier uniquement par amour ? Pas pour l'argent, le pouvoir, la célébrité ou parce que c'était la solution de facilité. Nous n'avons que quatre-vingts ans environ à passer sur cette terre, et ce serait idiot de les passer avec quelqu'un qui ne serait pas phénoménal. Comme c'était ton idée, on s'est dit que ce ne serait pas juste de te persuader de renoncer à Sam. Après tout, tu suivais ton cœur. Mais… on a discuté, Ash. Et on pense toutes que ce pari n'était pas mûrement réfléchi. Parfois… eh bien, parfois, il vaut mieux laisser tomber.

Sailor grignota nerveusement son brocoli.

Je fis de mon mieux pour ne pas éclater de rire. Elles avaient eu de longues conversations sur mon obsession pour Sam. Dans mon dos. Je savais déjà que Sailor, Emmabelle et Perséphone formaient un groupe, et que je n'étais qu'une pièce rapportée. L'épilogue en bonus d'une histoire déjà terminée. Elles s'étaient rencontrées à l'école primaire, et j'avais rejoint leur gang quand j'avais dix-sept ans. À ce stade, elles étaient meilleures amies depuis longtemps et avaient passé tous les grands caps ensemble : premières règles, premier baiser, premier mec, premier chagrin d'amour. Emmabelle et Perséphone étaient sœurs. Et Sailor ? Sailor était presque la jumelle de Persy.

Elles ne m'avaient pas parlé du pacte parce qu'elles ne m'incluaient pas vraiment dedans.

— Et j'aime Sam de tout mon cœur, poursuivit Sailor. C'est mon grand frère, le garçon qui chassait les monstres quand j'étais petite avant d'en devenir un lui-même. Mais jamais je ne pourrai me regarder en face si je ne te dis pas ça. Sam est incapable d'aimer, Ash. Et je crois qu'il est temps pour toi de tourner la page. Tu ne peux pas te marier par amour si tu l'épouses, parce qu'il n'est pas du genre aimant.

— Sans compter que Sam ne veut pas se marier. Il n'arrête pas de le répéter. Il s'en vante, même, renchérit Persy avec ardeur.

Je savais que cela partait d'une bonne intention, mais je n'avais pas besoin d'entendre ces remarques dans l'immédiat.

— Je n'ai pas de liaison avec lui, répétai-je mollement malgré la colère qui montait en moi.

Elles me traitaient avec condescendance. Une fois de plus.

— Ma belle, je ne dis pas que tu ne peux pas coucher avec lui quelques soirs de plus, pour l'oublier, dit Emmabelle en passant ses bras autour de mes épaules pour me serrer contre elle, faisant vaciller mon assiette, dont le contenu se renversa en partie sur le sol. Mais il ne peut pas être l'homme de ta vie. Tu es une romantique, comme Persy.

— Oui. Préserve ton cœur, dit Sailor avec un sourire gêné. Parce que l'amour…

— Je sais, lâchai-je en repoussant Belle. L'amour n'est pas une chose que ton frère peut m'offrir. Tu l'as déjà dit. J'imagine que cela ne changera rien si je vous répète pour la troisième fois que je ne couche pas avec lui ?

Techniquement, je ne couchais pas avec lui. Je l'avais fait par le passé, mais j'y avais mis un terme quand j'étais arrivée à la même conclusion qu'elles – dix ans après avoir lui avoir donné mon cœur dans un train fantôme.

Belle me lança un regard compatissant.

— Oh ! ma chérie.

C'en était trop.

Je craquai.

Je me redressai d'un bond, envoyant valser mon assiette.

— Que je comprenne bien. Vous avez préparé toute cette intervention parce que vous pensiez que j'avais une liaison avec Sam et que je ne pouvais pas le gérer ?

J'avais la mâchoire crispée par la colère.

Sailor grimaça.

— Je ne dirais pas que tu ne peux pas le gérer…

Je me pinçai l'arête du nez et me forçai à prendre une profonde inspiration.

Inspire. Expire. Très bien.

Non. Cela ne fonctionnait pas.

— Bien, parlons de votre herbe si verte, si vous voulez bien. À commencer par toi, Sailor la toute-puissante, première d'entre nous à se marier. Puis-je te rappeler que ta relation est née quand tu étais la *baby-sitter* de Hunter ? Parce que c'est la vérité. Tu étais chargée de le cadrer parce qu'il ne fallait pas laisser sa bite sans surveillance plus de cinq minutes. J'ai rencontré des nouveau-nés avec plus de retenue que les parties de Hunter avant qu'il te rencontre ; il était loin d'être le mari parfait. Cela ne t'a pas empêchée de précipiter vos fiançailles. Et toi, dis-je en me tournant vers Persy, qui se recroquevilla sur elle-même.

Elle était la moins critique de mes amies, mais elle était loin d'être blanche comme neige.

— Tu as été littéralement *achetée* par mon frère, comme du bétail. Non, correction, il se renseigne bien plus quand il achète une tête de bétail. Il t'a traitée comme une moins que rien pendant des mois. Tu l'as dompté comme on dompte un cheval sauvage. En le mettant à l'épreuve. Tu devrais savoir mieux que personne que les juments les plus têtues font les meilleures montures une fois apprivoisées. Et bien sûr, il y a toi, Belle…

Je me tournai vers elle avec un sourire innocent. Entre toutes nos amies, Belle et moi formions la paire la plus improbable, mais aussi la plus proche. Sans doute parce que nous étions les deux seules célibataires.

— Tu n'es même pas capable d'épeler le mot « couple », et encore moins d'en former un qui marche. Tu as une peur bleue de l'amour, pour je ne sais quelle raison, et tu n'as jamais ouvert ton cœur à personne depuis que je te connais. Qui êtes-vous pour me dire où va ma relation – ou ma non-relation ? Vous savez parfaitement que des débuts chaotiques ne garantissent pas nécessairement un voyage affreux. En réalité, les chemins offrant les plus beaux paysages sont ceux qui font passer dans la boue.

Quand j'eus fini, je haletais et transpirais sous le pyjama en flanelle. J'avais perdu tout appétit, et même la séance de visionnage de film de Noël ne me faisait plus envie.

— J'aimerais que vous partiez maintenant, dis-je, les bras croisés. S'il vous plaît.

Persy fut la première à réagir. Elle se leva et lissa son pyjama, ses yeux remplis de larmes.

— Tu as raison, souffla-t-elle. Nous ne savons pas ce qu'il se passe entre Sam et toi. Dans notre volonté de te protéger, nous t'avons maltraitée, rabaissée.

Elle regarda autour d'elle pour trouver du soutien auprès de Sailor et Belle, qui hochèrent la tête, se levant à leur tour.

— Transformer les mauvais garçons semble être la spécialité de notre petite bande.

Sailor eut un sourire en coin, et à cet instant, même si elle ne partageait pas son ADN avec lui, elle me rappela Sam. Mêmes mimiques et même sourire en coin.

— Je ne sais même pas pourquoi on s'est inquiétées pour toi.

— Et tu as raison, punaise, pesta Belle en levant les yeux au ciel. Nous avons toutes nos casseroles. Nos peurs. Les choses qui font de nous ce que nous sommes aujourd'hui. Et puis quoi, si tu es la femme d'un seul homme ? Au moins, cet homme sait porter un caban, il est immense, et plus riche que Crésus.

— On recommence, dit timidement Sailor. Sans juger cette fois. Ash, voudrais-tu passer la soirée avec nous ? À s'empiffrer, se soûler, regarder la télé, et se raconter des potins ?

Je souris. C'était comme si mon cœur avait été soulagé d'un poids, grâce à mes amies et leur travail d'équipe.

— Avec plaisir. Merci.

Et je sus, en un clin d'œil, que plus jamais elles ne me soûleraient avec ce qu'il se passait – ou pas – avec Sam.

14

Sam

Pour la première fois depuis dix ans, les Brennan et les Fitzpatrick ne fêtèrent pas Noël ensemble.

Sailor évoqua le sujet avec élégance après avoir reçu l'invitation de Jane et Gerald, qui ne mentionnait ni mon nom ni ceux de nos parents. C'était pendant le réveillon de Noël.

— Qu'est-ce que tu as encore fait, sale play-boy de mes deux ? me demanda Sailor, ses yeux verts me lançant des flèches empoisonnées depuis l'autre bout de la table.

N'étant nullement disposé à en discuter publiquement, j'avalai une bouchée d'ignames tièdes.

— Qu'est-ce que ça peut te foutre ? Je t'ai évité une soirée d'ennui chez les Fitzpatrick.

— Primo, c'est de ma famille que tu parles, dit Hunter, toujours là pour enfoncer les portes ouvertes. Secundo, j'avais hâte de voir Cillian et Ash.

— Tu as tout à fait le droit de te joindre à eux, Hunter. Personne ne te force à rester ici, dit Troy d'une voix neutre, même si je savais qu'il m'en voulait toujours d'avoir autant foiré avec Gerald.

J'avais laissé quelques jours à Nixe pour se calmer et digérer ce qu'il s'était passé entre son père et moi. Elle était contrariée. C'était normal. Mais elle s'en remettrait.

Je l'imaginais déjà submergée par la joie quand je lui dirais que je m'étais fait à l'idée d'être avec elle.

Ce soir, j'avais bien l'intention de mettre fin à tous ces doutes stupides et de me déclarer.

La dîner touchait à sa fin. Hunter descendait le lait de poule comme si c'était du vieux whisky, Sailor s'assurait qu'aucun des enfants ne prenait feu, et Troy et Sparrow semblaient prêts à se sauter dessus ; il était temps pour moi de partir. Je dis au revoir à tout le monde mais, plutôt que de rentrer chez moi, je me rendis à Avebury Court Manor.

Je n'étais pas assez bête pour penser que Gerald et Jane Fitzpatrick seraient aussi ravis que leur fille de me trouver à leur porte. Ce n'était pas grave. J'étais tout à fait capable de grimper à la fenêtre, ce qui, à en croire tous les films et séries que je n'avais *pas* regardés avec Sailor et Sparrow, était un geste follement romantique.

Nixe était une romantique.

J'étais au meilleur de ma forme.

C'était du tout cuit.

En me garant devant la bâtisse, je remarquai qu'il n'y avait déjà plus aucune lumière à l'intérieur. Les Fitzpatrick avaient terminé les festivités tôt. Je fis le tour de la maison, jusqu'à la fenêtre de la chambre de Nixe. La lumière y était éteinte aussi.

Pénétrer dans sa chambre serait aussi facile que voler un bonbon à un bébé. Avebury Court Manor était une bâtisse plutôt tassée, avec des colonnes partout. La neige ne rendait certes pas les conditions idéales, mais j'avais déjà escaladé d'autres bâtiments dans de pires conditions.

Je lançai une corde sur la rambarde entre sa fenêtre et une des colonnes et fis un nœud avec la partie qui retomba. Je tirai dessus pour m'assurer qu'il était solide avant d'escalader la façade.

Quand j'atteignis la fenêtre de Nixe, je frappai quelques coups et jetai un coup d'œil à travers la vitre. Elle dormait à poings fermés, immobile dans son lit, ses cheveux noirs éparpillés sur ses épaules et son visage. Un ange noir.

Je frappai de nouveau à sa fenêtre et la vis se réveiller, battre des cils, puis sortir ses longues jambes fines du lit pour se diriger vers la porte.

Pour la troisième fois, je frappai au carreau, exaspéré. Roméo n'avait certainement pas eu affaire à une femme aussi dure de la feuille.

Elle sursauta et se retourna, son regard rencontrant le mien. Quand elle percuta enfin, elle se rua à la fenêtre.

Gentille fille.

Nixe revenait dans les bras de son monstre préféré.

Elle ouvrit la fenêtre et, d'un geste prompt, elle posa ses mains sur mes épaules et me poussa de toutes ses forces, me faisant tomber à la renverse. Réactif, je m'agrippai à la gouttière et me cramponnai, les jambes pendant dans le vide.

— Joyeux Noël à toi aussi. Je vois que tu as décidé de m'offrir une cinglée cette année. Je prends.

— Tu t'attendais à un cadeau ? cracha-t-elle au-dessus de ma tête, l'air… eh bien, pas aussi ravie de me voir que je m'y attendais. Qu'est-ce que tu fous là, Brennan ?

Heureusement, je me donnais du mal pour être costaud, faisant des pompes et des tractions avec Mitchell quatre fois par semaine, et je savais que je pouvais tenir un bon bout de temps, tant que la gouttière ne lâchait pas.

Bien sûr, je pouvais perdre mes doigts à tout moment à cause des engelures.

— J'ai pensé que ce serait le bon moment pour se parler, maintenant que tu as eu le temps de digérer tout ce qu'il s'est passé.

Elle m'obsédait, putain. C'était insensé.

— Tu veux parler du fait que tu nous as trahis, ma famille et moi, que tu as fait de ma vie un enfer, que tu as presque anéanti le mariage de mes parents, et que tu nous as tant et si bien détruits qu'il va nous falloir des dizaines d'années pour nous reconstruire émotionnellement ?

Dit comme ça…

— Grandis un peu, Nixe. J'ai fait mumuse avec ton papounet. Cela n'avait rien à voir avec toi.

— Cela avait *tout* à voir avec moi ! Tu as blessé ceux que j'aime et à qui je tiens le plus au monde, alors que tu connaissais tous mes soucis avec ma mère et sa santé mentale, et tu me l'as caché.

— J'avais une bonne raison, grognai-je en me hissant pour m'installer sur le rebord de sa fenêtre comme un vulgaire pigeon, puisqu'elle refusait de me faire entrer.

Elle portait un affreux pyjama couvert de furets – je savais qu'elle en avait eu un pour animal de compagnie, Shelly. Bordel, comment avais-je pu me retrouver obsédé par une femme qui, malgré ses déclarations d'amour pour moi, n'avait jamais essayé de gommer son excentricité pour se conformer à mes attentes ?

— Oh ! tu avais une raison, dit-elle avec sarcasme. J'ai hâte de l'entendre.

— Ton père a eu une liaison avec ma mère biologique.

— Comme tout Boston, paraît-il. Est-ce qu'elle ne faisait pas le plus vieux métier du monde ?

Ignorant son ton blessant, je poursuivis mon histoire, qui commençait à m'ennuyer moi-même.

— Début novembre, le jour où t'ai posé un lapin…

— Une autre raison pour laquelle je ne devrais même pas te calculer, ajouta-t-elle.

Je serrai les dents, m'efforçant de garder mon calme.

— Je ne suis pas venu parce que Catalina était morte, et qu'il fallait que j'aille à Atlanta pour faire le tri dans ses affaires. J'ai trouvé des lettres qu'elle avait écrites à ton père. Des lettres dans lesquelles elle l'accusait de l'avoir mise enceinte puis d'avoir provoqué sa fausse couche en la tabassant. Elle affirmait que c'était lui qui l'avait forcée à m'abandonner quand elle était partie.

Ça lui cloua le bec, et sa peau déjà laiteuse pâlit encore davantage. Elle recula, se mordant la lèvre pour empêcher sa mâchoire de se décrocher. Je levai une main en secouant la tête.

— Est-ce qu'on est… (Elle s'éclaircit la gorge.) … frère et sœur ?

Je manquai de tomber du toit et de me briser la colonne vertébrale.

— Quoi ? Oh ! putain, non, ma belle. Je dégueulerais non-stop si c'était le cas. Sans vouloir t'offenser. Leur liaison a eu lieu bien après ma naissance. Ce que je veux dire, c'est que j'en ai discuté avec ton père. Cette histoire était en grande partie fausse, mais une petite part était vraie. Quoi qu'il en soit, c'est pour ça que je voulais le torturer.

— Tu aurais pu me le dire, souffla-t-elle.

— Vraiment ? grognai-je. « Oh ! au fait, je suis responsable de toutes les saloperies qui arrivent à ta famille. Maintenant, je vais foutre ma bite dans ta bouche. »

— Inutile d'être vulgaire.

— Écoute, je suis désolé que ça se soit passé comme ça. Je ne présente pas souvent mes excuses – correction, je ne le fais *jamais* – alors je te suggère de les accepter. Je suis venu parce que j'ai une proposition à te faire, et je pense qu'elle va te plaire.

Elle afficha une moue de dégoût, et une fois encore je me détestai de l'avoir considérée comme acquise toutes ces années. Même quand je ne la touchais pas, je savais qu'elle était là, qu'elle m'attendait, qu'elle rêvait de moi. C'était presque aussi bon que de l'avoir. Savoir que c'était *possible*.

À présent, on aurait dit qu'elle avait envie de finir le boulot entamé par la Bratva le soir où elle s'était enfuie du chalet.

— Une proposition ? demanda-t-elle.

— Je suis prêt à passer à l'étape suivante.

— Il va falloir que tu sois plus clair, puisque avec toi ça pourrait tout aussi bien vouloir dire passer au sexe anal synchronisé.

Je ris.

— Je suis prêt à t'avoir.

— Tu es prêt à m'avoir, répéta-t-elle platement.

— Oui. En tant que ce que tu veux. Petite amie ? Partenaire ? Quel est le terme adéquat pour les gens de plus de vingt-cinq ans ?

— Je ne sais pas, et je m'en tape. Je ne suis pas ta je-ne-sais-quoi, Brennan. Tu as eu ta chance. Tu l'as laissée passer. Ça fait dix ans que j'attends que tu me choisisses. Tout ce que tu avais à faire, c'était t'intéresser à moi. Je te veux depuis si longtemps que je ne sais même plus ce que ça fait de *ne pas* te vouloir. Eh bien, je vais le découvrir.

Elle ne voulait pas de moi.

Je n'avais même pas envisagé ce scénario.

L'amour de Nixe avait toujours été présent en fond dans ma vie. Disponible et prêt à m'accueillir dès que je le voulais.

J'avais merdé et je devais affronter les conséquences.

— Je ne suis pas le genre de mec à accepter un refus, l'avertis-je, et je le pensais.

— Je ne suis pas le genre de fille que ça intéresse de savoir quel genre de mec tu es. Tu me veux ? Tu vas devoir me conquérir.

Sentant ma mâchoire se crisper, je pris une profonde inspiration.

— Ce devrait être facile. Je ressors toujours vainqueur.

— Tu vas devoir me *courir après*, rétorqua-t-elle.

— Je ne cours pas après, lui rappelai-je calmement.

— Dans ce cas, tu ne m'auras pas. Il va falloir que tu trimes. Que tu me traites comme ton égale. Non. Tu sais quoi ? Traite-moi comme un être supérieur. Parce que je le suis. Je sais que tu détestes les femmes. Je sais que tu t'en méfies, mais malheureusement pour toi je suis une femme. Je n'accepterai rien de moins qu'un conte de fées, Brennan, même si c'est avec le monstre de l'histoire.

Sidéré, je la regardai, attendant… quoi, au juste ? Qu'elle change d'avis ? Elle n'en changerait pas. Elle voulait un putain de conte de fées, et jusqu'à présent je lui avais fait vivre un cauchemar avec un soupçon de trahison.

— Maintenant, va-t'en.

— Nixe…

Elle me ferma la fenêtre au nez et tira les rideaux pour faire bonne mesure.

Elle m'avait mis dehors.

Elle avait redéfini les règles de notre petit jeu.

Je devais les suivre, ou admettre la défaite.

La première chose que je fis en rentrant chez moi fut d'ouvrir la porte du cellier à la volée, l'arrachant presque de ses gonds. Il n'y avait pas beaucoup de nourriture là-dedans. Et par « pas beaucoup », je voulais dire pas du tout. Il n'y avait pas de nourriture là-dedans, point. Seulement des cartouches de cigarettes importées d'Europe, parce que les cigarettes américaines avaient un goût de vieux pets en feu.

Je regardai les paquets de ce qu'Aisling appelait des « tubes à cancer », me demandant si j'oserais vraiment à faire ce que je m'apprêtais à faire.

Oui.

Et puis merde. J'avais pris six balles dans ma vie. Je pouvais le faire.

J'attrapai les paquets de cigarettes et les fourrai dans quatre sacs-poubelles, y compris celui que j'avais dans la poche, et je jetai le tout dans la benne à ordures de l'immeuble.

Puis je remontai et considérai le cendrier vide sur ma table basse.

Prouver à Aisling que je la prenais au sérieux pourrait bien devenir un vrai cauchemar pour moi.

Et franchement, elle ferait mieux de changer d'avis *presto*, ou des têtes allaient tomber dans les rues de Boston.

15

Aisling

Mon téléphone se mit à sonner dans la poche de ma jupe alors que je disais au revoir à Mme Martinez à la porte de la clinique, la serrant dans mes bras. En le sortant, je fus surprise de découvrir le nom de Sam sur l'écran. J'avais enregistré son numéro le jour où il était venu pour que je soigne ses hommes de main, juste au cas où, mais jamais je ne m'étais attendue à ce qu'il m'appelle. La limite entre optimisme et stupidité était claire pour moi, et cela semblait être à la frontière entre les deux.

Que voulait-il ?

— Tout va bien ? demanda Mme Martinez d'un air inquiet en voyant mon expression.

Ses cheveux avaient recommencé à pousser, cotonneux et épars sur son crâne comme de petits nuages, maintenant qu'elle avait arrêté la chimiothérapie. Elle avait fait le choix d'arrêter après avoir appris qu'elle n'avait aucune chance de rémission. Mais nous avions une nouvelle perspective. Elle prenait un traitement expérimental censé rétrécir sa tumeur au pancréas.

J'avais bon espoir qu'elle mène encore une vie agréable pendant quelques mois, voire quelques années.

— Oui, dis-je avec un sourire, la mettant presque à la porte. Désolée. J'ai eu un moment d'absence. Tout va bien.

— Vous savez…

Elle se tut, plantant ses talons dans le sol, un sourire aux lèvres.

— Je ne vous ai jamais demandé si vous étiez mariée. L'êtes-vous, Dr F. ?

Je n'avais pas donné mon nom complet à mes patients. Je devais prendre toutes les mesures de sécurité pour couvrir mes arrières au cas où la situation tournerait mal.

Mes doigts se resserrèrent autour de mon téléphone, qui continuait de vibrer.

— J'en suis loin. Je souffre d'un célibat morbide, j'en ai bien peur.

— Hmm, fit-elle, pensive. Il n'y a rien de morbide là-dedans, ma chère. Vous serez bientôt mariée, assura-t-elle en me décochant un clin d'œil. Je sais ces choses-là.

— Vraiment ? demandai-je avec un petit rire distrait.

Je vous en prie, laissez-moi décrocher le téléphone.

Elle hocha la tête avec enthousiasme.

— Absolument. Je suis voyante. J'ai sillonné le pays avec le Carnaval Aquila, avant de prendre ma retraite. Vous connaissez ? Il s'installe chaque été aux portes de la ville.

La fête foraine d'Aquila était l'endroit où était arrivé l'événement le plus important de ma vie. C'était là que j'avais rencontré Sam.

— J'avais prédit mon cancer, tous les mariages et les divorces de la famille royale, et l'ordre exact du sexe des enfants de Kate et William, dit-elle en gonflant fièrement la poitrine. Et laissez-moi vous dire, mon chou : vous allez vous marier, bientôt. Peut-être même avec la personne qui est en train de vous appeler.

Elle désigna le téléphone du menton. Je baissai les yeux et me rendis compte que j'avais manqué l'appel.

— Ne vous inquiétez pas, dit Mme Martinez en se mettant sur la pointe des pieds pour m'embrasser sur la joue. Il rappellera. Il a quelque chose d'important à vous dire. Au revoir.

Je fermai la porte derrière elle, regardant mon téléphone, sourcils froncés, essayant de le refaire sonner par la seule force de ma volonté.

Évidemment, il sonna.

Il a quelque chose d'important à vous dire.

Je fis glisser mon doigt sur l'écran pour décrocher.

— Qu'est-ce que tu veux ?

J'adoptai le ton le plus ennuyé possible.

— Toi, en étoile sur mon lit, avec rien de plus que de la chantilly et l'expression que je préfère voir sur ton visage, celle qui dit « Baise-moi, Sam ».

Je ne répondis pas. Badiner pourrait suggérer que je lui avais pardonné.

— J'ai besoin de ton aide, dit-il après un moment.

— Tu as besoin d'aide… là-dessus, je suis d'accord. Mais ce ne sera pas la mienne, Sam. J'ai fini de te faire des faveurs juste pour que tu m'entubes ensuite.

Je regagnai mon bureau, coinçant mon téléphone entre mon oreille et mon épaule pour pouvoir me laver les mains.

— En réalité, tu es impliquée dans cette affaire. Tu te rappelles le jeune Russe du soir où on est allés au chalet ?

— Oui, répondis-je aussitôt.

Bien sûr que je me souvenais de lui. Il hantait mes rêves. La peur dans ses yeux. Sa façon de trembler et de supplier Sam de lui laisser la vie sauve. La douleur que Sam lui avait infligée en lui tirant dans l'épaule.

— Eh bien, il est ici avec moi, et il est blessé à la poitrine. C'est superficiel, je crois. Les choses ont un peu dérapé avec son gang, et il s'est retrouvé mêlé à tout ça.

Sam me donna ces renseignements platement, comme s'il me lisait un menu de restaurant.

— Amène-le ici, ordonnai-je.

— On est en train de se garer devant ta clinique, dit-il avant de raccrocher.

Je préparai la table d'examen pour le nouveau patient en me disant que Sam était bien curieux. À Noël, il avait promis de me faire la cour, et j'imaginais que c'était ce qu'il faisait, à sa manière. Il m'avait fait livrer des fleurs la veille, avec une carte portant simplement sa signature, et un bijou, certainement un cadeau de Noël en retard.

Il ne suppliait pas. Ne venait pas frapper à ma porte.

Il ne me courait pas vraiment après. Il faisait plutôt de la marche rapide avec des pauses ravitaillement fréquentes. Il avait beaucoup de chemin à parcourir. Mais il était encore en apprentissage.

Quelques instants plus tard, on frappa à la porte. Je l'ouvris, trouvant le jeune Russe appuyé contre le colosse que je détestais aimer.

J'indiquai le bureau d'un signe de tête. Sam me suivit en traînant le garçon. Je m'efforçai d'ignorer la beauté éclatante de mon monstre préféré. Sa grande taille, sa force et sa musculature. Son teint mat et ses yeux de pleine lune qui semblaient toujours calmes et froids, comme une nuit fraîche de décembre. Il y avait autre chose que je trouvais attirant chez lui aujourd'hui, mais je n'arrivais pas à mettre le doigt dessus.

Quelque chose avait changé, même si c'était subtil.

Sam installa le garçon dégingandé sur la table d'examen, et je pris des ciseaux pour découper son T-shirt et le lui enlever.

— Comment t'appelles-tu ? demandai-je en lui souriant.

— Ruslan, souffla-t-il en grimaçant, s'humectant les lèvres. Ruslan Kozlov.

— Quel âge as-tu, Ruslan ?

— Quatorze ans.

Il avait les dents qui claquaient et quelques boutons d'acné où perlait du sang, certainement à cause du stress. Il était blanc comme un linge, et je savais qu'il avait besoin d'une transfusion sanguine, et vite.

— Parle-moi de la blessure, murmurai-je, gardant mon calme et enfilant mes gants en latex.

Il me raconta. C'était un des hommes de main de Sam qui lui avait tiré dessus sur le territoire de la Bratva – ou ce qui était son territoire avant que Sam s'en mêle. Ruslan faisait une course pour Vasily Mikhailov, le sous-chef local de leur mafia, d'après ce que je compris. Sam était arrivé avec sa garde rapprochée pour menacer Vasily, et les choses avaient dégénéré.

— Pourquoi Vasily ne t'a pas fait soigner ? demandai-je en fronçant les sourcils. Tu es son homme de main, pas celui de Sam.

Le garçon sourit.

— Oui. Mais Mikhailov n'est pas comme Brennan. Il n'en a rien à faire de ses hommes de main. C'est un vrai monstre.

Une étrange chaleur m'envahit la poitrine. Je me dis que cela ne voulait rien dire.

Heureusement, Ruslan connaissait son groupe sanguin, et je pus appeler un ami de l'école de médecine qui travaillait à l'hôpital et qui me fournissait parfois – la seule fois où je lui avais demandé – en poches de sang pour des transfusions. J'envoyai Sam les récupérer avec une glacière que je gardais à la clinique pendant que je demeurais sur place pour m'occuper de Ruslan.

Quand Sam revint avec le sang, il voulut rester pour assister à la suite, mais je le chassai de la pièce.

Après avoir soigné la blessure de Ruslan, je le mis sous sédatifs et retirai mes gants, avant de rejoindre Sam dans la salle d'attente.

Il était assis sur le canapé, son téléphone à la main. Il se leva d'un bond dès que j'apparus.

— Il va s'en sortir.

Je tentai d'attacher mes cheveux en un semblant de queue-de-cheval.

— Je suis contente que tu l'aies amené ici.

Il me regarda sans rien dire, comme s'il me voyait pour la première fois. La chaleur qui m'inonda les joues m'était insupportable.

— Emménage avec moi, dit-il tout à coup.

J'en eus le souffle coupé.

— Quoi ? Emménager ensemble ? On n'a même pas eu un seul rendez-vous galant.

— Un rendez-vous galant ? cracha-t-il comme si c'était une obscénité. On n'a pas besoin de ça. Tu n'avais pas encore le droit de vote qu'on se connaissait déjà. Je reprends les choses là où on les a laissées après ton petit numéro au chalet, Aisling. Je refuse de repartir de zéro.

— Tu repartiras de là où je veux, ou bien tu partiras tout court, assénai-je en lui jetant un regard noir. Et je ne peux pas emménager avec toi.

— Pourquoi ? demanda-t-il. Tu veux déménager. Et tu devrais. Vingt-sept ans, ce n'est plus si jeune, Nixe. Et tes parents n'ont plus besoin d'une baby-sitter. Ils gèrent leur propre merde, comme ils auraient dû le faire depuis trente ans. Ta mère va chez le psy. Tes frères me l'ont dit. De rien pour ce petit coup de pouce, au fait.

De rien ?

Il s'attribuait le mérite du fait que mon père réemménage à Avebury Court Manor et que mes parents aillent en thérapie tous les deux ? *Incroyable.*

Je fis un pas en arrière, le dévisageant comme s'il était complètement barjot.

— Primo, ils vont en thérapie parce que tu les as traumatisés à vie, pas parce que tu les as rapprochés.

— Tu joues sur les mots.

— *Secundo*, sifflai-je, je n'ai pas de salaire, je ne peux pas payer de loyer.

— Il n'a jamais été question que tu paies un loyer, répliqua-t-il. Je suis propriétaire.

— Je ne veux pas vivre chez toi gratuitement.

— Rien n'est gratuit dans cet arrangement, Aisling. Il y a un lourd prix à payer quand tu crèches avec un homme comme moi.

— Tu restes un connard machiste.

Je croisai les bras.

Il fit un pas en avant, chassant une mèche rebelle de ma joue.

— Non, Nixe, je prends ce que je veux. Ce qui m'appartient. Et ce que je mérite.

— Tu ne me mérites pas.

Il sourit.

— Je pensais la même chose, avant. Puis j'ai découvert ce que tu faisais ici, à la clinique. Nous ne sommes pas si différents, toi et moi. La seule chose qui nous sépare, c'est la sémantique.

— Je t'interdis de dire ça, protestai-je. Ce que je fais est…

— Admirable. Et *illégal*. Dans une situation démographique saturée, la vie est toujours bon marché, répondit-il.

Son souffle caressait mon visage, faisait fourmiller mon corps de désir et d'anticipation.

— Tu restes un connard, lâchai-je.

Il se pencha en avant et, ses lèvres effleurant mes lèvres, il murmura :

— Je n'ai jamais promis de ne pas être un connard. J'ai seulement promis d'être *ton* connard.

— Et les autres femmes ?

Je sentis que je commençais à me liquéfier entre ses bras.

— Que se passera-t-il quand tu te lasseras de moi ? ajoutai-je.

— Jamais je ne me lasserai de toi.

Sa langue se glissa entre mes lèvres, et il m'embrassa avidement. Je le laissai faire, malgré mes inhibitions, mon bon sens et la conscience que c'était l'opposé de ce que je voulais.

Je fondis entre ses bras, appréciant sa fermeté alors que sa langue dansait avec la mienne. Ses doigts se plantèrent dans mon crâne, agrippant mes cheveux.

— Toutes ces années, Nixe, j'ai pensé à toi. Chaque fois que je baisais quelqu'un d'autre. Chaque fois que je ramenais une femme dans mon bureau. Je fermais les yeux, et c'était toi que je voyais. Puis je me rappelais que ta famille me démolirait si je te faisais mienne. Jamais ils ne laisseraient passer. Je me rappelais que je foutrais ta vie en l'air si je te touchais. Je ne voulais pas t'embarquer dans mon bordel, mais maintenant que je sais que nous sommes tous les deux détraqués et imparfaits, ça change tout.

— Et tu as l'approbation de mon père, dis-je en posant une main sur son torse pour le repousser. Comment ?

Il sourit.

— Je crois que ton père a compris que j'étais prêt à aller plus loin pour t'avoir que lui pour te protéger de moi. Il n'est pas stupide, Ash. Il sait que j'obtiens toujours ce que je veux. Et ce que je veux, c'est sa fille.

— Ce baiser, dis-je en fronçant les sourcils. Tu n'as pas le même goût.

— J'ai arrêté de fumer, expliqua-t-il, l'air plus agacé que fier.

Mon cœur fit un saut périlleux dans ma poitrine.

— Vraiment ? Pourquoi ?

— Tu as dit que tu détestais ça. Tu as dit que tu ne voulais pas avoir l'impression d'embrasser un cendrier.

— Tu aurais dû arrêter parce que tu veux vivre vieux.

— Eh bien, j'ai peu de chances de connaître le grand âge, avec mon métier, mais tant que je suis en vie, je préfère t'avoir à mes côtés.

Il disait tout ce qu'il fallait, faisait tout ce qu'il fallait, et pourtant je n'arrivais toujours pas à lui pardonner. Pas maintenant. Pas encore. Pas alors que je savais qu'il avait failli détruire ma famille.

Je reculai d'un pas, soudain dégrisée.

— Et mon interdiction d'aller au Badlands ? demandai-je.

Le changement de sujet sembla le déstabiliser, parce qu'il pencha la tête sur le côté pour me dévisager froidement.

— Quoi, ton interdiction ?

— Lève-la, exigeai-je en dressant le menton.

— Nixe, dit-il, sinistre, en plissant les yeux. Je refuse que tu te balades en tenue sexy dans un lieu bondé juste pour me faire souffrir.

— Tu la lèveras, dis-je d'un ton enjoué. Parce que tu me veux, et quand on veut une personne, on fait des sacrifices pour elle et on n'essaie pas de la contrôler. Tu ferais mieux de t'y faire.

Il réfléchit en faisant la grimace.

— À une condition.

Je levai les yeux au ciel.

— Laquelle ?

— Dîne avec moi.

— Je croyais qu'on avait dépassé l'étape des rendez-vous galants.

Je ne pus m'empêcher de sourire.

— C'est le cas, répliqua-t-il sèchement. Personne n'a dit qu'il n'y aurait que de la bouffe au menu. Je viendrai chercher le gamin d'ici quelques heures.

Il se pencha, m'embrassa, tourna les talons et s'éloigna.

Ce ne fut qu'une fois qu'il fut parti que je me rendis compte que cet enfoiré avait encore réussi à arracher un bout de mon cœur.

Voleur.

16

Aisling

Sam vint me chercher le soir de la Saint-Sylvestre, arborant un vrai smoking et un air renfrogné, comme si Satan en personne l'avait menacé d'un flingue pour qu'il fasse ce qu'il était en train de faire.

— Pour toi…

Il me fourra un bouquet de fleurs dans les mains quand j'ouvris la porte, toute pomponnée dans ma minirobe blanche et mes bottes Louboutin. C'était un mélange de lys, de tournesols et de roses, aux teintes et aux couleurs variées.

Je les pressai contre mes narines et souris.

— Merci. Laisse-moi les mettre dans un vase.

— Quel intérêt ? grogna-t-il, ayant manifestement du mal à supporter le sevrage de nicotine. Elles finiront par mourir.

— Comme nous, dis-je avec un petit sourire. La mort n'est pas une raison d'arrêter de vivre.

Je le laissai entrer dans le hall et allai chercher un vase dans la cuisine.

Quand je ressortis du couloir, je m'arrêtai net en entendant Sam et mon père discuter.

— … bien la traiter. Elle reste ma fille. Rien ne changera ça, Brennan. Elle passe en premier, dit *Athair*.

Merde.

Sam dirait forcément quelque chose de provocant ou de vulgaire pour agacer papa. C'était sa façon de fonctionner.

Mais à ma grande surprise, il répondit :

— Je la traiterai bien, Gerry. Mieux que votre femme et vous l'avez fait ces vingt-sept dernières années. Mais je vous préviens, elle va s'installer chez moi au cours des prochaines semaines. Je ne supporte pas qu'elle soit ici à la merci du moindre caprice de votre femme, comme une bonne d'enfant.

— C'est sa décision et non la vôtre, dit mon père. Et je ne crois pas que ce soit si terrible ces temps-ci. Depuis l'hospitalisation. Cillian et Hunter sont plus impliqués vis-à-vis de leur mère.

Papa n'avait pas tort. J'avais un peu plus de temps libre, mais maman avait encore beaucoup de chemin à faire.

— Laissez-moi deux semaines, et elle sera davantage attachée à moi.

Sam mit fin à la conversation, ferme mais pas rustre.

Je m'éclaircis la gorge, manifestant ma présence. Ils se figèrent tous les deux.

— Prête ? demanda Sam.

Je hochai la tête, mon cœur battant la chamade de le voir si beau dans son smoking.

— Mais faut pas que ça traîne, Brennan. Je ne veux pas rentrer tard. Je travaille demain.

— C'est une blague.

J'étais hébétée.

Sam mit le frein à main et sortit de la Porsche. Après cinquante minutes de route, nous étions au Canobie Lake Park, le parc d'attractions le plus proche de Boston. Sam vint m'ouvrir la portière.

— Ça gèle, me lamentai-je, passant mon manteau autour de mes épaules.

— Je vais te réchauffer.

Il me tira par la main pour me guider vers l'entrée.

— Tout ça pour me peloter, marmonnai-je.

— Tu me vexes.

— Pas du tout.

Il alla jusqu'au portail, ouvert, ne prenant pas la peine d'acheter des billets à la caisse.

— C'est désert, remarquai-je, stupéfaite.

Sam considéra le parc d'un air absent, pas surpris le moins du monde.

— Il semblerait. Je ne t'ai pas dit que j'avais loué le parc juste pour nous ? Je pensais que ce serait sympa d'avoir un peu d'intimité, pour changer. Il y a toujours trop de gens autour de nous.

— Et les manèges ?

Je me tournai vers lui, le cœur serré.

Il me donna un petit coup sous le menton en souriant.

— Tous pilotés et prêts à partir.

— Ça a dû te coûter une petite fortune.

— La femme que je fréquente est habituée à ce qu'il y a de mieux.

Ce n'était pas vrai. J'avais beau venir d'une famille riche, j'en avais moins profité que les gens le pensaient, et cela me rendit encore plus émotive.

— Oh ! Sam.

Je détournai le regard, pour qu'il ne me voie pas rougir.

Dix ans plus tôt, j'étais allée seule, perdue et triste à une fête foraine.

Aujourd'hui, j'étais à un parc d'attractions avec l'homme dont j'étais tombée amoureuse.

Il voulait nous donner un nouveau départ.

Un autre tour dans le train fantôme.

— Tu m'as bien eue avec le smoking. Je pensais qu'on allait dans un restaurant hors de prix.

Je souris, m'écartant de lui ; il était difficile de ne pas lui sauter dessus quand il se montrait si gentil – ou du moins, quand il ne se comportait pas comme un vrai salaud.

— *C'est* hors de prix, Nixe. Tu as déjà loué un parc d'attractions pour le réveillon du jour de l'an ? Par quoi tu veux commencer ?

Il me regarda, et on se sourit.

— Ce qui fait le plus peur. Un manège avec des monstres.

— The Mine of Lost Souls – la mine des âmes perdues.

— La mienne n'est plus si perdue, soufflai-je en prenant la main qu'il me tendait.

On monta dans une voiture ressemblant à un wagonnet de mine. Je savais que le thème du manège tournait autour d'une galerie imaginaire en train de s'effondrer.

L'adolescent qui gérait l'attraction s'approcha de nous pour vérifier que nous étions bien attachés à nos sièges, souriant à Sam et lui tendant un poing qui resta sans réponse. Je levai les yeux au ciel.

— Il essayait d'être sympa.

— Il te matait et imaginait ce que je te ferais pendant le tour.

Le manège partit, et la main de Sam, posée sans que je l'aie remarquée sur mon genou, remonta le long de ma cuisse, retroussant ma robe sur mes hanches. Il avait toujours la tête tournée de l'autre côté. Vers les mineurs et les monstres qui nous entouraient, déroulant l'histoire de l'effondrement de la mine.

— Quand ? demanda Sam en plantant ses doigts dans mes cuisses.

Je déglutis.

— Quand quoi ?

— Quand as-tu découvert qui tu étais ? Ça n'a pas pu être le soir de notre rencontre. Ce n'était que le début.

J'y réfléchis, alors même que ses doigts écartaient ma culotte, me faisant frissonner et perdre le fil de mes pensées. Je me mis à respirer plus fort, sentant mes tétons se durcir sous mon soutien-gorge.

— Honnêtement ? répondis-je. Chaque fois que je te voyais, tu ébréchais quelque chose en moi. Je ne sais pas comment l'expliquer, mais il y avait quelque chose chez toi, quelque chose de redoutable, de terrifiant et d'impossible, qui fait comprendre qui on est quand on est confronté à toi. C'est comme regarder la mort en face.

Je me tus un instant, puis demandai :

— Je sais qu'elle est morte et que cela ne voudrait pas dire grand-chose, mais crois-tu que tu pardonneras Cat un jour ?

Ma question sous-jacente n'avait rien à voir avec Catalina. Ce que je voulais savoir, c'était s'il serait un jour capable d'aimer une femme.

Sam replia son doigt en moi. Mon souffle se fit plus court. Il tourna la tête vers mon visage, sa bouche trouvant la mienne dans le noir, prenant mes lèvres de manière possessive.

— Je n'ai pas besoin de pardonner Cat. À un moment donné pendant toute cette histoire avec toi, je me suis rendu compte que je ne détestais pas les femmes tant que ça. J'aime Sparrow et Sailor, et je suis quasi sûr que je tuerai quiconque s'approchera de Rooney jusqu'à ce qu'elle ait trente ans.

Je gémis contre sa bouche, riant et soupirant à la fois, puis m'agrippai à lui alors que le tour touchait presque à sa fin, nous faisant glisser et tourner çà et là.

Nous étions seuls au monde.

Mon orgasme était imminent. Je sentais mon corps bourdonner au rythme de ses doigts en moi.

— Je veux encore me venger, dis-je contre sa bouche. Ne vas pas croire que tu m'as déjà conquise. Ce n'est pas le cas.

— Je sais, marmonna-t-il, me laissant chevaucher sa main entière sous ma robe.

Mon bassin contre son bras, j'ondulais et exultais sans retenue, l'orgasme déferlant sur mon corps comme un tsunami.

— *Monstre, Monstre, Monstre*, scandai-je, murmurant son surnom.

Il avait raison, dix ans plus tôt, quand je lui avais demandé son nom.

Ça avait toujours été Monstre.

Et j'étais sa Nixe.

Ce fut très probablement la meilleure soirée de ma vie.

Le truc, avec les moments magiques, c'est qu'ils vous enveloppent comme une cape, vous protégeant de la réalité, engourdissant vos sens.

C'était comme si tout était illuminé. L'air était plus frais, mes poumons, plus pleins, et l'adrénaline faisait fourmiller ma peau. Grâce aux saloperies qu'on avala – pop-corn salé et sucré, pommes d'amour, cidre chaud – et aux manèges. Dix secondes avant minuit, on fit le décompte et on s'embrassa sur le carrousel, chacun assis sur sa licorne. Quand on quitta enfin le parc, il était deux heures et demie du matin, et je savais que je serais redescendue de mon nuage quand je me réveillerais quelques heures plus tard pour un service éreintant à la clinique du Dr Doyle.

J'attachai ma ceinture dans la voiture, encore dans l'ivresse de la soirée.

— Tu dois démissionner, dit-il sans préambule en démarrant la voiture.

Je tournai brusquement la tête vers lui, la bouche sèche. C'était comme s'il m'avait jeté un seau d'eau glacée au visage.

— Je te demande pardon ?

— Je te pardonne, mais cette semaine est ta dernière semaine à la clinique de l'horreur.

Il passa une vitesse, les yeux rivés sur la route, le visage fermé.

— C'est trop dangereux. Il y a trop en jeu. Je ne te laisserai pas te mettre dans une position si vulnérable.

— Ce que je fais de ma vie ne te regarde pas, lui rappelai-je.

— Tout ce que tu fais me regarde, et tu vas arrêter de faire des trucs illégaux qui pourraient te faire passer le reste de ta vie derrière les barreaux, même si ça part d'une bonne intention. Si tu ne démissionnes pas, j'irai moi-même voir le Dr Doyle et ferai jouer mes relations. Spoiler : je suis connu pour faire voler en éclats les choses qui ne me plaisent pas.

— Si tu vas voir le Dr Doyle, je ne t'adresse plus jamais la parole.

Je m'efforçai de paraître blasée pour ne pas mettre le feu aux émotions qui se déchaînaient en moi. Il voulait seulement me protéger, même s'il avait une drôle de façon de le faire.

— Et je demanderai à mon père de te licencier rien que pour t'emmerder, comme ça on sera quittes. Tu sais qu'il le fera, après tout ce qu'il s'est passé. On peut jouer tous les deux à ce petit jeu, Brennan. Je ne te laisserai plus me marcher sur les pieds.

— C'est un désastre assuré.

Il essayait de garder son sang-froid. Je savais qu'il n'était pas habitué à négocier. D'habitude, il prenait ce qu'il voulait, quand il le voulait. Il essayait de faire un effort.

— Ce n'est pas si terrible, arguai-je.

Il s'inséra sur l'autoroute. Le mois de décembre laissait place au mois de janvier. C'était comme si tout dans le monde – les arbres, les routes, les immeubles – était recouvert d'une fine couche de gel d'un bleu cristallin. Y compris le cœur de Sam.

— Ce que je fais est parfaitement légal dans d'autres pays.

En Suisse, par exemple. En Belgique, en Australie occidentale, en Colombie…

— Tu as remarqué quel pays tu n'as pas cité ?

Je me tournai vers lui.

— Les États-Unis d'Amérique, bordel. Ici, c'est illégal. Par conséquent, tu vas arrêter de le faire.

— Tu as raison, dis-je en me mordant la lèvre. Je devrais peut-être déménager en Suisse.

— Ta logique me surprendra toujours, grogna-t-il. Nous ne déménagerons pas en Suisse, ma belle, même si tu adores tuer des gens.

Depuis quand existait-il un « nous » ? Et pourquoi cette idée me faisait-elle palpiter le cœur ?

Parce que tu l'aimes encore, ma chérie. Tu l'as toujours aimé. Il est ton « pour toujours », même si tu es seulement son « pour l'instant ».

— Pourquoi ? dis-je, feignant l'innocence. Tu peux faire ce que tu fais n'importe où. Je ne me rappelle pas qu'être mafieux requiert un diplôme ou un QI particulier. Ce n'est pas comme si tu avais des entretiens d'embauche à passer.

— Tu as fini de faire ton impertinente ?

— Pas tout à fait.

Je souris, contente de moi.

— Je possède trop de territoires à Boston pour tout abandonner, expliqua Sam, laissant couler une autre de mes piques.

— Est-ce que régner sur Boston te rend heureux ? demandai-je en lui jetant un regard en coin. Est-ce qu'il y a quoi que ce soit qui te rende heureux ?

— Toi, tu me rends heureux, répondit-il sur un ton brusque, s'écœurant lui-même. Toi et tes yeux si bleus, ta voix rauque, ton cœur immense et juste, et ton âme sombre.

C'était fascinant de le voir comme ça. Un animal blessé forcé de parler de ses sentiments. Ne voulant pas le pousser davantage dans ses retranchements, je me tournai vers la vitre pour observer le paysage, souriant pour moi-même.

Une fois arrivés à Boston, je remarquai qu'il nous conduisait chez lui, et non chez moi.

— Qu'est-ce que tu fais ? demandai-je. Je t'ai dit que je travaillais demain.

— J'ai déjà transporté la moitié de tes affaires chez moi, Sherlock. Il y a de grandes chances pour que ce que tu avais prévu de mettre demain soit déjà dans mon appartement. Et bonus : tu n'as pas besoin de faire semblant de mettre une blouse pour te changer en arrivant à la clinique, parce que je connais déjà ton secret.

Il arrêta le moteur et sortit de la voiture.

Je le suivis, bouche bée, à la fois surprise, ravie, et agacée. Seul Sam pouvait éveiller ces trois sentiments en moi à la fois.

— Comment ? demandai-je. Quand ?

Sam retira un jeu de clés de sa poche et le fit pendre entre ses doigts devant mon visage. C'étaient les clés de chez moi.

— Comment ? J'ai fait faire un double de ces petites choses il y a quelques jours. Quand ? Principalement pendant que tu étais au travail. Parfois pendant que tu dormais. C'est fou tout ce que tu peux louper. Rappelle-moi de ne jamais te confier un coffre-fort. Tu te ferais cambrioler sans même le remarquer.

Sam

Ce soir-là, je baisai Nixe comme j'avais toujours prévu de le faire. En toute détente, sans sentir sa famille sur mon dos.

Je la pliai en deux sur mon bureau et la pilonnai pendant qu'elle criait mon nom.

Puis dans mon lit, puis encore une fois sur le plan de travail de la cuisine.

Après la cinquième fois, on s'écroula tous les deux sur les draps, épuisés et trempés de sueur.

Pour la première fois de ma vie, je m'endormis avec quelqu'un à mes côtés. Sentis la chaleur d'une femme près de moi.

Il y avait encore du chemin à faire. Elle devait démissionner de son affreux travail et trouver un poste de médecin plus traditionnel. Mais il y avait du progrès.

Quand je me réveillai le lendemain, je roulai sur le dos et tendis le bras vers elle. Son côté du lit était froid.

J'ouvris un œil, perplexe.

Elle était partie.

En laissant un mot sur la table de nuit.

Merci pour le sexe, mais tu n'es toujours pas tiré d'affaire.

Nixe

Aisling refusa de me voir le lendemain.

Et le surlendemain.

Et le sur-surlendemain.

Elle ne répondait pas au téléphone, ne descendait pas de sa chambre quand j'allais chez elle, ne lisait pas mes SMS.

Et j'en avais envoyé tellement, putain.

Bien plus que j'en avais jamais envoyé à personne.

Arrête de faire l'enfant.

Je n'ai qu'à me pointer à la clinique si je veux te voir.

Le message est passé. On peut renégocier ton boulot.

Tu commences à sérieusement me gonfler, Nixe, et tu ne veux pas voir ce qu'il se passe quand je craque pour de bon.

C'est pour ça que je n'ai jamais voulu me mettre en couple.

Pour le meilleur ou pour le pire, cette dernière phrase la provoqua, parce qu'elle choisit enfin de répondre.

Personne ne t'oblige à être avec moi.

J'envoyai aussitôt :

Ce n'est pas entièrement vrai.

En réalité, quelque chose me forçait à être avec elle. Mon incapacité à rester loin d'elle. L'ignorer avait été gérable avant qu'on couche ensemble, avant qu'on passe du temps ensemble, avant que je découvre ses secrets. Une chatte était une chatte, et, les yeux fermés, il était facile d'imaginer que je baisais Aisling quand j'étais avec une autre.

Mais personne d'autre ne ferait l'affaire à présent, même si je mourais d'envie de tourner les talons et de la quitter.

Ce serait difficile et exaspérant, ça m'obligeait à sortir de ma zone de confort, mais il m'était impossible de ne pas l'avoir. Elle répondit :

Tu comptes être plus précis que ça ?

Non.

Dîne avec moi ce soir.

Pas tant que tu ne te seras pas excusé. Tu as déménagé mes affaires dans ton appartement sans demander. Qui fait ce genre de truc ?

J'imagine que c'est une question rhétorique.

On fait les choses à ma façon à partir de maintenant. Et ce sera peut-être frustrant pour toi. Je veux juste être à l'aise, pas te faire payer.

Tu me fais déjà payer. Je n'ai pas l'habitude de ne pas obtenir ce que je veux.

Trop dure, la vie.

Comme ma bite.

On croirait entendre Hunter.

Je compris enfin pourquoi Hunter était si obnubilée par ma sœur. Pourquoi Cillian était incapable de se détacher de Perséphone. Il y avait quelque chose d'addictif chez une femme qui s'offrait entièrement à vous. C'était difficile d'y renoncer une fois qu'on y avait goûté. Je répondis :

Je t'aurai, d'une manière ou d'une autre.

C'est ce qu'on verra.

Voilà ce qu'elle ne prenait pas en compte : seul un monstre pouvait détruire un monstre.

Et je l'avalerais toute crue.

17

Aisling

Sam et moi passâmes les deux mois suivants à jouer à cette partie d'échecs.

Dès qu'il faisait un coup trop audacieux, je battais en retraite.

Je le faisais trimer comme jamais il n'avait trimé ces dix dernières années. L'amour à sens unique n'était pas anodin. Cela vous apprenait la résilience, le courage et la force. Les rôles s'étaient inversés, et je voulais qu'il me montre que je n'étais pas juste le parfum du mois. Que j'étais digne de son attention, de son affection, que j'étais son *tout*. Je ne pouvais pas lui permettre de prendre ce que je lui avais offert pendant dix ans.

Je devais mettre un prix sur ma dévotion absolue.

Et ce prix, c'était l'amour.

Je voulais me sentir aimée.

Comme dans tout ce qu'il entreprenait, Sam sortait le grand jeu.

Il m'acculait, me suivait, me volait des baisers langoureux quand personne ne regardait. Cela aurait peut-être alarmé une autre fille, mais je savourais son attention. Sa nouvelle avidité à me toucher.

Il m'attendit à la sortie d'un restaurant thaï où j'allai un soir avec

Persy, Sailor et Belle, me tirant dans une ruelle sombre pour m'embrasser sauvagement, ses mains entre mes jambes relevant ma jupe.

Trois jours plus tard, il me prit en embuscade devant la clinique, me traîna dans sa voiture et me baisa sur la banquette arrière, me donnant une petite crise cardiaque et un violent orgasme.

Quatre jours plus tard, j'allai chez lui pour récupérer une robe que je voulais porter à un gala de bienfaisance. La plupart de mes habits étaient encore chez lui et, même s'il m'avait donné le code de porte, il refusait de me laisser rapporter mes affaires à Avebury Court Manor.

Je le surpris assis sur un tabouret devant l'îlot central de sa cuisine, en train de travailler sur son ordinateur portable. Quand j'entrai et sortis la robe Armani que j'étais venue chercher, il leva froidement les yeux de son écran. Je m'attendais à ce qu'il m'arrête et me mette dans son lit avant que je parte, mais il se contenta de me saluer en se touchant le front de l'index.

Je m'arrêtai à la porte, perplexe.

— Tu ne vas pas essayer de coucher avec moi ?

Le sous-entendu était clair : *Je couche avec toi, mais je n'emménage pas avec toi. Je ne m'engage pas avec toi. Je refuse de te donner plus que ce que je suis prête à donner.*

Sam ne leva pas les yeux de son écran.

— Veux-tu que j'essaie de coucher avec toi ?

— Non.

Oui.

Il sourit d'un air suffisant, les yeux toujours braqués sur son ordinateur.

— Alors je ne vois pas où est le problème.

— C'est un changement de cap que je n'ai pas vu venir.

Pour une raison ou une autre, mes pieds restaient scotchés au sol de son appartement. Je ne pourrais pas partir tant que je n'aurais pas découvert ce qui avait changé.

Avait-il fini par abandonner ? Peut-être avait-il décidé que je n'en valais pas la peine. Je voulus me mettre des baffes de lui avoir fait tant baver. Non pas que je le regrette. Il méritait de se repentir pour ce qu'il avait fait à ma famille, et je n'étais pas certaine qu'il ait fini de payer.

— Peut-être que j'ai décidé de me préserver pour le mariage, murmura-t-il avant de prendre une gorgée du brandy posé à côté de lui.

Le regardant bêtement, je fis passer la robe d'une épaule sur l'autre.

— D'ordinaire, on prend cette décision *avant* de coucher avec assez de filles pour battre un record du monde, fis-je remarquer.

Il leva enfin les yeux vers moi.

— Eh bien, je ne suis pas un mec ordinaire. Mieux vaut tard que jamais.

— J'imagine que c'est là que l'aventure s'arrête, alors.

Je fis bonne figure, me forçant à sourire. À l'intérieur, je hurlais. *Merde, merde, merde.*

Il était en train de me larguer. Je savais que je ne lui facilitais pas les choses, mais Sam ne montrait jamais de signe de fatigue ou d'angoisse. Au contraire, il avait accepté notre nouveau jeu sans sourciller et avait toujours cette lueur espiègle et dangereuse dans les yeux, comme un homme que cela amusait de devoir trimer un peu, pour changer.

— J'imagine.

Il prit une autre gorgée de brandy.

— Sauf si on se marie.

Je renversai la tête en arrière et partis d'un rire hystérique.

Nous marier. *Nous*. Elle était bonne, celle-là.

— Jamais de la vie, répondis-je.

— Peut-être, concéda-t-il. En tout cas, tu peux toujours me sucer la bite de temps en temps, mais le sexe n'est plus d'actualité.

— Je peux vivre sans, dis-je, l'air plus convaincu que je ne l'étais en réalité. Et merci pour la proposition, mais non merci.

Il hocha la tête.

— Passe une bonne soirée au gala de bienfaisance des Fisher.

— Comment sais-tu que c'est là que je vais ?

— Je sais tout sur toi, Nixe, y compris où tu manges le midi – dans la petite cour de la clinique sur un banc blanc – et ce que tu manges – j'espère que ta barre de céréales était bonne.

Ce soir-là, je ne dansai avec personne au gala de bienfaisance.

Je restai clouée à ma chaise, punie, ne pensant qu'à une seule chose. *Le mariage.*

Après cet épisode, Sam continua à me faire la cour, mais nous ne couchions plus ensemble. Nous ne nous arrachions plus nos vêtements pour faire l'amour sauvagement.

Il me surprenait partout où j'allais mais se contentait de pelotage et de bisous. Chaque fois que j'essayais de le chauffer, il m'attrapait le poignet et disait : « Tu ne peux plus goûter à la marchandise, Nixe. Si tu casses, tu paies. Emménage avec moi. »

« Non. »

Ce petit manège dura des semaines, si bien que je n'étais plus sûre de savoir si je ne le haïssais plus pour ce qu'il avait fait ou si j'appréciais trop qu'il me coure après. Il était fort possible que je me sois moi-même perdue dans notre jeu et que je ne sache pas comment reprendre le cours de notre histoire.

La vérité, c'était que j'avais envie d'emménager avec lui.

J'en mourais d'envie.

Pas parce que c'était pénible de m'occuper de ma mère – au

contraire, elle allait plutôt mieux – mais parce qu'il me manquait terriblement quand nous n'étions pas ensemble.

Seulement, j'avais peur qu'il me brise encore le cœur, et cette fois-ci je ne serai pas capable de le guérir.

Pour l'instant, nous étions dans une zone d'ombre. Au bord d'un abysse profond mais avec encore la possibilité de nager vers le rivage. J'avais peur, si je perdais cette retenue, qu'il vienne à bout du peu de résistance que je gardais encore et que ce soit la fin pour moi.

Je pense que Sam le savait aussi. Nous étions coincés dans les limbes et ne savions pas comment en sortir. Même nos familles, qui recommencèrent petit à petit à se voir pour dîner, nous dévisageaient avec stupéfaction chaque fois que Sam me traitait avec tendresse en public et que je le snobais.

Un jour où il était passé à la maison pour déposer des papiers pour *Athair* et resté pour le café, il me prit la main sur la table et me dit, l'air sérieux :

— Cela ne me dérange pas d'attendre, Nixe. Et je veux juste que tu saches que j'apprécie le fait que tu ne viennes pas au Badlands pour me défier.

— Te défier ?

Je retirai vivement ma main comme si elle avait pris feu et pris une gorgée de mon café trop chaud.

— Que veux-tu dire ?

— Je t'ai demandé de ne pas venir au club, et tu as accepté, bien que j'aie levé l'interdiction. Je suis content que tu sois encore réceptive à mes instructions. Tu es une fille obéissante, au fond, n'est-ce pas, ma belle ? Tu seras facile à gérer.

Mon sang bouillonnait de rage. Tant et si bien que je ne pris pas une seule seconde pour décrypter ses mots ou me demander s'il me provoquait.

Je me levai brusquement, renversant mon café sur la table.

— Je ne suis pas « facile à gérer ». Et la seule raison pour laquelle je ne suis pas encore allée au Badlands, c'est parce que j'ai trop de travail. D'ailleurs, je crois que je vais y aller ce week-end, rien que pour t'emmerder.

Je souris. Cela me faisait du bien de le provoquer en retour.

Oui, ma chérie. Aussi mature qu'un mouchoir mouillé.

— J'ai hâte de voir ça, répondit Sam en se levant.

Mon père entra dans la cuisine à ce moment-là, ses livres de comptes sous le bras, nous regardant tour à tour.

— Tout va bien ?

— Au top, dit Sam en me souriant. Au putain de top.

Tenant promesse, je me présentai au Badlands le week-end suivant.

Comme toujours, j'invitai Belle à se joindre à moi. Je n'avais pas encore vraiment parlé de notre relation floue à mes amies, mais cette fois-ci ce n'était pas par crainte d'être jugée. La situation était compliquée entre lui et moi, et mes frères n'étaient pas au courant.

Je savais que Sailor et Persy se confieraient à mes frères quoi qu'il arrive, et je ne voulais pas nous compliquer la vie à tous pour un truc qui ne se réaliserait peut-être jamais.

Belle semblait de bonne humeur et prête à s'éclater, avec sa minirobe en cuir rouge et son rouge à lèvres assorti. À peine passé l'entrée – et cette fois-ci je montrai ma carte d'identité aux videurs – elle se rua sur la piste de danse.

J'étais encore choquée qu'ils m'aient laissée passer.

L'équilibre des pouvoirs avait changé et, certes, je n'en avais pas beaucoup, mais je n'en avais pas moins que Sam dans notre relation.

Il avait prétendu que j'étais docile, et je voulais lui prouver que c'était faux. Lui envoyer un message pour le prévenir de ma présence aurait été trop direct, mais je savais que, s'il était là, il y avait de grandes chances pour qu'il ne vienne pas sur la piste de danse.

Je voulais appuyer là où ça faisait mal. Montrer à Sam que je n'étais pas son jouet. Voilà pourquoi, quand je fus certaine que Belle s'amusait sur le dancefloor, je me dirigeai vers l'étroit couloir dans lequel Sam m'avait traînée quelques mois plus tôt, à Halloween, quand je m'étais mise à genoux pour lui, prenant les miettes qu'il voulait bien me jeter, tout en prétendant être une inconnue.

Deux videurs baraqués se tenaient à l'entrée du couloir, bras croisés.

— Laissez-moi passer, dis-je, la tête haute.

Ils me regardèrent, amusés, mais ne bougèrent pas.

Les femmes n'étaient pas autorisées dans les salles de jeux. Cillian m'avait dit un jour que la raison officielle était que les jeux d'argent et les prostituées allaient de pair, et que Sam ne voulait pas que des dames respectables se fassent emmerder.

— Eh. Je vous parle, insistai-je en agitant la main devant leurs figures.

— C'est interdit aux femmes, cracha l'un d'eux.

— Je ne suis pas n'importe quelle femme.

Il me regarda de la tête aux pieds, marquant un temps d'arrêt sur mes seins.

— À mes yeux, si.

Je sortis mon téléphone et fis glisser mon doigt sur l'écran jusqu'à arriver sur le contact de Sam pour leur montrer son numéro de téléphone.

— Et si j'appelais Brennan pour voir ça directement avec lui ? Je suis sûre qu'il aura quelque chose à dire sur le fait que vous refusez de laisser passer sa petite amie.

— Brennan n'a pas de petite amie, dit l'un des deux.

— Ah bon ? pouffai-je, perdant un peu de mon assurance. Je

ne savais pas qu'il se confiait sur sa vie amoureuse à ses videurs. Je m'appelle Aisling Fitzpatrick. Posez-lui la question si vous voulez.

Celui qui semblait le plus déterminé à ne pas me laisser entrer sortit son téléphone de sa poche à contrecœur et tapa le numéro de Sam en me jetant un regard noir. J'avais la gorge nouée. *Ça passe ou ça casse*. Sam saurait que j'étais là. Le videur prononça mon nom. Demanda si je pouvais passer. Il y eut une pause à l'autre bout du fil. L'air était comme suspendu malgré l'effervescence des gens, des verres, de la musique et des lumières autour de nous. Au bout d'une seconde, il raccrocha et baissa la tête, avant de faire un pas de côté. Son collègue écarquilla les yeux.

— Merde alors. Je pensais que les poules auraient des dents avant que ça arrive.

— Ne perdez pas espoir, dis-je en lui donnant une tape sur l'épaule.

J'avançai dans le couloir et choisis la salle de jeux la plus bruyante et la plus animée. Cette fois-ci, j'observai la pièce avec plus d'attention que le soir où j'étais venue chercher Cillian et Hunter. J'avais été trop en colère pour m'attarder sur la déco, à ce moment-là.

Des tables rondes en chêne foncé tapissées de vert étaient disposées dans la salle, et des hommes en costume s'amassaient autour en fumant des cigares et en buvant du brandy. On aurait dit des clones des hommes de ma famille – des types privilégiés, corrompus, avec un besoin désespéré de se divertir. Il y avait aussi des serveuses en petites robes noires qui se penchaient et s'occupaient de la clientèle.

Je cherchai la table de blackjack. Je savais jouer au Texas Hold'em et au Stud à sept cartes, mais ma vraie spécialité avait toujours été le blackjack. C'était le premier jeu de cartes que Cillian m'avait appris, et il mettait un point d'honneur à me faire jouer à chaque réveillon de Noël quand les autres se retiraient dans leurs chambres. Cela faisait des années qu'on maintenait cette tradition, et cette année n'avait pas fait exception.

Je trouvai la table en question et attendis. Je savais que cela ferait enrager Sam que je joue dans son établissement. Mon cœur se serra quand je songeai à la possibilité qu'il ne soit pas là, mais je me forçai à voir le bon côté des choses. Le seul fait que je sois là sans lui le pousserait à me redemander d'emménager avec lui.

Quand la partie fut finie, je me faufilai au centre du demi-cercle de joueurs en costumes Prada et souris au croupier.

— Je voudrais jouer.

— Et moi je voudrais jouer avec *vous*, plaisanta un homme d'âge moyen à côté de moi, faisant éclater de rire les autres hommes à la table.

— Attendez, n'est-ce pas… ?

L'un d'eux me dévisagea avec attention. Je gardai les yeux rivés sur le croupier.

— Mais si ! Aisling Fitzpatrick. Tu ne devrais pas être au lit ? Est-ce que ton papounet sait que tu es ici ?

J'aurais trente ans dans trois ans, donc évidemment c'était blessant, mais c'était peut-être mérité ; après tout, j'avais toujours fait passer les besoins de mes parents avant les miens et j'habitais encore chez eux.

Ignorant cet imbécile, je regardai le croupier, qui s'éclaircit la gorge et desserra son nœud papillon d'un doigt.

— Madame, j'ai bien peur que…

— N'ayez pas peur. La peur donne mauvaise mine. Laissez-moi juste jouer, exigeai-je, me cramponnant à mon assurance feinte.

Soudain, un étrange fourmillement me parcourut la colonne vertébrale. Je savais ce que cela voulait dire : il venait d'entrer dans la pièce. Mais il ne se manifesta pas.

— Je ne suis pas certain que cela tienne à moi, madame. Voyez, les règles concernant…

— Moi, je le suis. Brennan les a toutes révoquées, affirmai-je en remontant les manches de ma minirobe Balmain. Pareil pour la participation des femmes dans les salles de jeux. Je ne suis pas n'importe quelle femme. Je suis la femme avec laquelle Sam Brennan est en plein bras de fer. Les règles ne s'appliquent pas à moi. Vous pouvez aller lui demander. C'est comme ça que j'ai atterri ici.

— Il n'y a pas de bras de fer, ma belle. J'avais gagné avant même de te toucher, railla une voix grave derrière moi.

Je tournai la tête vers la porte. Sam était là, dans un costume gris clair, un carré Hermès bordeaux sortant de la poche de sa veste. Un péché magnifique en mocassins italiens. Il semblait prêt pour un rencard. Prêt pour moi, avec sa peau chaude et dorée et ses yeux gris et froids.

Il savait que je viendrais dès qu'il m'avait mise au défi de le faire, et j'étais tombée dans le piège.

Je détournai les yeux, l'ignorant et reportant mon attention sur le croupier. Je me rappelais ce que Sam avait dit, il y avait si longtemps.

« Je te déconseille de parier avec moi. »

« Pourquoi ? »

« Je gagne toujours. »

Pour la première fois depuis longtemps, je ne ressentis pas l'excitation qui me réchauffait le corps chaque fois que je le voyais, et mes entrailles ne se transformèrent pas en compote comme d'ordinaire. Ce soir, il dégageait une sorte d'audace, de calme et de dangerosité. Comme le Sam d'avant, celui qui ne voulait pas de moi. J'eus l'impression qu'il s'apprêtait à me montrer devant tout le monde à quel point j'avais abusé de sa patience. Je me balançai d'un pied sur l'autre sur mes talons hauts.

— Elle peut jouer, à une condition.

Sam avança dans la pièce, sa voix se rapprochant, tous les regards braqués sur nous.

Je refusai de me retourner pour lui offrir l'attention qu'il exigeait.

— D'habitude, quand un homme donne sa parole, c'est sans conditions, marmonnai-je, sentant le rouge me monter aux joues.

— Je ne suis pas un homme. Je suis un monstre.

Il s'arrêta à côté de moi, les yeux rivés sur mon visage.

— Regarde-moi, Nixe.

Je n'en fis rien.

Je regardai tout *sauf* lui.

— Je te laisse jouer, si nous jouons l'un contre l'autre, conclut-il.

— C'est du blackjack. Je ne jouerai pas contre toi. Je jouerai contre le croupier.

Je me tournai face à lui. Les hommes autour sifflèrent et ricanèrent, ravis d'assister à notre duel. Ils n'avaient manifestement pas l'habitude de voir qui que ce soit tenir tête à Sam Brennan, encore moins une petite nana comme moi.

Sam sourit, calme.

— Nous misons gros ici, mademoiselle Fitzpatrick.

— Mon petit doigt me dit que j'ai ce qu'il faut, répliquai-je, impassible, et tout le monde éclata de rire.

Venait-il juste d'essayer de m'intimider financièrement ? J'avais plus d'argent que tous les hommes présents dans la pièce réunis.

— Un million de dollars la main. Cinq mains. Tu es partant ? demandai-je d'une voix raide en tendant la main pour qu'il la serre.

Des cris, rires et hululements retentirent dans la pièce. Les spectateurs étaient déchaînés. Ils regardèrent Sam dans l'expectative, sachant qu'il n'était pas du genre à reculer devant un défi.

Sam regarda ma main tendue, les mains dans les poches, décontracté, nullement pressé de répondre.

Il savourait l'instant. Notre premier échange public, depuis dix ans qu'on se connaissait.

— Tu veux dire cinq millions de dollars la main, dit-il avec un sourire narquois.

— *Punaise !*

— *La vache !*

— *Bryan, faut que tu viennes voir ça.*

Notre public s'élargit, les hommes hurlaient et poussaient des cris de surprise, venant des salles voisines, tendant le cou. Le cercle autour de nous se densifiait et se resserrait. Je me sentis oppressée. Tout le monde attendait que je réponde.

— Derniers mots célèbres, dis-je en haussant une épaule.

Je relevai ma main tendue de quelques centimètres, la gorge nouée par ma propre folie. Ce n'était pas parce que j'étais riche que j'avais envie de voir vingt-cinq millions de dollars partir en fumée en une demi-heure.

Je me mis à transpirer et à douter du bien-fondé de ma venue ici. Pourquoi voulais-je tant le pousser dans ses retranchements ?

— Et si je gagne… (Il leva la main pour m'arrêter.) … tu m'épouses.

Le croupier lâcha son jeu de cartes, sous le choc. L'homme d'âge mûr qui m'avait fait des avances se frotta les mains.

— Ça fera une sacrée histoire à raconter à mes petits-enfants.

Je regardai Sam sans rien dire, figée, sondant son regard à la recherche d'une lueur moqueuse, en vain. Je n'en croyais pas mes oreilles.

— Ce n'est pas drôle.

Ma voix était rocailleuse, peinant à sortir de ma gorge.

— Je ne plaisante pas, répondit-il doucement, ses yeux ne quittant jamais les miens, avant de porter le coup de grâce. Oh. Et pas de contrat de mariage.

— Ohhhh !

Nos spectateurs s'exclamèrent ou se frappèrent le front avec emphase. J'avais de la chance d'être appuyée contre la table ; tous les muscles de mon corps avaient cessé de fonctionner.

Était-ce une autre étape dans la prise de Boston, épouser la fille d'une des familles les plus riches de la ville sans contrat de mariage ? N'étais-je qu'un pion dans son jeu ? Un autre contrat juteux à conclure ?

— Ma belle, Brennan est un mathématicien hors pair. Ultra doué en calculs. Partez en courant, me cria un homme depuis les profondeurs de la salle.

Sam afficha un sourire narquois, sans confirmer ni démentir.

— Je connais ton frère aîné, petite Fitzy. Si tu dis oui, je serai dans l'obligation de l'appeler, cria un autre homme.

Souriante, refusant de retirer ma main et de battre en retraite comme tout le monde s'y attendait, je dis :

— Voilà qui te ferait plaisir, n'est-ce pas, Samuel Brennan ? Fils d'une prostituée, né sans le sou, marié à l'une des femmes les plus riches de l'Occident. Tu aurais droit à la moitié de ma fortune.

— Je sais, dit-il calmement. Ce qui veut dire que tu y réfléchiras à deux fois avant de me quitter.

Notre public éclata de rire.

— Je refuse de te donner la moitié de mon royaume, affirmai-je d'une voix claire et ferme.

— Je m'en tape de ton royaume, ma belle. Le mien est plus grand là où ça compte. Crois-le ou non, le montant sur ton compte en banque n'est pas aussi puissant que mon emprise sur la côte Est.

— Je ne te crois pas, dis-je, tout en sachant que c'était vrai.

— Accepte les enjeux ou quitte cette pièce, Fitzpatrick, mais dépêche-toi. Je tiens une machine bien huilée, et chaque seconde passée sans que ces messieurs dépensent leur argent à ces tables me coûte.

— T'épouser, dis-je.

J'articulai ces mots plus que je ne les prononçai, prise d'un vertige. Mon père me tuerait. Cillian et Hunter brûleraient ma dépouille. Et pourtant, je savais que ce n'était pas l'argent qui motivait Sam à me faire cette proposition. Il en avait suffisamment.

Il voulait me piéger. Et moi ? Je voulais être piégée.

— D'accord, dis-je d'une voix tremblante, mon ventre faisant des tours sur lui-même.

Sam attrapa fermement ma main, mais au lieu de la serrer il se servit de nos doigts entrelacés pour me tirer vers lui et déposer un baiser très public et très possessif sur mes lèvres.

— Ils se lancent ! Que la partie commence ! lança un jeune homme en se levant d'un bond.

Ce fut le chaos dans la pièce pendant les minutes qui suivirent, et je m'efforçai de respirer profondément en me disant que ce n'était pas grave. Que rien de tout ça n'était grave. Je pouvais m'en sortir – peut-être.

C'était la première fois dans l'histoire du Badlands que les enjeux d'une partie étaient si élevés. Des bookmakers rappliquèrent des autres salles avec leur porte-bloc pour prendre les paris sur la partie, consignant dans leurs tableaux des noms, des chiffres et des probabilités. Je reconnus Becker et Angus, les hommes de main que j'avais soignés, qui s'agitaient, se faisant des messes basses pour parier contre moi.

Il y avait un embouteillage à l'entrée de la salle de jeux, et j'eus du mal à respirer quand j'entendis les videurs repousser physiquement les spectateurs.

On s'installa en face du croupier – Daniel, à en croire son badge doré. Je pianotai sur le feutre vert de la table. Sam avait les yeux rivés sur moi. Je refusais de lui rendre son regard.

— Bien joué. Ton club va devenir mythique après ça, dis-je en envoyant mes cheveux par-dessus mon épaule.

— Je ne refuse jamais un bon scandale, répondit-il sur un ton ironique.

— Es-tu vraiment si bon en maths ?

Ma voix tremblait.

— *Pire.*

Tout le monde s'installa, et Daniel commença à mélanger les cartes, récitant les règles du jeu à voix haute. Il faisait le spectacle. Il battit d'abord les cartes simplement, puis à l'américaine, puis par piles.

Il posa le tas de cartes bien net et nous regarda alternativement.

Sam me désigna du menton, jugeant sans doute que c'était le bon moment pour devenir galant.

Refusant de quitter les cartes des yeux, je coupai le tas en deux.

Pourquoi étais-je si nerveuse ? N'était-ce pas ce dont je rêvais depuis toujours ? Épouser Sam Brennan ?

Si, ma chérie, mais pas comme ça. Pas dans le cadre d'un jeu tordu entre vous.

Je retirai ma main et fis signe à Daniel de distribuer le tas de droite. Il nous donna deux cartes chacun, puis en prit deux pour lui. Une découverte, l'autre cachée.

Je gagnai rapidement la première manche, ce qui me permit de respirer un peu. Je soufflai fébrilement, me demandant si c'était une technique de Sam pour me faire baisser la garde. Sam remporta la deuxième main, après que j'eus doublé la mise et perdu, ce qui me valut un sourire sournois de la part de mon adversaire. Je remportai la troisième. Sam gagna la quatrième.

L'étrange pressentiment que tout cela était prémédité s'ancra en moi. Peut-être que Sam avait fait exprès que la partie soit si serrée pour captiver son public. Statistiquement, la netteté de nos victoires et de nos défaites semblait improbable. Il construisait une histoire où tout pouvait arriver, et cela me rendait encore plus nerveuse, car cela voulait dire qu'il savait qu'il allait gagner.

Je ne perds jamais.

Sam jouait contre les casinos et gagnait toujours. Les chances qu'il perde deux fois sur quatre étaient presque nulles.

Quand on eut enfin notre cinquième main, je n'étais plus qu'une boule de nerfs. Mes cheveux me collaient aux tempes, et je tremblais de tous mes membres. Quel que soit le résultat, je serais dévastée.

Je ne voulais pas de son argent, mais l'épouser maintenant semblait aussi impossible que de remporter la lune.

— Ne vous inquiétez pas. Je vais faire ça vite et bien, mademoiselle Fitzpatrick.

Sam me lança un sourire froid tandis que Daniel coupait les cartes. Tout le monde retenait son souffle.

Je m'embrouillai et, malgré ce que Cillian m'avait appris, je ne gardai pas ma paire de neuf alors que la carte visible de Daniel était un sept.

Sam abattit une paire de huit et une paire d'as.

Sam avait *gagné*.

Trois à deux.

À la régulière.

Cris, rires et disputes éclatèrent dans la salle de jeux alors que des liasses de billets passaient d'une main à l'autre. Certains hommes se penchaient sur les cahiers de paris. D'autres donnaient des tapes dans le dos de Sam en sifflant, ou lui serraient la main avec des sourires suffisants.

— Le deal de ta vie, Brennan. Prochaine étape, la domination du monde.

— Prends-toi des parts de Royal Pipelines, hein, mec.

— Putain de génie.

— Tu ferais mieux d'aller l'essayer maintenant, hein ?

Je fus prise de nausée et j'agrippai le bord de la table de toutes mes forces.

J'avais perdu.

Pas seulement ce soir, mais ces dix dernières années.

Nous jouions un jeu depuis le début – c'était du moins mon impression – et ce soir était l'apogée d'une lutte interminable.

Peu importait que j'en aie envie. Que je le veuille. Que je le désire.

Sam Brennan m'avait gagnée, mais il ne m'avait pas *méritée.*

Quel genre de mariage partagerais-je avec un homme qui ne voulait pas d'enfants et détestait les femmes ?

Sam ignora les félicitations, avançant vers moi, le visage fermé. Tout le monde s'arrêta pour voir ce qui allait se passer ensuite. Je ne pouvais pas leur en vouloir. Moi aussi, je voulais savoir. Je ne bougeai pas. Ne m'enfuis pas. Le moins que je puisse faire était de gérer la situation avec dignité. Les Fitzpatrick ne s'inclinaient jamais.

Sam s'arrêta à trente centimètres de moi.

— Bien joué, dis-je d'une voix calme et ferme. Je savais que tu étais un mathématicien de talent et un joueur de blackjack, et je t'ai quand même sous-estimé.

Je lui tendis de nouveau la main.

Il me regarda en plissant les yeux, comme si nous étions des ennemis. Peut-être était-ce le cas. Je ne savais jamais ce que nous étions l'un pour l'autre. Il posa sa main sur ma gorge, me relevant la tête pour que je le regarde dans les yeux. Quand il prit la parole, ce fut à la salle qu'il s'adressa, pas à moi. Il parla haut et fort, emplissant l'air de poison.

— Je veux que tous les enfoirés qui ont assisté à cette partie aillent le dire à leurs amis. Et dites-leur d'en parler à *leurs* amis. Je veux que cela arrive jusqu'aux oreilles de Cillian, Hunter et Gerald dès ce soir. Je veux que cela apparaisse dans les journaux. Aisling Fitzpatrick m'appartient à présent. Je l'ai gagnée, et elle deviendra ma femme. Si ça pose un problème à quelqu'un, il devra venir me défier, et je le lui déconseille fortement. C'est la promesse d'une mort atroce.

Sur ces mots, il écrasa ses lèvres sur les miennes, scellant notre accord d'un baiser bestial. Les gens nous acclamèrent, mais nous n'y prêtions plus aucune attention. *Je* ne leur prêtais aucune attention, complètement absorbée par cette chose entre nous, mon cœur explosant dans ma poitrine. Sam me souleva et me porta hors de la pièce, bousculant la foule pour aller dans son bureau. J'enroulai mes jambes autour de sa taille, ma langue dansant dans sa bouche.

Nous avions atteint un point de non-retour.

Les jeux étaient faits.

Nous étions ensemble.

— Tu tiendras parole, grogna-t-il dans ma bouche en ouvrant la porte de son bureau d'un coup de pied avant de la claquer derrière nous sans toucher à la poignée, ses doigts plantés dans mes fesses.

— Non, répondis-je, à bout de souffle, mitraillant son cou de baisers. Pas avant que tu me dises que c'est réel. Que je ne suis pas seulement une conquête. Que je suis quelque chose pour toi.

— Tu n'es pas quelque chose pour moi, répondit-il. Tu es *tout* pour moi. Bordel, il faut que je sois en toi sinon je vais crever.

Il me reposa par terre et se tourna vers son bureau pour balayer tout ce qui s'y trouvait – ordinateur, registres et papiers – d'un geste. Il m'attrapa rudement par la taille et me retourna contre le bureau, me plia sur le plateau en relevant ma robe et écarta ma culotte.

— Belle m'attend dehors, l'avertis-je, haletante, mouillant tellement que mes cuisses collaient l'une à l'autre.

— Belle peut aller se faire foutre. Tu m'appartiens maintenant, et je fête nos fiançailles dans mon endroit préféré – en toi.

Il me pénétra par-derrière, m'arrachant un gémissement sonore. Il passa une main entre mes jambes et se mit à caresser mon clitoris, sans cesser de me prendre, sans merci, accélérant la cadence, me rendant folle en atteignant encore et encore mon point G.

— Oh ! Monstre.

— Mienne.

Il se pencha en avant, effleurant mes cheveux avant de me mordre doucement le lobe de l'oreille.

— Mienne, mienne, mienne. Mienne pour toujours, scanda-t-il, ses doigts quittant mon entrejambe pour pétrir mes seins.

Puis il les fourra dans ma bouche, pour m'empêcher de gémir.

— Là, là, petite Nixe.

Son souffle me chatouilla la nuque et l'oreille, me donnant la chair de poule tandis que je me contractais davantage autour de lui.

— Tu prendras cette bite tous les jours à partir d'aujourd'hui. Dès ce soir, tu emménages avec moi. Je ne tolérerai pas ton insolence, Aisling. J'ai gagné. Tu as perdu. Compris ? Hoche la tête si tu as compris.

Je hochai vigoureusement la tête, mon corps tremblant d'un orgasme tout proche qui menaçait de me faire imploser.

Je plantai mes doigts dans le bois de la table, mes dents mordant ceux de Sam dans mon effort de réprimer un cri. L'orgasme me dévasta comme une tornade, arrachant tout sur son passage. Sam dut le sentir, puisque lui aussi abandonna le peu de self-control qui lui restait pour se mettre à aller et venir puissamment, avant de jouir en moi. Puis il m'attrapa par la nuque pour me tirer à lui et m'embrasser goulûment.

On resta dans cette position un moment. Il déposa un baiser chaste sur le sommet de ma tête.

— Mieux que la cigarette, dit-il sèchement.

Son visage reprit une expression froide et neutre, retrouvant son masque.

Cette fois-ci, je souris, sachant que ce n'était pas contre moi.

— Tu n'es pas content d'avoir arrêté ?

— Non. Mais je suis content que tu aies mordu à l'hameçon et que tu te sois laissé attirer au Badlands. Encore quelques semaines de célibat et les cimetières de Boston auraient été surpeuplés. Maintenant, va dire au revoir à ton amie. Tu as exactement cinq minutes avant qu'on rentre à la maison pour que je te baise encore.

Il me pinça les fesses, me poussant joyeusement vers la porte.

— Ne traîne pas, Nixe.

J'allais épouser un salaud.

Mais c'était *mon* salaud.

— J'ai eu vent de la nouvelle.

Belle m'attendait près des videurs, juste devant les salles de jeux, se balançant d'avant en arrière. Ils ne l'avaient pas laissée passer. À en juger par le regard qu'elle leur jeta, ce n'était pas l'amour fou entre elle et les deux costauds.

— Sur une échelle de un à Lindsay Lohan en 2010, tu étais bourrée comment quand tu as accepté le pari ? gronda-t-elle.

Je me jetai dans ses bras, même s'ils n'étaient pas ouverts, et la serrai contre moi.

— Pas bourrée du tout, Belle. C'est sérieux. Je ne voulais pas t'en parler parce que je ne savais pas où ça allait, mais… je crois qu'on est ensemble maintenant.

— Tu *crois* ? Vraiment ? fit Belle avec sarcasme, s'écartant de moi en me tapotant sur l'épaule pour me montrer qu'elle n'était pas en colère. On sait tous ce qui va se passer maintenant. Et laisse-moi te dire que les gens ont appelé tes frères, qui l'ont dit à leur femme, qui l'ont dit à tes *parents*. Inutile de préciser que personne n'est ravi que tu aies gardé tout ça secret. Ils pensent que vous êtes amants depuis le début. Depuis dix ans que vous vous connaissez.

Qu'ils le pensent, me dis-je.

En un sens, c'était vrai.

Sam et moi avions toujours été amants.

Même si on ne se parlait pas et qu'on ne se touchait pas.

Ce soir-là, je rentrai avec Sam. Une fois arrivée dans son appartement, je pris conscience que je considérais cet endroit comme irrévocablement mien. À un moment donné, il était devenu mon foyer. Mes vêtements, mes chaussures, mes affaires de toilettes et l'homme que j'aimais étaient là.

Encore étourdie, je fis le tour du salon, passant mes doigts sur les quelques meubles et les murs nus ; je savais qu'il y avait de fortes probabilités qu'il n'y ait jamais d'art chez nous, ni tableaux aux murs ni grigris vintage pour remplir la maison de fantaisie et de chaleur. Étrangement, cela ne me dérangeait pas. De perdre l'art au nom de l'amour.

J'étais face à la fenêtre donnant sur Boston, qui brillait dans la nuit comme des flopées de minuscules étoiles, quand j'entendis la voix de Sam derrière moi.

— Ne te retourne pas. Reste là.

Je ne bougeai pas.

Nos téléphones n'avaient pas arrêté de sonner depuis que nous avions quitté le Badlands.

Au début, nous les avions fourrés dans mon sac, mais cela n'avait rien changé, les bourdonnements et les écrans qui s'allumaient nous narguaient, et nous avions fini par les éteindre. J'étais persuadée que mes frères et mes parents auraient voulu frapper violemment à cette porte, sauf qu'ils ne pouvaient pas parce qu'ils ne savaient pas où Sam habitait.

Je trouvais cela étrangement libérateur.

L'ironie de vivre dans un endroit où mes parents ne pouvaient pas me trouver, après avoir vécu si longtemps sous leur coupe.

Ses pas résonnèrent sur le parquet. Je le sentis s'arrêter juste derrière moi. Il prit ma main gauche alors que j'étais toujours face à la baie vitrée et il fit glisser une bague à mon annulaire. Je retins mon souffle, et mon cœur se mit à palpiter, petit monstre imprévisible qu'il était.

— Ne regarde pas encore, me murmura-t-il à l'oreille.

Je hochai la tête et attendis.

Il déposa un baiser sur le sommet de ma tête. J'étais ivre de bonheur.

— Sam, soufflai-je.

— Oui ? demanda-t-il en faisant descendre la fermeture Eclair de ma robe.

Je m'éclaircis la gorge.

— Je veux des enfants.

Il suspendit son geste. Je retrouvai ma voix. Je ne pouvais pas ne pas lui en parler.

— Je sais que tu n'aimes pas trop les enfants, mais j'ai très envie d'en avoir. Est-ce que ça va être un problème pour nous ?

J'attendis, retenant mon souffle. Au bout de quelques secondes, il se remit à me déshabiller, faisant descendre la fermeture jusqu'en bas. La robe tomba à mes pieds, tel un lac miroitant de paillettes couleur sang.

— Non.

Ses lèvres effleurèrent le creux de mon cou.

— Je te donnerai des enfants, si tu démissionnes. Fais un boulot légal, Aisling. Je ne supporte pas l'idée qu'il t'arrive quelque chose.

Je déglutis péniblement, fermant les yeux.

Je tenais tant à mes patients.

Leur bien-être et leur apporter mon soutien, c'était tout pour moi.

Mais il avait raison. Si je me faisais choper, je passerais ma vie derrière les barreaux.

Devenir mère et faire un métier aussi dangereux, ce n'était pas compatible. D'autant que le futur père de mes enfants avait lui aussi une occupation loin d'être honorable. Il leur faudrait une ancre. Un parent fiable qui allait au travail et en revenait tous les jours, quoi qu'il arrive.

Je sentis mes paupières se baisser.

— Je le dirai au Dr Doyle demain.

— C'est bien.

Il m'embrassa sur la joue et dégrafa mon soutien-gorge.

— Maintenant, jette un coup d'œil à ta bague.

Je me retournai vers lui. Je ne portais plus que ma culotte et la bague. Je la regardai, et un petit cri m'échappa. Je levai vers Sam des yeux remplis de larmes.

— Troy a donné à Sparrow un anneau avec un diamant rouge sang. Il lui rappelait ses cheveux. Je voulais faire pareil, mais quand je pense à toi je ne vois pas tes cheveux. Je pense à tes yeux. Ils me hantent. Ce bleu absolu.

Il me prit la main et embrassa la bague, un anneau serti de diamants qui encadraient la pierre maîtresse, un saphir octogonal géant. Je l'embrassai aussi, riant et pleurant à la fois.

— Tu savais que tu allais gagner depuis le début, n'est-ce pas ? murmurai-je, faisant référence à notre partie de blackjack.

Il posa la main sur ma joue et me tira à lui.

— Je refusais de te perdre, Ash. Ce n'était pas au programme. Il était dit que tu serais à moi. Tu devais bien le savoir.

18

Sam

— Je vais te tuer, Brennan, rugit Cillian Fitzpatrick le lendemain en entrant en trombe dans mon bureau, Hunter sur les talons. Tu as du culot, d'acculer ma sœur comme ça. Ton pari avec elle est annulé. On paiera.

Je m'adossai à mon fauteuil, un sourire satisfait aux lèvres. Cela faisait trois heures que j'avais déposé Aisling à la clinique pour qu'elle donne sa démission, et elle me manquait déjà follement. Renoncer à nos fiançailles après qu'elle eut accepté ma demande me semblait aussi peu probable que laisser Cillian et Hunter me foutre un gode à piquants dans le cul pendant que je regardais une rediffusion d'*Hanna Montana*.

— Je ne veux pas de votre argent, dis-je.

— Dommage, répondit Cillian en se plantant devant mon bureau, les poings serrés. Parce qu'acheter ma sœur n'est pas une option.

— Je ne l'ai pas achetée, je l'ai gagnée. C'est toi qui as acheté ta femme, puisqu'on en parle, et toi, ajoutai-je en me tournant vers Hunter avant qu'il puisse prendre la parole, tu n'as pas ton mot à dire là-dedans. Tu couches avec ma sœur. Tu as de la chance d'être encore en vie. Je ne comprends toujours pas ce qu'elle te trouve.

Hunter leva les deux mains en signe de reddition.

— Pareil, mec. Je ne sais pas ce qu'elle fout avec moi. Je sais juste que je ne la laisserai pas partir.

— Comment avez-vous fait pour entrer ? demandai-je, sourcils froncés, sachant que l'entrée était surveillée par deux gardes du corps.

Cillian s'assit face à moi, et Hunter se laissa tomber à côté de lui. Ils s'invitaient tout seuls à rester.

Ils n'avaient aucune idée de ce qu'il s'était passé entre Jane, Aisling, leur père et moi, et je ne comptais rien leur dire. Pas parce que j'en avais quoi que ce soit à foutre de leur opinion, mais parce que je savais que cela ferait du mal à Aisling si ses frères doutaient de mon dévouement envers elle. Et cela la contrarierait que Hunter et Cillian confient à Perséphone, Sailor et Devon le fait que je l'avais poignardée dans le dos.

— Oh ! je connais Johnny et Grayson depuis un bail, fit Hunter. Je leur ai dit qu'on venait te féliciter pour tes fiançailles.

— Alors qu'on est venus te sommer d'arrêter de faire du chantage à notre sœur.

Cillian s'alluma un cigare. La puanteur du tabac emplit la pièce, et j'essayai de me rappeler ce qui m'avait plu là-dedans. Les cigares sentaient les pieds cramés, et les cigarettes étaient leur équivalent bas de gamme.

C'était étrange. Comme les mauvaises et les bonnes habitudes naissaient de l'ennui. Comment elles devenaient une obsession, une addiction, sans même qu'on s'en rende compte. Et comment reprendre le contrôle dessus devenait une habitude en soi.

— Votre sœur est une grande fille, dis-je, les mains nouées sur le bureau, en essayant de ne pas paraître dédaigneux. Elle est venue à moi de son plein gré. Comme vous le savez, vous m'avez payé pour ne pas m'approcher d'elle, ce qui devrait vous dire quelque chose sur ses dispositions envers moi.

— Et comme tu le sais, tu as envoyé bouler ta promesse de ne pas la toucher, puisque tu l'épouses, rétorqua Cillian.

Il n'avait pas tort, mais il n'avait rien pour étayer ses soupçons. Je lui adressai un sourire compatissant.

— Tu peux le prouver ?

— Non, mais…

— Alors je te suggère d'exprimer ton avis où il convient de le faire, à savoir sur un forum conspirationniste. Aisling et moi sommes fiancés. Le mariage aura lieu le plus tôt possible. Nous avons déjà convenu avec votre père de retrancher mon bonus annuel, puisque je compte la toucher très souvent – et de manière très déplacée. Je comprends que la famille Fitzpatrick aime considérer Ash comme la précieuse fille dévouée qui prend soin de Jane et se plie à tous les caprices de son père, mais c'est fini.

— Ce qui nous amène à notre sujet suivant, dit Cillian. Il me semble que toute cette histoire de divorce entre mes parents ainsi que les boutons de manchette dérobés et l'affaire du poison se soient évanouis. Tu veux bien m'expliquer, puisque tu étais la personne chargée de régler la situation ?

Il tenait son cigare entre ses dents, un petit sourire aux lèvres. Le problème avec Cillian, c'était que, contrairement à la plupart de mes clients aisés, il était intelligent et observateur. C'était casse-pieds.

— Avec plaisir, dis-je en faisant claquer mes lèvres. Nous avons trouvé la personne responsable de tout cela. Pour des raisons évidentes, votre père a enterré l'affaire. Il ne voulait pas attiser la colère de votre mère contre lui à cause d'une énième maîtresse qui sortait du silence. Comment va Jane, d'ailleurs ?

— Ne fais pas semblant de t'intéresser.

Cillian bâilla Je doutais que ça l'intéresse tellement non plus.

— Touché, dis-je avec un petit rire.

Hunter, le seul d'entre nous qui s'en souciait un tant soit peu, confirma qu'elle allait encore chez le psy. Tant mieux pour elle. Elle avait besoin d'aide parce que jamais plus je ne la laisserais manipuler émotionnellement Aisling.

— Tu as arrêté de fumer, hein ? demanda Hunter en examinant mon bureau, qui n'était plus couvert de sa montagne de cendriers, de paquets de cigarettes et de Zippo. D'un junkie à l'autre, laisse-moi te dire que je suis très fier de toi.

— Cela me réchauffe le cœur, dis-je.

— Vraiment ?

Les yeux de Hunter s'illuminèrent.

— Non, rétorquai-je, impassible, avant de les regarder tour à tour. Vous avez eu tout ce que vous vouliez ? J'ai une journée chargée. De travail, vous savez, ce truc que font les gens qui ne font pas partie de la noblesse, pour gagner de l'argent.

— Tu es sur le point d'épouser la noblesse, plaisanta Hunter en haussant les sourcils.

— Ce qui me fait penser, intervint Cillian en écrasant son cigare, avant de se lever en boutonnant sa veste. Il est hors de question que je te laisse épouser ma sœur sans contrat de mariage.

— Je signerai le foutu contrat de mariage, lâchai-je, mais elle ne doit pas le savoir.

— Elle ne doit pas le savoir ? fit Hunter, surpris. Pourquoi ça ?

— Ce n'est pas l'argent qui m'intéresse, c'est garder ta sœur, grognai-je, agacé de devoir le lui dire clairement, comme s'il ne savait pas ce que c'était d'être soumis à une femme.

— Tu l'aimes vraiment, hein ?

— Fais le malin et je te tue, m'avertit Cillian.

J'étais sur le point de répondre quand on enfonça la porte, qui sortit de ses gonds et glissa au sol. Je tendis la main vers le pistolet rangé dans le tiroir de mon bureau, mais les deux hommes en cagoule furent plus rapides.

— Pas besoin de le tuer, dit l'un des deux avec un fort accent russe en pointant son arme sur moi. On va le faire pour vous.

Il me tira deux balles dans la poitrine.

Et tout devint noir.

Je ne cessais de perdre et de reprendre conscience pendant qu'ils m'emmenaient à l'hôpital. Je ne ressentais aucune douleur dans la poitrine ni dans l'épaule, ce qui n'était certainement pas bon signe. Tout était flou. La lumière blanche fluorescente me forçait à fermer les yeux dès que je les ouvrais.

En arrière-plan, j'entendais les voix de Cillian et Hunter, et celle de Devon.

— Johnny et Grayson sont morts, dit Hunter, sans savoir que j'étais à demi-conscient. Il faut qu'on s'occupe de ça.

— Troy est sur le coup, répondit Cillian. Il va nettoyer. Ses gars sont déjà sur place. Ils barricadent les salles de jeux au cas où la police aurait été prévenue.

À cet instant, je fus content que mes amis ne soient pas de vrais crétins. Je dus grogner, puisque Cillian tourna brusquement la tête vers moi. Un médecin et une infirmière dispersèrent mon entourage. Nous devions arriver à la salle d'opération.

« Appelez Ash », voulus-je dire, mais bien que j'arrive à remuer les lèvres, aucun son n'en sortit.

— Quoi ?

Hunter se pencha pour me tenir la main. Putain, depuis quand étions-nous devenus aussi intimes ?

— Appelez Ash ! hurlai-je, espérant que c'était à cause des coups de feu que je n'entendais rien et non parce que j'avais perdu mes cordes vocales.

Cillian et Hunter s'arrêtèrent net derrière l'équipe médicale alors que ma civière passait les doubles portes.

Il fallait que je reste en vie.

Il le fallait.

Pas pour moi.

Pour *elle*.

Je fermai les yeux.

Pour la première fois de ma vie, j'étais en train de perdre.

Aisling

— Je démissionne.

Le Dr Doyle et moi étions assis l'un en face de l'autre, en train de remplir des dossiers.

Je lâchai ces mots avant de me dégonfler, et le vieil homme se redressa sur son siège. Il me regarda à travers l'épaisse monture de ses lunettes de vue.

— Je suis ravi de l'entendre, finit-il par dire, et je poussai un long soupir de soulagement.

J'avais beau savoir que le Dr Doyle voulait que je m'engage dans une médicine plus légale et gratifiante, je savais qu'il était débordé à la clinique et qu'il avait besoin d'aide.

— Je me sens si mal, dis-je en me couvrant le visage des deux mains en secouant la tête.

— Pas la peine, dit-il, et j'entendis le sourire dans sa voix. Je veux davantage pour vous. La fois où vous êtes venue dans mon bureau, quand vous avez découvert ce que je faisais, quand vous m'avez parlé de Mme Blanchet, j'ai su que vous seriez complètement impliquée dans ce métier, mais jamais je n'ai espéré que vous veniez travailler ici à plein temps.

— Mais Mme Martinez…

— Elle survivra, s'empressa-t-il de dire.

Puis, comprenant qu'il avait mal choisi ses mots, il laissa échapper un petit rire et ajouta :

— Je vais reprendre son cas. J'ai mes propres idées sur son traitement.

Je déglutis. C'était un bon médecin. Ce n'étaient pas ses capacités qui m'inquiétaient, mais sa charge de travail.

— Qu'allez-vous faire ? demandai-je au Dr Doyle en le regardant à travers mes doigts écartés.

La bague de fiançailles me semblait encore lourde à mon doigt. Étrange et étrangère, et pourtant elle me donnait un sentiment de sécurité que je n'avais jamais ressenti.

Les yeux du Dr Doyle s'arrêtèrent sur le saphir, mais si son sourire s'élargit, il ne dit rien.

Il était évident qu'il avait compris.

Des fiançailles impliquaient un mariage, et un mariage impliquait souvent des bébés, et s'il y avait une chose que mes enfants méritaient, c'était d'avoir un parent qui ne risquait pas de finir en prison.

Le Dr Doyle laissa tomber son stylo sur le dossier sur lequel il travaillait.

— Je vais finir par ralentir aussi, en commençant par refuser de prendre de nouveaux patients. Vous savez, j'y ai longuement réfléchi ces derniers temps. À la raison pour laquelle nous faisons ça. Et j'en suis arrivé à la conclusion que nous essayons de nous repentir. Nous avons tous les deux perdu des gens qui nous étaient chers de la pire des manières, mais ce n'est pas notre faute. Il est temps de se libérer de la culpabilité, ma chère. On ne peut pas changer l'histoire. Mais on peut écrire les chapitres suivants. Vous prenez la bonne décision en démissionnant, Aisling. Vous avez une belle vie qui vous attend. Ah, ce que je donnerais pour avoir votre âge. Le monde s'offre à vous dans toute sa gloire. Profitez-en. Vous avez travaillé dur ici, et sans gagner le moindre sou. Vous avez aidé les autres. Il est temps de vous concentrer sur vous-même, mon enfant.

Je baissai les yeux et vis que mon téléphone bipait : j'avais des messages. Je fis glisser mon pouce sur l'écran.

Cillian : Trèfle.

Hunter : Trèèèèèèèèèèèèèèèèèèèèèèfle.

Ils pourraient attendre. Ils m'avaient bien fait attendre quand j'avais eu besoin d'eux.

— Vous pensez que je serai à la hauteur pour un internat ? demandai-je en me mordant l'intérieur de la joue.

J'étais restée si loin de toutes les institutions médicales traditionnelles que m'y faire une place aujourd'hui me semblait presque impossible.

— Ma chère, dit le Dr Doyle en riant, la question, c'est est-ce qu'*eux* seront à votre hauteur ? Vous êtes une force avec laquelle compter. Compatissante, pragmatique et bosseuse. Une combinaison gagnante pour un médecin.

Il se leva, fit le tour du bureau et me tendit la main. Je la pris, et le Dr Doyle me serra dans ses bras. Avec une énergie qui remettait tous vos os en place.

Quand je sortis de la clinique pour la dernière fois de ma vie, je me retournai vers la porte du bâtiment avec un petit sourire mais sans nostalgie.

Mon travail ici ne m'avait jamais vraiment comblée.

Il avait atténué ma peine.

J'étais prête à écrire le prochain chapitre de ma vie.

À guérir les gens et expier toutes les vies que mon futur époux déchirerait sans aucun doute.

Je te pardonne, ma chérie. Tu n'étais qu'une enfant. Et puis, peut-être, je dis bien peut-être, t'ai-je mise dans une situation inextricable, dit la voix de Mme B. dans ma tête, et je sus, non sans déception et avec un certain soulagement, que je n'entendrais plus sa voix si souvent à partir de maintenant. Elle avait rempli sa mission.

Je sortis mon téléphone, m'avançant distraitement vers la Prius.

J'avais de nombreux appels manqués de Cillian, Hunter et Devon. Bon sang, ils étaient vraiment incapables d'encaisser ce qu'il s'était passé la veille entre Sam et moi. Ils allaient devoir s'en remettre.

Les messages, cependant, me firent tiquer.

Cillian : Réponds.

Hunter : Réponds au téléphone stp. Ce n'est pas pour t'engueuler pour les fiançailles.

Cillian : Sam est à l'hôpital Brigham. On lui a tiré dessus. Il est dans un état critique.

Hunter : Il faut que tu viennes le voir. Il te demande.

Devon : Asling, darling, tes frères sont déboussolés, trop pour prêter attention aux détails. Mais en tant qu'avocat, je me demande : si tu es au travail, et que ton lieu de travail est l'hôpital où nous sommes, comment se fait-il que nous n'arrivions pas à te joindre ?

Je me ruai dans ma voiture et fonçai les retrouver, la gorge serrée.

Ma pire peur s'était réalisée.

Les péchés de Sam avaient fini par le rattraper.

Je poussai les portes des urgences et me précipitai dans la salle d'attente, où Hunter, Cillian, Devon et Troy patientaient avec une Sparrow dans tous ses états.

Elle faisait les cent pas, manifestement au téléphone avec sa fille, lui intimant de ne pas venir.

— Non, ma puce, il faut que quelqu'un s'occupe des enfants. Ne les laisse pas à Persy. Elle est déjà débordée. Je te tiens au courant.

C'était la première fois que je voyais ma future belle-famille depuis que Sam avait fait sa demande, et c'était dans des circonstances loin d'être idéales. Je me jetai sur Hunter, m'agrippant aux revers de son caban.

— Où est-il ?

— Salut, dit Hunter, sérieux, d'une voix plus grave et plus inquiète que jamais.

Cillian refusait de me regarder. Savaient-ils quelque chose que j'ignorais ? Cette idée me donna envie de vomir.

— Il est au bloc. J'imagine que tu ne peux pas y aller, mais tu peux peut-être demander au personnel comment il s'en tire ? Comme tu travailles ici. Tu dois connaître certains des médecins.

Encore sous le choc, je marmonnai que c'était un grand hôpital et que je ne voulais pas profiter de ma position, mais je sentis que Hunter me regardait de travers. L'étau se resserrait. Ma famille commençait à avoir des soupçons. Pourquoi m'avait-il fallu tant de temps pour arriver si je travaillais ici ?

Parce que je n'ai jamais travaillé ici. Mais je ne peux pas vous dire ce que je faisais vraiment.

L'ironie qu'on découvre mon secret le jour même où j'avais démissionné ne m'échappait pas, mais je ne pensais qu'à une seule chose : Sam. Je lorgnai la porte que Hunter avait désignée. Derrière elle, des médecins faisaient tout ce qu'ils pouvaient pour sauver la vie de Sam.

— Redites-moi ce qu'il s'est passé, insista Troy, harcelant Cillian et Hunter, et ils relatèrent toute la scène.

Ils expliquèrent qu'ils étaient allés parler à Sam de mes fiançailles avec lui (ils me regardèrent avec insistance à ce moment du récit) et qu'ils en avaient discuté. La Bratva avait fait irruption dans le bureau de Sam et pointé leurs armes sur lui. Ils n'avaient pas entendu les Russes mettre une balle dans la tête de Johnny et Grayson parce qu'ils avaient mis des silencieux.

— C'est un dur à cuire, renifla Hunter. Il était à moitié conscient sur le chemin de l'hôpital. C'est lui qui nous a demandé de t'appeler, Aisling.

Tous les regards se posèrent sur moi. Resserrant mes bras autour de moi, je les ignorai et me dirigeai vers une fenêtre pour regarder dehors.

Le monde continuait de tourner, comme quand j'avais perdu Mme B., mais en bien pire. Les voitures klaxonnaient, en lignes serrées dans les rues. Les nuages flottaient. Des femmes s'extasiaient devant leurs poussettes sur le trottoir.

Soudain, je sentis le ressentiment me gonfler la poitrine.

J'en voulais à mes parents, de m'avoir privée de Sam avant qu'il soit trop tard. Je m'en voulais à moi-même, de les avoir écoutés, d'avoir attendu, de m'être interdit ce que je voulais. Et j'en voulais à Sam, qui dévorait Boston sans pitié – jusqu'à ce que Boston n'ait plus d'autre choix que de le dévorer en retour.

— Hunter, appelai-je les yeux toujours rivés au-dehors.

Il s'approcha, s'arrêtant à mes côtés.

— Appelle maman. Je veux qu'elle soit là. Pour une fois dans ma vie, je veux qu'elle me réconforte.

— Tu es sûre ? demanda-t-il en fronçant les sourcils. Je ne veux pas ce soit l'inverse qui se produise. Et si elle se retrouve à t'emmerder avec son psoriasis ou qu'elle essaie de te traîner au centre commercial pour faire du shopping ?

— Elle ne le fera pas, dis-je avec conviction.

Les femmes aux poussettes se donnèrent une accolade et partirent chacune de son côté. Je fus prise de nausée en songeant qu'il était possible que je n'aie jamais d'enfants avec Sam. Que c'était peut-être la fin pour nous.

— Je ne la laisserai pas faire.

Hunter hocha sèchement la tête et s'écarta pour appeler notre mère.

Puis, seule, le visage tourné, dos aux autres, je laissai les larmes couler. Une par une, elles glissèrent lentement sur mes joues, chaudes et salées.

Je devais les verser, ou je me noierais.

19

Aisling

Une heure plus tard, ma mère entra dans la salle d'attente. Nous n'avions toujours pas eu de nouvelles des médecins, encore au bloc. Plusieurs fois, Sparrow, Troy et Cillian essayèrent de me pousser à demander à la réception, à mettre en avant ma position de médecin dans cet hôpital. Je remarquai que Devon et Hunter restaient silencieux et graves. Ils savaient.

Mère jeta ses bras autour de mes épaules, enfouissant son visage dans mon cou.

— Oh ! Aisling, quelle horreur. Pauvre Sam. J'espère qu'il s'en sortira. Même si j'imagine qu'il a eu ce qu'il méritait, vu son métier.

Mon sang se figea dans mes veines. Je me détachai d'elle. Personne d'autre n'avait entendu ce qu'elle avait dit, mais cela n'avait pas d'importance. J'en avais assez d'être compréhensive avec elle et sa maladie. Sa langue bien pendue et sa morale lâche avaient des conséquences, et il était temps qu'elle le sache. Je fis un pas en arrière.

— C'est mon fiancé, annonçai-je d'une voix robotique.

Sa mâchoire se décrocha. Mes frères avaient dû le lui cacher.

Pensant sans doute que les fiançailles ne dureraient pas. Ils avaient tort. La seule circonstance qui pourrait mettre fin à cet engagement serait la mort de Sam.

— Aisling, tu ne peux pas…

Elle attrapa son collier en or, le remettant nerveusement en place autour de son cou. Elle portait un costume de velours noir et un sac Chanel vintage, et je me rendis compte, un peu trop tard, que ce n'était pas seulement ses propos qui me dérangeaient, mais aussi le fait qu'elle ait pris le temps de se préparer avant de venir à l'hôpital quand je l'avais fait appeler.

Elle baissa la voix, m'agrippa par le poignet et me tira dans un coin de la salle pour que personne ne puisse nous entendre.

— Ma chérie, il n'est pas pour toi.

Je retirai mon bras en lui jetant un regard noir.

— Tu ne sais pas ce qui est bon pour moi. Tout ce que tu veux, c'est que je reste dans cette maison et que je m'occupe de toi.

— Ma puce ! C'est ridicule. Au contraire, je…

— Ne finis pas cette phrase, l'avertis-je en la menaçant d'un doigt. Je t'ai fait venir ici parce que je voulais du réconfort, pas ton opinion. Voilà ce qu'il va se passer à partir de maintenant, maman. Tu vas m'apporter ton soutien au lieu de recevoir le mien. Tu ne me jugeras pas. Tu seras une *mère*. Et non plus une responsabilité à ma charge. C'est compris ?

Elle me dévisagea, interdite, et mon cœur se serra quand je pris conscience que nous étions le reflet distordu l'une de l'autre. Je lui ressemblais comme deux gouttes d'eau. Même silhouette fine, même ossature délicate, même chevelure. Mêmes lèvres, même nez, et mêmes cils naturellement recourbés.

Mais j'étais différente. Forte. Résiliente.

Elle effleura ma joue du bout des doigts en soupirant.

— Tu as raison. J'ai abusé de ta générosité, Aisling. Je ne voulais pas le croire, mais c'est évident. Tu étais si bonne, et j'étais si faible Je n'avais pas l'habitude que les gens soient gentils sous mon toit Ton père et Cillian sont glacials. Hunter a les meilleures intentions, mais je n'ai jamais réussi à me faire une place dans son cœur. Tu étais mon roc. Mon tout. Et te perdre… Je ne pouvais pas imaginer un tel scénario. Je suis désolée. Je suis tellement désolée. Je…

Elle se tut, baissant la tête alors que ses épaules se secouaient au rythme de ses sanglots.

— C'est moi qui ai suggéré à ton père de payer Sam plus cher pour qu'il ne t'approche pas.

Une stalactite me transperça le cœur. Je pris une profonde inspiration, tendant la main vers le mur pour ne pas tomber.

Ma mère poursuivit, les yeux braqués sur le sol :

— J'ai vu ta façon de le regarder la première fois que tu l'as vu. Tu dois me croire, il n'était pas seulement question de moi, Aisling. Je pensais aussi à toi. Il était trop âgé, trop dangereux, trop brut de décoffrage pour une fille aussi douce que toi. Mais oui, si je suis honnête, je dois reconnaître que je savais qu'un homme comme lui pouvait t'emporter aussi facilement que tu sortais Shelly de sa cage pour lui donner son bain. Tu allais me laisser seule avec ton père dans cette grande maison, et je n'étais pas prête pour ça. Chaque année qui passait, j'essayais de trouver le courage de te le dire. D'avouer. Égoïstement, je n'ai pas pu.

Consciente que nos amis et notre famille nous observaient, je me retins de faire un scandale. Hunter et Cillian semblaient déjà sur le qui-vive, prêts à sauter sur Mère pour l'emmener loin de moi, sachant qu'elle avait le don de voler la vedette quelle que soit la situation.

Malgré le choc initial et mon sentiment profond de trahison, je me dis que le Dr Doyle avait raison. Nous ne pouvions pas changer le passé. On ne pouvait qu'avancer. Je pouvais laisser ce que ma mère avait fait définir notre relation, ou la réinventer.

Et là, alors que Sam était au bloc entre la vie et la mort, j'eus une illumination.

Quand on aime quelqu'un, on doit lui laisser une seconde chance.

Pas seulement pour cette personne.

Pour *soi-même.*

Je fis un pas vers elle, redressant la tête, le port royal.

— Je te pardonne, Jane. Pas parce que tu le mérites, mais parce que je ne mérite pas de passer le restant de mes jours sans maman à cause de tes erreurs. Mais tu vas te racheter. Comme il faut. Tu peux commencer par aller nous chercher des cafés et des pâtisseries à tous. Les Brennan n'ont rien avalé de la journée, et je meurs de faim.

Elle hocha la tête en s'essuyant le visage avec un reniflement.

— Bien sûr. Tout de suite. Oh ! Aisling, merci infiniment.

Elle m'attrapa les deux mains et les serra.

— Je ne te décevrai pas, ma chérie. Tu verras.

Elle partit vers les ascenseurs en courant sur ses talons hauts, ignorant les regards perplexes qui la suivirent.

À partir de maintenant, c'était moi que je choisissais.

Moi… et l'homme que j'aimais.

Cela faisait six heures que j'attendais à l'hôpital, et nous n'avions toujours pas de nouvelles du bloc opératoire. Je savais que ce n'était pas forcément mauvais signe. Cela voulait dire que les médecins faisaient tout ce qu'ils pouvaient pour lui sauver la vie.

J'étais au bord de l'infarctus.

Des soignants allaient et venaient, avec des blouses ensanglantées et la mine grave. Je leur sautai dessus sans vergogne, exigeant des réponses, mais ils m'expédiaient à chaque fois.

La salle d'attente se remplit peu à peu. Je ne le remarquai pas au début, trop occupée à envisager toutes les issues possibles et imaginables, mais je m'en rendis compte quand je finis par lever les yeux de mes genoux.

Troy, Sparrow, Cillian, Hunter, Devon, mes parents et Sailor étaient tous là, ensemble mais seuls, chacun d'entre nous plongé dans un profond état de choc.

Notre inquiétude pour Sam était palpable, flottant comme un brouillard au-dessus de nos têtes.

Troy aboyait des ordres au téléphone. Il exigeait des mesures, essayant sans doute d'en savoir plus sur l'attaque, et planifiait des représailles contre la Bratva. Sparrow avait l'air si fragile que j'avais peur qu'elle ne se brise si je tendais la main pour la toucher.

Je m'approchai d'elle.

— Tout ira bien, murmurai-je, essayant de m'en convaincre par la même occasion.

D'après Hunter, les balles avaient touché Sam à l'épaule et à la poitrine. Il était difficile d'estimer les dégâts sans informations concrètes.

Un médecin d'âge mûr en blouse tachée et les tempes en sueur finit par sortir de la salle d'opération. Je fus la première à me précipiter vers lui, Sparrow sur les talons.

— Bonjours, je suis le Dr McKinnley. Vous êtes l'épouse ? demanda-t-il en se tournant vers moi.

— Bientôt, dis-je en tirant Sparrow contre moi. Voici sa mère. Je vous en prie, dites-nous comment il va.

Il me dévisagea, sceptique. Il n'était pas censé divulguer des informations à des personnes extérieures à la famille de Sam.

— Aisling est aussi médecin ici. En gynécologie, expliqua Sparrow en posant une main protectrice sur mon épaule. Vous pouvez lui dire.

Le médecin m'accorda un autre regard avant de se tourner à nouveau vers Sparrow.

— Il l'a échappé belle, mais il n'est pas encore tiré d'affaire. La blessure à l'épaule n'est pas inquiétante. Nous avons retiré la balle et, même si c'est encore trop tôt pour l'affirmer avec certitude, je pense qu'elle n'a transpercé que du tissu musculaire, sans toucher aucun nerf. C'est la blessure à la poitrine qui nous inquiète le plus. Ce n'est pas passé loin, pour dire les choses franchement. La balle a frôlé le cœur. Il nous a fallu trois heures rien que pour la retirer, et il a perdu beaucoup de sang. Les prochaines vingt-quatre heures vont être déterminantes. Nous sommes en train de le déplacer en salle de réveil en ce moment-même. Il a besoin de repos. J'insiste, vraiment. Il serait préférable qu'il ne reçoive qu'un seul visiteur à la fois.

Sparrow et moi nous regardâmes. Elle était sa mère, elle méritait de le voir en premier. Ma future belle-mère serra ma main dans la sienne.

— Il y a plus de vingt ans, j'ai dit à Sam qu'un jour une personne unique le ferait changer d'avis sur les femmes. Il s'est bien défendu, mais je pense que tu as enfin brisé sa carapace. C'est toi qu'il voudra voir quand il ouvrira les yeux. D'ailleurs, Troy m'a dit que Sam t'avait fait demander quand il a été amené ici en urgence. Tu devrais y aller.

Je me mordis la lèvre.

— Êtes-vous sûre ?

Elle sourit malgré la douleur qui se lisait sur son visage.

— Absolument certaine, ma chérie.

Je suivis le Dr McKinnley dans l'étroit couloir recouvert de lino comme une fillette qu'on a convoquée, sans trop savoir ce qui m'attendait. Quand le chirurgien ouvrit la porte, il dit :

— Rappelez-vous, il est encore fragile, même s'il n'en a pas l'air.

Je hochai la tête, fermant la porte derrière moi et observant Sam à bonne distance. J'étais médecin. J'avais vu du sang dans ma vie. Mais la douleur de Sam était trop intime, trop réelle pour moi. Il était allongé là, les yeux fermés, ce colosse si imposant, si impérial, et pourtant si calme et juvénile en cet instant.

— Oh ! Sam.

Je portais une main à ma bouche et me ruai à son chevet, où je tombai à genoux, enfouissant mon visage contre son bras.

— Que t'ont-ils fait ? Il faut que tu t'en sortes. Je t'en prie.

J'avais les joues baignées de larmes. Je me lamentai, hurlai comme je ne m'en croyais pas capable. Il m'appartenait enfin, et j'étais en train de le perdre.

C'était d'une cruauté inconcevable pour moi.

— Il y a tant de choses que je ne t'ai pas dites. Tu ne peux pas m'abandonner maintenant, Sam. Quel genre de gentleman es-tu ?

Je crus le sentir bouger près de moi, mais il ne dit rien, ne grogna même pas. J'avais dû l'imaginer.

— J'ai démissionné. Je vais chercher un internat. J'ai besoin que tu m'aides à choisir. Et les enfants ? J'en veux plein, Sam, et il faut qu'on s'entraîne. Et puis il y a le problème Cillian et Hunter. Qui va les enquiquiner, si tu meurs ?

Un autre petit mouvement. Je relevai la tête pour sonder le visage de mon fiancé. Il avait toujours les yeux fermés et respirait avec difficulté. Sans le quitter des yeux, je poursuivis, avec prudence :

— Bien sûr, si tu meurs maintenant, un jour – dans très très longtemps – je t'oublierai, et je tournerai la page. Mais pour l'instant, je veux que tu…

La main de Sam bougea. Il m'attrapa le poignet et me tira à lui, ouvrant les yeux en grand. Le mouvement brusque le fit gémir de douleur, et il m'adressa un sourire carnassier.

— Personne ne va oublier personne, putain, Fitzpatrick. Maintenant ferme-la et laisse-moi me reposer.

Je le dévisageai, enchantée. Ma ruse avait fonctionné. Je fis la moue et me penchai en arrière pour le laisser respirer. Il resserra légèrement ses doigts autour de mon poignet, mais il était encore très faible.

— Je reformule : laisse-moi me reposer tout en restant assez proche pour que je te voie et te sente.

— Espèce de connard, sifflai-je. Je croyais que tu allais mourir.

— Ouais, j'ai cru comprendre que tu allais faire une grande tournée des bites une fois que je serais entre quatre planches. Elle devra attendre encore quelques dizaines d'années. Désolé.

— C'était juste une plaisanterie pour voir si tu étais conscient. Je croyais t'avoir senti bouger, expliquai-je en le voyant refermer les yeux, sa gorge tressautant comme il avalait péniblement sa salive.

— Je sais, ma belle, dit-il d'une voix douce, rauque.

— Je peux faire quelque chose ?

— Tu peux me grimper dessus en mode cow-girl ?

— Non.

— Alors tu ne peux rien faire pour moi, Nixe.

— Tout le monde attend dehors. Ils sont morts d'inquiétude, lui indiquai-je en lui frottant le bras – celui qui n'avait pas pris de balle. Je devrais aller leur dire que tu vas bien.

Il hocha la tête et gémit aussitôt. Il devait avoir mal partout, et je notai mentalement de demander aux infirmiers d'augmenter sa dose de morphine.

— Mais je ne partirai pas tant que tu ne m'auras pas promis une chose, dis-je.

Les yeux fermés, il demanda :

— Oui ?

— Tu m'as demandé de démissionner, et je l'ai fait, même si c'était le cœur gros parce que je ne pourrai plus aider tous ces gens qui souffrent. Maintenant, je te demande de te retirer de cette guerre avec la Bratva, Sam. Plus de carnages. Ça suffit. Je ne mérite pas de devenir veuve parce que tu es trop fier. Renonce à Brookline. Tourne le dos à cette partie de la ville. Ce n'est pas un hasard si Troy ne l'a jamais revendiquée. Promets-le-moi.

— Ce n'est pas dans ma nature de perdre.

— Et pourtant parfois – pas souvent – tu perdras. Tu dois perdre Brookline, ou tu me perdras, moi. C'est un ultimatum, Sam. Je refuse de devenir veuve à vingt-huit ans.

Il ouvrit les yeux pour me regarder, surpris, et dit à voix basse :

— C'est une menace ?

— Oui.

Je devais le faire. Pour lui. Pour moi. Pour sa famille et nos futurs enfants. S'il tenait plus à un quartier de Boston qu'à moi, l'épouser serait une erreur. Cette logique simple me rassurait étrangement. Il soutint mon regard en silence, mâchoire crispée.

— Je peux y arriver, dit-il enfin. Je parlerai à Vasily.

— Renonce à Brookline.

— Je vais renforcer la sécurité.

Je secouai la tête et me relevai en m'essuyant les joues.

— Je suis désolée, Sam, mais ce n'est pas suffisant. Je ne remets pas mon cœur entre les mains d'un homme qui n'en prendra pas soin.

— Nom de Dieu, Ash.

Il tourna la tête sur le côté, fermant les yeux, déglutissant péniblement.

— D'accord. D'accord.

Je savais à quel point c'était difficile pour lui de céder, de faire ce sacrifice. Je me penchai et l'embrassai tendrement sur la joue.

— Merci. Je vais dire aux autres que tu es réveillé.

Je reculai, puis me retournai, m'apprêtant à partir, quand j'entendis sa voix, tranchante comme du verre.

— Alors c'est ça qu'on ressent, hein ? dit-il d'un air songeur, presque émerveillé. Quand on est amoureux. Je n'arrive pas à croire que j'ai chopé des sentiments comme un amateur, putain. Tellement de sentiments. C'est pitoyable.

Je souris et le regardai par-dessus mon épaule.

— Redis ça pour voir.

— Je suis un putain d'amateur.

— Non, la partie sur l'amour, dis-je en riant.

Il tourna la tête pour me lancer un regard noir.

— Je t'aime, espèce d'idiote. J'ai insisté pour ne pas signer de contrat de mariage parce que je ne voulais pas que tu t'enfuies, pas parce que je voulais ton argent. Ça n'a jamais été une question d'argent. Même quand j'ai accepté le job avec Gerald et Cillian, il y avait une chose à laquelle je tenais, et cela n'avait rien à voir avec le pouvoir. J'en avais déjà avant de mettre le pied chez toi. Je voulais être proche de toi, même si ça m'insupportait de ne pas pouvoir t'avoir. Je rendais visite à ton père toutes les semaines. Ce truc nous dépassait tous les deux, mais nous avions beaucoup à perdre.

L'idée que je n'étais pas la seule à attendre de l'apercevoir à Avebury Court Manor fit palpiter mon cœur. Je me retournai vers lui, posant ma main sur sa joue. Il enroula ses doigts autour de mon bras et leva les yeux vers moi.

— Je n'étais pas loin de tout gâcher, hein ? Entre toi et moi. Le soir où tu t'es enfuie dans les bois. Je le sentais.

Je secouai la tête.

— Je n'ai jamais cessé de t'aimer, Sam. Pas même – surtout pas – quand tu ne méritais pas mon amour.

— Embrasse-moi, Nixe.

Il m'attira vers lui. Nos lèvres se rencontrèrent. Les siennes étaient froides, sèches et gercées, et je frémis, bouleversée par ce qu'il avait enduré. Je déposai des baisers légers autour de sa bouche, sur son menton, dans son cou, et lui souris, avant d'embrasser son front une dernière fois.

— Je t'aime, murmurai-je.

— Je vis pour toi, putain, répondit Sam. *Littéralement*. Je suis sur le point de renoncer à beaucoup de choses pour t'avoir.

— Comme il se doit.

Je m'éloignai en lui jetant un dernier regard, sachant que nous aurions un million d'autres au revoir.

Et un million d'autres bonjours, aussi.

Je retournai à la salle d'attente en courant, annonçant la bonne nouvelle dans un flot de mots saccadés. Sparrow poussa un cri perçant et se rua dans la chambre de Sam. Mes parents poussèrent un soupir de soulagement, même si je ne comprenais pas trop ce que mon père faisait là. Était-ce par culpabilité de nous avoir séparés, Sam et moi, pendant toutes ces années ?

Cillian et Hunter furent les seuls que la nouvelle ne sembla pas réjouir. Ils me scrutaient avec un regard noir pendant que je relatais le moment où Sam s'était réveillé, omettant les détails gnangnan qui les écœureraient.

— Ash, on peut te parler ? demanda Hunter.

Il se racla la gorge et coula un regard en direction de nos parents, avant de préciser :

— *En privé.*

Il se retourna avant que je puisse répondre et s'engagea dans le couloir. Cillian le suivit sans rien dire. Je leur emboîtai le pas, sourcils froncés, sentant un froid envahir ma poitrine. Cela ne me disait rien qui vaille.

Ils s'arrêtèrent au croisement entre les ascenseurs et la sortie de secours, à bonne distance de notre famille, et se retournèrent tous les deux vers moi. Il me suffit de les regarder pour comprendre qu'ils savaient tout.

— À quoi tu joues, Aisling ? demanda Cillian d'une voix glaciale qui me donna la chair de poule. En arrivant, on est allés à l'accueil pour te faire appeler, comme on n'arrivait pas à te joindre sur ton portable. Les réceptionnistes nous ont dit qu'il n'y avait pas de Dr Fitzpatrick dans cet hôpital. Ils ont cherché dans le système. On est même allés *nous-mêmes* au département de gynécologie pour te trouver – en se disant que tu n'étais peut-être pas encore enregistrée parce que tu étais interne – mais tu dois savoir que nous avons fait chou blanc.

— Tu travailles, fit remarquer Hunter. Toutes tes gardes, les blouses d'hôpital, tes disparitions soudaines pendant le dîner. Mais qu'est-ce que tu fous depuis tout ce temps ?

Je devais avoir pâli parce que, même s'ils me considéraient encore avec un regard assassin, ils prirent une expression plus douce et arrêtèrent de me cuisiner. J'avais deux options : avouer et admettre ce que j'avais fait pendant un an, ou leur servir une excuse bâclée. Un mensonge qui ne ferait pas trop de mal. Après tout, j'avais démissionné.

Mais je ne pouvais pas leur mentir. Pas encore. Mes mensonges s'empilaient sur ma conscience. Et puis, je ne voulais plus faire semblant d'être quelqu'un d'autre. Une femme se pliant aux envies de ses proches pour qu'ils soient heureux, comblés, fiers d'elle.

Mes parents.

Mes frères.

Mes professeurs.

Même feue Mme B. m'avait modelée pour que je devienne la femme qu'elle voulait que je sois.

J'en avais assez.

Alors je leur dis. J'ouvris la bouche et la vérité en sortit. Le Dr Doyle. Notre rencontre. La mort de Mme B. et comment elle m'avait affectée. La première fois que j'avais vu Sam, pas le jour où les Fitzpatrick l'avaient invité avec sa famille, mais plusieurs mois plus tôt. Je leur dis que j'avais démissionné. Que je ne pouvais plus me mettre en danger pour aider les autres. Que Sam m'avait forcé la main.

— C'est la première et unique fois que cet enfoiré fait un truc bien, marmonna Hunter en me prenant dans ses bras, me serrant contre son cœur. Putain, Ash, je suis désolé. On était tellement pris dans nos propres merdes qu'on n'a jamais pris le temps de se demander ce que tu avais traversé après la mort de ta gouvernante. D'autant que tu avais toujours l'air de savoir ce que tu faisais. La fille parfaite.

— Il a raison, dit Cillian. On t'a négligée bien trop longtemps. Nous allons rectifier ça à l'avenir.

— Alors… (Je les regardai tour à tour.) Vous ne me jugez pas ? Pour ce que j'ai fait ?

— Te juger ? fit Cillian. Tu n'as fait que prouver que tu étais une vraie Fitzpatrick. D'une obscure complexité et d'un pragmatisme terrible. Je suis fier de t'avoir pour sœur.

20

Sam

Dix jours plus tard, je sortis de l'hôpital. Aisling et Sparrow me chouchoutèrent comme si j'étais un bébé. Elles me dorlotaient et venaient voir comment j'allais toutes les heures, et je me sentais aussi viril qu'un caniche avec une coupe de styliste.

Les deux premiers jours, je les laissai faire, surtout parce que je voulais faire preuve de gentillesse envers ma fiancée. Au troisième jour, cependant, je pris la décision d'envoyer valser tous les principes de précaution que mon médecin m'avait dit de prendre vis-à-vis de ma foutue santé.

Nixe et moi étions dans notre appartement – oui, *notre* appartement – et elle me tamponnait le front avec un tissu chaud et humide. J'attrapai son autre main, posée sur mon torse, en crachant :

— Nixe, arrête. Ça suffit ces conneries. Je retourne dans les rues ce soir.

Elle écarquilla ses yeux bleu paon, horrifiée, et fit la moue avec sa bouche en cœur.

— Tu es encore en convalescence.

— Je m'ennuie à mourir, et j'ai un job à faire.

— Tu pourras le faire quand tu te sentiras mieux.

— Je me sens au top de ma forme. Tu veux que je te montre ?

Je haussai un sourcil en baissant les yeux vers l'énorme bosse dans mon pantalon. Quel que soit mon état physique, dès qu'Aisling était présente, ma libido l'était aussi.

— On a passé un marché, tu te rappelles ? me sermonna-t-elle, retirant sa main de la mienne pour se planter face à moi.

— Oui, mon amour. J'étais là quand on l'a passé.

C'était une chose de renoncer à la moitié de mon empire pour elle. C'était autre chose de le faire avec bonne humeur.

— Raison de plus pour que je me bouge le cul et que je me remette au boulot. Donne-moi mon téléphone.

Je claquai des doigts en direction de la table de chevet.

Elle haussa un sourcil et croisa les bras.

Elle était ma fiancée, pas un de mes sous-fifres. J'avais encore des progrès à faire pour la traiter comme la princesse qu'elle était. Principalement parce que je n'avais jamais eu à bien traiter qui que ce soit de toute ma vie.

— S'il te plaît. Et merci.

Je lui adressai un sourire carnassier, et elle prit mon téléphone pour me le donner.

— Tu appelles qui ?

J'avais déjà l'appareil collé à l'oreille.

— Troy.

— Où allez-vous ?

— Tu le sauras bien assez tôt.

— Tu n'arrêteras jamais de faire des mystères, hein ?

Elle soupira mais cette idée sembla l'exciter. Je l'attrapai par l'ourlet de sa robe et la tirai à moi pour l'embrasser fougueusement.

— Pas du tout. Ou alors des mystères très excitants. Et je te promets que tu vas aimer ça.

Le lendemain soir, Troy se gara devant l'épicerie de Vasily Mikhailov à Brookline, en me jetant un regard dubitatif.

— Tu es sûr de vouloir faire ça ? Tu peux te contenter de lui dire que tu l'as fait, elle n'en saura pas plus. Je sais que tu t'es démené pour conquérir Brookline.

— Tu trouvais pourtant que c'était une bonne idée, à la base.

— Je ne fais que jouer l'avocat du diable avant que tu passes à l'acte.

— Tu n'as pas besoin de jouer son avocat, je sais parfaitement ce qu'il se passe dans la tête du diable.

J'ouvris la portière passager et sortis, armant mon pistolet. J'entendis Troy faire pareil dans mon dos. Nous fîmes le tour de sa voiture pour aller ouvrir le coffre. La fille de Vasily, Masha, cligna des yeux pour s'adapter à la lumière vive. Elle était bâillonnée, les mains et les pieds noués dans le dos.

Je lui souris cordialement.

— Mademoiselle Mikhailov, merci pour votre contribution à notre cause.

Elle maugréa derrière le tissu qui lui couvrait la bouche, mais c'était inintelligible.

— Pardon ? demandai-je. Laisse tomber. Ce n'est pas pour ta conversation que je t'ai capturée. Tu es un pion. Je veux que ton papounet sache que je te truciderai s'il n'accède pas à mes demandes.

Je la hissai sur mon épaule et avançai d'un pas décidé vers l'épicerie.

La clochette tinta quand nous entrâmes dans la boutique. De ma main libre, je pointai mon pistolet sur le propriétaire, un vieil homme russe au visage buriné par les années passées à braver le froid. J'avais encore Masha en travers de l'épaule, comme un cochon que l'on amène à l'abattoir, toujours vêtue du beau manteau et des escarpins de marque qu'elle portait ce matin-là pendant sa séance de shopping.

— Où est Vasily ? demandai-je sèchement.

L'homme écarquilla les yeux. Masha se débattait désespérément.

— Je… je…, commença-t-il, bien conscient qu'il n'avait pas le droit de faire entrer des gens dans l'arrière-boutique.

C'était là que son patron se trouvait.

Je déviai le canon de sa tête pour viser la colonne vertébrale de Masha, enfonçant l'arme entre ses vertèbres.

— Vous feriez mieux de vous dépêcher, ou vous devrez expliquer à votre boss pourquoi les entrailles de sa fille maculent votre carrelage. J'imagine que ce sera une galère à nettoyer, en plus. Mais bon, je doute qu'il vous laisse vivre si vous ne faites rien.

— Suivez-moi ! dit l'homme en capitulant, puis il fit le tour du comptoir à la hâte et poussa une porte en bois.

Ça sentait les cornichons, la viande séchée et la fumée. Je lui emboîtai le pas, Troy sur les talons. Après avoir traversé un couloir étroit et poussiéreux, nous atteignîmes une autre porte, qu'il ouvrit.

Vasily était à son bureau, encadré par quatre de ses hommes de main. C'était un homme d'âge mûr aux cheveux argentés et aux yeux d'un bleu pâle. Il avait cet air roublard de méchant de bande dessinée, qu'il amplifiait par de beaux costumes et de mauvaises manières. Mais aucune tenue n'aurait pu faire oublier son visage couvert de cicatrices, souvenirs de nombreux coups de couteaux. Mes initiales – S.A.B. – étaient gravées sur son front, en lettres blanches dentelées.

Ses gardes du corps étaient sur le qui-vive, deux de chaque côté, avec leur allure de semi-remorque – et un QI équivalent. Vasily leva la tête vers moi, posant son cigare sur un cendrier, la fumée montant en volutes vers le plafond.

— Brennan. Tu es en vie.

— Et ça t'étonne.

Je réajustai Masha pour mieux répartir son poids sur moi. J'avais beau la tenir sur mon épaule saine, et non sur celle dans laquelle un de ses hommes avait mis une balle, je n'étais pas au top de ma forme. D'habitude, porter un poids plume comme Masha équivalait à porter une écharpe pour moi.

— Et je vois que tu es venu avec ton papa, dit Vasily en faisant glisser son regard sur Troy, à mes côtés.

— Cela me semblait équitable, dit sèchement Troy, puisque tu as toute une armée autour de toi. On n'a plus l'habitude de faire le sale boulot, hein, Vasily ?

— Et ça se voit. Deux balles, et pas une seule ne m'a transpercé le cœur, fis-je remarquer en secouant la tête. Mon petit neveu vise mieux dans les toilettes alors qu'il vient juste d'apprendre à faire sur le pot.

Masha se tortilla sur mon épaule, réagissant à la voix de ténor de son père. Je l'avais un peu droguée – assez pour la faire taire et qu'elle soit plus facile à gérer – et je savais que ces sauvages se demandaient si j'en avais profité pour la violer, et peut-être même faire en sorte qu'elle ait un petit bâtard dans le ventre afin de m'assurer que la Bratva ne lève plus la main sur moi.

— Que veux-tu ? demanda Vasily en se levant de son fauteuil en cuir. Il est clair que tu es venu te venger, alors crache le morceau. Et non, ma fille ne peut pas faire partie du deal. Elle est innocente. Nous avons un code.

— *Tu* as un code, rétorquai-je. Je n'ai ni éthique, ni rien à en foutre. C'est à ma façon, ou rien. Et puisque tu as failli m'envoyer six pieds sous terre, je te conseille d'accepter mes conditions sans discuter, et sans négocier.

— Parle ! s'exclama Vasily en frappant le bureau du plat de la main, furieux. Et repose-la par terre, pour l'amour du ciel !

— Je te rends Brookline, mais en échange tu me paieras

chaque mois des frais de protection. Un pourcentage sur toutes tes transactions.

Vasily plissa les yeux.

— Protection de quoi ? Nous sommes la Bratva ! Nous nous protégeons nous-mêmes.

— Eh, je n'ai jamais promis d'être logique.

Je haussai les épaules. Masha gémit et sanglota derrière son bâillon.

— Mais à l'heure où nous nous parlons, j'ai des hommes partout sur ton territoire, ajoutai-je. Je me fais plus d'argent ici que tu n'en as jamais gagné. Si tu veux que je batte en retraite, tu vas devoir aligner.

Vasily se frotta le menton, considérant ma proposition. Ses hommes étaient prêts à se battre – je le voyais à la façon dont leurs muscles se contractaient sous leurs chemises.

— L'as-tu touchée ? demanda Vasily, et je sentis l'inquiétude pointer derrière son accent.

— Non, dis-je en toute honnêteté. Je préfère mes conquêtes consentantes.

Je ne préférais d'ailleurs qu'une seule femme – Aisling. Je n'arrivais toujours pas à croire qu'elle m'ait convaincu de faire ça. Abandonner un quartier si stratégique de Boston. L'amour, c'est casse-couilles, mais je devais encaisser si je voulais rester avec Nixe.

— Repose-la, répéta Vasily, sa voix tremblant légèrement.

Depuis que je le connaissais, je n'avais jamais entendu la voix de Vasily Mikhailov vaciller. Il avait peur.

— Accepte, sifflai-je.

Il baissa la tête, si proche de la défaite que son désarroi était palpable.

— Quel est ton taux ?

— Huit pour cent du bénéfice net de toutes tes affaires.

— Six, contra-t-il en notant quelque chose sur un morceau de papier posé sur son bureau, faisant les calculs.

— Huit. L'amour n'a pas de prix, Mikhailov, lui rappelai-je.

Il leva les yeux.

— Très bien. Maintenant, repose-la.

Je posai Masha au sol. Elle se recroquevilla, cherchant son père des yeux dans les ombres de la pièce. Vasily se précipita vers elle, s'accroupit et tira un couteau de ses mocassins italiens. Il coupa les cordes qui la ligotaient, lui murmurant des mots de réconfort en russe, le visage tordu par l'émotion.

Troy posa une main sur mon épaule.

— Il est temps d'y aller, fils.

— Très bien, papa.

Je ne l'avais jamais appelé papa auparavant, mais il n'était pas trop tard pour m'y mettre.

Je me retournai et le suivis, conscient de son sourire dans mon dos.

Pour la première fois depuis que j'étais né, j'éprouvai un sentiment étrange et addictif.

Celui d'être à ma place.

Épilogue

Aisling

— Juste pour info, je ne te pardonnerai jamais.

Ma mère ramassa son sac Hermès sur le sol de la chapelle, ses talons cliquetant sur les dalles alors qu'elle se dirigeait vers la sortie.

Derrière elle, mon père haussa les épaules d'un air impuissant, comme pour dire : « Que veux-tu ? » Troy et Sparrow étaient derrière eux, rassemblant leurs affaires.

— Elle peut te pardonner et elle le fera, me dit mon père. On dîne à 20 heures. Ne soyez pas en retard.

Il m'embrassa sur les deux joues puis serra la main de Sam, à mes côtés.

Belle sortit ensuite de leur rangée.

— Je n'arrive pas à y croire, dit-elle en m'agrippant les bras pour me secouer avec excitation. Tu l'as vraiment fait.

— Un mariage à Las Vegas, compléta Perséphone, qui sortait à son tour du rang avec Cillian en se tenant le ventre, où grandissait mon prochain neveu ou ma future nièce. Qui l'eût cru ?

— Moi, lança Sam, mettant fin à tous les roucoulements et

exclamations. Aisling ne s'est pas mariée toute seule. Et puis, c'était un mariage à Vegas, mais classe.

— C'est un oxymore, plaisanta Cillian.

— Non, il a raison. C'était vraiment classe, dit Sailor en s'approchant à son tour avec Hunter. Rien de plus élégant que d'être unis par Elvis en personne pendant qu'un groupe de vieux habillés comme les 'N Sync massacrent « It's Gonna Be Me ». Ce n'est pas ce que le prince William et Kate ont fait pour leur mariage ? demanda-t-elle d'un air pensif en enroulant ses doigts sous son menton.

— Je crois qu'il y avait des sosies de Take That qui chantaient « Relight my Fire » à la réception de Will et Kate, intervint Devon en s'éclaircissant la gorge.

J'éclatai de rire ; notre ami anglais ne semblait vraiment pas à sa place dans la petite chapelle kitsch.

— On ne pouvait pas se permettre d'attendre, dit Sam sans aucune émotion dans la voix.

Je tournai la tête vers lui, à la fois choquée qu'il évente notre secret et soulagée que nos parents ne soient plus à portée de voix.

Sam garda les yeux rivés sur nos amis pendant que je rougissais dans ma respectable robe blanche.

— Aisling voulait attendre la fin de son internat, mais mon sperme n'était pas de cet avis.

— Comment ça ? demanda Persy.

— Le préservatif a pété ? demanda Belle sans prendre de gants. T'achètes des capotes à deux balles, Samuel ? Ou tu as percé des trous dedans avec une aiguille ? Il paraît qu'une rock star raconte ça dans son autobiographie… Bon, d'accord, c'était dans un film.

— Ouf, lâcha Hunter, pendant une seconde j'ai cru que tu t'étais mise à lire.

— Le congrès des analphabètes, c'est la salle d'à côté, dit Cillian.

Je crois que Samuel et Aisling essaient de nous annoncer une nouvelle grossesse dans la famille.

— Putain, frérot, pouffa Hunter. J'essayais juste de te faire oublier que Brennan a couché avec notre petite sœur.

— Hunter ! s'écria tout le monde en chœur, sauf Emmabelle, qui éclata de rire, et Devon, trop occupé à la mater pour se soucier de ce que disaient les autres.

— Et la réponse est non, dis-je en secouant la tête. Je prenais la pilule et j'étais très disciplinée. Il y a toujours de très faibles chances pour que la pilule ne marche pas. J'imagine que c'est ce qui nous est arrivé.

Je souris et levai la tête vers Sam, qui déposa un baiser fier sur mon front.

Deux mois après que Sam avait dit à Vasily Mikhailov qu'il pouvait reprendre Brookline, nous étions sortis fêter mon acceptation en internat dans un hôpital local. C'était dans mon restaurant thaï préféré et, même si nos avions passé un très bon moment, je m'étais sentie malade en me couchant. Quand je m'étais levée le lendemain matin, j'avais vomi mes tripes et m'étais dit que j'avais dû manger un truc qui n'était pas passé.

Mais c'était de nouveau arrivé le lendemain.

Et le surlendemain.

Et le sur-surlendemain.

— C'est quand, la dernière fois que tu as eu tes règles ? m'avait demandé Sam au bout d'une semaine passée à vomir tous les matins et à me sentir mieux le reste de la journée. Parce que ça fait au moins neuf semaines qu'on fait l'amour tous les jours.

J'avais plissé le nez et réfléchi.

Mes cycles étaient plutôt réguliers puisque je prenais la pilule.

— Je ne peux pas être enceinte, avais-je fini par dire.

— Tu ne peux pas ou tu ne veux pas ? avait demandé Sam.

— Les deux ?

J'avais grimacé, mais au fond je savais que je ne serais nullement contrariée si je découvrais que j'étais enceinte.

— Je vais tout de suite acheter un test de grossesse.

— Merci.

Et voilà : une semaine plus tard, nous étions mariés à Las Vegas devant nos amis proches et nos familles. J'avais toujours imaginé que j'aurais un grand mariage sophistiqué mais, dès que j'avais compris que j'étais enceinte, j'avais su que je n'avais pas vraiment envie de ça. C'était seulement ce qu'on attendait de moi. Ce que je voulais réellement, c'était épouser l'homme de mes rêves le plus tôt possible.

L'homme qui m'avait offert un furet pour mon anniversaire et n'avait même pas été surpris ni rebuté par le fait que je l'avais prénommé Shelly, comme mon précédent furet.

Et puis, comme Sam l'avait fait remarquer, il avait gagné notre mariage à un jeu de cartes. Il semblait logique que l'on se marie dans la capitale du jeu. La logique de cette histoire me plaisait.

Deux monstres, promettant de s'aimer pour toujours dans la ville du péché.

— Je parie que Sam a réussi à te mettre en cloque quand il a compris que la cérémonie de mariage que tes parents imaginaient pour toi prendrait un demi-siècle à s'organiser, plaisanta Sailor en regardant son frère avec un air entendu.

Je levai les yeux vers lui et remarquai son sourire espiègle.

Impossible.

Il n'aurait pas… si ?

Penchant la tête sur le côté, je le fusillai du regard.

— Sam ? demandai-je.

Mon époux déposa un baiser sur mes lèvres.

— Je suis celui qui remédie aux problèmes, se contenta-t-il de répondre.

Je n'avais jamais raconté à personne ce que Mme B. m'avait dit juste avant de me demander de ne plus lui rendre visite.

« Je ne peux plus m'occuper de toi, mais un jour tu trouveras un homme qui le pourra. Et quand tu le trouveras, ma chérie, accroche-toi à lui, quoi qu'il arrive, parce qu'il se pliera à ta volonté, même s'il commence par se débattre. »

J'ouvris les yeux, les levai vers celui qui était mon époux depuis dix minutes et souris.

Je ne craignais pas le mal.

J'en étais tombée amoureuse.

Sam
Quatre mois plus tard

Cillian abaissa ses cartes sur la table de jeux du Badlands, consultant son téléphone d'un air renfrogné.

— J'abandonne.

— T'abandonnes ? répéta Hunter en regardant son frère, choqué. Tu n'abandonnes jamais une partie.

— Quand ma femme perd les eaux, si.

Cillian jeta ses cartes sur les genoux de Hunter, son épaule effleurant la mienne alors que je me penchais pour piocher une carte, puis il marqua une pause pour me menacer avec son doigt.

— Ton sourire suffisant est déplacé, Brennan. Non seulement tu es le suivant mais, connaissant ma sœur, elle voudra quatre enfants, si ce n'est plus. Bonne chance pour trouver le sommeil ces dix prochaines années.

Il se leva avant que je puisse répondre que rien ne pourrait me faire regretter une grossesse d'Aisling. Nixe n'avait jamais eu autant d'appétit sexuel. J'étais de service bite trois fois par jour, malgré toutes les heures qu'elle faisait à l'hôpital.

Elle était aussi devenue un vrai bec sucré ; je devais lui donner des bonbons et des chocolats dès qu'elle en avait envie.

La nuit, je me glissais sous les couvertures à ses côtés et posai ma main sur son ventre rond, sentant mon fils gesticuler. Il était si vivant, si heureux en elle, j'avais hâte de le rencontrer.

— En l'occurrence, ma vengeance face à ton arrogance vient de passer la porte, incarnée par ta femme très enceinte. Salut, sœurette, dit Cillian dans mon dos.

Je me retournai : il embrassait Nixe sur la joue. Elle avait un sourire aux lèvres et son ventre pointait sous sa blouse.

— Partant pour cinq parties de blackjack, Brennan ?

Elle tendit la main vers moi, attirant les regards curieux des hommes autour de nous.

Il était très rare que je reste au Badlands après la tombée de la nuit ces temps-ci ; et quand je le faisais, c'était surtout pour surveiller mes beaux-frères.

— Quels sont les enjeux ? demandai-je en la dévisageant d'un air sceptique. Que ça en vaille la peine, madame Brennan. J'ai déjà tout ce dont j'ai besoin.

Elle avança vers moi, un petit sourire narquois aux lèvres, et se pencha à mon oreille. Toute la pièce retint son souffle.

— Tu pourras m'arracher la lingerie en satin rouge que je porte en ce moment même si tu gagnes, murmura-t-elle.

Nixe se pencha en arrière, redressant le dos.

— Et si c'est toi qui gagnes ? demandai-je l'air de rien.

Je gagnais toujours.

— Je veux qu'on achète une maison. Ne te méprends pas, j'aime notre appartement, mais je veux un endroit plus grand, plus spacieux.

— Un endroit pour caser tous les enfants que tu comptes lui faire, dit Hunter en toussant dans son poing, nous faisant éclater de rire.

Aisling me tendit de nouveau la main, me regardant par-dessous ses cils noirs.

— Qu'en dis-tu ?

Je pris sa main et la serrai.

Elle n'avait pas besoin de savoir que j'avais déjà acheté le terrain à côté de la maison de ses parents et que j'allais y faire construire la maison de ses rêves.

Tout comme elle ignorait que ce soir-là, à la fête foraine, je m'étais enfermé dans les toilettes après l'avoir embrassée, parce que, pour la première fois depuis mes neuf ans, affronter le monde me paraissait insurmontable.

Le désir passe, l'amour reste.

Le désir est impatient, l'amour attend.

Le désir brûle, l'amour réchauffe.

Le désir détruit, mais l'amour ? L'amour tue.

S.A.B.

J'avais tort. L'amour ne m'avait pas tué. L'amour m'avait sauvé.

Aisling découvrirait mes deux surprises bientôt.

Mais pas tout de suite.

Pas avant que je lui aie arraché ses dessous en satin.

Et pas avant de lui avoir montré que tout le monde pouvait aimer.

Nous, les monstres, nous aimions encore plus fort.

Remerciements

Merci infiniment d'avoir pris le temps de lire ce livre. J'ai adoré raconter l'histoire de Sam et Aisling, et le moment où j'ai écrit les dernières lignes était doux-amer, puisque cette série me tient énormément à cœur.

Je n'aurais pas pu le faire sans mon équipe incroyable d'éditeurs : Tamara Mataya, Paige Maroney Smith et Angela Marshall Smith. Un merci tout particulier à Tijuana Turner, Vanessa Villegas, Lana Kart, Chelsea Humphrey et Amy Halter d'avoir lu ce livre au préalable.

Kimberley Brower, Jenn Watson, Catherine Anderson – merci infiniment pour tout ce que vous faites.

Stacey Ryan Blake et Letitia Hasser – votre travail est plus qu'incroyable, je suis reconnaissante de vous avoir.

Et à vous qui me lisez et me soutenez. Je n'aurais pas pu le faire sans vous.

N'hésitez pas à laisser un avis honnête sur votre lecture avant de passer à votre prochaine aventure littéraire.

Avec amour,

L.J. Shen

Découvrez la nouvelle série de L.J. Shen :
Boston Belles

Tournez-vite la page pour découvrir
un extrait du tome 4

Prologue

Devon

J'avais été promis peu de temps après ma conception.

Mon futur avait été écrit, scellé, décidé, avant même que ma mère passe sa première échographie.

Avant que j'aie un cœur, un pouls, des poumons, une colonne vertébrale. Avant que je puisse former des pensées, des souhaits, des préférences. Quand je n'étais rien de plus qu'une idée abstraite.

Un projet.

Une case à cocher.

Elle s'appelait Louisa Butchart.

Lou, pour les intimes.

Je n'apprendrais l'existence du projet qu'à mes quatorze ans. On me l'annonça juste avant le traditionnel séjour de Noël de ma famille – les Whitehall – chez la famille Butchart.

Je n'avais rien contre Louisa Butchart.

Elle était charmante, bien élevée, d'excellent pedigree.

Je n'avais rien contre elle, si ce n'est une chose : je ne l'avais pas choisie.

Je pense que c'est ainsi que tout a commencé.

Que je suis devenu celui que je suis aujourd'hui.

Un hédoniste qui s'adonne au ski, à l'escrime, au whisky, qui aime s'amuser, ne rend de comptes à personne et couche avec n'importe qui.

Toutes les variables ont contribué à créer l'équation parfaite.

De grandes attentes.

Multipliées par des exigences accablantes.

Divisées moralement par plus d'argent que je ne pourrais jamais en dépenser.

J'avais la chance d'avoir le bon physique, le bon compte en banque, le bon sourire en coin, la bonne dose de charme. Il ne me manquait qu'une seule chose : une âme.

Mais je n'étais pas conscient de ne pas en avoir, puisque je n'avais pas d'âme.

Il fallut que je rencontre quelqu'un de spécial pour comprendre ce qui me manquait.

Quelqu'un comme Emmabelle Penrose.

Elle m'ouvrit en deux, et le goudron se déversa.

Collant, noir, et à n'en plus finir.

Voici le véritable secret du royal débauché.

Je n'ai jamais eu le sang bleu.

Il était comme mon cœur : d'un noir pur.

Quatorze ans

Nous partions à la chasse à courre au coucher du soleil.

Les chiens ouvraient la voie. Mon père et son bon ami, Byron Butchart senior, les suivaient de près. Leurs chevaux galopaient à une cadence parfaite. Byron junior, Benedict et moi restions en arrière.

Ils donnaient les juments aux jeunes garçons. Elles étaient

turbulentes et plus difficiles à dompter. Dresser de jeunes femelles fougueuses était un exercice obligatoire dès le plus jeune âge pour les hommes de mon rang. Après tout, nos vies de nobles requéraient une femme bien dressée, des bébés potelés, du croquet et de séduisantes maîtresses.

Menton et talons baissés, droit comme un piquet, j'étais l'image même du cavalier royal. Même si cela ne me faisait pas échapper à la boîte à suer, où je me recroquevillais comme un escargot.

Papa adorait me jeter là-dedans pour le simple plaisir de me voir gigoter, même si je m'échinais à lui faire plaisir, assidu et désespéré.

La boîte à suer, aussi connue sous le nom de cellule d'isolement, était un monte-plat datant du XVIIe siècle. Il était en forme de cercueil et m'offrait exactement la même expérience. Puisque j'étais notoirement claustrophobe, c'était la punition préférée de mon père quand je me comportais mal.

Ce qui était rare, voire n'arrivait jamais. C'est ça le plus triste. Je voulais à tout prix être accepté. J'étais un élève brillant et un escrimeur de talent. J'avais même participé au tournoi de sabre de l'England Youth Championship, mais je fus tout de même jeté dans le monte-plat après ma défaite face à George Stanfield.

Peut-être mon père avait-il toujours su ce que j'essayais de cacher.

En apparence, j'étais parfait.

Mais intérieurement, j'étais pourri jusqu'à l'os.

À quatorze ans, j'avais déjà couché avec deux filles de domestiques, réussi à faire crever le cheval préféré de mon père avant son heure et flirté avec la cocaïne et le Special K (et je ne parle pas des céréales).

Et voilà que nous allions à la chasse à courre.

Je n'aimais pas tellement la chasse à courre. Et par « je n'aimais pas tellement », je veux dire que je *détestais* ça. Aussi bien en tant que sport, concept ou passe-temps. Je ne retirais aucun plaisir à tuer des animaux sans défense.

Extrait

Père disait que la chasse était une grande tradition anglaise, comme le *cheese rolling*[1] et la *Morris dance*. Personnellement, je trouvais que certaines traditions vieillissaient plus mal que d'autres. Brûler des hérétiques sur le bûcher, par exemple, et la chasse à courre.

Rappelons que la chasse à courre était – ou devrais-je dire *est* – illégale au Royaume-Uni. Mais j'appris bien vite que les hommes de pouvoir avaient une relation complexe et bien souvent houleuse avec la loi. Ils l'établissaient et la faisaient appliquer, tout en l'ignorant totalement. Mon père et Byron senior aimaient d'autant plus la chasse à courre qu'elle était interdite aux classes inférieures. Cela donnait un attrait supplémentaire à ce loisir. Un éternel rappel qu'ils étaient d'un autre rang. D'un rang *supérieur*.

Nous nous dirigions vers le bois, foulant le chemin pavé qui menait au portail en fer forgé de Whitehall Court Castle, le domaine familial dans le Kent. J'avais le cœur lourd en pensant à ce que je m'apprêtais à faire. Tuer des animaux innocents pour contenter mon père.

Des bruits de pas retentirent derrière nous, des babies frappant le pavé.

— Devvie, attends !

La voix était essoufflée et réclamait mon attention.

Perché sur Duchesse, je me penchai en arrière en tirant sur les rênes, pieds en avant. La jument s'arrêta. Louisa apparut à mes côtés, serrant entre ses mains un objet emballé à la va-vite. Elle portait son pyjama rose. Ses dents étaient couvertes d'affreuses bagues multicolores.

— Je t'ai apporté quelque *choge*.

Elle écarta les mèches de cheveux qui lui collaient au front. Lou avait deux ans de moins que moi. J'étais à ce stade fâcheux de

1 Compétition durant laquelle les participants dévalent une colline dans le but d'attraper un fromage.

Extrait

l'adolescence où tout, y compris des objets tranchants et certains fruits, m'attirait sexuellement. Mais Lou était encore une enfant. Tendre, et format poche. Elle avait de grands yeux inquisiteurs qui buvaient le monde à grandes goulées. Elle n'était pas vraiment jolie, avec ses traits ordinaires et sa carrure de garçon. Et son appareil dentaire lui donnait un défaut d'élocution qui la complexait.

— Lou, ta mère va piquer une crise si elle se rend compte que tu es sortie en douce.

— M'en fous.

Elle se hissa sur la pointe des pieds pour me tendre l'objet enroulé dans un de ses cardigans de gentille fille. Je lui jetai le vêtement, ravi de découvrir qu'il dissimulait la flasque gravée de mon père, remplie de bourbon.

— Je sais que tu n'aimes pas la chasse à courre, alors je t'ai apporté quelque *choge* pour… comment dit papa, déjà ? *Te détendre.*

Les autres continuaient d'avancer, pénétrant dans l'épais bois moussu qui encerclait Whitehall Court Castle, inconscients, ou insouciants, de mon absence.

— Espèce de foldingue.

Je pris une gorgée, sentant la brûlure vive du liquide me couler dans la gorge.

— Comment as-tu mis la main là-dessus ?

Lou fit un grand sourire fier, couvrant sa bouche pour cacher le métal de ses dents.

— Je suis allée dans le bureau de ton père. Personne ne fait jamais attention à moi, alors je peux faire plein de trucs sans qu'on me remarque !

L'abattement dans sa voix me rendit triste pour elle. Lou rêvait d'aller en Australie pour sauver les animaux sauvages, entourée de kangourous et de koalas. J'espérais pour elle qu'elle y parviendrait.

Extrait

Les animaux sauvages, aussi agressifs soient-ils, restaient supérieurs aux humains.

— Moi, je fais attention à toi.

— Pour de vrai ? demanda-t-elle, pleine d'espoir.

— Promis juré.

Je grattai Duchesse derrière l'oreille. Il était si facile de contenter une femelle.

— Tu ne te débarrasseras pas de moi si facilement, ajoutai-je.

— Je ne veux pas me débarrasser de toi ! dit-elle vivement. Je ferais n'importe quoi pour toi.

— Oh ! n'importe quoi, vraiment ? fis-je en riant.

Lou et moi étions comme un grand frère et sa petite sœur. Elle faisait tout pour gagner mon affection et, moi, je lui répétais qu'elle était gentille et attentionnée.

Elle hocha vivement la tête.

— Je serai toujours là pour toi.

— Très bien.

J'étais prêt à repartir, mais elle demanda :

— Tu penses dire un jour à tes parents que tu es végétarien ?

Comment le savait-elle ?

— J'ai remarqué que tu évitais la viande et le poisson quand on est à table.

Elle planta le bout de sa chaussure dans le sol, les yeux baissés, embarrassée.

— Non, dis-je froidement. Il y a des choses que mes parents n'ont pas besoin de savoir.

Puis, comme nous n'avions rien de plus à dire, et peut-être parce que j'avais peur que mon père me jette dans le monte-plat s'il me surprenait à traîner, je dis :

— Bon, merci pour la flasque.

Je la levai pour saluer Lou, puis donnai un coup de botte dans le flanc de Duchesse afin de rejoindre les autres.

— Tiens, tiens, voilà Posh Spice, lança Benedict en passant un doigt dans la lanière de sa bombe pour la desserrer. Qu'est-ce que tu fichais ?

— Lou nous a apporté un porte-bonheur, Baby Spice.

Je lui tendis la flasque. Contrairement à Louisa, qui était un peu pot de colle mais plutôt agréable, ses frères – à défaut d'une meilleure description – étaient de vrais crétins. Des brutes grand format qui aimaient pincer les fesses des domestiques et mettre le bazar juste pour voir les autres nettoyer après eux.

— La vache, pouffa Byron. Elle est pathétique.

— Prévenante, tu veux dire. Passer du temps avec mon père requiert un certain état d'ébriété, dis-je avec sarcasme.

— Ce n'est pas de ça que je parlais. Elle est obsédée par toi, dit Benedict.

— Ne sois pas ridicule.

— Ne sois pas aveugle, rétorqua Byron.

— Pff. Ça lui passera. Comme les autres.

Je pris une autre gorgée, reconnaissant que mon père et Byron senior soient si captivés par leur conversation sur le Parlement qu'ils ne prenaient pas la peine de tourner la tête pour voir ce que nous faisions.

— J'espère pas, railla Benedict. Si elle doit épouser un débile comme toi, autant que ça lui fasse plaisir.

— Attends, tu as dit *épouser* ?

Il aurait tout aussi bien pu dire *enterrer*.

— Sans vouloir la vexer, si elle s'attend à ce que je la demande en mariage, elle peut toujours se brosser, parce que ça n'arrivera pas.

Byron et Benedict échangèrent des regards et des sourires conspirateurs. Ils avaient le même teint que Louisa. Clair comme

Extrait

de la neige fraîche. Sauf qu'on aurait dit que je les avais dessinés de la main gauche.

— Ne me dis pas que tu ne sais pas.

Byron pencha la tête sur le côté, un sourire cruel étirant ses lèvres. Je ne l'avais jamais vraiment apprécié. Mais à cet instant, je ne l'appréciais *vraiment pas*.

— Je ne sais pas quoi ? demandai-je, les dents serrées.

J'avais horreur de devoir me plier à leur petit jeu pour découvrir de quoi ils parlaient.

— Lou et toi allez vous marier. Tout est arrangé. Il y a même une bague.

Un rire métallique m'échappa, et je donnai un petit coup dans le flanc droit de Duchesse pour qu'elle aille percuter la jument de Benedict et le déséquilibrer. Quel ramassis de conneries. Mais alors que je continuais de rire, je vis que leurs mines réjouies avaient disparu. Ils ne plaisantaient plus.

— Vous déconnez.

Mon sourire s'évanouit, et j'eus l'impression d'avoir la gorge pleine de sable.

— Non, répondit Byron tout net.

— Demande à ton père, me lança Benedict. Ça fait des années que c'est décidé entre nos familles. Tu es l'aîné du marquis de Fitzgrovia. Louisa est la fille du duc de Salisbury. Une lady. Tu deviendras un jour marquis à ton tour, et nos parents veulent que le sang royal reste dans la famille. Que les propriétés restent entières. Épouser une personne non noble affaiblirait la chaîne.

Les Whitehall étaient une des dernières familles de la noblesse qui ait encore du poids aux yeux des autres. Mon arrière-arrière-arrière-grand-mère Wilhemina était fille de roi.

— Je ne veux épouser personne, sifflai-je entre mes dents.

Duchesse prit de la vitesse, pénétrant dans les bois.

Extrait

— Bah, *évidemment*, fit Benedict en levant les yeux au ciel. T'as quatorze ans. Tout ce que tu veux, c'est jouer aux jeux vidéo et te tripoter devant des posters de Christie Brinkley. Toujours est-il que tu vas épouser notre sœur. Trop d'affaires entre nos paternels pour gâcher cette opportunité.

— Et n'oublie pas les propriétés qu'ils pourront garder tous les deux, ajouta Byron en donnant un coup brutal à sa jument pour qu'elle accélère. Franchement, bon courage pour lui faire des enfants. On dirait *Alien* de Ridley Scott.

— Des enfants… ?

Si je ne rendais pas mes tripes, c'était seulement pour ne pas gaspiller le délicieux bourbon qui clapotait dans mon estomac.

— Lou dit qu'elle en veut cinq quand elle sera grande, ricana Byron, qui s'amusait comme un fou. Je crois qu'elle te tiendra occupé au lit, mec.

— Elle va t'épuiser, renchérit Benedict d'un air vicieux.

— Plutôt mourir.

J'avais la gorge serrée, les mains moites. J'avais l'impression d'être le dindon d'une très mauvaise farce. Bien sûr, je ne pouvais pas en parler avec mon père. Je ne pouvais pas lui tenir tête. Pas quand je savais que j'étais toujours à un faux pas de finir dans le passe-plat.

Je pouvais seulement tirer sur des animaux sans défense et être celui qu'il voulait que je sois.

Sa petite machine bien huilée. Prête à tuer, baiser ou épouser selon sa volonté.

Plus tard ce soir-là, Byron, Benedict et moi étions assis dans la grange, devant l'un des renards abattus. L'odeur familière de la mort flottait dans l'air. Mon père et Byron senior avaient emporté chez

Extrait

le taxidermiste tous les précieux renards qu'ils avaient abattus et nous en avaient laissé un à disposition.

— Brûlez-le, jouez avec, laissez-le aux rats, je m'en fiche, avait craché mon père avant de tourner le dos au cadavre.

C'était une femelle. De petite taille, mal nourrie, et à la fourrure douce.

Elle avait des petits. Ses mamelles dépassaient de la fourrure de son ventre. Je pensai à eux. Seuls, affamés et perdus dans l'immense forêt sombre. Je songeai au fait que je lui avais tiré dessus quand papa me l'avait ordonné. Je lui avais mis une balle pile entre les deux yeux. Elle m'avait regardé avec un mélange d'étonnement et de terreur.

Puis j'avais détourné les yeux parce que c'était sur papa que je voulais tirer.

On se passait une bouteille de champagne, Benedict, Byron et moi, en discutant des événements de la soirée pendant que Frankenrenarde me regardait d'un air accusateur. Benedict avait réussi à soutirer des cigarettes roulées à l'un des domestiques. On tira dessus de bon cœur.

— Allez, mec, épouser notre sœur, c'est pas la fin du monde.

Byron lâcha un rire digne d'un méchant de *James Bond*, dressé au-dessus de la renarde, une de ses chaussures pressée contre le dos de l'animal.

— C'est une enfant, contrai-je.

Perché sur un tabouret en bois, j'avais l'impression d'avoir cent ans.

— Ce ne sera pas toujours une enfant, dit Benedict en plantant le bout de sa chaussure dans le ventre de l'animal.

— Pour moi, si.

— Elle te rendra encore plus riche, argua Byron.

— L'argent ne peut pas acheter ma liberté.

— Aucun de nous n'est né libre ! gronda Benedict en tapant du pied. Quel est l'intérêt de rester en vie, si ce n'est pas pour acquérir plus de pouvoir ?

— Je ne connais pas le sens de la vie mais, putain, c'est pas un gamin riche qui paie des bonnes pour le tripoter qui va me dire ce que je dois faire, grognai-je. Je choisirai moi-même la femme que j'épouserai, et ce ne sera pas votre sœur.

Franchement, je ne voulais pas me marier *du tout*. Déjà, j'étais persuadé que je ferais un très mauvais mari. Paresseux, infidèle et obtus. Mais je ne voulais me fermer aucune porte. Et si je tombais sur Christie Brinkley ? Je l'épouserais direct si ça voulait dire la mettre dans mon lit.

Byron et Benedict échangèrent des regards perplexes. Je savais qu'ils n'avaient aucune loyauté envers leur petite sœur. Elle était, après tout, une fille. Et dans la société mondaine, les filles n'étaient pas aussi distinguées, pas aussi *importantes* que les garçons. Elles ne pouvaient pas faire perdurer le nom de famille et, par conséquent, elles étaient traitées comme un simple élément de décoration qu'il ne fallait pas oublier de mettre sur les photos de cartes de vœux à Noël.

C'était pareil avec ma petite sœur, Cecilia. En gros, mon père ignorait son existence. J'allais toujours la chouchouter quand papa l'envoyait dans sa chambre ou qu'il la cachait parce qu'elle était trop ronde ou trop « terne » à son goût pour être exhibée en haute société. Je lui apportais des gâteaux en douce, je lui racontais des histoires et je l'emmenais s'amuser avec moi dans la forêt.

— Descends de tes grands chevaux, Whitehall. Tu n'es pas trop bien pour notre sœur, maugréa Byron.

— Peut-être, mais je ne vais pas coucher avec elle.

— Pourquoi ? demanda Byron. Qu'est-ce qui cloche chez elle ?

— Rien. Tout, marmonnai-je en poussant du foin du bout du pied.

Je commençais à être pas mal soûl.

Extrait

— Tu préfères embrasser ce renard, ou Lou, sur la bouche ? demanda Benedict, laissant ses yeux errer dans la grange, puis derrière moi.

Je lui lançai un regard désabusé.

— Aucun des deux, sale thon.

— Tu es obligé de choisir.

— Obligé ? hoquetai-je en ramassant un fer à cheval pour le lui jeter – et je le ratai d'un bon kilomètre. Pourquoi ça ?

— *Parce que*, dit lentement Byron, si tu embrasses le renard, je dirai à mon père que tu es gay. Ça résoudra le problème. Tu serais tiré d'affaire.

— Gay, répétai-je, un peu hébété. Je pourrais être gay.

Pas techniquement, non. J'aimais trop les femmes. Sous toutes leurs formes, couleurs et coupes de cheveux.

Byron rit.

— T'es assez mignon pour.

— C'est un stéréotype, dis-je, et je le regrettai aussitôt.

Je n'étais pas en état d'expliquer le mot « stéréotype » à ces deux crétins.

— Libéral au grand cœur, se moqua Byron en donnant un coup de coude à son frère.

— Il est peut-être gay, s'interrogea ce dernier.

Byron secoua la tête.

— Nan. Il s'est déjà tapé quelques nanas que je connais.

— Alors ? Tu le fais ou quoi ? insista Benedict.

Je considérai leur proposition. Benedict et Byron étaient connus pour ce genre de tours scandaleux. Ils enveloppaient leurs victimes d'un tissu de mensonges, et elles marchaient. Qu'était un simple baiser sur la gueule d'un renard mort, en définitive ?

C'était mon seul espoir. Si je tenais tête à mon père, un de nous deux mourrait. Moi, très probablement.

— D'accord.

Je me levai et m'approchai de Frankenrenarde d'un pas mal assuré.

Je me penchai et pressai mes lèvres contre la gueule de l'animal. Elle était gluante et froide et sentait le fil dentaire usagé. J'eus envie de vomir.

— Mec, j'y crois pas. Il l'a vraiment fait, pouffa Benedict dans mon dos.

— Pourquoi j'ai pas d'appareil-photo ? gémit Byron.

Il se roulait au sol, riant à gorge déployée.

Je reculai. Mes oreilles bourdonnaient. Ma vision se brouilla. On cria derrière moi. Je me retournai brusquement, tombant à genoux. Lou était là. À la porte de la grange, encore vêtue de son pyjama rose. Elle avait une main pressée contre sa bouche et tremblait comme une feuille.

— Espèce de… de… de *pervers* !

— Lou, grognai-je. Je suis désolé.

Et je l'étais, mais pas de ne pas vouloir l'épouser. Seulement qu'elle l'ait appris comme ça.

Benedict et Byron se roulaient dans la paille, se donnant des coups et se tordant de rire, encore et encore et encore.

Ils m'avaient tendu un piège. Ils savaient qu'elle était là depuis le début, à la porte, en train de regarder. Jamais je ne pourrais échapper à ce mariage arrangé.

Lou tourna les talons et s'enfuit, ses larmes volant par-dessus ses épaules tels de petits diamants.

Elle avait poussé un cri sauvage. Comme celui de Frankenrenarde avant que je la tue.

Je vacillai et je vomis, puis tombai à la renverse dans les restes de mon dîner.

L'obscurité tourna autour de moi.

Je ne me débattis pas.

Le lendemain matin, mon père me tendit un verre. Nous étions dans son imposant cabinet bardé de chêne avec son chariot bar doré et ses lourds rideaux bordeaux, où j'avais été conduit par un domestique, quelques minutes plus tôt. Pas besoin d'explications. Il m'avait simplement traîné sur la moquette et lâché aux pieds de papa.

— Tiens. Pour ta gueule de bois.

Papa me désigna le fauteuil en cuir cognac devant son bureau. Je m'assis et acceptai le verre, que je reniflai en faisant une grimace de dégoût.

— Tu me proposes du *whisky* ?

— On soigne le mal par le mal, dit-il en s'affalant dans son fauteuil de ministre, lissant sa moustache. Ça aide à contrer la gueule de bois.

Je pris une gorgée du poison, grimaçant quand il me brûla la gorge. J'avais passé la nuit sur la paille de la grange. Je n'avais pas arrêté de me réveiller, secoué de frissons de sueur froide, et j'avais rêvé de mini bébés Louisa qui me couraient après. Le goût du renard mort sur ma bouche n'avait pas amoindri le choc non plus.

Le parfum du thé noir et de scones frais flottait dans les couloirs de Whitehall Court Castle. Le petit déjeuner n'était pas tout à fait terminé. Mon estomac se souleva, me rappelant que l'appétit était un luxe réservé aux hommes qui ne venaient pas de se fiancer à leur insu.

Je vidai mon verre.

— Tu voulais me voir ?

— Je ne veux *jamais* te voir. Malheureusement, c'est une nécessité imposée par mon statut de géniteur. (Mon père ne faisait pas dans la dentelle.) On m'a rapporté quelque chose de très perturbant ce matin. Lady Louisa a raconté à ses parents ce qu'il s'est passé hier, et son père m'a relaté les faits.

Mon père – grand, élancé et saisissant, avec ses cheveux blond

Extrait

cendré et son costume fraîchement repassé – avait parlé d'une voix accusatrice, m'invitant à m'expliquer.

Nous savions tous les deux qu'il n'avait aucun amour pour moi. Qu'il aurait engendré d'autres successeurs s'ils avaient pu me remplacer en tant qu'aîné, et donc héritier de son titre. J'étais trop gracile, trop rat de bibliothèque, trop comme ma mère. J'avais laissé d'autres garçons me dominer, me pousser à profaner une dépouille animale.

— Je ne veux pas l'épouser.

Je m'attendais à prendre une gifle ou une raclée. Ça n'aurait pas été surprenant. Mais il se contenta de rire en secouant la tête.

— Je comprends, dit-il.

Je me redressai sur mon fauteuil.

— Je ne suis pas obligé ?

— Oh ! tu *l'épouseras*. Ce que tu souhaites n'a aucune importance. Ni ce que tu penses, d'ailleurs. Les mariages d'amour sont réservés à la populace. À ceux qui sont nés pour suivre les règles ingrates de la société. Tu ne désireras point ta femme, Devon. Son rôle est de te servir, de te donner des enfants et d'être jolie. Un petit conseil : garde ton désir pour celles dont tu peux te débarrasser. C'est plus malin et plus propre. Les règles des roturiers ne s'appliquent pas à la classe supérieure.

Je ressentis un besoin si pressant de lui fracasser la tête contre le mur que mes doigts tressautèrent sur mes cuisses. Puisque je m'obstinais à garder le silence, il leva les yeux au ciel, comme si c'était moi le plus déraisonnable d'entre nous.

— Tu crois que je voulais épouser ta mère ?

— Qu'est-ce que tu as contre maman ?

Elle était jolie, et gentille.

— Qu'est-ce que j'ai *pour* ? répondit-il en s'allumant un cigare qu'il venait de tirer d'une boîte sur son bureau. Si elle courait autant qu'elle parle, elle serait en bonne condition physique. Mais c'était un bon deal. Elle avait l'argent. J'avais le titre. On a fait avec.

Je regardai le fond de mon verre vide. On aurait dit l'accroche de la comédie romantique la plus déprimante au monde.

— Nous n'avons pas besoin d'argent, et j'aurai déjà un titre, dis-je.

— Il n'est pas seulement question d'argent, imbécile, gronda-t-il en tapant sur le bureau du plat de la main. Tout ce qui nous sépare de la plèbe qui nous sert, c'est le pedigree et le pouvoir !

— Le pouvoir corrompt, ripostai-je.

— Le monde est corrompu.

Sa lèvre s'ourla de dégoût. Je savais très bien que je risquais d'être jeté dans le monte-plat à tout moment.

— J'essaie de t'expliquer avec des mots simples que la question de tes fiançailles avec Mlle Butchart n'est pas ouverte au débat. De toute façon, ce n'est pas pour tout de suite.

— Ni tout de suite, ni jamais, m'entendis-je dire. Je refuse de l'épouser. Maman ne le tolérera pas.

— Ta mère n'a pas son mot à dire.

Ses yeux azur s'assombrirent, devenant un miroir de marbre. Je me voyais dans leur reflet, petit et vaincu. Je n'étais pas moi-même. Je n'étais pas le garçon qui montait à cheval face au vent dansant sur son visage. Qui glissait sa main sous la robe des jeunes domestiques pour les faire glousser à en perdre haleine. Le garçon au jeu de jambes et à la vélocité explosive qui faisaient pleurer les meilleurs escrimeurs européens. Ce garçon-là pouvait percer le cœur noir de son père avec une épée et manger son cœur encore palpitant. Celui que j'étais présentement en était incapable.

Mon père finit son cigare et l'écrasa dans un cendrier.

— Tu l'épouseras et tu me donneras un héritier, de préférence supérieur à toi. L'affaire est close. Maintenant, va présenter tes excuses à Louisa. Tu l'épouseras dès que tu seras diplômé de l'université d'Oxford, et pas un jour plus tard, sous peine de perdre tout ton héritage, ton patronyme, et les proches qui, pour une raison que j'ignore, te tolèrent encore. Parce que ne t'y trompe pas, Devon : quand je dirai à ta mère qu'elle doit te déshériter, elle ne réfléchira pas à deux fois avant de tourner le dos à son fils. C'est compris ?

Ma fourberie prit le dessus, comme à son habitude, glissant sur ma peau comme de l'acide. Me retournant totalement, me faisant devenir une autre personne. Il était inutile de m'opposer à lui. Je n'avais pas de moyen de pression. Je pouvais me faire rouer de coups, enfermer, ridiculiser et torturer… ou je pouvais ruser.

Faire ce que mon père et M. Butchart faisaient si souvent. Déjouer le système.

— Oui, monsieur.

Mon père plissa les yeux, l'air suspicieux.

— Je te dis d'épouser Louisa.

— Oui, monsieur.

— Et d'aller t'excuser.

— Absolument, monsieur.

Je baissai la tête plus bas, l'ombre d'un sourire flottant sur mes lèvres.

— Et de *l'embrasser.* De lui montrer que tu tiens à elle. Sans mettre la langue ou quoi que ce soit. Juste ce qu'il faut pour prouver que tu tiendras parole.

Je sentis la bile me remonter dans la gorge.

— Je l'embrasserai.

Bizarrement, il eut l'air encore moins satisfait, ses lèvres se retroussant alors qu'il me lançait :

— Qu'est-ce qui t'a fait changer d'avis ?

Mon père était à la fois un homme méchant et un imbécile, un cocktail terrible. Il avait plus de tempérament que de cervelle, raison pour laquelle il faisait tant d'erreurs en affaires. À la maison, il régnait avec une main de fer qui, bien souvent, finissait dans ma figure. Côté affaires, il était facile de réparer les erreurs – ma mère avait repris les comptes sans qu'il le sache, et il était souvent trop ivre pour s'en apercevoir. Pour ce qui était de la maltraitance… maman savait très bien que, si elle tentait de me protéger, les coups de ceinture seraient pour elle.

— Tu as raison, répondis-je en m'avachissant dans mon fauteuil, croisant nonchalamment les jambes. Peu importe qui j'épouse, du moment que je peux coucher avec qui je veux et finir dans le livre des records.

Il éclata de rire, et la noirceur dans ses yeux disparut. Il préférait ça. Avoir un fils païen qui s'adonnait au péché, sans aucun scrupule et encore moins de traits de personnalité positifs.

— Tu t'es déjà tapé une fille ?

— Oui, monsieur. À treize ans.

Il se passa le pouce sous le menton.

— J'ai couché pour la première fois à douze ans.

— Génial, dis-je, même si penser à mon père en train de prendre une fille par-derrière à l'âge de douze ans me donnait envie de me rouler en boule sur le canapé d'un psy et d'y rester dix ans.

— Bien, fit-il en se claquant la cuisse. En avant, jeune homme. L'aristocratie anglaise, ça se mérite. Il faut maintenir l'ordre pour la préserver.

— Alors je ferai mon devoir, papa.

Je me levai et lui adressai un sourire en coin.

Ce fut le jour où je devins véritablement un débauché.

Le jour où je me transformai en l'homme roublard et sans âme que je voyais à présent quand je me regardais dans le miroir.

Le jour où je présentai mes excuses à Louisa et l'embrassai sur la joue, en lui disant de ne pas s'en faire. Que j'étais soûl, que j'avais fait une erreur. Que, *bien sûr*, on se marierait et que ce serait un événement merveilleux. Avec des jeunes demoiselles d'honneur et des archevêques et un gâteau plus haut qu'un gratte-ciel.

Je jouai le jeu pendant dix ans.

Je lui envoyais des cadeaux d'anniversaire, l'inondais de lettres et la retrouvais pendant les vacances d'été. Je lui mettais des fleurs dans les cheveux et lui disais que toutes les autres filles que je me tapais ne comptaient pas. Je la laissai attendre, se languir, et imaginer notre futur.

Je convainquis même mes parents de financer mon école de droit à Harvard, de l'autre côté de l'Atlantique, et de repousser le mariage de quelques années, expliquant que je serais de retour dès que j'aurais mon diplôme pour faire de Louisa ma femme.

Mais la vérité, c'est que le jour où je finis les études secondaires et partis pour Boston fut la dernière fois que je posai le pied sur le sol britannique.

La dernière fois que mon père me vit.

C'était la trahison parfaite, vraiment.

Je me servis de sa richesse et de ses relations jusqu'à n'en avoir plus besoin.

Mon diplôme de droit d'une prestigieuse université suffit à me faire décrocher un poste d'associé à 400 k annuels dans l'un des plus grands cabinets d'avocats de Boston. Au bout de trois ans, j'avais triplé ce montant, bonus inclus.

J'étais devenu un millionnaire et je ne le devais qu'à moi.

Ma vie m'appartenait. Moi seul pouvais la mener, la régir, et la gâcher.

Et le seul monte-plat dans lequel j'étais coincé était ma tête.

Les voix de mon passé y résonnaient encore, me rappelant que l'amour n'était rien d'autre qu'une affliction de classe moyenne.

Également disponibles

Harper Collins POCHE

Composé et édité par HarperCollins France.

Achevé d'imprimer en février 2023.

FIRMIN-DIDOT

à Mesnil-sur-l'Estrée (Eure)

Dépôt légal : mars 2023.

Pour limiter l'empreinte environnementale de ses livres, HarperCollins France s'engage à n'utiliser que du papier fabriqué à partir de bois provenant de forêts gérées durablement et de manière responsable.

Imprimé en France